용감한 Arthur&George
친구들 1

Julian Barnes

용감한

Arthur & George

친구들 1

줄리언 반스 장편소설 · 한유주 옮김

다산
책방

P. K. 에게

차례

제1장.

시작들

아서 Arthur

아이는 보고 싶어한다. 지금도 늘 이렇게 시작하는 이야기는 그때도 이렇게 시작했다. 아이는 보고 싶어했다.

아이는 걸을 수 있었고, 문손잡이를 잡을 수 있었다. 어떤 목적이 있어서 그랬던 건 아니었다. 유아기의 아이들이란 본능적으로 돌아다니는 법이다. 아이는 문을 열었고, 안으로 들어갔고, 걸음을 멈추었고, 방을 둘러보았다. 그를 보는 사람은 아무도 없었다. 아이는 몸을 돌려 밖으로 나왔고, 등 뒤로 살그머니 문을 닫았다.

거기서 보았던 것은 아이에게 최초의 기억으로 남았다. 어린 소년, 방, 침대, 닫힌 커튼 사이로 슬며시 스며든 오후의 햇살. 아이가 당시의 일을 대놓고 말하게 된 건 60년이 지난 후였다. 결국 단순한 단어들로 그날을 이야기하기까지, 그는 얼마나 여러 번 속으로 다듬고 고쳤던가. 그날 아이가 본 것은 여전히 너무나 생생했다. 그 문, 그 방, 그 빛, 그 침대, 그리고 침대 위의 무엇. '희고 창백한 그 무엇.'

어린 소년과 죽은 몸. 그 시절 에든버러에서 이런 만남은 그리 드물지 않았을 것이다. 사망률은 높았고, 집은 비좁았고, 그래서 아이들은 조숙해졌다. 그 집은 가톨릭 가정이었다. 그리고 죽은 몸은 아서의 할머니 캐서린 팩의 것이었다. 어쩌면 그 문은 의도적으로 살짝 열려 있었는지도 모른다. 아이에게 죽음의 공포를 각인하기 위해, 아니, 긍정적으로 말하자면 죽음이 두려움의 대상이 아니라는 걸 알려주기 위해. 할머니의 영혼은 고통스러운 허물에 불과한 육신을 남겨두고 정결하게 천국으로 올라갔다. 아이가 보기를 원하는가. 그렇다면 보게 해주자.

커튼이 드리운 방에서의 만남. 어린 아이와 죽은 몸. 점차 많은 기억을 갖게 된 아이는 이제 한낱 그 무엇이 아니었고, 아이와 함께 자라나고 있던 성질들을 잃은 할머니는 그 상태로 돌아갔다. 어린 소년은 보았다. 그리고 반세기 이상이 지난 후, 어른이 된 그는 여전히 보고 있었다. '무엇'이 도달한 것, 혹은 정확히 말해 '무엇'만을 남겨둠으로써 일어난 엄청난 변화는 아서에게 가장 중요한 것이 되려 하고 있었다.

조지 George

조지에겐 최초의 기억이 없다. 그런 기억이 있

는 편이 정상이라고 누군가 말해줄 때쯤이면 너무 늦다. 그에게는 다른 기억들에 앞서는 기억, 누군가가 꼭 안아주며 웃어준 기억이나 꾸중을 들은 기억도 없다. 자신이 예전에는 외아들이었음을 알고, 이제는 호레이스가 있다는 것도 알지만, 남동생이 하나 더 태어나는 바람에 천국에서 추방당하듯이 자신의 존재를 불안하게 여긴 기억은 없다. 처음 본 광경이나 처음 맡은 냄새의 기억도 모른다. 그것이 어머니의 향기였는지, 아니면 잡역부 하녀의 석탄산 냄새였는지도.

그는 수줍고 성실한 소년이며, 타인의 기대를 예민하게 감지한다. 가끔 그는 자신이 부모님을 실망시키고 있다고 생각한다. 착한 아이라면 귀하게 여겨진 첫 순간의 기억을 간직하고 있어야 하니까. 그러나 그의 부모는 그의 부정확한 기억을 질책하는 법이 없다. 다른 아이들이 존재하지 않는 기억들을 잘도 꾸며내는 반면—어머니의 애정 어린 얼굴이나 아버지의 든든한 팔을 억지로 기억하는 것과는 달리—, 조지는 그렇지 않다. 그에게는 처음부터 상상력이 부족했다. 그가 한 번도 상상한 적이 없었는지 아니면 그의 부모 때문에 상상하는 능력이 자라지 못했는지는 이 시절까지 등장하지 않았던 심리학의 한 분야가 해결할 문제다. 어쨌거나 조지는 다른 사람들의 상상력을 충실히 따라갈 수 있다. 노아의 방주, 다윗과 골리앗, 동방박사의 여행. 그러나 그 스스로는 이런 상상력을 발휘하지 못한다.

그의 부모는 이런 측면이 잘못되었다고 생각하지 않고, 따라서 그 역시 그것에 대해 별다른 느낌을 갖지 않는다. 그의 부모가 마을의 한 소년에 대해 "상상력이 지나치다"고 말할 때, 분명 그것은 칭찬이 아니다. 더 나아가 "거짓말 같은 얘기만 하는 아이"라거나 "사소한 걸로 거짓말 하는 아이"라고 할 때도 마찬가지다. "늘 거짓말만 하는 아이" 같은 최악의 말은 반드시 피해야 한다. 조지는 한 번도 진실truth대로 말하라는 다그침을 들은 적이 없는데, 이렇게 말하면 그가 격려가 필요한 아이처럼 들릴 수 있겠다. 이유는 간단하다. 그는 언제나 진실을 말해야 하는데, 목사관에서 진실이 아닌 말은 존재할 수 없기 때문이다.

"나는 길이요, 진리truth요, 생명이니.*" 아버지가 입버릇처럼 말하는 것을 그는 여러 번 듣는다. 길, 진리, 생명. 너는 항상 진리를 말하는 삶 속에서 길을 가야 한다. 조지는 성경이 의미하는 바가 꼭 그런 뜻은 아님을 알지만, 그가 성장하는 내내 이 말은 그의 귀에 꼭 그렇게 들린다.

아서

아서가 느끼기에 집과 교회 사이에는 흔히 있을 법한 정도의 거리감이 있었다. 하지만 두 곳 다 사람들과 이야기, 그리고 가르침으로 채워져 있었다. 그가 일주일에 한 번씩 찾아가 무릎을 꿇고 기도를 올리는 차가운 석조 교회에는 하나님, 예수 그리스도, 열두 제자, 십계명, 일곱 가지 대죄가 있었다.

---

* 요한복음 14장 6절에 등장하는 말.

찬송가와 기도문, 성경구절이 그렇듯이 모든 것은 질서정연하게 목록화되고 번호가 붙어 있었다.

그는 자신이 교회에서 배우는 것이 진리^{truth}임을 알았지만, 상상력이 풍부했기에 교회에서 배우는 것과 동일하지만 뭔가 다른, 집에서 배우는 것들을 더 좋아했다. 어머니가 들려주는 이야기는 먼 옛날의 이야기들, 그리고 옳고 그름을 구분하는 법을 가르쳐주었다. 어머니는 머리칼을 귀 뒤로 넘긴 채 주방 작업대 앞에서 포리지를 저으며 이런 이야기들을 들려주었고, 그는 어머니가 스틱으로 팬을 두드리고 잠시 말을 멈추었다가 이윽고 자신을 돌아보며 미소를 짓는 순간을 기다리곤 했다. 어머니가 잿빛 눈으로 그를 바라보는 사이, 보이지 않는 곡선을 타고 오르내리던 그녀의 목소리가 금방이라도 멈출 듯이 서서히 잦아들었다. 이야기가 막바지에 다다라 주인공뿐 아니라 듣는 사람도 안달하게 되는 엄청난 고뇌나 기쁨이 등장할 때쯤이면 그는 거의 참을 수 없는 상태였다.

"그리고 기사는 먼저 떨어진 희생자의 백골을 칭칭 휘감고 쉭쉭거리던 뱀 구덩이에 떨어졌지……."

"그리고 끔찍한 맹세를 한 못된 악당은 장화에서 비밀의 단검을 꺼내 무방비 상태였던 그에게 다가갔어……."

"그리고 처녀는 머리카락에서 핀을 뽑았고, 금색 머리타래를 창문 아래로, 아래로, 아래로, 성벽을 따라 늘어뜨렸지. 그가 서 있던 푸른 잔디에 닿을 때까지……."

아서는 꼼짝 않고 앉아 있지 못하는 기운 넘치고 고집 센 아이였다. 하지만 어머니가 포리지를 휘젓던 스틱을 들어올리기만 하면, 고요한 황홀경으로 빠져들었다. 마치 어머니의 이야기에서 걸어 나온 악당이 그의 음식에 비밀의 약초를 넣기라도 한 듯이. 기사들과 레이디들이 작은 주방을 돌아다니기 시작했다. 기사들은 서로에게 도전했고, 기적적으로 임무를 수행했다. 무기가 부딪혔고, 쇠사슬 갑옷이 철컹거렸고, 명예는 언제나 지켜졌다.

그는 이런 이야기들이 부모의 침대 옆, 그의 가계와 관련된 서류가 담긴 오래된 나무 서랍장과 얽혀 있다는 걸 처음에는 알지 못했다. 여기엔 또 다른 이야기들이 있는데, 학교 숙제와 더 흡사할 이 이야기들은 브르타뉴 공작 가문과 노섬벌랜드 공 퍼시의 아일랜드 쪽 가계, 그리고 워털루 전투에서 팩 여단을 지휘했으며 아서가 결코 잊을 수 없었던 희고 창백한 그 무엇의 숙부였던 누군가와 관련 있었다. 이 모든 이야기는 그가 어머니로부터 받은 문장학 개인교습과 연결돼 있었다. 어머니는 런던에 사는 숙부 중 한 사람이 그리고 칠한 커다란 판지를 선반에서 꺼냈다. 어머니는 문장紋章을 설명해주고, 그후엔 그가 직접 설명하게 했다. "이 문장을 나한테 선포해보렴!" 그러면 그는 구구단을 외듯이 대답했다. 갈매기 모양, 육각별, 그냥 별, 다섯 장 꽃잎, 은색 초승달, 그리고 달빛이 있어.

집에서 그는 교회로부터 배운 십계명에 앞서는 규율을 배웠다. "강자를 두려워 마라. 약자 앞에서 겸손해라"가 있었고, "어떤 계층이든 여성에겐 기사도 정신으로 대해라"도 있었다. 어머

니가 직접 가르쳐준 규율이었으므로 그는 이를 무엇보다도 중요
하게 여겼다. 또한 실제로도 그것을 이행해야 할 필요가 있었다.
아서는 자신의 처지에서 눈을 돌리지 않았다. 집은 비좁았고, 돈
은 부족했고, 어머니는 끝도 없이 일을 했고, 아버지는 변변찮은
사람이었다. 일찍부터 그는 아이다운 맹세를 했고, 그 맹세가 어
긋나지 않으리란 걸 알았다. "엄마, 엄마가 나이가 들면 벨벳 드
레스랑 황금 잔을 갖고, 벽난로 앞에 따뜻하게 앉아 있을 거야."
아서는 이야기의 시작—지금부터가 시작이다—과 행복한 결말
을 그릴 수 있었다. 거기서 빠져 있는 건 중간 부분뿐이었다.

그는 가장 좋아하는 작가였던 메인 리드 대령에게서 지침을
구했다. 그는 『소총 사격수들』과 『어느 군인의 멕시코 남부 모험
기』를 독파했다. 『젊은 탐험가들』과 『전쟁의 흔적』 그리고 『머리
없는 기수』를 읽었다. 버펄로와 북미 토인들, 쇠사슬 갑옷을 입
은 기사들과 팩 여단의 보병들이 머릿속에서 뒤섞였다. 그가 가
장 좋아하는 메인 리드의 책은 단연 『머릿가죽 사냥꾼들: 멕시
코 남부의 낭만 모험담』이었다. 아서는 아직 황금잔과 벨벳 드레
스를 어찌 구할지 알지 못했다. 그는 멕시코로의 위험천만한 여
행이 어쩌면 그것과 관련돼 있을지도 모르겠다고 생각했다.

조지

어머니는 그를 일주일에 한 번 콤슨 종조부에
게 데려간다. 그는 조지가 타넘으면 안 되는 낮은 화강암 갓돌

뒤에 산다. 멀지 않은 곳이다. 그들은 일주일마다 꽃병에 새로 꽃을 꽂는다. 그레이트 웨얼리는 26년 동안 콤슨 종조부의 교구였다. 이제 그의 몸은 교회 뜰에 안장되었고, 그의 영혼은 천국에 있다. 어머니는 쭈글쭈글해진 꽃줄기를 꺼내고, 냄새나는 물을 쏟아버리고, 나긋나긋하고 신선한 꽃을 꽃병에 꽂으며 이런 말들을 해준다. 가끔은 조지도 깨끗한 물을 붓는 일을 거들 수 있다. 어머니는 지나친 애도는 기독교인답지 않다고 말하는데, 조지는 그런 말을 이해하지 못한다.

아버지는 종조부가 천국으로 떠난 뒤 그의 교구를 물려받았다. 어느 해에 어머니와 결혼하고 다음 해에 자신의 교구를 갖게 되었고, 그다음 해에 조지가 태어났다. 그는 그렇다고 들었다. 다른 모든 것들이 그러하듯 분명하고 진실하고 행복한 이야기다. 늘 그의 곁에 있고, 글자를 가르쳐주고, 잘 자라는 키스를 해주는 어머니가 있다. 아버지는 노인과 병자를 찾아가야 하고, 설교문을 써야 하고, 설교를 해야 하므로 자리에 없을 때가 많다. 목사관, 교회, 어머니가 주일학교를 여는 건물, 정원, 고양이, 닭들, 목사관과 교회 사이의 잔디밭, 그리고 교회에 딸린 뜰도 있다. 이것이 조지의 세계이며, 그는 그걸 잘 안다.

목사관 안은 모든 게 고요하다. 이곳은 기도, 책 읽기, 그리고 바느질을 위한 곳이다. 소리를 질러서도, 뛰어다녀서도, 더러워진 꼴로 돌아다녀서도 안 된다. 벽난로는 가끔 시끄러운 소리를 낼 때가 있고, 나이프와 포크를 제대로 다루지 못할 때도 시끄러운 소리가 난다. 동생 호레이스가 태어날 때도 그랬다. 하지만 평화로운 동시에 아늑한 이 세계에서 이런 일은 예외적인 일이다. 조지에게 목사관 너머의 세상은 예상할 수 없는 시끄러운 소리와 사건으로 가득한 듯 보인다. 네 살이 된 그는 시골길로 산책을 나갔다가 소와 마주친다. 그를 놀라게 한 것은 소의 크기나 눈앞에서 덜렁거리는 젖통이 아니라, 이유 없이 우렁차게 울어대는 쉰 울음소리다. 소는 그저 기분이 나빴는지도 모른다. 조지는 울음을 터뜨리고, 아버지는 지팡이로 소를 때려 벌준다. 그러자 옆길로 몸을 피한 소는 꼬리를 들어올리더니 갑자기 똥을 싼다. 조지는 그 광경, 소똥이 잔디 위로 후두둑 떨어지는 이상한 소리, 갑자기 자제력을 잃어버린 소 때문에 깜짝 놀라고 만다. 하지만 사건을 좀 더 되새기기도 전에 어머니의 손이 그를 이끌어 데려간다.

조지가 목사관 담장 너머의 세계를 의심하게 된 건 소나, 소의 친구인 말이나 양, 돼지 때문은 아니다. 그에게 들려오는 바깥 세계의 이야기들은 걱정스럽다. 목사관 밖은 늙고 아프고 가난한 사람들로 가득했는데, 집에 돌아온 아버지의 태도나 낮은 목소리로 미뤄볼 때, 그것은 나쁜 것들이었다. 그리고 탄광 과부라 불리는 사람들도 있었는데, 조지는 그 말뜻을 이해하지 못한다. 담장 너머에는 사소한 거짓말을 하는 아이들이 있고, 더 나쁘게는 거짓말만 하는 아이들도 있었다. 근처에는 탄광이라 불리는 곳도 있었는데, 그곳에선 벽난로에 넣을 석탄이 난다. 그는 석탄이 좋은지 나쁜지 알 수가 없다. 그것은 냄새가 나고, 먼지를 피우고, 쿡 찌르면 시끄러운 소리를 내는데다, 불꽃에 가까이 다가

가면 안 된다는 말을 듣게 한다. 무엇보다도 가죽 헬멧을 쓴 크고 험악한 사람들이 그것을 등에 지고 집으로 날라온다. 바깥세상이 문을 두드릴 때마다 조지는 화들짝 놀란다. 그는 아무리 생각해도 하늘나라에 가서 종조부 콤슨을 만나게 될 때까지 어머니와 동생 호레이스, 그리고 새로 태어난 여동생 모드와 함께 집 안에 머무르는 편이 좋겠다고 생각한다. 하지만 언제까지고 이렇게 지낼 수는 없을지도 모른다는 생각도 한다.

아서

　　　　그들은 항상 이사를 다녔다. 아서가 열 살이 될 때까지 여섯 번쯤 이사했을 것이다. 식구가 늘어나면서 집은 점점 작아지는 듯 보였다. 아서 외에도 누나 아넷, 여동생 로티와 코니, 남동생 이네스, 그리고 여동생 이다와 도도라고 불리는 줄리아가 있었다. 아이들을 잘도 낳게 한 아버지―이들 외에도 살아남지 못한 아이 둘이 더 있었다―에겐 이들을 제대로 건사할 능력이 없었다. 아버지가 점차 나이 들어갈 어머니를 결코 아늑하게 살게 해주지 못하리라는 걸 진작부터 알아차린 아서는 자신이 그 역할을 맡겠다고 굳게 결심했다.

　그의 아버지―브르타뉴 공작의 혈통을 물려받은―는 귀족 가문에서 태어났다. 그에게는 재능과 빼어난 종교적 직감이 있었지만, 과민했고 기력도 약했다. 열아홉 살에 런던에서 에든버러로 온 그는 스코틀랜드 위원회에서 조사관보로 일하면서 친절하기는 하지만 종종 거칠어지는 주당들과 너무 이른 나이에 어울리게 되었다. 그는 위원회에서도, 조지 워터맨&선즈에서도 선전하지 못했다. 석판화가로서도 마찬가지였다. 부드럽고 풍성한 수염 뒤로 상냥한 표정을 간직한 그는 온유한 실패자였다. 그는 자신의 의무와 거리를 두었고, 인생에서 길을 잃고 말았다.

그는 폭력을 휘두르지도, 난폭하게 굴지도 않았다. 그는 감상에 빠지고 자기연민에 빠지고 아무 데서나 지갑을 여는 유형의 주정뱅이였다. 턱수염에 침을 줄줄 흘리는 그를 집으로 데려온 마부가 돈을 받겠다고 우기다가 결국 아이들을 깨우기 일쑤였고, 다음날 아침이면 그는 너무나 사랑하는 사람들을 돌봐줄 능력이 없다며 감상적인 넋두리를 늘어놓았다. 어느 해인가 아서는 새로운 국면에 접어든 아버지의 몰락을 지켜보는 대신 하숙집으로 가야 했으나, 그는 이미 한 남자가 무엇을 할 수 있고 또 무엇이 되어야 하는지 충분히 알고 있었다. 그의 어머니가 들려준 기사도와 로맨스 이야기에는 주정뱅이 화가가 들어설 자리가 없었다.

수채화를 그렸던 아서의 아버지는 늘 그림을 팔아 돈을 벌려고 노력했다. 하지만 그의 너그러운 성품이 언제나 방해가 되었다. 그는 누가 찾아오기만 하면 그림을 거저 주었다. 혹은 잘해야 몇 펜스를 받는 정도였다. 그는 사납고 무시무시하거나 그의 타고난 기질을 드러내는 그림을 그릴 수도 있었다. 하지만 그가 가장 즐겨 그렸고, 가장 잘 그린다고 여겨졌던 주제는 요정들이었다.

조지

　　　　　조지는 마을 학교에 다니기 시작한다. 그는 빳빳하게 풀을 먹인 깃을 달고, 단추를 느슨하게 가리는 보타이를 매고, 타이 밑까지 단추가 올라오는 조끼를 입고, 서의 수병으로 보일 정도로 높은 깃이 달린 재킷을 입는다. 다른 아이들은 이렇게까지 깔끔하지 않다. 어떤 아이들은 집에서 짠 조악한 스웨터를 입거나 형에게서 물려받은 품이 맞지 않는 재킷을 입는다. 풀 먹인 깃을 단 아이들도 있긴 하다. 하지만 조지처럼 타이를 매는 아이는 해리 찰스워스뿐이다.

　어머니는 글자를, 아버지는 단순한 계산법을 그에게 가르친 바 있다. 첫 주에 그는 교실 맨 뒤에 앉는다. 금요일에 시험을 볼 예정이고, 성적에 따라 자리가 다시 배열될 것이다. 똑똑한 아이들은 앞에, 멍청한 아이들은 뒤에 앉는다. 성적이 향상된 아이들은 이에 따른 보상으로 지식과 진실을 전달하는 선생님과 가까운 자리에 앉게 된다. 트위드 재킷에 모직 조끼를 입고, 금색 핀으로 고정한 타이를 매고, 셔츠 칼라를 단 보스톡 씨가 선생님이다. 보스톡 선생님은 항상 갈색 펠트모를 쓰고 오는데, 수업시간에는 모자가 시야에서 벗어나는 걸 용납할 수 없다는 듯 그것을 책상에 올려둔다.

　쉬는 시간이면 아이들은 운동장이라 불리는 교실 밖으로 나가지만, 그곳은 그저 탄광 쪽으로 난 들판이 바라보이는 형편없이 짓밟힌 잔디밭일 뿐이다. 이미 아는 사이인 아이들은 할 일이 없다는 이유로 즉시 싸우기 시작한다. 조지는 지금까지 싸우는 아이들을 본 적이 없다. 그들을 바라보는 조지 앞에 거친 아이들 중 하나인 시드 헨쇼가 다가온다. 헨쇼는 새끼손가락으로 양 입꼬리를 끌어올리고 엄지로 귀를 펄럭이며 원숭이 얼굴을 한다.

"안녕, 내 이름은 조지야." 그는 이렇게 말하라고 배웠다. 하지만 헨쇼는 꽥꽥거리는 소리를 내며 귀를 펄럭거릴 뿐이다.

몇몇 아이들은 농장에서 왔고, 조지는 그 아이들에게서 소 냄새가 난다고 생각한다. 다른 아이들은 광부의 자식이고, 말투가 이상한 것 같다. 조지는 같은 반 아이들의 이름을 익힌다. 시드 헨쇼, 아서 애럼, 해리 봄, 호레이스 나이턴, 해리 찰스워스, 윌리 샤프, 존 해리먼, 앨버트 예이츠⋯⋯.

아버지는 그가 친구들을 사귀게 될 거라고 말하지만, 그는 어떻게 친구를 만드는지 모른다. 어느 날 아침, 운동장에 있던 그의 뒤로 윌리 샤프가 다가와 속삭인다.

"넌 우리랑 어울리지 않아."

조지는 몸을 돌린다. "안녕, 내 이름은 조지야." 그는 이 말을 반복한다.

첫 주가 끝나갈 무렵, 보스톡 선생님은 아이들에게 읽기, 철자법, 계산법 시험을 치게 한다. 그는 나올 결과에 따라 월요일 아침에 자리를 다시 배정하겠다고 말한다. 조지는 앞에 놓인 책을 잘 읽어내지만, 철자법과 계산법 시험에서는 낙담한다. 그는 여전히 뒤쪽에 앉는다. 다음 금요일 시험도 마찬가지이고, 그다음 시험도 마찬가지다. 이제 그는 어디에 앉든 신경도 안 쓰며 보스톡 선생님과 멀리 떨어질수록 나쁜 짓을 할 수 있어 좋다고 생각하는 농부의 아이들과 광부의 아이들로 둘러싸인다. 조지는 진실과 생명과 길에서 서서히 쫓겨나고 있는 것 같다고 생각한다.

보스톡 선생님이 분필 조각으로 칠판을 쿡 찌른다. "이것과, 조지, 이것을 더하면 (쿡) 뭐지?" (쿡, 쿡)

머릿속이 온통 하얘진 조지는 아무렇게나 대답한다. 그는 "12입니다"라고 대답하기도 하고 "7.5입니다"라고 대답하기도 한다. 앞에 앉은 아이들이 웃음을 터뜨리고, 그제야 조지가 틀렸다는 걸 알아차린 농장 아이들도 웃음에 가세한다.

보스톡 씨는 한숨을 쉬며 고개를 흔들더니 항상 앞줄에서 손을 드는 해리 찰스워스에게 묻는다.

해리가 "8입니다" 또는 "13.25입니다"라고 대답하면 보스톡 선생님은 조지가 얼마나 멍청한지 보라는 듯 고개를 돌려 그쪽을 바라본다.

어느 날 오후, 조지는 목사관으로 돌아가던 길에 옷에 똥을 싼다. 어머니가 옷을 벗기고 그를 욕조에 넣어 밑을 씻긴 뒤 다시 옷을 입혀 아버지에게 데려간다. 하지만 조지는 거의 일곱 살이나 된 자기가 어째서 강보에 싸인 어린애처럼 행동했는지 설명할 수 없다.

이런 일은 또 일어나고, 또 다시 일어난다. 부모님은 벌을 내리지는 않지만, 학교에서는 멍청하고 집에서는 아기처럼 구는 맏아들에게 실망한 눈치다. 부모님을 실망시키는 것은 그 어떤 벌을 받는 것보다 나쁘다. 부모님은 조지를 두고 상의한다.

"아이가 당신의 초조한 성격을 닮았나보오, 샬럿."

"아무튼 이가 나기 때문은 아니에요."

"추워서 그런 것도 아니지, 지금은 9월이니까."

"소화가 안 되는 음식을 먹어서도 아니고요, 호레이스는 괜찮으니까요."

"그러면 뭐가 남았소?"

"책에서는 분명 두려워서 그런 것이라는군요."

"조지, 너 뭐 무서운 게 있느냐?"

조지는 아버지의 빛나는 성직자용 옷깃과 그 위의 웃지 않는 넓적한 얼굴, 세인트 마크 교회 연단에서 종종 이해할 수 없는 진실을 말하는 입, 그리고 이제는 진실을 요구하는 검은 눈을 본다. 아버지가 뭐라고 말씀하시는 거지? 그는 윌리 샤프와 시드 헨쇼를 비롯한 아이들이 두렵지만, 그애들이 두렵다고 말하는 건 결국 고자질이나 다름없다. 아무튼 그가 가장 두려워하는 건 고자질이 아니다. 마침내 그가 말한다. "제가 멍청하다는 게 무서워요."

"조지." 아버지가 대답한다. "우린 네가 멍청하지 않다는 걸 안다. 어머니와 난 네게 글자와 계산법을 가르쳐줬잖니. 넌 똑똑한 아이다. 집에서는 계산을 잘하는데 학교에서는 못하는 이유를 말해줄 수 있겠느냐?"

"아니요."

"보스톡 선생님은 우리와 다른 방식으로 가르치시느냐?"

"아니요, 아버지."

"이제는 노력하지 않는 거냐?"

"아니요, 아버지. 책을 보면 풀 수 있어요. 하지만 칠판을 보면 풀지 못하겠어요."

"샬럿, 이애를 버밍엄으로 데려가야 할 것 같소."

아서

형제의 몰락을 지켜본 아서의 숙부들은 그의 가족을 딱하게 여겼다. 그들은 아서를 잉글랜드에 있는 예수회 학교에 보내자는 해결책을 내놓았다. 아홉 살의 나이에 에든버러에서 프레스턴으로 가게 된 그는 기차를 타고 가는 내내 울었다. 그는 이제부터 어머니와 변변찮은 아버지에게로 돌아오는 매년 여름의 6주를 제외한 7년을 스토니허스트에서 보내게 될 것이었다.

예수회원들은 네덜란드에서 건너올 때 자기들만의 교육방식과 규칙을 가지고 왔다. 수업은 일곱 가지로 구성돼 있었고, 기초반, 수리반, 기본반, 문법반, 구문반, 시반, 수사학반에 각각 1년씩 할당돼 있었다.* 일반 공립학교와 마찬가지로 유클리드 기하학과 대수학과 고전을 배우는 시간도 있었는데, 이 진리들을 터득하기 위해서는 매질로 학습능력을 고취했다. 역시 네덜란드에서 건너온 장화 밑창만 한 크기와 두께의 인도산 고무나무 매질도구는 '톨리'라 불렸다. 예수회의 신념을 잔뜩 실어 톨리로

---

* 1794년에 설립된 예수회 학교 스토니허스트는 현재도 위와 거의 흡사한 교과과정을 운영한다.

손을 내리치면, 손바닥이 부어오르고 색깔이 바뀌었다. 더 큰 소년들은 보통 각 손바닥에 아홉 대씩 맞았다. 그리고 나면 죄인은 매를 맞은 손으로 교실 문고리조차 돌릴 수 없었다.

아서가 들은 바에 의하면 톨리에는 라틴어 말장난으로 이루어진 별명이 붙어 있었다. '페로', 나는 참는다, '페로' '페레' '툴리' '라툼' '툴리', 나는 참았다, 우리가 참아내는 것은 톨리이다, 알겠어?

선생들의 유머는 처벌방식만큼이나 거칠었다. 장래를 어떻게 생각하느냐는 질문을 받은 아서는 토목기사^{civil engineer}가 되고 싶다고 대답했다.

"그래, 네가 토목^{engineer}을 할 수 있을지는 모르지." 사제가 대답했다. "하지만 기사^{civil}가 될 수 있을지는 의문이구나."

아서는 학교 도서관에서 위안을 구하고 크리켓 경기장에서 행복을 찾는 덩치가 큼지막하고 혈기왕성한 소년으로 자라났다. 학생들은 일주일에 한 번 집으로 편지를 써야 했는데, 다른 학생들이 이를 처벌의 연장선이라 생각했던 반면, 아서는 그 시간을 보상으로 여겼다. 그 시간이면 아서는 어머니에게 온갖 것들에 대해 썼다. 하나님도, 예수 그리스도도, 성경도, 예수회 수사들도, 톨리도 있었지만, 그는 작지만 위엄이 넘치는 어머니를 가장 신뢰하고 그녀에게 복종했다. 엄마는 속옷에서 지옥의 불길에 이르기까지 모든 분야의 전문가였다. "맨몸 위에는 플란넬 속옷을 입어." 그녀는 조언했다. "그리고 영원한 형벌 같은 건 절대로 믿지 마라."

그럴 의도는 없었지만, 그녀는 그에게 인기를 얻는 법을 가르친 거나 다름없었다. 그는 어머니가 포리지를 젓던 스틱을 들어 올리며 들려주었던 기사도 로맨스 이야기를 급우들에게 들려주기 시작했다. 비 오는 반공일이면 그는 책상 위로 올라갔고, 아이들은 그를 둘러싸고 모여들었다. 어머니가 이야기를 들려준 방식을 기억하고 있었던 그는 어디서 목소리를 낮추고, 어떻게 이야기를 끌어내고, 가장 위험하고 고통스러운 순간에 어떻게 다음번을 기약하며 끝맺어야 하는지 알았다. 몸집이 큰 만큼 배도 많이 고팠던 그는 이야기에 대한 기본 대가로 페이스트리 하나를 받았다. 하지만 가끔은 긴장감이 최고조로 달아오른 순간에 이야기를 뚝 끊고는, 사과 한 알을 받고 나서야 나머지를 풀어놓기도 했다.

그렇게 하여 그는 이야기와 보상의 본질적 관계를 깨치게 되었다.

조지

안과의사는 어린 아이들에게 안경을 권하지 않는다. 아이들의 눈이 시간의 흐름에 따라 자연스럽게 적응하도록 내버려두는 편이 낫다. 그때까지 조지는 교실 앞자리에 앉아 있어야 한다. 그는 농장 아이들을 뒤로하고 시험을 볼 때마다 대개 1등을 차지하는 해리 찰스워스 옆에 앉게 된다. 이제 학교는 조지에게 의미가 생긴다. 이제는 보스톡 선생님의 분필이 어디를 찌르는지도 보이고, 집에 가는 길에 똥을 싸는 일도 없다.

시드 헨쇼는 꾸준히 원숭이 얼굴을 흉내내며 조지를 놀리지만, 그는 신경도 쓰지 않는다. 시드 헨쇼는 소 냄새가 나는 멍청한 농장 아이일 뿐이고, 아마 소라는 단어를 어떻게 쓰는지도 모를 것이다.

어느 날, 운동장에서 헨쇼가 달려와 조지를 어깨로 밀치고, 조지가 정신을 차리는 사이 보타이를 빼앗아 달아난다. 웃음소리가 들려온다. 조지가 교실로 들어왔을 때, 보스톡 선생님은 타이가 어디 갔느냐고 묻는다.

조지에겐 골치 아픈 문제다. 그는 같은 반 친구를 고자질하는 건 잘못이라고 알고 있다. 하지만 거짓말을 하는 건 더 나쁘다는 것도 안다. 그의 아버지는 이 문제에 대해 확고한 입장을 갖고 있다. 한번 거짓말을 시작하면 죄의 길을 걷게 될 테고, 그러면 교수대에 올라 밧줄이 목에 걸릴 때까지 그 무엇도 그를 막아줄 수 없을 것이다. 이렇게까지 말한 사람은 아무도 없었지만, 하여간 조지가 이해한 바는 이러했다. 그러므로 그는 보스톡 선생님에게 거짓말을 할 수 없다. 그는 빠져나갈 구멍―거짓말의 시작과도 같은 것으로써 나쁘기는 매한가지인―을 찾다가 그냥 대답한다.

"시드 헨쇼가 절 밀치고 타이를 가져갔어요."

헨쇼의 머리채를 붙들고 나간 보스톡 선생님은 그애가 울부짖을 때까지 때리고, 조지의 타이를 찾아오고, 학생들에게 도둑질에 관해 일장 연설을 늘어놓는다. 학교가 끝나고, 조지가 집으로 돌아가는 길목에 서 있던 윌리 샤프가 다가와 말한다. "넌 우리랑 어울리지 않아."

조지는 윌리 샤프를 잠재적인 친구 목록에서 지운다.

그는 자신이 갖지 못한 것에 대해 상실감을 느끼는 일이 거의 없다. 그의 가족은 동네 사람들과 거리를 두고 있는데, 조지는 그래서 생길지도 모르는 일들을 상상할 수 없다. 그 이유가 사교를 원하지 않아서인지, 아니면 어울리는 데 실패해서인지조차도 알 수 없다. 교류가 없다는 것이 무슨 의미인지조차 상상하지 못한다. 그는 다른 아이들의 집에 가지 않고, 따라서 다른 집에서는 어떻게 처신하는지 알지 못한다. 그의 인생은 그 자체로 자족적이다. 그에겐 돈이 없지만 돈을 필요로 하지 않았고, 돈을 추구하는 것이 만악의 근원이라고 배운 뒤에는 더욱 필요로 하지 않게 되었다. 그에겐 장난감이 없지만 장난감을 그리워하지 않는다. 그에게는 놀이하는 기술도, 그에 필요한 시력도 없다. 그는 던져진 공에 움찔 놀라며, 사방치기 금을 뛰어넘어본 적도 없다. 그는 호레이스와는 형제답게, 모드와는 상냥하게, 암탉들과는 더 상냥하게 노는 걸 행복하게 여긴다.

그는 대부분의 아이들에게 친구가 있다는 걸 안다. 성경에도 다윗과 요나단이 나온다. 그는 운동장 가장자리에 쭈그리고 앉아 주머니에서 각자의 물건들을 꺼내 보여주는 해리 봄과 아서 애럼을 본 적이 있다. 하지만 그에겐 이런 일이 일어난 적이 없다. 그가 뭔가 해야만 하는 걸까, 아니면 다른 아이들이 그에게 뭔가 해줘야 하는 걸까? 어쨌거나 그는 보스톡 선생님이면 몰라도 뒤에 앉는 아이들을 기쁘게 해줄 생각이 없다.

매월 첫째 주 일요일마다 차를 마시러 오는 스토넘 종조모가 찻잔을 요란하게 받침접시에 내려놓으며 주름진 입으로 친구는 좀 사귀었느냐고 묻는다.

"해리 찰스워스요." 그는 대답한다. "제 옆에 앉아요."

그가 종조모에게 세 번째로 같은 대답을 하자, 그녀는 찻잔을 요란하게 받침에 내려놓더니 찡그린 얼굴로 묻는다. "다른 애들은 없니?"

"다른 애들은 그냥 냄새나는 농장 애들이에요." 그가 대답한다.

스토넘 종조모가 아버지를 바라보는 눈길에서 그는 뭔가 잘못 대답했다는 걸 알아차린다. 저녁을 먹기 전에 그는 서재로 불려간다. 신앙의 권위를 등 뒤에 드리운 아버지가 책상머리에 서 있다.

"조지, 지금 몇 살이지?"

아버지와의 대화는 대개 이렇게 시작된다. 조지도 아버지도 이미 답을 알지만, 그래도 조지는 대답해야 한다.

"일곱 살이에요, 아버지."

"판단력과 지적능력이 어느 정도 갖춰졌으리라 기대하는 나이지. 그러니 묻겠다, 조지. 하나님께서 보시기에 농장에 사는 아이들보다 너를 더 중요하게 여기실 것 같으냐?"

조지는 올바른 답이 아니요, 임을 알고 있지만, 바로 대답하지 못하고 주저한다. 하나님에겐 아버지도 목사고 종조부도 목사인 목사관에 사는 아이가 해리 봄처럼 교회에도 안 나가고 멍청하고 잔인하기까지 한 아이보다 더 중요하지 않을까.

"아니요." 그가 대답한다.

"그러면 왜 그런 아이들을 냄새난다고 했지?"

이 질문에 어떤 답변이 옳을지는 분명하지 않다. 조지는 생각에 잠긴다. 올바른 대답은 진실한 대답이라고 그는 배웠다.

"냄새가 나니까요, 아버지."

아버지가 한숨을 내쉰다. "그애들에게서 냄새가 난다면, 조지, 왜 그렇지?"

"왜 그렇다니요, 아버지?"

"냄새가 왜 나겠느냐고 물었다."

"그애들은 씻지 않으니까요."

"아니야, 조지. 그애들에게서 냄새가 난다면, 그건 그들이 가난하기 때문이다. 운 좋게도 우리는 비누와 깨끗한 리넨을 살 수 있고, 욕실도 있고, 가축들과 가까운 곳에서 살지 않아도 돼. 그들은 가여운 사람들이야. 하나 묻겠다. 하나님께서는 가여운 사람들을 더 사랑하시겠느냐, 아니면 잘못된 교만으로 가득한 사람들을 더 사랑하시겠느냐?"

조지는 딱히 수긍하지 않으면서도 이 질문에는 쉽게 대답한다. "가엾은 사람들이요, 아버지."

"온유한 자는 복이 있나니, 조지, 너도 이 구절을 알 거다."

"네, 아버지."

하지만 마음속 뭔가가 이 결론을 받아들이길 거부한다. 그는 해리 봄이나 아서 애럼이 온유함과는 거리가 멀다고 생각한다.

게다가 해리 봄이나 아서 애럼에게 땅을 주겠다*는 게 하나님이 천지를 창조하면서 세운 영원한 계획이라고는 믿기지 않는다. 조지가 생각하는 정의란 그런 게 아니다. 그애들은 결국 그냥 냄새나는 농장 아이들일 뿐이다.

아서

　　　　스토니허스트 학교는 아서가 사제직 견습을 수행할 준비가 돼 있다면 등록금을 면제해주겠다고 제안했다. 그러나 엄마는 제안을 거절했다. 아서에겐 야망이 있었고, 지도자 기질이 엿보였고, 미래의 크리켓 대표팀 주장으로 꼽히고 있었다. 그녀가 보기에 아들의 미래는 종교지도자와는 거리가 있었다. 아서의 입장에서 보면, 만약 가난과 순종의 삶을 산다면 어머니에게 황금 잔과 벨벳 드레스와 아늑한 벽난로 옆자리를 가져다줄 수 없을 거라는 생각이었다.

아서는 예수회 사람들이 나쁜 사람들은 아니라고 평가했다. 그들은 인간 본성이 본질적으로 악하다고 보았고, 아서는 그들의 그런 불신이 정당하다고 보았다. 그의 아버지를 보기만 해도 알 수 있는 것이었으니까. 그들은 또한 악덕이 일찍부터 싹튼다고 믿었다. 소년들은 결코 자기들끼리만 있어선 안 되었다. 학생들의 산책엔 항상 선생들이 뒤따랐고, 밤마다 그림자를 드리운

---

* 마태복음 5장 5절의 "온유한 자는 복이 있나니 그들이 땅을 차지하게 될 것이니라"를 언급한 표현이다.

형상이 기숙사를 순시했다. 이처럼 지속적인 감시가 자기존중과 자기계발에 방해가 됐을 수도 있지만, 어쨌거나 다른 학교에 만연한 부도덕하고 부정한 행위는 거의 눈에 띄지 않았다.

아서는 신이 존재한다는 것, 소년들이 죄에 유혹을 느낀다는 것, 그리고 신부들에게 그들을 톨리로 때릴 권리가 있다는 것을 일반적인 의미에서는 대체로 믿고 있었다. 하지만 특정한 신조를 두고서는 친구 파트리지와 사적으로 논쟁을 벌이기도 했다. 아서는 크리켓 경기장에서 그에게 좋은 인상을 받았다. 세컨드 슬립에 서 있던 그는 아서가 빠르게 친 공을 순식간에 낚아채더니 눈 깜짝할 사이에 주머니에 집어넣고 몸을 돌려 경계 너머로 멀리 사라진 공을 찾는 척했다. 파트리지는 속임수를 써서 친구들을 어리둥절하게 하길 좋아했는데, 꼭 크리켓 경기장에서만 그런 건 아니었다.

"넌 무원죄잉태설이 비교적 최근인 1854년에 들어와서야 신조로 공표됐다는 거 아냐?"

"뭐, 비교적 최근이라는 생각은 했지, 파트리지."

"생각해봐. 교회는 수세기 동안 그 신조를 두고 토론해왔지, 그리고 그 기간 동안 그걸 부정한다 해서 이단이 되는 건 아니었다고. 그런데 갑자기 바뀐 거야."

"흠."

"어째서 로마는 그렇게 오랜 시간이 지난 뒤에 이 문제에서 성모마리아의 물리적인 아버지를 배제하게 된 걸까?"

"워워, 말조심해, 친구."

하지만 파트리지의 공격은 겨우 5년 전에 공표된 교황무오류설로 넘어가 있었다. 어째서 지난 수백 년 동안의 교황들은 죄를 지었을지도 모른다고 암시하면서, 지금 교황을 포함해 앞으로 모든 교황은 반대로 전혀 죄를 짓지 않을 거라고 말하는 거지? 글쎄다, 왜 그럴까. 아서가 말했다. 왜냐하면, 하고 파트리지가 다시 끼어들었다. 그건 신학적 발전의 문제라기보단 교회 정치의 문제이기 때문이지. 이게 다 영향력 있는 예수회 사람들이 바티칸에서 아주 높은 위치까지 올라가 있기 때문이야.

"그대는 나를 꾐에 빠뜨리려 하는가." 아서는 가끔 이렇게 대답했다.

"그 반대지. 네 신앙을 강화하려는 거야. 교회 안에서 자기 머리로 생각한다는 건 참된 순종에 도달하는 길이지. 교회는 위험하다고 판단할 때마다 더 강력한 교리를 부과하는 걸로 대응하거든. 단기적으로는 효과적이지만 길게 보면 그렇지 않아. 톨리 같은 거지. 네가 오늘 톨리로 맞으면, 내일이나 모레는 얌전히 있을 거야. 하지만 톨리의 기억 때문에 남은 평생을 얌전하게 지낸다는 건 헛소리 아니겠어? 안 그래?"

"제대로 맞으면 안 그럴걸."

"하지만 우린 일이년 안에 여길 떠나게 될 거야. 톨리는 더는 존재하지 않을 거고. 우린 맞으면 아프기 때문이 아니라 이성적인 논증에 따라 죄악과 범죄에 맞설 준비를 할 필요가 있어."

"하지만 어떤 애들에게는 이성적인 논증이 통하지 않을 거야."

"그러면 무엇보다도 톨리지. 이건 학교 밖에서도 마찬가지야.

그러니까 감옥도 있고, 강제노역도 있고, 교수형도 있어야 하는 거지."

"하지만 뭐가 교회를 위협한다는 거야? 교회는 강력하잖아."

"과학이. 널리 퍼져가고 있는 회의론자들의 가르침이. 교황령의 상실이. 정치적 영향력의 상실이. 20세기에 대한 전망이."

"20세기라." 아서는 순간 곰곰히 생각했다. "그렇게 먼 훗날은 생각할 수도 없어. 다음 세기가 시작할 때쯤이면 난 마흔 살이야."

"그리고 영국 대표팀 주장이고."

"글쎄다, 파트리지. 아무튼 사제가 되진 않았을 거야."

아서는 자신의 믿음이 약해지고 있다는 걸 정확히 의식하지는 못했다. 하지만 교회 안에 머물면서 자기 머리로 생각한다는 건 결국 교회 밖에서 자기 머리로 생각하는 걸로 이어지기 십상인 법이다. 그는 자신의 이성과 양심이 눈앞의 모든 걸 늘 수용하지는 못한다는 걸 깨달았다. 마지막 학년이 되었을 때, 머피 신부가 설교하러 왔다. 그는 높은 연단에 올라 교회를 벗어난 자들은 전부 저주받으리라고 얼굴을 붉혀가며 매섭게 겁박했다. 그들이 교회에 오지 않는 이유가 사악해서든, 의도가 있어서든, 아니면 단순히 무지해서든, 아무튼 그들 모두가 지옥의 불길에서 확실하게 고통 당할 거라고 했다. 그 뒤로 지옥의 고통과 비참함에 대한 구구절절한 묘사가 이어졌는데, 특히나 소년들을 움찔하게 하고자 고안된 문구들이었다. 하지만 아서는 신부의 말에 귀를 기울이지 않았다. 엄마가 그에게 사실을 이야기해주었으니까. 그는 더 이상 믿지 않게 된 이야기꾼을 바라보듯 머피 신부를 멀거니 바라보았다.

조지

　　　　　어머니는 목사관 옆 건물에서 열리는 주일학교 선생님이다. 어머니는 다이아몬드 문양으로 쌓아올린 벽돌을 보면 페어아일Fair Isle 무늬가 새겨진 이불comforter이 생각난다고 말한다. 조지는 그 말을 이해하지 못하지만, 혹시 욥을 위로하는 자*와 무슨 관계가 있는 건 아닌가 생각한다. 그는 일주일 내내 주일학교를 기다린다. 거친 아이들은 주일학교에 나오는 대신 들판을 뛰어다니고, 토끼를 쫓고, 거짓말을 하고, 영원한 지옥의 불길로 향하는 타락의 길을 걷는다. 어머니는 수업시간에 그를 다른 아이들과 똑같이 대할 거라고 말해두었다. 조지는 그 이유를 안다. 왜냐하면 어머니는 천국으로 가는 길을 모두에게 공평하게 보여줘야 하니까.

수업시간마다 어머니는 사자굴에 들어간 다니엘이나 타오르는 용광로처럼 조지도 쉽게 이해할 수 있는 흥미진진한 이야기들을 들려준다. 하지만 어떤 이야기들은 따라가기가 좀 어렵다. 그리스도는 비유를 들어 가르쳤지만, 조지는 비유를 좋아하지 않는다. '밀과 가라지' 비유를 보자. 조지는 농부의 원수가 밀 사

---

* Job's comforter, 위로하는 듯하면서 오히려 더 괴로움을 주는 사람을 가리킴.

이에 가라지를 심은 대목과, 가라지를 뽑다가 밀까지 뽑힐 수 있으니 가라지를 그대로 두어야 한다는 대목까지는 이해할 수 있다. 그래도 완전히 수긍할 수는 없다. 그는 어머니가 목사관에 딸린 정원에서 가라지를 뽑아내는 걸 가끔 보았고, 가라지와 밀이 다 자라기 전에 가라지를 뽑아내는 게 아니라면 잡초 제거란 과연 뭘 의미하는 것이겠는가. 하지만 이 점을 무시해도 그는 더 이상 나아가지 못한다. 그는 이 이야기가 뭔가 다른 것에 관한 것—비유란 원래 그런 것이니까—임을 안다. 그러나 그의 마음이 가닿지 못하는데 그 다른 것이 과연 무슨 의미이겠는가.

그는 호레이스에게 밀과 가라지 이야기를 들려주지만, 호레이스는 가라지가 뭔지조차 모른다. 호레이스는 조지보다 세 살, 모드는 호레이스보다 세 살 어리다. 여자아이이고 집에서 가장 어린 모드는 두 소년만큼 건강하지 못하며, 소년들은 모드를 지켜주어야 한다는 말을 듣는다. 그애를 지켜주려면 뭘 해야 하는지는 분명치 않다. 아마도 하면 안 되는 것들을 하지 말라는 이야기 같기도 하다. 모드를 막대기로 찌르지 말 것, 머리카락을 잡아당기지 말 것. 호레이스가 종종 하듯이 모드의 얼굴에 대고 이상한 소리를 내지 말 것.

하지만 조지와 호레이스 둘 다 모드를 지켜주기에는 역부족이었다. 의사가 드나들기 시작했고, 그가 정기적으로 모드를 검진하러 올 때마다 식구들은 불안해한다. 조지는 의사를 부를 때마다 죄책감을 느끼고, 여동생이 아픈 가장 큰 원인이 자신이라고 지목될까봐 멀찍이 물러난다. 그런 죄책감을 느끼지 않는 호레이스는 명랑하게 의사의 가방을 위층으로 가져가도 되냐고 묻는다.

모드가 네 살이 되었을 때, 아이가 너무 병약해서 혼자 재울 수 없고, 조지나 호레이스, 혹은 둘을 합쳐놔도 밤마다 여동생을 돌보기는 어렵겠다는 결론이 내려진다. 이제부터 모드는 어머니의 방에서 자게 될 것이다. 그와 동시에 조지는 아버지와 자게 될 테고, 호레이스는 혼자서 어린이방을 쓰게 될 거라고 한다. 조지는 이제 열 살, 호레이스는 일곱 살이다. 이 시기는 죄를 저지르기 시작하는 나이이고, 따라서 형제 둘만 남겨둬서는 안 된다는 생각이었는지도 모른다. 어떤 설명도 없고, 아무도 토를 달지 않는다. 조지는 아버지와 자게 된 것이 벌인지 상인지 묻지 않는다. 원래 그런 법이고, 그 외의 말은 더 이상 필요가 없다.

조지와 아버지는 깨끗이 청소한 바닥에 나란히 무릎을 꿇고 기도를 드린다. 그리고 아버지가 문을 잠그고 불을 끄는 동안 조지는 침대로 올라간다. 잠이 올 무렵 조지는 가끔 바닥을 생각하고, 바닥을 닦아내듯이 자신의 영혼도 닦아내야 하는 게 틀림없다고 생각한다.

쉽게 잠들지 못하는 아버지는 끙끙거리고 쌕쌕거리는 소리를 낼 때가 있다. 박명이 커튼 사이로 스미는 이른 새벽이면 아버지는 가끔 조지에게 교리문답을 낸다.

"조지, 넌 어디 사느냐?"

"그레이트 웨얼리의 목사관에요."

"목사관은 어디에 있지?"

"스태퍼드셔에 있어요, 아버지."

"그러면 스태퍼드셔는 어디에 있지?"

"잉글랜드의 중심부에 있어요."

"그리고 잉글랜드는 무엇이지, 조지?"

"대영제국의 고동치는 심장부예요, 아버지."

"좋다. 그러면 대영제국의 동맥과 정맥을 따라 머나먼 해안까지 흘러가는 혈액은 무엇이냐?"

"영국국교회예요."

"그래, 조지."

그리고 아버지는 한동안 다시 신음을 내뱉으며 쌕쌕거린다. 조지는 커튼의 윤곽선을 바라본다. 그는 침대에 누운 채 세계지도에 붉은 선을 그리며 분홍색으로 칠해진 호주와 인도와 캐나다와 어디에나 분산된 섬들을 대영제국과 연결하는 동맥과 정맥을 생각한다. 마치 전선처럼 해저에 깔린 혈관들을 떠올린다. 거기서 거품처럼 솟아오른 피가 시드니와 봄베이, 케이프타운으로 분출하는 장면을 떠올린다. 혈통, 그는 언젠가 이런 단어를 들었다. 귓속에 흐르는 피의 맥박을 느끼며 그는 다시 잠에 빠져든다.

아서

아서는 대학입학시험을 우등으로 통과했다. 하지만 그는 여전히 열여섯 살에 불과했기에 오스트리아의 예수회 학교에서 1년 더 수학하게 되었다. 펠트키르히는 난방이 들어오는 기숙사도 갖춰졌고 맥주도 마실 수 있게 해주는 더 친절한 곳이다. 긴 산책을 할 때가 있는데, 이때마다 영국인 학생들은 의도적으로 독일어를 구사하는 학생들 옆에 배치되었고, 따라서 독일어를 하지 않을 수 없었다. 아서는 직접 손으로 쓴 문학·과학 잡지인 〈더 펠트키르히언 가제트〉의 편집자이자 단독 기고자를 자임했다. 그는 죽마를 타고 하는 축구를 했고, 가슴에 두 번 휘감기는 생김새에, 불면 심판의 날에 들을 법한 소리를 내는 봄바던 튜바Bombardon tuba를 다루는 법을 배웠다.

에든버러로 돌아온 그는 아버지가 공식적으로는 간질발작 때문에 요양원에 머물고 있다는 걸 알았다. 더 이상 아버지에게서 수입을 기대할 수 없었다. 요정 수채화로 그나마 간간이 벌던 몇 푼의 동전조차도. 그래서 장녀인 아넷은 이미 포르투갈로 보내져 가정교사로 일하고 있었다. 로티도 곧 언니를 따라갈 예정이었고, 그들이 집으로 돈을 보낼 거라고 했다. 엄마의 다른 수입원은 하숙을 치는 거였다. 아서는 당황했고 치욕스러워했다. 다른 사람도 아닌 그의 어머니가 하숙집 아주머니라는 지위로 격하되어서는 안 되었다.

"하지만 아서, 사람들이 하숙생들을 받지 않았다면 네 아버지는 팩 할머니랑 살러 오지 않았을 테고, 그랬다면 나도 네 아버지를 만나지 못했을 거야."

이 말은 아서에게 하숙을 치는 문제보다 더 화가 나는 논점을 불러왔다. 그는 아버지를 어떤 식으로든 비난해선 안 된다는 걸 잘 알고 있었고, 그래서 그저 침묵을 지켰다. 하지만 엄마는 분명 더 나은 짝을 만날 수 있었는데, 아닌 척하는 건 말도 안 되는 일이었다.

"그리고 네 아버지를 만나지 못했다면," 그녀는 굴복하지 않을 수 없는 잿빛 눈으로 미소 지으며 말을 이었다. "아서 너뿐만 아니라 아넷도, 로티도, 코니도, 이네스도, 이다도 없었을 거야."

이 말은 명백한 사실인 동시에 그로서는 해결하기 힘든 형이상학적 수수께끼였다. 그는 이 문제를 두고 파트리지와 토론할 수 있기를 바랐다. 아버지가 다른 사람이더라도 나는 완전히 아니면 적어도 비슷하게나마 나 자신일 수 있을까? 아버지가 다른 사람이라면, 여동생들도 그들 자신들이 아니게 되는 걸까? 다들 코니가 더 예쁘다고들 했지만 그는 로티를 가장 예뻐했는데, 특히나 로티도 그렇게 되는 걸까? 그는 다른 사람이 된 자기 자신은 상상할 수 있었지만, 로티만은 아주 작은 점이라도 다른 모습이 된 걸 상상할 수 없었다.

엄마의 첫 번째 하숙생을 이미 만나지 않았다면 아서는 그들의 격하된 사회적 지위에 대한 엄마의 대응책을 좀 더 잘 참아 넘길 수 있었을지도 모른다. 브라이언 찰스 월러라는 이름의 첫 번째 하숙생은 아서보다 고작 여섯 살 위일 뿐이었지만, 이미 면허를 취득한 의사였다. 그는 책을 출간한 시인이기도 했고, 그의 삼촌은 『허영의 시장』의 헌정사를 받았다고도 했다. 아서는 그자가 박식하고 심지어 학구적이며 무신론을 열렬히 옹호한다는 사실에는 별 감정이 없었다. 하지만 월러가 바로 자신의 집에서 너무나 느긋하게 지내며 매력을 발산한다는 점은 마음에 들지 않았다. 미소를 지으며 손을 내밀고 "네가 아서로구나"라고 말하는 방식, 자기가 아서보다 이미 한 발 앞섰다는 걸 은근히 과시하는 방식, 런던에서 맞춘 두 벌의 정장을 입는 방식, 일반론과 경구를 늘어놓는 방식, 로티와 코니와 어울리는 방식, 엄마와 함께 있는 방식이 모두.

그는 아서에게조차 느긋하게 매력을 발산했는데, 이제 막 오스트리아에서 학업을 마치고 돌아온, 몸집이 크고, 태도가 어색하고, 고집이 센 전직 학생에게는 이게 잘 먹히지 않았다. 가슴에 두 번 감기는 봄바던 튜바를 울러멨을 때처럼 어처구니없는 기분으로 자기 집 벽난로 앞에 선 아서가 나도 내가 왜 이러는지 모르겠다고 생각할 때조차 윌러는 그를 다 이해한다는 듯 굴었다. 그는 윌러가 자신의 속내를 깊숙이 들여다보는 양 굴면서—이게 가장 짜증나는 순간이었는데—거기서 발견한 아서의 생각을 대수로운 듯 대수롭지 않게 넘겨버릴 때마다 분통을 터뜨리고 싶었다. 마치 자신이 야기한 그 모든 혼란들이 놀랍지도 중요하지도 않다는 듯 미소짓는 모습을 볼 때마다.

인생 참 느긋하고 매력적으로 사시네, 젠장.

조지

　　　　조지가 기억하는 한 목사관에는 늘 잡역부 하녀가 하나 있는데, 그녀는 어딘가에서 바닥을 닦고, 먼지를 털고, 윤을 내고, 불을 피우고, 쇠살대를 검기고, 구리냄비를 불에 올린다. 거의 해마다 하녀가 결혼하거나 캐녹이나 월솔, 심지어 버밍엄으로 떠나거나 해서 사람이 바뀐다. 조지는 그들에게 주의를 기울인 적이 없었고, 이제 매일 기차를 타고 러질리 학교에 갔다가 돌아오게 되면서부터는 더욱 볼 일이 많지 않다.

그는 곧 이름조차 잊을 멍청한 농장 아이들과 이상한 말씨를 쓰는 광부의 아이들이 다니는 마을 학교를 탈출하게 되어 기쁘다. 그는 러질리에서 더 나은 부류의 아이들과 학교를 다니게 되고, 지성을 배양하는 게 유용한 일이라고 생각하는 선생들을 만난다. 그는 친한 친구를 만들 정도는 아니라도, 급우들과 잘 어울려 지낸다. 해리 찰스워스는 월솔 학교에 다니는데, 요새는 서로 마주칠 일이 있을 때마다 고개만 끄덕여 보일 뿐이다. 조지의 학업, 그의 가족, 그의 믿음, 그리고 이런 것들에서 우러난 그의 의무감이 무엇보다도 중요하다. 다른 일들은 나중에도 할 수 있을 것이다.

어느 토요일 오후, 조지는 아버지의 서재로 불려간다. 책상에는 커다란 성서용어 색인이 펼쳐져 있고, 내일의 설교를 위한 메모가 놓여 있다. 아버지는 마치 연단에 서 있을 때처럼 그를 바라본다. 조지는 아버지의 첫 마디가 무엇일지 정도는 알고 있다.

"조지, 이제 몇 살이지?"

"열두 살이에요, 아버지."

"지혜와 신중함이 일정 정도에 다다랐다고 여겨지는 나이지."

조지는 이 말이 질문인지 아닌지 몰라 침묵을 지킨다.

"조지, 엘리자베스 포스터가 말하길 네가 그녀를 이상한 눈길로 본다고 하더구나."

그는 혼란스럽다. 엘리자베스 포스터는 몇 달 전부터 일하게 된 새로 온 하녀다. 그녀는 전에 있던 하녀들과 마찬가지로 하녀용 제복을 입는다.

"그게 무슨 뜻이죠, 아버지?"

"그 말이 무슨 뜻이라고 생각하느냐?"

조지는 한동안 생각에 잠긴다. "그 말이 뭔가 죄와 관련돼 있나요?"

"만약 그렇다면, 그게 무슨 죄겠느냐?"

"아버지, 제가 저지른 유일한 죄는 그녀 역시 하나님의 피조물이라는 걸 알면서도 그녀에게 거의 눈길을 주지 않았다는 거예요. 전 그녀가 물건들을 잘못 놓았을 때를 제외하고는 두 번이상 말을 건넨 적이 없어요. 전 그녀를 쳐다볼 이유가 없어요."

"쳐다볼 이유가 전혀 없느냐, 조지?"

"전혀 없어요, 아버지."

"그러면 그애에게 그애가 멍청하고 못된 아이라고 일러둬야겠구나. 그런 짓을 또 저지르면 해고할 거라고 말이다."

조지는 어서 라틴어 동사를 공부하고 싶을 뿐이다. 그래서 엘리자베스 포스터가 어떻게 되든 신경도 쓰지 않는다. 엘리자베스 포스터가 어떻게 될지를 신경 쓰지 않는 게 죄인지 아닌지도 궁금하지 않다.

아서

　　　　아서는 에든버러 대학에서 의학을 공부하기로
결정이 났다. 그는 책임감이 있고 근면하니 조만간 환자들이 믿
고 따를 만한 견고한 침착함을 갖출 수 있을 것이었다. 아서도
의사가 되면 좋겠다는 생각에 동의했다. 비록 그 생각의 출처를
의심하기는 했지만. 엄마는 펠트키르히로 편지를 보내 처음으로
의학 공부를 제안했는데, 그 편지는 엄마가 닥터 월러를 하숙생
으로 받고 채 한 달도 지나기 전에 쓴 것이었다. 그냥 우연이었
을까? 아서는 그렇기를 바랐다. 그는 어머니와 침입자가 자신의
미래를 의논하는 장면을 도저히 상상할 수 없었다. 다들 끊임없
이 그에게 들먹이듯이 닥터 월러가 의사이자 책을 출간한 시인
이며 『허영의 시장』의 헌정사를 받은 삼촌을 둔 작자일지라도.

　월러는 그에게 장학금을 받을 길을 알려주겠다고 했는데, 그
것조차 자기 좋으려고 하는 짓으로 느껴졌다. 아서는 청소년 특
유의 뚱한 태도로 마지못해 응했고, 이 때문에 엄마에게 따로 잔
소리를 들었다. 이제 그는 귀 뒤로 쓸어넘긴 부분이 하얗게 세어
아름다움을 잃어가는 엄마의 머리칼을 내려다볼 정도로 키가
컸다. 하지만 엄마의 잿빛 눈동자와 조용한 목소리, 그리고 거기
깃든 도덕적 권위는 어느 때보다도 강력했다.

　월러는 훌륭한 선생이었다. 그들은 그리어슨 장학금을 타기 위
해 함께 고전을 벼락치기로 공부했다. 2년간 한 해 40파운드씩
받게 되면 집에 상당한 보탬이 될 것이다. 마침내 편지가 도착하
자 집안 사람들은 일제히 환호성을 올렸고, 그는 처음으로 성취

를 거둬 어머니의 기나긴 희생에 무언가 보답할 수 있게 됐다고 생각했다. 다들 악수와 키스를 나누었고, 우습게도 감상에 빠진 로티와 코니는 어린 여자애들답게 울음을 터뜨렸다. 아량을 넓게 갖기로 한 아서는 월러에 대한 의혹을 슬며시 내려놓았다.

며칠 후, 그는 장학금을 수령하려고 대학을 찾아갔다. 직위를 정확히 밝히려 하지 않는 키 작은 담당자가 당황한 태도로 그를 응대하며 이렇게 말했다. 전적으로 유감스러운 일이다. 어떻게 그런 일이 벌어졌는지 아직도 모르겠다. 일종의 행정적 실수였다. 그리어슨 장학금은 오직 예술대 학생에게만 주어진다. 아서의 지원서를 받아서는 안 되는 거였다. 앞으로 조치를 취하겠다 등등.

하지만 다른 상금이나 지원금도 얼마든지 있지 않느냐고 아서가 목록 전체를 지적했다. 그중 하나를 그에게 주면 될 일 아닌가. 뭐, 그렇긴 하다. 이론적으로는 그럴 수도 있는 일이다. 사실 목록에 실린 다음번 장학금은 의대생들을 위한 것이었다. 한데 불운하게도 다른 사람들이 이미 받아갔다. 사실, 남아 있는 장학금은 하나도 없었다.

"눈 뜨고 당한 꼴이네요!" 아서가 소리쳤다. "눈 뜨고 당했다고요!"

분명 불운한 일이었다. 뭔가 조치가 취해질 수 있을지도 모른다. 그리고 다음 주에 어떤 조치가 취해졌다. 아서는 신경도 안 쓰는 어느 기금에 축적된 7파운드의 위로금을 받게 되었다. 대학 당국은 참으로 우아하게도 그거면 아서의 목적을 충당할 수 있으리라 판단했다.

이때 처음으로 그는 엄청난 부당함을 경험했다. 톨리로 맞을 때도 이런저런 납득할 만한 이유는 늘 있었다. 아버지가 요양원으로 끌려갔을 때도, 비록 그 일이 아들로서 마음의 상처로 남기는 했지만, 그는 아버지를 탓하지 않을 순 없다고 생각했다. 그건 비극적이었지만 부당하지는 않았다. 그러나 이건, 이건! 그는 대학을 상대로 소송을 걸 수도 있었다. 이 생각에 맞장구치는 사람들도 있었다. 그는 대학 당국을 고소하고 장학금을 요구하려고 했다. 그러나 윌러는 자신이 교육을 받게 될 기관을 고소하는 것은 현명하지 못한 처사라고 설득했다. 얄팍한 자존심을 지킨다는 것 말고는 되는 일이 없을 테니, 남자답게 실망을 견디라고 했다. 아서는 아직 거주한 적조차 없는 남자다움이라는 세계에 대한 호소를 받아들였다. 그러나 설득력 있는 척 받아들였던 그 침착한 말들은 사실 그의 귓가에 거의 와닿지도 않았다. 그가 더 이상 믿지도 않는 지옥의 한 구석처럼, 그의 내부에서 모든 것들이 곪고 타오르고 악취를 풍기고 있었다.

조지

　　　　　기도가 끝나고 불이 꺼지면 아버지는 조지에게 거의 말을 걸지 않는다. 그들은 하나님의 품에 안겨 얌전히 잠을 기다리며 설교의 의미를 되새겨야 하기 때문이다. 사실 조지는 설교내용보다는 다음 날 수업을 생각하는 경향이 있다. 하나님이 이를 죄로 여기실 거라고 생각하지도 않는다.

"조지." 아버지가 불쑥 말한다. "목사관 근처에서 얼쩡거리는 사람을 본 적이 있느냐?"

"오늘이요, 아버지?"

"아니, 오늘이 아니라 보통 때 말이다."

"아니요, 아버지. 누가 여길 왜 얼쩡거리겠어요?"

"네 어머니와 난 익명의 편지를 받고 있다."

"얼쩡거리는 사람이 보내는 편지인가요?"

"그래. 아니, 모르겠다. 이상한 점은 뭐든 내게 말해주면 좋겠구나, 조지. 누군가가 문 밑으로 편지를 넣는다든가, 누군가 서 있다면 말이다."

"편지가 누구 이름으로 왔나요, 아버지?"

"익명으로 보낸다니까, 조지." 어둠 속이었지만 그는 아버지가 인내심을 잃어간다는 걸 느낄 수 있다. "익명이란 말이다, 그리스어, 그다음엔 라틴어에서 왔지. 이름이 없다는 뜻이다."

"편지에서 뭐라고 하나요, 아버지?"

"사악한 내용이 적혀 있지. 모든…… 사람들에 관한."

조지는 심각하게 생각해야 한다는 걸 알면서도 한편으로는 너무나 신난다. 그는 탐정 놀이를 해도 된다는 허가를 받은 셈이었고, 학교공부를 방해하지 않는 한도 내에서 자주 탐정 행세를 하며 돌아다닌다. 그는 나무 둥치 뒤쪽에서 살핀다. 계단 아래 작은 창고에 숨어 현관을 관찰한다. 집에 오는 사람들의 행동을 살핀다. 그는 확대경이나, 심지어 망원경도 가질 수 있다면, 하고 생각한다. 그는 아무것도 발견하지 못한다.

해리먼 씨의 헛간이나 애럼 씨의 별채 외벽에 그의 부모에 대해 사악한 말들을 쓰는 자가 누구인지는 밝혀지지 않는다. 글자들은 지워지자마자 수수께끼처럼 다시 나타난다. 조지는 그 내용을 전해듣지 못한다. 어느 날 오후, 그는 모든 훌륭한 탐정이 그러하듯 마을을 한 바퀴 돌며 정찰에 나서서 해리먼 씨의 헛간까지 슬그머니 다가가지만, 보이는 건 군데군데 젖었다가 마른 흔적이 있는 외벽뿐이다.

"아버지." 불이 꺼지자 그가 속삭인다. 그는 이 문제를 얘기할 수 있도록 허락된 시간이 지금이라고 생각한다. "제 생각엔 보스톡 선생님이에요."

"보스톡 선생님께서 왜?"

"선생님한테는 분필이 아주 많아요. 선생님은 언제나 분필을 많이 갖고 있었어요."

"그건 사실이다, 조지. 하지만 보스톡 선생님은 빼도 될 거다."

며칠 후 조지의 어머니는 손목을 삐는 바람에 모슬린 천으로 손목을 싸맨다. 그녀는 엘리자베스 포스터에게 푸줏간에서 사올 것들을 목록으로 써달라고 부탁한다. 하지만 엘리자베스 포스터에게 그 목록을 들려 그린실 씨에게 보내는 대신, 어머니는 그것을 들고 조지의 아버지에게 간다. 잠긴 서랍 속의 내용물과 목록이 대조되고, 엘리자베스 포스터는 해고된다.

후에 아버지는 캐녹의 치안판사를 찾아가 이 일에 대해 설명한다. 조지는 자기도 증거를 제출하라는 요청을 받으면 좋겠다고 은밀히 생각한다. 아버지의 말에 따르면 그 못된 여자애는 전부 바보 같은 장난이었다고 했으며, 그녀는 치안을 어지럽히면 처벌한다는 경고와 함께 풀려난다.

엘리자베스 포스터는 다시는 모습을 드러내지 않는다. 얼마 지나지 않아 다른 하녀가 온다. 조지는 탐정 놀이를 더 잘해낼 수 있었을지도 모른다고 생각하는 한편, 해리먼 씨의 헛간과 애럼 씨의 별채에 분필로 뭐라고 적혀 있었는지 알 수 있었다면 좋았을 거라고 생각한다.

아서

아일랜드 혈통으로 스코틀랜드에서 태어나 네덜란드 예수회 학교에서 로마의 신앙을 배운 아서는 잉글랜드인이 되었다. 잉글랜드의 역사가 그를 매료했다. 잉글랜드의 자유가 그를 자랑스럽게 했다. 잉글랜드의 크리켓에서는 애국심을 느꼈다. 잉글랜드 역사에서 가장 위대한 시기—그런 시기가 너무 많긴 했지만—는 14세기였다. 잉글랜드 궁수들이 중원을 호령하고 프랑스 왕과 스코틀랜드 왕이 둘 다 런던에 포로로 잡혀 있던 시기.

그러나 그는 엄마가 포리지 스틱을 들어올리며 해주던 이야기들도 결코 잊지 않았다. 아서가 보기에 잉글랜드의 뿌리는 오래전에 사라졌고, 오랫동안 기억되었고, 오래전에 고안된 기사도의 세계에 그 근원을 두고 있었다. 케이 경보다 충실한 기사는 없었고, 랜슬럿 경보다 용감하고 호색한 기사는 없었고, 갤러허드 경보다 덕망이 뛰어난 기사는 없었다. 트리스탄과 이졸데보다 진실한 연인은 없었고, 귀네비어보다 아름다우면서도 불신실한 아내는 없었다. 물론 아서 왕보다 용감하고 고결한 왕도 없었다.

미천한 자들부터 고귀하게 태어난 자들까지, 모든 이들은 기독교인의 덕을 실천할 수 있었다. 하지만 기사도 정신은 강한 자들의 특권이었다. 기사는 레이디를 지켰고, 강자는 약자를 도왔다. 명예란 그것을 지키기 위해서라면 언제든지 죽을 준비가 돼 있어야 하는 살아 있는 생명체와도 같았다. 안타깝게도 갓 면허를 딴 의사가 추구할 수 있는 성배와 모험은 무척 제한돼 있었다. 버밍엄의 공장들과 중산모로 이루어진 현대 세계에서 기사도라는 개념은 한낱 스포츠맨십으로 격하된 듯 보였다. 하지만 아서는 가능한 한 어디서나 기사의 규율을 실천했다. 그는 자신의 말을 지키는 사내였다. 빈민들을 도왔고, 저열한 감정들을 다스렸고, 여성을 존중했다. 그에게는 어머니를 구하고 보살필 장기적인 계획이 있었다. 유감스럽게도 14세기는 지나갔고, 그가 기사도의 꽃이자 리더스데일의 영주인 윌리엄 더글러스도 아닌 이상, 이것만이 현재의 아서가 해낼 수 있는 최선이었다.

아서가 처음 여성에게 접근할 때 그 원칙을 제시한 건 생리학 교과서가 아니라 기사도 규율이었다. 여자들의 마음을 끌 만큼 잘생긴 그는 남자답게 추파를 던졌다. 한번은 영예롭게도 동시에 다섯 여자들과 사랑에 빠졌노라고 엄마에게 자랑스레 말하기도 했다. 여자들은 학교에서 만난 죽마고우들과는 달랐지만, 적어도 동일한 규칙을 몇 가지 적용할 수 있었다. 예를 들어 한 여자가 마음에 들면 별명을 붙여준다. 이를테면 엘모어 웰던에 게. 그는 예쁘고 생기가 넘치는 그녀에게 몇 주 동안 미친 듯이 구애했고, 그녀에게 폭풍우가 몰아치는 동안 돛대와 활대 끝에 나타나는 신비의 불길인 성 엘모의 불길을 따서 엘모라는 별명을 붙였다. 그는 살아 움직이는 바다의 위협과 마주한 선원이 된 자신과, 그런 그를 위해 어두운 하늘을 환히 밝히는 불길이 된 그녀를 즐겨 상상했다. 사실 그는 엘모에게 청혼하려고까지 했지만, 이내 마음을 접었다.

이 시기에 그는 또한 『아서 왕의 죽음』에는 거의 등장하지 않은 현상인 몽정에 대해 꽤나 신경을 쓰고 있었다. 젖어 있는 아침의 시트는 기사도적 꿈들의 가치뿐 아니라 그가 몰두하던 주제인 남자란 무엇인지, 혹은 무엇이 되어야 하는지에 대한 의미 또한 손상시켰다. 아서는 신체활동을 늘림으로써 잠잘 때의 자신을 통제할 길을 찾았다. 이미 권투와 크리켓, 축구를 하던 그는 골프도 시작했다. 다른 남자들이 외설 책들을 읽을 때 그는 『위스던』*을 읽었다.

그는 잡지사에 원고를 보내기 시작했다. 그는 또다시, 커다래진 눈으로 그를 바라보며 입을 떡 벌린, 쉽게 넘어가는 소년들을 앞두고 책상 위에서 능수능란하게 목소리 연기를 펼치는 소

---

* Wisden, 크리켓 관련 기록을 수록한 연감 형태의 책.

년이 되었다. 그는 자기가 읽고 싶은 이야기를 썼다. 그래야 글쓰기라는 게임에 가장 걸맞은 방식으로 접근할 수 있을 것 같았다. 그는 파묻힌 보물들이 발견되기도 하고, 주민의 상당수가 못된 악당들과 구출할 처녀들로 구성된 머나먼 나라를 모험지로 설정했다. 단 한 종류의 영웅만이 그가 그려낸 위험천만한 모험들을 해낼 수 있었다. 자기연민과 알코올에 절어 하등 도움이 안 되는 인생을 사는 사람들은 당연히 적합지 않았다. 아서의 아버지는 엄마를 구출하는 기사로서의 임무에 실패했다. 그리고 그 임무는 아들의 손에 떨어졌다. 14세기의 방식으로는 어머니를 구할 수 없었으므로, 그는 수준이 좀 떨어지기는 하지만 자신이 할 수 있는 방식을 동원해야 했다. 그는 이야기를 썼다. 그는 이야기 속에서 다른 사람들을 구하는 걸 묘사함으로써 어머니를 구할 것이다. 이 묘사들이 그에게 돈을 가져다줄 테고, 돈이 그 나머지를 해결해줄 것이다.

조지

　　　　크리스마스가 2주 앞으로 다가온 시점이다. 이제 16세가 된 조지는 전과는 달리 크리스마스를 유별나게 생각하지 않는다. 그는 구세주의 탄생이 엄숙한 진실이고, 매년 축하해야 할 일이라는 걸 알지만, 호레이스와 모드와는 달리 기뻐하며 설레거나 야단법석을 떨지 않는다. 그는 러질리의 옛 학교 친구들이 은근슬쩍 드러내던 소박한 희망을 공유하지도 않는다.

목사관에는 하찮은 선물들이 놓일 자리가 없기 때문이다. 러질리의 친구들은 해마다 눈이 오기를 간절히 바라고, 눈이 내리게 해달라고 기도함으로써 신앙의 위신을 떨어뜨린다.

조지는 스케이트나 썰매를 타거나 눈사람을 만드는 데 아무 관심이 없다. 그는 이미 장래 계획에 몰두해 있다. 그는 러질리를 떠나 버밍엄의 메이슨 칼리지에서 법학을 전공하고 있다. 학업에 전념한다면, 그래서 첫 시험을 통과한다면 그는 수습변호사가 될 수 있다. 5년의 수습기간을 거치면 마지막 시험을 치른 뒤에 사무변호사가 될 수 있다. 그는 재킷의 주머니 사이에 회중시곗줄을 황금 밧줄처럼 늘어뜨린 채로 정장을 입은 자신이 법학서적에 둘러싸여 책상 앞에 앉아 있는 모습을 상상한다. 그는 존경받는 자신의 모습을 상상한다. 모자를 쓴 모습도 상상한다.

12월 12일 오후, 그가 집으로 돌아왔을 때는 이미 어둑어둑하다. 목사관 현관에 도착한 그는 계단에 놓여 있는 물체를 본다. 그는 허리를 숙이고 물체를 가까이서 들여다본다. 만지니 차갑고 손에 드니 묵직한 느낌이 전해지는 커다란 열쇠다. 조지는 이 열쇠가 대체 무슨 용도인지 알지 못한다. 목사관 열쇠는 훨씬 작다. 교실 열쇠도 마찬가지다. 교회 열쇠는 다르게 생겼고, 농장 열쇠처럼 보이지도 않는다. 하지만 열쇠의 무게를 고려할 때, 뭔가 심각한 목적이 있는 듯 여겨진다.

그가 아버지에게 열쇠를 가져가자 아버지 역시 어리둥절해한다.

"계단이라고 했니?" 아버지는 답을 아는 질문을 또다시 던진다.

"네, 아버지."

"그리고 이걸 거기다 둔 사람은 못 봤고?"

"못 봤어요."

"그러면 역에서 목사관까지 오는 동안 이쪽에서 나오는 사람은 아무도 못 봤어?"

"네, 아버지."

열쇠를 편지와 함께 헨스퍼드 경찰서에 보내고 사흘 뒤에 조지가 학교에서 돌아오니, 업턴 경사가 주방에 앉아 있다. 아버지는 교구를 돌아보느라 출타중이고, 어머니는 초조한 얼굴로 서성이고 있다. 조지는 문득 열쇠를 찾아준 데 대한 보상이 있는가 보다 생각한다. 이것이 러질리의 아이들이 좋아하던 이야기와 같은 상황이라면, 이 열쇠로 금고나 보물상자를 열 수 있을 테고, 이제 영웅은 ×자가 표시된 구겨진 지도를 구해야 할 터다. 하지만 조지는 사실과 지나치게 동떨어진 이런 이야기에 등장하는 모험에 별 관심이 없다.

업턴 경사는 대장장이 같은 몸집에 얼굴이 붉다. 어두운 색의 서지 천 제복이 몸을 꽉 죄는지 계속 씩씩거리는 소리를 낸다. 그는 조지를 위아래로 훑어보며 그러는 사이 고개를 끄덕인다.

"자네가 열쇠를 찾아낸 젊은 친구로군."

조지는 엘리자베스 포스터가 벽에 낙서를 하던 시기에 탐정놀이를 했던 걸 기억한다. 이제 또 다른 수수께끼가 생겼다. 이번에는 경찰과 미래의 사무변호사가 수수께끼를 풀어야 한다.

흥분도 되지만, 자신에게 적합한 일이라는 생각도 든다.

"네, 문간에 있었어요." 경사는 대답도 없이 고개만 계속 끄덕거린다. 그가 말하기를 불편해하는 게 아닐까 싶은 생각에 조지는 돕고자 한다. "보상이 있나요?"

경사는 놀란 표정이다. "어째서 보상이 있냐고 물어보는 거지? 다른 사람도 아니고 자네가?"

조지는 이 말을 보상이 없다는 뜻으로 받아들인다. 아마도 경찰은 잃어버린 물건을 되찾아준 그를 칭찬하러 온 모양이다. "그 열쇠가 어디서 온 건지 찾아내셨어요?"

업턴은 이 질문에도 대답하지 않는다. 그는 대신 수첩과 연필을 꺼낸다.

"이름?"

"제 이름 아시잖아요."

"이름 대라고 했다."

좀 예의바르게 행동하는 게 좋을 텐데, 하고 조지는 생각한다.

"조지예요."

"그래, 계속."

"어니스트."

"또."

"톰슨."

"계속."

"제 성 아시잖아요. 제 아버지, 어머니와 같은 성이에요."

"계속하라니까, 이 건방진 쬐끄만 꼬마야."

"에들지Edalji."

"아, 그래." 경사가 말한다. "그거 철자를 좀 불러줘야겠는데."

아서

아서의 결혼은 그의 최초의 기억과 마찬가지로 죽음에서 비롯되었다.

의사 면허를 취득한 그는 셰필드, 슈롭셔, 그리고 버밍엄에서 대진 의사로 일했다. 그후에는 '희망'이라는 이름의 증기포경선에서 외과의 자리를 얻었다. 배를 타고 피터헤드를 떠나 얼음으로 뒤덮인 북극으로 간 그들은 바다표범을 비롯해 쫓아가서 죽일 수 있는 것이라면 무엇이든 추격했다. 아서는 할 일이 많지 않았고 그 역시 정상적인 젊은이였던 까닭에, 행복하게 술을 마시거나 필요하다면 싸움질도 벌여서 빠르게 동료 선원들의 신뢰를 얻었다. 자주 바다에 빠지기도 해서, 동료들은 그에게 위대한 북극 잠수부라는 별명을 붙여주었다. 건강한 영국인답게 그는 사냥을 즐겼다. 항해하는 동안 그의 사냥주머니는 55마리의 바다표범으로 채워졌다.

그는 끝없이 이어진 얼음판 위에서 바다표범을 때려잡을 때마다 작게나마 혈기왕성한 남자들의 경쟁심을 느꼈다. 그러던 어느 날 그들은 북극고래를 잡았는데, 이는 그가 지금까지 알아온 것들과는 전혀 다른 경험이었다. 연어잡이 같은 게 위풍당당한 게임으로 꼽힐지 몰라도, 어지간한 집채보다 무거운 북극의 사냥감에 비하면 모든 비교가 무색하다. 손 내밀면 닿을 거리에서 아서는 고래의 눈―놀랍게도 수송아지의 눈보다 크지 않았다―이 서서히 희미하게 꺼져가는 것을 보았다.

희생물의 신비함. 그의 사고방식에서 뭔가가 변했다. 그는 눈 내리는 하늘 아래 총으로 오리를 사냥했고, 자신의 사격술을 자랑스레 여겼다. 하지만 그 마음 아래에는 잡을 수는 있으나 담을 수는 없는 어떤 감정이 있었다. 총에 맞아 떨어지는 모든 새들은 지도에도 실리지 않은 땅의 돌들을 모래주머니에 품고 있었다.

그후 그는 리버풀에서 카나리아제도와 아프리카 서쪽 해안으로 가는 '마윰바' 호에 올라 남쪽으로 향했다. 배에서의 술 마시기는 계속되었지만, 싸움은 브리지 테이블이나 크리비지 점수판 앞에서만 벌어졌다. 북극의 장화와 고래잡이들의 편안한 옷차림을 여객선의 금장 단추와 서지 정장과 맞바꾼 건 후회할 법한 일이었을 수도 있으나, 그래도 이번 여행에는 여성 동반자라는 보상이 있었다. 어느 날 밤, 숙녀들은 그의 침대에 애플파이를 넣어두는 장난을 쳤다. 다음날 그는 그들 중 누군가의 나이트가운에 날치 한 마리를 숨겨놓는 걸로 장난스럽게 복수했다.

그후 그는 마른 땅과 상식, 그리고 직업의 세계로 돌아왔다. 그는 사우스시에서 놋쇠명패를 내걸었다. 그는 프리메이슨에 가입했고, 제257피닉스 지부의 회원이 되었다. 포츠머스 크리켓 클럽 주장이 되었고, 햄프셔에서 가장 든든한 윙백이라는 평을 들었다. 사우스시 볼링 클럽의 고정회원 닥터 파이크는 그에게 환자들을 보냈고, 그레셤 생명보험사는 그를 건강진단 담당의로 고용했다.

어느 날, 닥터 파이크는 최근 과부인 어머니와 누나를 데리고 사우스시로 갓 이사 온 한 젊은 환자에 대한 2차 소견을 아서에게 물었다. 그저 예의상의 절차일 뿐이었다. 잭 호킨스가 보이는 증상은 뇌막염이 분명했고 아서를 포함한 그 어떤 의사도 손을 쓸 수 없었다. 어떤 호텔도, 어떤 하숙집도 이 불쌍한 사내를 받으려 하지 않았다. 그래서 아서는 그를 자기 집에 입원환자로 받기로 결정했다. 호킨스는 아서보다 고작 한 달 먼저 태어났을 뿐이었다. 임시 처방으로 칡즙을 수천 번쯤 복용했음에도 그는 갑자기 상태가 악화되더니 의식이 혼미한 채로 방 안의 모든 물건들을 부수었다. 그리고 며칠 후에 사망했다.

아서는 어려서 희고 창백한 그 무엇을 처음 보았을 때보다 더 자세히 시신을 관찰했다. 의대에 다니던 시절, 그는 죽은 사람의 얼굴에 마치 살아서 느꼈던 긴장과 억압이 더 큰 평화에 자리를 내주고 물러난 듯 보이는 흔적이 종종 나타난다는 걸 깨달았다. 과학은 사후경직완화라고 설명했지만, 아서는 한편으로 그게 완전한 설명은 아닐지도 모른다고 생각했다. 죽은 사람 역시 지도에도 실리지 않은 땅의 돌을 모래주머니에 품고 있는지도 모른다.

마차 한 대로 이루어진 장례행렬을 따라 자기 집에서 하일랜드 묘지로 향하는 사이, 아서는 이제 남자의 도움 없이 낯선 마을에 외따로 살게 된 검은 옷차림의 어머니와 여동생에게 기사도적 감정이 샘솟는 걸 느꼈다. 루이자가 베일을 걷자 해록색이

감도는 푸른 눈동자에 수줍고 젊은 여인의 둥근 얼굴이 드러났
다. 체면을 차리는 기간이 지나자 아서는 그녀의 셋방에 드나들
어도 좋다는 허락을 받았다.

젊은 의사는 이 섬—사우스시는 겉모습과 달리 섬이었다—이
중국식 마술고리처럼 연결돼 있다고 설명했다. 가운데는 열린
공간, 그다음에는 마을로 이루어진 중간 고리, 마지막은 바다로
이루어진 바깥 고리. 그는 그녀에게 자갈투성이의 토양과 그 원
인인 건조한 날씨에 대해 설명했고, 프레더릭 브램월 경의 위생
설비가 효과적이라고 이야기했고, 마을이 건강하고 장수하는 사
람들로 명성이 높다고 말했다. 마지막 말을 듣고 갑자기 기분이
언짢아진 루이자는 브램월에 대한 질문으로 자신의 감정을 숨
겼다. 결국 그녀는 훌륭한 토목공학자인 브램월에 관한 이야기
를 듣고 또 들어야 했다.

그렇게 밑작업이 이루어지자 해당 장소를 제대로 체험할 시
간이 되었다. 그들은 군악대가 종일 연주하고 있는 듯 보이는
두 군데의 부둣가를 방문했다. 거버너스 그린*에 도열한 깃발들
을 보았고, 공유지에서 이루어지는 교전 훈련을 지켜보았고, 쌍
안경으로 멀리 스핏헤드에 정박한 전투함을 보았다. 클래런스
산책로를 걷는 동안 아서는 그녀에게 전투에서 얻어낸 모든 전
리품과 기념물들을 하나하나 설명했다. 여기에는 러시아 포가,
저기에는 일본 대포와 박격포가, 그리고 사방에는 갖가지 이유

---

* Governor's Green, 사우스시 섬의 한 지역으로 개리슨 성당 옆의 평지를 가리킨다.

들—황열병, 침몰, 인도 반란군의 믿을 수 없는 행위 등—에 의해 제국 곳곳에서 죽어간 해병들과 보병들을 위한 명판과 방첩탑들이 있었다. 그녀는 의사의 이런 관심이 좀 병적인 건 아닌가 하는 생각을 했지만, 그 순간 이런 생생한 호기심이 지칠 줄 모르는 그의 신체와 잘 어울린다는 쪽으로 생각하기로 마음먹었다. 심지어 그는 그녀를 합승마차에 태우고 왕립 클래런스 군수품 창고까지 데려가서 건빵 제조과정을 보여주기도 했다. 밀가루로 반죽을 만드는 것부터 돌아가는 방문객들의 잇새에 낀 채로 남게 될 반죽에 열을 가하는 과정까지.

루이자 호킨스 양은 교제—교제가 이런 것이라면—라는 것이 이렇게나 체력 소모가 크고, 관광 비슷한 것이 될 수 있으리라고는 생각지도 못했다. 다음 날, 그들은 와이트^{Wight} 섬이 있는 남쪽으로 눈길을 돌렸다. 산책로에서 아서는 그곳을 가리키며 자신이 벡티스 섬*의 푸른 언덕들을 어떻게 부르는지 알려주었다. 그녀에게 그 표현은 대단히 시적으로 느껴졌다. 그들은 멀찍이서 오즈본 하우스**를 보았고, 그는 여왕이 머물 때 수상교통이 어떻게 늘어나는지 설명했다. 그후 그들은 증기선을 타고 솔렌트를 지나 섬을 한 바퀴 돌았다. 결국 갑판의자와 깔개를 달라고 해야 할 때까지 그녀는 니들스와 앨럼 베이, 캐리스브룩 성, 랜드슬립, 그리고 언더클리프를 보고 또 보았다.

어느 날 저녁, 사우스 퍼레이드 부두에서 바다를 바라보던 그

---

* 와이트 섬의 다른 이름.
** Osborne House, 빅토리아 여왕의 여름 거처였던 곳.

는 그녀에게 아프리카와 북극에 갔던 경험을 들려주었다. 하지만 그가 동료들이 얼음판 위에서 사냥하는 걸 보고 자신의 사냥주머니를 자랑스러워하지 않게 되었다는 말을 했을 때, 그녀의 눈에 눈물이 차올랐다. 그는, 일단 여성들을 잘 알게 되면 그들의 특질이라는 사실 또한 알 수 있는 내면의 온화함이 그녀에게도 깃들어 있음을 알았다. 그녀는 항상 미소를 지을 준비가 돼 있었지만, 잔인한 유머나 유머를 던지는 사람의 우월성이 암시된 유머는 견디지 못했다. 그녀에겐 곱슬곱슬하고 사랑스러운 머리칼과 관대하고 열린 마음, 그리고 그녀만의 적은 수입이 있었다.

지금까지 아서는 여자들에게 추파를 던져왔을 뿐이었다. 이제 동심원을 그리는 휴양지를 따라 걷는 동안, 그녀가 그의 팔에 익숙해지는 동안, 그가 그녀의 이름을 루이자가 아닌 투이로 바꿔 부르는 동안, 돌아서는 그녀의 엉덩이를 슬쩍 곁눈질하는 동안, 그는 자신이 그 이상을 원한다는 걸 깨달았다. 또한 그는 그녀라면 자신을 남자로 만들어줄 수 있으리라 생각했다. 이는 결국 결혼의 주요 원칙 중 하나이니까.

어쨌든, 앞날이 창창한 젊은이였던 아서는 맨 먼저 엄마의 승낙을 받아야 했다. 엄마는 며느릿감을 보려고 햄프셔에서 사우스시를 찾아왔고, 루이자가 세심하고 다루기 쉬운 성격을 지녔으며 유서 깊은 가문 출신은 아니라도 기품이 있다고 생각했다. 사랑하는 아들을 당황케 할 천박함이나 눈에 띄는 도덕적 결함은 없는 것 같았다. 장차 아서에게 방해가 될 허영심을 애써 감추고 있는 것 같지도 않았다. 루이자의 어머니인 호킨스 부인은 명랑하고 점잖아 보였다. 결혼을 승낙하면서 그녀는 심지어 꼼짝 않고 앉아 있는 루이자를 보니 무언가가 느껴진다고 생각했다. 루이자에서 자신의 젊은 시절이 떠오른 것이다. 한 어머니로서는 그 이상 바랄 게 없었다.

조지

버밍엄의 메이슨 칼리지를 다니게 되면서 조지는 집으로 돌아오는 저녁마다 시골길을 산책하는 버릇을 들인다. 운동을 위해서는 아니다. 운동이라면 러질리에서 할 만큼 했다. 그가 산책하는 이유는 책을 다시 들여다보기 전에 머리를 깨끗이 비우기 위해서이지만, 이는 대개 실패했다. 계약법의 내용이 금세 그의 머릿속에 들어차기 때문이다. 하늘에는 반달이 떠 있고 시골길에는 간밤에 내린 서리가 반짝이는 차가운 1월의 저녁, 조지는 길을 걸으며 내일의 평범한 사건—곡물저장고의 오염된 밀가루에 관한—을 위한 변론을 중얼거린다. 그런 조지 앞으로 나무 뒤에 있던 누군가가 뛰쳐나온다.

"월솔로 가는 길인가보지?"

두툼한 몸집에 붉은 얼굴을 한 업턴 경사다.

"뭐라고요?"

"내가 하는 말 들었잖아." 가까이 선 업턴이 음험한 눈길로 조지를 바라본다. 조지는 경사가 약간 돌아버린 모양이라고 생각하면서도 농담을 건넨다.

"제가 월솔로 가는 길이냐고 물어보셨죠."

"귀는 달려 있나보군." 그는 말이나 돼지처럼 씩씩거린다.

"전 다만 왜 그렇게 물어보시는지 궁금했을 뿐입니다. 이 길은 월솔로 향하지 않으니까요."

"우리 둘 다 잘 알지. 우리 둘 다." 업턴은 한걸음 다가오더니 조지의 어깨를 움켜쥔다. "우리가 둘 다 잘 아는 게 뭘까, 그게 뭘까. 넌 월솔로 가는 길을 알고, 나도 월솔로 가는 길을 알고, 그리고 네가 월솔에 뭔가 꿍꿍이가 있다는 걸 알지. 아닌가?"

경사는 정말로 머리가 돈 모양이다. 게다가 꽉 쥔 손에 조지의 어깨가 아플 정도다. 2년 전 호레이스와 모드를 위한 크리스마스 선물을 샀던 날 이후로 지금까지 월솔에 간 적도 없다는 걸 경사에게 알려주는 편이 나을까?

"넌 월솔에 갔었지. 그리고 학교에서 열쇠를 훔쳐서 네 집 현관 앞에 둔 거지. 안 그래?"

"절 모욕하고 계시네요."

"그럴 리가. 널 모욕하다니. 넌 업턴 경사한테 모욕을 받고 싶은 모양이군. 원한다면 그렇게 해주지."

조지는 정답을 모르는 채 먼 칠판을 응시하던 때의 기분을 느낀다. 바지에 똥을 싸기 전의 기분도 느낀다. 정확한 이유도 모르는 채 그는 이렇게 말한다. "전 사무변호사가 될 거예요."

경사는 조지의 어깨를 움켜쥐었던 손을 풀고 한 걸음 물러나더니 면전에 대고 웃음을 터뜨린다. 그러고는 조지의 장화 쪽으로 침을 뱉는다.

"그렇게 생각하나? 사-무-변-호-사라고? 너 같은 똥개한테는 어울리지도 않는 무리한 말이군. 업턴 경사가 이렇게 말하는데도 넌 사-무-변-호-사가 될 수 있다고 생각하나?"

조지는 그가 사무변호사가 될 수 있을지 없을지 결정하는 문제는 메이슨 칼리지와 사무변호사협회의 시험관들에게 달려 있다고 말하려다가 그만둔다. 그는 가능한 한 빨리 집으로 돌아가 아버지에게 이 일을 알려야겠다고 생각한다.

"하나 더 묻지." 업턴의 목소리가 아까보다 부드럽게 들리기에 조지는 그의 농담을 조금 더 받아주기로 한다. "손에 그건 뭐지?"

조지는 팔을 드는 동시에 장갑을 낀 손을 펼친다. "이거요?" 그가 묻는다. 이 작자는 분명 정신적으로 문제가 있는 모양이다.

"그래."

"장갑이죠."

"그래, 좋아. 사-무-변-호-사가 될 똑똑한 젊은 원숭이라면 장갑이 '장비를 갖춘다'는 뜻이라는 걸 알고 있겠지. 아닌가?"

그러고 나서 그는 다시 침을 뱉더니 발을 쿵쿵 구르며 갈 길을 간다. 조지는 울음을 터뜨린다.

집에 도착한 그는 부끄러움을 느낀다. 열여섯 살이나 먹었으니 울어선 안 된다. 호레이스는 여덟 살 이후로 울지 않는다. 모드는 많이 울지만, 그애는 몸도 아프고 여자애 아닌가.

조지의 이야기를 들은 아버지는 스태퍼드셔 지서장에게 편지를 쓰겠다고 말한다. 한낱 경관이 그의 아들을 공공장소에서 무례하게 대했을 뿐 아니라 절도 혐의까지 씌우다니, 치욕적이다.

그 경관은 해고되어야 마땅하다.

"그런데 좀 미친 사람 같아요, 아버지. 저한테 두 번 침을 뱉었어요."

"너한테 침을 뱉었다고?"

조지는 한 번 더 생각한다. 여전히 무섭기는 하지만 이번엔 사실을 축소해서 말할 필요가 없음을 그는 안다.

"확실하진 않아요, 아버지. 1야드 정도 떨어져 있었거든요. 하지만 그는 분명 제 발 쪽으로 침을 뱉었어요. 거친 사람들이 흔히 그러는 것처럼 그냥 뱉은 걸 수도 있죠. 하지만 침을 뱉을 때 저한테 화를 내는 것처럼 보였어요."

"그것이 그가 그런 의도를 갖고 있었다는 증거가 될 수 있느냐?"

조지는 아버지의 말이 반갑다. 그는 장차 사무변호사가 될 사람으로 대우받고 있는 것이다.

"아닐지도 몰라요."

"나도 그렇게 생각한다. 좋다. 침 뱉은 얘기는 쓰지 않으마."

3일 후, 샤푸르지 에이들지Shapurji Edalji 목사는 스태퍼드셔 지서장이자 대위 각하*인 조지 A. 앤슨의 답장을 받는다. 1893년 1월 23일이라고 적힌 편지에는 사과의 말이나 어떤 조치를 취하겠다는 내용은 전혀 포함돼 있지 않다. 대신 앤슨은 다음과 같이 썼다.

---

* the honourable, 백작의 자녀들에게 붙이는 호칭.

아드님 조지 군에게 12월 12일 귀댁 현관 앞에 놓여 있던 열쇠를 누구에게 받는지 물어봐주시겠습니까? 그 열쇠는 도난 당한 것입니다만, 이 일이 그저 한가롭고 단순한 장난이었다면 이와 관련해 더 이상의 수사는 진행하지 않을 생각입니다. 하지만 만약 열쇠 도난과 관련된 자들이 이와 관련해 어떠한 설명도 하지 않는다면, 저는 당연히 이를 심각한 절도사건으로 간주할 것입니다. 아드님이 열쇠에 대해 아는 바가 없다고 주장한 것은 절대 믿을 생각이 없음을 알려드립니다. 이 문제와 관련해 제가 알고 있는 정보는 경찰을 통한 것이 아닙니다.

목사는 자신의 아들이 고결하고 명예로운 아이라는 사실을 안다. 아들은 어머니를 닮은 게 분명한 그 조바심 많은 성격을 극복해야겠지만, 이미 장래성을 보이고 있다. 목사는 이제 그를 어른으로 대접하기 시작하려는 참이다. 그는 조지에게 편지를 보여주고 의견을 묻는다.

조지는 편지를 두 번 읽고 생각을 가다듬으려고 잠시 시간을 들인다.

"길에서," 그는 천천히 운을 뗀다. "업턴 경사는 제가 월솔 학교에서 열쇠를 훔쳤다는 혐의를 씌웠어요. 반면 지서장은 제가 다른 사람, 혹은 여러 사람들과 열쇠를 훔쳤다고 생각하고 있군요. 누군가가 열쇠를 훔쳤고, 제가 훔친 열쇠를 계단에 놓았고요. 아마 그들은 제가 2년 동안 월솔에 간 적이 없다는 사실을 알아냈나봐요. 그래서 말을 바꾼 거죠."

"그래, 나도 동의한다. 그리고 또 어떤 생각이 드느냐?"

"둘 다 돌아버린 것 같아요."

"조지, 그런 유치한 표현은 쓰지 마라. 그리고 어떤 경우에도 우리는 기독교도로서 마음이 허약한 사람들을 가엾게 여기고 돌봐줄 의무가 있다."

"죄송해요, 아버지. 그러면 제가 생각할 수 있는 것이라고는…… 그들은 제가 알 수 없는 모종의 이유로 절 의심하는 게 분명해요."

"그리고 '이 문제와 관련해 제가 알고 있는 정보는 경찰을 통한 것이 아닙니다'라는 말은 무슨 뜻이라고 생각하느냐?"

"분명 누군가에게서 절 모함하는 편지를 받았다는 뜻일 거예요. 그게 아니라면…… 그가 사실을 말하고 있는 게 아닐 수도 있고요. 알지도 못하는 일을 아는 척하는 것일 수도 있어요. 그냥 엄포를 놓는 것일 테죠."

샤푸르지는 아들에게 미소를 짓는다. "조지, 네 시력으로는 결코 수사관은 될 수 없을 거다. 하지만 네 머리라면 훌륭한 사무변호사가 될 수 있겠구나."

아서

　　　　아서와 루이자가 결혼한 곳은 사우스시가 아니었다. 신부의 원교구인 글로스터셔 민스터워스도 아니었다. 아서가 태어난 곳도 아니었다.

갓 자격의가 된 아서는 엄마와 남동생 이네스, 세 여동생 코니, 이다, 그리고 어린 줄리아를 남겨두고 에든버러를 떠났다. 시인인지 아닌지는 몰라도 하숙생인 건 분명한, 세상을 쉽게 사는 작자인 닥터 브라이언 월러도 그의 집에 남겨둔 상태였다. 월러가 공부를 도와준 건 고마웠지만, 그는 여전히 언짢은 마음을 떨치지 못했다. 월러가 아무런 사심 없이 그러지는 않았으리라는 의혹이 남아 있었던 것이다. 하지만 월러가 무엇 때문에 그랬는지는 알 수가 없었다.

집을 떠나면서 아서는 월러가 곧 에든버러에 적당한 병원을 차리고 지역의로서 소박한 명성을 누리며 아내를 얻어서 그들 가족의 기억 속에 가끔 등장하는 존재로 멀어지는 모습을 상상해보았다. 하지만 그의 상상대로 될 것 같진 않았다. 가족을 먹여살릴 임무를 맡아 세상에 나선 아서는 월러가 자신의 임무를 대신하게 되었음을 알아차렸는데, 그건 월러가 나설 일이 아니었다. 아서는 엄마에게 편지를 쓸 때마다 그런 표현을 쓰지 않으려고 애를 썼지만, 그는 둥지 속 뻐꾸기나 다름없었다. 집에 올 때마다, 아서는 가족의 이야기가 자신이 떠났을 때 멈췄다가, 돌아왔을 때 그가 떠났던 대목에서 다시 시작된다고 마음 편히 믿었다. 하지만 그는 매번 자신이 가장 좋아하는 이 이야기가 그가 없을 때도 이어지고 있다는 사실을 깨닫게 되었다. 그는 자신이 오가는 말들, 예상치 못한 눈짓과 암시들, 그 자신이 등장하지 않는 일화들을 따라잡기 위해 애쓰고 있음을 깨달았다. 그가 없어도 삶은 계속되고 있었으며, 심지어 그 하숙인에 의해 생기를 얻은 듯 보였다.

브라이언 월러는 개업의도 되지 않았고, 시를 끼적이는 특기를 직업으로 삼지도 않았다. 요크셔 웨스트 라이딩의 잉글턴 토지를 상속받은 그는 잉글랜드 대지주의 한가로운 인생에 정착했다. 한 마리 뻐꾸기에 불과했던 그가 메이슨길 하우스라 불리는 회색 석조 둥지와 이를 둘러싼 24에이커의 숲을 소유하게 된 것이었다. 뭐, 좋아. 차라리 잘됐어. 하지만 아서가 이 희소식을 겨우 음미하고 있을 때쯤, 엄마가 이다와 도도를 데리고 에든버러를 떠나 그들을 위한 코티지가 마련된 메이슨길로 왔다는 편지를 보내왔다. 엄마는 공기가 상쾌하다거나 아이들의 건강을 위해서라거나 하는 핑계도 대지 않았다. 그냥 이미 일어난 일을 적었을 뿐이었다. 게다가 그들은 벌써 떠난 뒤였다. 아, 좋은 구실이 하나 있긴 했다. 집세가 매우 싸다는 거였다.

아서는 유괴당한 기분과 동시에 배신감을 느꼈다. 아무리 생각해도 월러가 기사도적인 행위를 한 거라고는 생각할 수 없었다. 진정한 기사라면 오랫동안 머나먼 나라에서 길고, 아마도 힘겨울 임무를 수행하면서 엄마와 여동생들을 위한 비밀스러운 유산을 예비해둘 수 있어야 했다. 진정한 기사라면 둘 중 어느 쪽인지는 모르나, 로티나 코니를 버려선 안 되었다. 아서에게는 증거가 없었고, 월러가 한 짓은 잘못된 기대를 하게 만드는 추파 정도에 지나지 않았을지 모르나, 특정한 암시와 여성 특유의 침묵이 그가 생각하는 그것이 맞다면, 분명 그들 사이에는 뭔가 있었다.

안타깝게도 아서의 의심은 거기서 끝나지 않았다. 그는 분명하고 확실한 걸 좋아하는 젊은이였지만, 지금 상황은 분명치 않은 것들이 많았고, 분명한 것들은 받아들일 수 없는 종류의 것들이었다. 윌러가 하숙생 이상의 존재였다는 건 얼굴에 코가 있다는 사실만큼이나 명백했다. 그는 종종 가족의 친구로, 나아가서는 가족이나 다름없는 사람으로 불렸다. 아서에겐 아니었지만. 그는 갑자기 형제가 불쑥 나타나는 걸 바라지 않았고, 엄마가 그에게 본 적 없는 미소를 지어 보이는 것도 바라지 않았다. 윌러는 아서보다 여섯 살 위였고 엄마보다는 열다섯 살 아래였다. 아서는 어머니의 명예를 지키기 위해서라면 불길에 몸이라도 던질 생각이었다. 그의 원칙, 가족에 대한 생각, 그에 따른 의무감은 전부 엄마로부터 비롯된 것이었다. 하지만 그는 가끔 치안판사 법정이라면 이 상황을 어떻게 볼 것인지 궁금했다. 어떤 증거가 나올 것인가? 배심원단은 어떤 추정을 내릴 것인가? 생각해보자. 예를 들어 이런 항목. 알코올중독자였던 그의 아버지는 요양원을 제 집처럼 드나들었고, 그의 어머니는 브라이언 윌러가 하숙생으로 지내는 동안 마지막 아이를 낳았다. 그녀는 이 막내딸에게 네 개의 세례명을 붙였다. 마지막 세 개는 메리 줄리아 조세핀이었고, 애칭은 도도였다. 하지만 도도의 첫 이름은 브라이언이었다. 다른 건 다 그만두고서라도, 아서는 브라이언이 여자애 이름이라는 데는 도무지 동의할 수가 없었다.

아서가 루이자에게 구애하는 동안, 요양원에서 어찌하여 술을 구하는 데 성공한 그의 아버지는 유리창을 깨고 탈출하려다가 몽로즈 왕립 정신병원으로 이송되었다. 1885년 8월 6일, 아서와 투이는 요크셔 외곽인 손턴 인 론스데일의 성 오스월드 교회에서 결혼식을 올렸다. 신랑은 26세, 신부는 28세였다. 아서의 들러리는 사우스시 볼링 클럽회원도, 포츠머스 문학과학협회 회원도, 제257피닉스 지부 단원도 아니었다. 결혼식을 처음부터 끝까지 준비한 사람은 엄마였고, 아서의 들러리는 장차 엄마에게 벨벳 드레스와 황금 잔, 그리고 벽난로 옆의 안락한 자리를 마련해줄지도 모를 브라이언 월러였다.

조지

조지가 커튼을 젖혔을 때, 잔디밭 한가운데 놓인 빈 우윳통이 조지의 눈에 들어온다. 그는 아버지에게 우윳통을 가리켜 보인다. 그들은 옷을 입고 우윳통을 조사하러 나간다. 가까이 들여다보자 뚜껑이 없는 우윳통 밑바닥에 죽어 있는 찌르레기가 보인다. 그들은 재빨리 퇴비더미에 새를 묻는다. 조지는 어머니에게 도로가에 세워둔 우윳통에 대해 알려야 한다는 아버지의 의견에 동의한다. 하지만 들어 있던 내용물에 대해서는 알리지 않기로 한다.

다음 날, 조지는 두 아내를 데리고 브리우드 교회 무덤가에 서 있는 남자가 그려진 엽서를 받는다. 엽서에는 이렇게 적혀 있다. "옛날처럼 벽에 낙서하는 놀이를 계속해볼까?"

그의 아버지 역시 서투른 필체로 적힌 편지를 받는다. "매일 매시간, 조지 에들지를 향한, 너의 빌어먹을 아내에 대한, 그리고 너의 끔찍한 어린 딸에 대한 나의 증오가 커져가고 있다. 너 바리새인이여, 네가 목사라는 이유로 신께서 네가 저지른 죄악을 사해주시리라 믿느냐?" 그는 조지에게 이 편지를 보여주지 않는다.

그리고 아버지와 아들은 그들 둘 모두 앞으로 보낸 편지를 받는다.

하하, 업턴 만세! 사랑하는 업턴!
업턴에게 축복을! 사랑하는 업턴!
업턴에게 축복을!
사랑하는 업턴을 위하여!

일어서라, 업턴을 위해 일어서라
십자가의 용사들이여
고결한 깃발을 높이 들어올려라
손해만 보고 있을쏘냐

목사와 아내는 이제부터 목사관으로 오는 편지는 전부 직접 열어보기로 한다. 무슨 일이 있어도 조지의 학업이 이런 편지들로 방해를 받아서는 안 된다. 그러므로 조지는 다음과 같이 시작되는 편지는 보지 못한다. "신께 맹세하노니 나는 반드시 누군가를 해할 것이다. 내가 이 세상에서 유일하게 생각하는 것은 복수, 복수, 간절히 바라는 달콤한 복수뿐이고 나는 행복하게 지옥으로 갈 것이다." 그는 다음과 같은 편지도 보아선 안 된다. "올해가 가기 전 네 자식은 무덤에 묻히거나 남은 평생을 치욕 속에서 살아가게 될 것이다." 그러나 그는 이렇게 시작하는 편지는 보았다. "사악한 바리새인 선지자, 네놈은 엘리자베스 포스터를 모함하고 너와 네 빌어먹을 아내의 집에서 내쫓았다."

이런 편지들이 점점 더 많이 도착한다. 싸구려 줄 공책에서 찢어낸 종이에 적힌 이 편지들은 캐녹, 월솔, 러질리, 울버햄튼, 심지어는 그레이트 웨얼리에서 보내온 것들이다. 목사는 이 편지들을 어떻게 처리해야 할지 알 수가 없다. 처음에는 업턴, 나중에는 지서장이 보인 행동을 고려할 때, 경찰에 보내봤자 별 도움이 될 듯 보이지 않는다. 편지가 쌓여가자 그는 각각의 편지들이 지닌 특징을 취합해본다. 이는 다음과 같다. 엘리자베스 포스터에 대한 변호, 업턴 경사와 경찰 일반에 관한 광적인 찬사, 에들지 가에 대한 정신 나간 증오, 실제이건 아니건 종교에 대한 일관된 광적 태도. 필체는 다양했다. 그가 상상하듯, 누군가 필체를 위장하려 할 때의 글씨 같기도 하다고 생각한다.

샤푸르지는 깨달음을 바라며 기도한다. 그는 인내심을 발휘하게 해달라고 기도하고, 그의 가족을 위해 기도하고, 약간은 내키지 않는 마음으로 편지를 쓴 자를 위해서도 기도한다.

조지는 그날의 첫 편지가 도착하기 전에 메이슨 칼리지로 향하지만, 집에 돌아오면 대개 익명의 편지가 또 왔다는 걸 알 수 있다. 어머니는 침묵이 그들을 진흙과 더러움이 가득한 땅 속으로 중력처럼 끌고 들어갈지도 모른다는 듯이 이 주제에서 저 주제로 오가며 애써 활기찬 척한다. 감정을 감추는 데 능하지 않은 그의 아버지는 테이블 상석에 화강암 조각상처럼 묵묵히 앉아 있다. 이런 부모의 반응은 서로의 신경을 더 날카롭게 한다. 중간자 역할을 맡은 조지는 아버지보다는 많이, 그러나 어머니보다는 적게 말하려고 한다. 그러는 동안 호레이스와 모드는 제지당하지 않고 조잘조잘 떠들어댄다. 편지 문제로 인해 일시적으로나마 생겨난 유일한 혜택이라면 혜택이다.

열쇠와 우윳통 다음엔 다른 물건이 목사관에 등장한다. 백랍으로 만든 국자가 창틀에 놓여 있다. 정원용 갈퀴에 꽂혀 있는 죽은 토끼가 잔디 위에 있다. 현관 계단에 계란 세 개가 깨져 있다. 조지와 아버지는 아침마다 어머니와 어린 동생들이 밖으로 나오기 전에 주변을 수색한다. 어느 날 그들은 잔디밭에 각각 간격을 두고 놓여 있는 20페니와 반 페니 동전들을 찾아낸다. 목사는 그 돈을 교회에 대한 기부금으로 생각하기로 한다. 새들도 있는데 대부분 목이 졸려 죽었고, 한번은 대번에 눈에 띄는 곳에 대변이 놓여 있기도 했다. 동틀 녘마다 조지는 가끔 누군가가 있거나 자신을 관찰하고 있는 정도까지는 아니지만, 누군가가 조금전까지 있다가 방금 가버린 것 같다는 느낌을 받는다. 하지만 붙잡히거나 목격된 사람은 아무도 없다.

그리고 못된 장난질이 이어진다. 어느 날, 예배가 끝나고 난 뒤 행오버 농장의 벡워스 씨가 목사와 악수를 나누고는 윙크를

던지며 말한다. "새로 사업을 시작하시나보군요." 샤푸르지가
영문을 모르겠다는 표정을 짓자 백워스는 〈캐녹 체이스 쿠리어〉
에서 오려낸 기사를 건넨다. 가리비 모양의 장식을 두른 글상자
안에 다음과 같은 광고가 실려 있다.

성격 나쁘고 못된 신사와 결혼 가능한 정숙하고
아이도 잘 낳을 젊은 여성 구함
S. 에들지 목사에게 문의할 것
그레이트 웨얼리 목사관
요금 지불가능

　신문사 사무실을 찾아간 목사는 이미 세 건의 광고가 발주됐
다는 말을 듣는다. 하지만 광고주를 직접 만난 사람은 없다고 한
다. 우편환이 동봉된 봉투에 주문사항이 담겨 있었다는 것이다.
동정심이 많은 광고 담당자는 남은 광고는 싣지 않겠다고 제안한
다. 범인이 항의하거나 돈을 돌려달라고 하면 경찰을 부를 것이
다. 하지만 그는 사설란 담당이 이 이야기에 흥미를 보이리라고
는 생각하지 않는다. 성직자를 기분 나쁘게 하려는 건 아니지만,
신문의 명성을 고려해야 하고, 광고가 질 나쁜 장난이었다고 공
표하는 건 다른 기사에 대한 신뢰도 떨어뜨릴 수 있기 때문이다.
　샤푸르지가 목사관으로 돌아왔을 때, 노퍽에서 온 붉은 머리
의 젊은 부목사가 그를 기다리고 있다. 그는 기독교인답게 울화
통을 참고는 있지만 힘들어 보인다. 그는 어째서 그의 동료 성직

자가 어쩌면 악마 퇴치까지도 필요할지 모르는 영적 위기에 처했다며 자신을 스태퍼드셔까지의 먼 길을 오게 했는지 듣고자 하며, 목사의 아내는 이에 대해 아는 바가 아무것도 없다. 여기 당신의 서명이 적힌 편지를 들고 왔습니다. 샤푸르지는 그에게 경위를 설명하고 사과한다. 부목사는 이곳까지 오는 데 쓰인 경비를 돌려달라고 말한다.

그다음으로 목사관의 하녀는 선술집 앞에 놓여 있던 걸로 추정되는, 존재하지도 않는 언니의 시신을 확인하러 울버햄턴까지 불려간다. 상당한 양의 물건—린넨 냅킨 50장, 배나무 묘목 12그루, 쇠고기 한 덩이, 샴페인 여섯 상자, 검은 페인트 15갤런—이 배달되었다. 모두 돌려보내야 한다. 신문마다 광고가 실린다. 목사관이 터무니없이 낮은 가격에 월세로 나왔고, 목사관에 들어오려는 사람들이 넘쳐난다. 광고에 의하면 마구간과 여물도 제공된다고 한다. 목사의 이름으로 사설탐정들에게 도움을 요청하는 편지들이 배달된다.

몇 달 동안 괴롭힘을 당한 샤푸르지는 반격하기로 마음먹는다. 그는 최근 일어난 사건들과 익명으로 온 편지들, 필체, 문투, 그리고 내용을 설명하는 광고를 준비한다. 그는 편지를 보낸 시간과 장소도 명시한다. 그는 신문사에겐 자신의 이름으로 들어오는 광고를 거절해달라고, 독자들에겐 수상한 점이 있다면 즉시 제보해달라고, 가해자들에겐 양심을 돌아보라고 쓴다.

이틀이 지난 오후, 죽은 찌르레기가 든 깨진 수프 그릇이 주방 계단에 나타난다. 다음 날에는 집달리가 찾아와 있지도 않은 빚 때문에 물건들을 압류하려고 한다. 그러고는 스태퍼드셔의 양재사가 모드의 웨딩드레스 치수를 재러 온다. 모드가 조용히 불려 나오자 그는 그녀가 힌두교 의식을 치러야 할 어린 신부냐고 정중하게 묻는다. 이런 와중에 조지에겐 다섯 벌의 방수포 재킷이 배달된다.

그리고 일주일 뒤, 신문사 세 군데가 목사의 호소문에 대한 응답을 게재한다. 검은 글상자 안에는 "사과문"이라는 제목이 적혀 있다. 내용은 다음과 같다.

아래 서명한 저희 서명인들은 그레이트 웨얼리 교구에 거주하며, 이곳에서 지난 12개월간 다양한 사람들에게 보낸 익명의 공격적 서한들을 단독으로 작성했음을 밝힙니다. 이런 짓들과, 또한 캐녹 경찰서의 업턴 경사님 그리고 엘리자베스 포스터에게 한 짓들에 대해 용서를 구합니다. 저희는 요청에 따라 스스로 양심을 돌아보았으며, 모든 관련된 분들과 영적 권위자와 형사 당국께 용서를 구합니다.

G. E. T.* 에들지, 프레더릭 브룩스

아서

아서는 눈에 보이는 것—백태가 낀 죽어가는

---

* 조지의 이름인 George Ernest Thompson의 약자.

고래의 눈, 총에 맞은 새의 모래주머니, 그의 매형이 되지 못하고 죽은 남자의 이완된 얼굴—을 믿었다. 뭔가를 볼 때는 편견 없이 보아야 했다. 이는 의사로서도, 도덕적 명령을 따르는 인간 존재로서도 당연한 의무였다.

그는 보는 것의 중요성을 에든버러 병원에서 배웠다고 즐겨 말하곤 했다. 그곳 외과의인 조지프 벨은 키가 크고 열정적인 이 젊은이에게 호감을 품었고, 그에게 외래환자들을 접수하는 일을 맡겼다. 환자들을 한데 모으고, 예비 진단을 내린 뒤, 간호사들에게 둘러싸여 앉아 있는 벨 의사의 진료실로 데려가는 게 그의 일이었다. 벨은 각각의 환자들을 조용하지만 꼼꼼하게 진찰하여 그들의 지금까지의 삶과 앞으로의 삶을 맞추곤 했다. 이 남자는 니스칠을 하는 사람이고, 저 사람은 왼손을 쓰는 구두수선공이라는 식이었다. 그러면 모인 환자들, 특히나 환자 당사자는 경탄을 금치 못했다. 아서는 다음과 같은 대화를 기억했다.

"음, 군에서 복무하셨군요."

"예, 그랬죠."

"제대한 지 얼마 안 됐죠?"

"네, 선생님."

"하일랜드 연대?"

"맞아요, 선생님."

"바베이도스에서 근무하셨고?"

"네, 맞습니다. 선생님."

그것은 속임수였지만 진정한 속임수였다. 처음에는 신기하지만 설명을 들으면 단순했다.

"보다시피 그는 점잖은 사람이지만 모자를 벗지 않았네. 군대에서는 모자를 벗지 않지. 하지만 오래전에 제대했으니 그후로 민간인 예절을 배웠을 거네. 약간 고압적인 분위기를 보니 분명 스코틀랜드 출신이군. 그는 상피병을 앓고 있는데, 영국이 아니라 서인도제도에 있는 병이니, 바베이도스에서 근무했겠지."

아서는 이 영향 받기 쉬운 시기에 의학적 유물론 학파를 배웠다. 여기엔 종교의 형식적 잔재가 끼어들 틈이 없었다. 하지만 그는 여전히 형이상학을 존중했다. 그는 주요 지적 원인*이 존재할 가능성과, 그 원인에는 정체를 파악할 수 없는 면이 있다는 점, 그리고 그 설계가 우회적이고 때로는 끔찍한 방법을 수행할 수밖에 없다는 점을 인정했다. 정신과 영혼에 관한 한, 아서는 당대의 과학적 설명을 받아들였다. 간이 분비하는 담즙처럼 두뇌의 발현물인 정신에는 분명 물질적인 특성이 존재했다. 반면 영혼은, 이러한 용어가 사용될 수 있다고 할 때, 정신의 개인적이고 세습적인 모든 기능들이 발현된 총체적 결과였다. 한편으로 그는 지식이 불변하지 않으며, 오늘의 확실성이 내일의 의혹이 될 수 있다는 점을 알았다. 그러므로, 부단히 살피는 것이 지성인의 의무이며, 이는 결코 중단해서는 안 될 것이었다.

매주 화요일마다 모이는 포츠머스 문학과학협회에서 아서는

---

* intelligent cause, 인간과 우주가 창조된 데는 '지적 설계자intelligent designer'의 목적이 존재한다고 주장하는, 19세기부터 20세기까지 유행한 '지적 설계론'의 내용. 창조론과 어느 정도 흡사한 입장이며, 19세기부터 진화론과 대립했다.

이 도시에서 가장 형이상학적인 인물들을 만나게 되었다. 그들은 텔레파시에 대해 논의했고, 그러던 어느 날 오후, 아서는 거울이 없고 커튼이 쳐진 방 안에서 지역 건축가 스탠리 볼과 마주 앉게 되었다. 그들은 서로 등을 돌린 채 몇 야드가량 떨어져 있었고, 아서는 볼에게 마음으로 이미지를 전달하려고 집중하면서 무릎에 놓인 스케치북에 어떤 형상을 그렸다. 그러면 건축가도 마음속에 떠오르는 것은 무엇이든 그렸다. 그후 그들은 역할을 바꾸어, 건축가가 이미지를 전달하고, 의사는 이미지를 전달받았다. 놀랍게도 결과물은 우연이라고는 할 수 없을 정도로 비슷했다. 그들은 과학적 결론을 도출할 수 있을 정도로 충분히 시간을 들여 실험을 반복했다. 다시 말해, 송신자와 수신자 사이에 자연적으로 공감이 발생한다면 생각을 전달할 수도 있다는 결론을 도출할 수 있을 때까지.

이는 어떤 의미였을까? 생각이 뚜렷한 수단 없이 먼 거리로 전송될 수 있다면, 아서의 선생들이 말한 순수한 유물론은 최소한 지나치게 경직된 것이라 할 수 있었다. 그와 스탠리가 각자 그린 그림들이 일치한다는 사실이 빛나는 검을 든 천사들의 귀환을 허락한 건 아니었지만, 그럼에도 질문이 생겨났다. 그것도 강력한 질문이.

수많은 다른 사람들이 유물론적 우주를 철석같이 믿게 된 시기였다. 그때 최면술사인 드 메예르 교수—포츠머스 신문에 따르면 유명인사라고 했다—가 유럽대륙을 순회하고 이 도시까지 왔다. 그는 건강한 젊은이들을 여럿 불러놓고 자신의 명령을 따르라고 했다. 어떤 사람은 구경꾼들이 강당이 떠나가라 웃는데도, 벌린 입을 다물지 못한 채 벌리고 서 있었고, 어떤 사람은 무릎을 대고 철퍼덕 주저앉아 교수의 허락 없이는 몸을 일으키지 못했다. 아서도 무대에서 참가자들 틈에 끼어 있었지만, 메이어의 기술은 그에게 최면을 걸지도, 깊은 인상을 남기지도 못했다. 그것은 과학적 실험이라기보다는 보드빌 쇼에 가까워 보였다.

그와 투이는 강령회에 참석하기 시작했다. 스탠리 볼도 자주 모습을 드러냈다. 사우스시의 천문학자인 드레이슨 장군도 마찬가지였다. 그들은 주간 심령지인 〈등불〉의 지시에 따라 원형으로 둘러앉았다. 의식은 「에스겔」서의 첫 장을 읽는 것으로 시작되었다. "영靈이 어떤 쪽으로 가면 생물들도 영이 가려 하는 곳으로 가나니." 회오리바람과 거대한 구름과 빛과 불과 네 개의 얼굴과 네 개의 날개가 달린 네 케루빔에 대한 예언자의 말 앞에서 참석자들은 수용할 마음의 자세를 갖추었다. 그러고 나면 깜박이는 촛불을 앞두고 정신을 집중하며 자아를 비우고 다 같이 기다렸다. 한번은 아서의 종조부 이름에 응답하는 영이 등 뒤에 나타났고 한번은 창을 든 흑인의 영이 나타났다. 몇 달이 지나기도 전에 영의 빛이 간혹 눈에 보이기 시작했다. 심지어 그에게조차.

아서는 이처럼 여럿이 둘러앉은 원형의 모임이 어느 정도까지의 실증적 무게를 지녔는지 확신이 없었다. 그에게 확신을 준건 드레이슨 장군 집에서 만난 늙은 심령술사였다. 연극이라도 할 듯 온갖 준비를 마친 노인은 마침내 숨을 몰아쉬며 무아경에 빠져들었고, 숨죽인 채 앉아 있던 몇 되지 않는 청중들에게 영과의 소통과 조언을 읊조리기 시작했다. 뿌연 눈이 그를 향하고 노쇠한 목소리가 들려오기 전까지 아서는 회의주의로 무장하고 있었다.

"리 헌트의 책을 읽지 마라."

오싹함 그 이상이었다. 며칠 동안 아서는 리 헌트의 『왕정복고 시대의 희극작가들』을 읽을까 말까 생각하고 있었던 것이다. 그는 이 문제를 두고 누구와도 의논한 적이 없었고, 더군다나 투이를 귀찮게 할 문제는 더더욱 아니었다. 그런데 아무에게도 털어놓지 않은 문제에 대한 정확한 답을 들은 것이다…… 마술사의 속임수일 리는 없었다. 불가해한 방식으로 다른 사람의 정신에 침투할 수 있는 능력을 통해서만 가능한 일이었다.

이 경험에 설득된 아서는 〈등불〉에 이에 관한 글을 실었다. 텔레파시가 작용한다는 진일보한 근거가 있었다. 지금으로선 이제 전부였다. 그는 여기까지는 확인할 수 있었다. 이로써 도출할 수 있는 최소한—최대한이 아니라—의 사실은 무엇일까? 신뢰할 만한 데이터가 꾸준히 축적된다면, 최소한의 사실 이상을 고려할 수 있을 것이다. 전에 확실하다고 믿었던 것들이 덜 확실해진다면? 그리고 이 문제에 관해 최대한의 사실이란 과연 무엇일까?

투이는 텔레파시와 심령세계에 빠져든 남편의 열정이 스포츠에 대한 열정과 비슷하다고 여겼다. 그녀는 그런 남편을 연민과 조심스러움이 뒤섞인 눈길로 바라보았다. 심령술의 법칙들은 그녀에게 크리켓 규칙만큼이나 복잡해 보였다. 하지만 그녀는 그런 각각의 규칙에서 각각의 특정한 결과를 얻는 게 바람직한 일일 거라고 생각했고, 남편이 눈에 띄는 결과를 얻으면 자기에게도 알려줄 거라고 온화한 마음으로 추측했다. 게다가 그녀는 이제 그들의 딸, 메리 루이즈에게 홀딱 빠져 있었다. 아이는 인류에게 알려진 법칙들 가운데 가장 덜 복잡하고, 텔레파시와는 가장 거리가 먼 방식을 통해 이 세상에 등장했다.

조지

　　　　신문에 실린 조지의 "사과문"은 목사에게 새로운 숙제를 안겨준다. 그는 사과문에 조지와 같이 이름이 적힌 프레더릭 브룩스의 아버지인 철물상 윌리엄 브룩스를 찾아간다. 키가 작고 둥실둥실한 철물상은 녹색 앞치마 차림을 한 채, 대걸레며 들통, 아연도금용액 등이 걸려 있는 창고로 샤푸르지를 데려간다. 그는 앞치마를 벗고 서랍을 열어 그의 가족을 맹렬히 비난하는 내용의 편지들을 여럿 꺼낸다. 필체는 다양했지만, 편지들은 전부 줄 공책에서 찢어낸 낯익은 종이에 쓰여 있다.

맨 위에 있는 편지의 필적은 아이가 쓴 것처럼 유치하고 소심하다. "너희가 경고를 받고도 도망가지 않는다면 난 너와 브룩스 부인을 살해할 것이다. 난 너희의 이름을 알고 있으며 너희가 썼다는 것도 안다." 다른 편지는 억지로 꾸민 티가 역력하기는 하지만 좀 더 위력적인 필적으로 쓰였다. "네 아들과 원의 아들이 월솔 기차역에서 노부인의 얼굴에 침을 뱉고 다닌다." 편지를 쓴 자는 월솔 우체국 앞으로 보상금을 보내라고 요구한다. 그 편지에 핀으로 꽂혀 있는 다음 편지에는 요구사항을 들어주지 않으면 고소하겠다는 위협적인 문구가 적혀 있다.

"돈은 안 보내셨겠지요."

"물론입니다."

"한데 이 편지를 경찰에게 보이지 않으셨습니까?"

"경찰이라고요? 경찰이나 저나 시간이 없어요. 이건 그냥 장난질입니다, 안 그렇습니까? 그리고 성경 말씀대로 막대기나 돌멩이가 제 뼈를 부러뜨릴 수는 있어도 한낱 말 따위는 아무런 위험도 못 되죠."

목사는 브룩스 씨의 말을 애써 바로잡으려 하지 않는다. 브룩스는 이 일을 아무렇지도 않게 여기는 듯 보인다. "하지만 편지를 그냥 서랍 속에만 넣어두진 않으셨죠?"

"주변에 좀 물어보기는 했죠. 프레드에게도 아는 게 있냐고 물어봤고요."

"윈 씨는 누구죠?"

윈은 블록스위치 근교에 사는 양재사라고 한다. 그의 아들은 브룩스의 아들과 함께 월솔 학교에 다닌다. 그들은 아침마다 기차에서 만나고, 대개 같이 돌아온다. 얼마 전―철물상은 그게 언제인지 알려주지 않는다―윈의 아들과 프레드는 열차 유리창을 깨뜨렸다는 혐의를 받았다. 두 소년 모두 스펙이라는 이름의 소년이 한 짓이라고 주장했고, 결국 역무원은 혐의를 풀었다. 첫 번째 편지가 도착하기 몇 주 전에 일어난 일이라고 한다. 아마 이 일과 편지가 어떤 연관이 있을지도 모른다. 없을지도 모르고.

목사는 브룩스가 이 문제에 별다른 관심이 없다는 걸 알아차린다. 분명 그렇다. 철물상은 스펙이 누구인지도 모른다. 윈 씨는 편지를 받은 적이 없다. 놀라울 건 없는 일이지만, 윈의 아들과 브룩스의 아들은 조지와 친구 사이가 아니다.

샤푸르지는 저녁식사 전에 조지에게 철물상을 만난 이야기를 해주며 용기를 얻었다고 말한다.

"용기를 얻으셨다니 무슨 뜻인가요, 아버지?"

"많은 사람들이 연관되었으니 악당이 밝혀질 가능성도 많지 않겠느냐. 그가 더 많은 사람들을 괴롭힐수록 더 많은 실수를 저지를 것이다. 스펙이라는 아이가 누군지 아느냐?"

"스펙이라고요? 아뇨." 조지가 고개를 젓는다.

"게다가 브룩스 가족 역시 괴롭힘을 당하고 있다는 사실에도 용기를 얻었다. 인종에 대한 편견 때문에 이런 짓을 하는 건 아니라는 사실이 증명되지 않았느냐."

"한 가지 이유가 아닌, 더 많은 이유에서 증오를 받는 편이 더 나은 걸까요, 아버지?"

샤푸르지는 혼자 미소를 짓는다. 자기 안으로 파고드는 줄만 알았던 유순한 아이가 이렇게 번득이는 지성을 보일 때마다 그는 기쁘다.

"다시 한번 말하지만, 넌 훌륭한 사무변호사가 될 거다, 조지." 하지만 이 말을 하면서도 그는 아들에게 미처 보이지 못한 편지 구절 하나를 떠올린다. "올해가 지나기 전에 네 자식은 무덤에 묻히거나 남은 평생을 치욕 속에서 살아가게 될 것이다."

"조지," 그가 말한다. "네가 기억했으면 하는 날이 있다. 1892년 6월 6일이야. 딱 2년 전이지. 다다브하이 나오로지* 씨가 런던 핀스베리 중앙지구의회 의원으로 선출된 날이다."

"네, 아버지."

"나오로지 씨는 오랫동안 런던 대학의 구자라트 학 교수로 지냈다. 난 그와 짧게 교류한 적이 있지. 그리고 나는 그가 내 구자라트어 문법을 칭찬했던 말들을 자랑스럽게 여기고 있단다."

"네, 아버지." 조지는 교수가 보낸 편지를 몇 번 본 적이 있다.

"그가 선출되었다는 사실은 가장 불명예스러운 시기에 가장 영예로운 결과가 나타난 것이라고 할 수 있다. 총리인 솔즈베리 경은 흑인들은 의회에 선출될 수 없고, 그럴 리도 없다고 했다. 이 말을 들으신 여왕 폐하께서 질책하셨지. 그리고 4년 뒤, 핀스베리 중앙지구의 유권자들이 솔즈베리 경이 아닌 빅토리아 여왕 폐하께 동의하기로 결정한 것이다."

"하지만 전 파르시**가 아닌데요, 아버지." 조지의 머릿속에 잉글랜드의 중심이라는 말이 돌아온다. 잉글랜드의 중심부, 박동하는 대영제국의 심장, 멀리까지 뻗어나가는 혈관은 영국국교회이다. 그는 영국인이고, 영국에서 법학을 전공하는 학생이고, 언

---

* Dadabhai Naoroji, 인도 파르시교도 출신의 학자, 정치가로 1892~95년 사이에 아시아인 최초로 영국 하원의원을 지냈다.

** Parsi, 인도 구자라트 주에 주로 살고 있는 조로아스터교도를 가리키는 말. 19세기 상공업계에서 큰 성공을 거두어 인도 민족자본의 뿌리를 만들어냈다.

젠가 하나님의 뜻으로 영국 교회에서 결혼하게 될 것이다. 그의 부모는 처음부터 이렇게 가르쳤다.

"조지, 물론 사실이 그러하다. 넌 영국인이지. 하지만 다른 사람들이 항상 이에 전적으로 동의하는 건 아니다. 그리고 우리가 사는 곳은—"

"잉글랜드의 중심부죠." 조지는 침실에서 교리문답을 할 때처럼 대답한다.

"그래, 우리는 잉글랜드의 중심부에서 살아왔다. 난 거의 20년 동안 이곳에서 설교를 해왔다. 주님의 피조물은 모두 동등한 축복을 받지만, 그럼에도 이곳은 약간 미개한 데가 있어. 조지, 넌 앞으로 전혀 예상치 못했던 곳에서 미개한 사람들과 마주칠 수도 있다. 그들은 기대와는 달리, 사회적으로 높은 계층에도 존재한다. 하지만 나오로지 씨가 대학교수도 의원도 될 수 있다면, 조지, 너 역시 사무변호사가 될 수 있고 사회적으로 존경받는 사람이 될 수 있다. 그러니 부당한 일이 생길 때마다, 심지어는 사악한 일이 생길 때마다, 1892년 6월 6일이라는 날짜를 기억해야 한다."

조지는 잠시 이 말을 곱씹다가 조용히, 그러나 확고한 목소리로 되풀이한다. "하지만 전 파르시가 아니에요, 아버지. 아버지와 어머니가 그렇게 가르치셨잖아요."

"그 날짜를 기억해라, 조지. 그 날짜를 기억해."

아서

　　　아서는 본격적으로 글을 쓰기 시작했다. 문학적인 근육이 붙으면서 그의 단편들은 장편소설로 성장했으며, 그중 가장 잘 쓰인 이야기들은 자연스레 14세기의 영웅담을 닮아갔다. 그는 저녁식사를 마치면 투이에게 작품의 각 장을 읽어주었고, 완성된 이야기를 엄마에게 보내 의견을 물었다. 아서는 비서 겸 타이프 조수도 구했다. 포츠머스 학교의 교사인 앨프리드 우드는 정직한 약사 같은 인상을 지닌 신중하고도 효율적인 사람이었다. 또한 크리켓 시합에 적합한 제대로 된 팔을 지닌 스포츠맨이기도 했다.

　하지만 아서는 여전히 의사로 생계를 꾸려가고 있었다. 직업적으로 더 발전하려면 이제 전문의 분야를 개척해야 했다. 그는 언제나 자신의 인생을 꼼꼼히 돌아보았고, 자신을 자랑스럽게 여겼다. 그러므로 그의 직업적 소명이 무엇인지 듣기 위해 영혼의 목소리나, 허공을 떠다니는 탁자를 동원할 필요도 없었다. 그는 안과의사가 되기로 했다. 그는 우유부단한 사람이 아니었고, 어디서 수련과정을 밟을지 단번에 결정했다.

　"빈이라고요?" 영국을 떠나본 적이 없었던 투이는 놀란 목소리로 물었다. 11월이었고, 곧 겨울이었다. 누가 허리띠를 잡아주어야 했지만, 그래도 작은 메리는 막 걸음마를 시작한 참이었다. "언제 떠나죠?"

　"바로 떠날 거요." 아서가 대답했다.

　그러자 투이─그녀에게 신의 가호가 있기를─는 바느질감에서 살짝 눈을 들어올리더니 중얼거렸다. "그러면 서둘러야겠네요."

집을 정리한 그들은 호킨스 부인에게 메리를 맡겨두고 여섯 달 동안 머무르게 될 빈으로 떠났다. 아서는 크랑켄하우스 안과 의 과정에 등록했다. 하지만 내키지 않아 하는 말투를 구사하는 두 오스트리아 소년을 양쪽에 끼고 산책하며 배웠던 간단한 독일어로는 연구생으로서 전문용어가 난무하는 빠른 수업내용을 따라가기에 역부족임을 금세 깨달았다. 하지만 오스트리아의 겨울은 스케이트를 타기에 너무나 좋았고, 시내에서는 맛있는 케이크를 먹을 수 있었다. 아서는 심지어 그들이 빈에서 쓴 생활비를 전부 제하고도 남을 돈을 벌어준 짤막한 장편소설 『래플즈 호의 처신The Doings of Raffles Haw』을 완성하기도 했다. 그러나 어쨌든 두 달이 지나자 그는 런던에서 공부하는 편이 나았으리라는 걸 인정했다. 아서가 갑자기 계획을 바꿀 때마다 늘 그랬듯이 투이는 침착하고 신속하게 대처했고, 그들은 빈을 떠났다. 그들은 파리를 경유했는데, 아서는 파리에서 그럭저럭 며칠 동안 란돌트* 밑에서 공부할 수 있었다.

따라서 그는 두 나라에서 공부했다고 주장할 수 있었다. 그는 안과의사협회 회원이 되었고, 데본셔 플레이스에 진료실을 얻어 환자들을 기다렸다. 그는 또한, 가끔 혼자서 굴절력을 측정하느라 너무 바쁜 듯 보이는 이 분야의 거물들로부터 일을 넘겨받을

---

* Edmond Landolt, 시력검사표를 개발한 스위스 출신의 안과의사.

수 있기를 바랐다. 이를 하찮은 노동으로 간주하는 사람들도 있었지만 아서는 이 분야에서 자신감이 있었고, 넘치는 일거리가 자연스레 자기에게도 넘어오리라 믿었다.

데본셔 플레이스에는 대기실과 진료실이 갖춰져 있었다. 하지만 몇 주 후 아서는 둘 다 대기실인 모양이라고 농담하기 시작했고, 대기하는 쪽은 오직 아서 자신뿐이었다. 한가하게 지내는 걸 혐오했던 그는 책상 앞에 앉아 글을 썼다. 이제 능숙하게 습작을 써낼 수 있게 된 그는 당시 온통 그의 마음을 사로잡고 있던 것, 즉 잡지용 소설에 신경을 돌렸다. 아서는 문제풀기를 좋아했고, 문제는 다음과 같았다. 잡지에는 두 종류의 이야기가 실렸다. 독자들이 매주 혹은 매월 빠져들어 읽게 되는 긴 분량의 연재물, 아니면 하나의 독립적인 단편소설들. 짧은 이야기의 문제점은 충분히 이야기할 틈을 주지 않는다는 것이었고, 연재물의 문제점은 뭔가 하나라도 놓치면 플롯 전체를 망친다는 거였다. 합리적인 두뇌로 이 문제를 해결하려던 아서는 두 가지 형식의 장점을 종합하게 되었다. 각각 그 자체로 완결된 이야기들을 연재하자. 그러면서 매번 독자의 공감이나 반감을 새로이 이끌어낼 수 있는 인물들을 연이어 등장시키자.

따라서 그에겐 다양한 모험들을 꾸준히 해나갈 수 있는 유형의 주인공이 필요했다. 분명 그의 주인공에게 대부분의 직업은 어울리지 않을 것이다. 그는 데본셔 플레이스를 돌아보다가 문득 자신이 적당한 후보를 이미 찾아놓은 게 아닌가 생각했다. 지금까지 썼던 그리 만족스럽지 않은 소설 몇 편에 에든버러 병원의 조지프 벨을 모델로 삼은 사설탐정이 등장한 적이 있었다. 의학적으로 진단할 때와 마찬가지로 집중적인 관찰에 의거해 철저히 추론하는 과정이 매번 범죄를 해결하는 열쇠였다. 처음에 아서는 그의 탐정을 셰리던 호프라 불렀다. 하지만 이 이름은 만족스럽지 않았고, 아서가 글을 쓰는 동안 셰리던 호프는 셰링퍼드 홈스로 바뀌었다가—그후 다들 아는 바대로—셜록 홈스로 바뀌었다.

조지

　　　　　편지와 거짓 장난질이 계속 이어진다. 악당에게 양심을 돌아보라고 했던 샤푸르지의 편지가 더 큰 도발을 불러온 듯 보인다. 목사관이 말도 안 되는 조건을 제시하는 하숙집이 됐다는 광고가 신문에 실린다. 목사관이 도축장으로 바뀐다거나, 요청하는 사람에게 숙녀용 코르셋 제작견본을 무료로 제공한다는 광고도 있다. 조지는 안과의로 개업했다고 알려진다. 또한 광고에 따르면 그는 무료로 법적자문을 제공하고, 인도와 극동지방으로 가는 여행자들을 위해 티켓과 숙소를 알아봐줄 수 있는 최적의 인물이라고 한다. 전투함을 움직이고도 남을 양의 석탄이 배달된다. 살아 있는 거위들과 함께 백과사전 한 질이 도착한다.

　이렇게 계속 불안한 상태로 지낼 순 없다. 그후 한동안 식구들은 괴롭힘을 일상의 한 과정으로 삼은 듯 보인다. 그들은 새벽녘에 목사관 주변을 순찰한다. 배달된 물건들은 문 앞에서 거절하거나 돌려보낸다. 놀라운 조건을 내건 광고에 실망한 사람들에게 사정을 설명한다. 심지어 샬럿도 급히 도움이 필요하다는 전갈을 받고 먼 지방에서 불려온 성직자들을 달래는 데 능숙해진다.

메이슨 칼리지를 졸업한 조지는 버밍엄의 한 법률회사에 수습직원으로 채용되었다. 아침마다 기차를 타면서 그는 가족을 내팽개친다는 죄책감을 느낀다. 하지만 저녁에 찾아오는 것은 위안이 아니라 다른 형태의 불안이다. 아버지가 위기에 응답하는 방식은 조지의 눈에는 기이한 열정으로 비친다. 아버지는 파르시들이 영국에서 항상 사랑받아왔다고 짧게 강의를 펼치곤 한다. 그 덕분에 조지는 영국으로 온 첫 번째 인도인이 파르시였다는 걸 배운다. 영국 대학교에서 기독교 신학을 공부한 첫 번째 인도인도 파르시였고, 옥스퍼드의 첫 번째 인도인도, 첫 번째 여학생도, 법원에 선 첫 번째 인도 남성도, 그후 법원에 선 첫 번째 인도 여성도 파르시였다는 것도. 처음으로 민간고등고시*로 등용된 인도인도 파르시였다. 샤푸르지는 조지에게 영국에서 자격을 취득한 외과의들과 법률가들에 대해 말해준다. 파르시들은 대기근에 시달리던 아일랜드인들을 도왔고, 후에는 고난에 처한 랭커셔의 공장노동자들에게 자선을 베풀었다. 그는 심지어 최초의 인도인 크리켓 팀이 영국으로 경기를 하러 왔던 이야기도 해주

---

* Indian Civil Service, 영국 식민 통치시기에 고급 관료를 등용하기 위한 고등고시로, 주로 인도에서 근무할 영국인 행정가들을 뽑았고, 교육도 영국에서 실시했다.

었다. 팀원 전원이 파르시였다. 하지만 크리켓에는 흥미가 없던 조지는 아버지의 전략이 도움이 된다기보다는 절망적이라고 생각한다. 노스이스트 베스널 그린 의회에서 문체르지 보우나그리*가 선출되었을 때, 그들 가족은 두 번째 파르시 의원의 당선을 축하한다. 하지만 부끄럽게도 조지는 빈정거리고 싶기만 하다. 새로 당선된 하원의원에게 석탄이나 백과사전, 살아 있는 거위들이 더 이상 배달되지 않도록 요청하는 편지라도 쓰면 어떨까?

샤푸르지는 배달되는 물건들보다는 편지에 더 주의를 기울인다. 편지를 보내오는 자들은 점차 광신도적 성향을 적나라하게 드러낸다. 그들은 하나님과 벨제부브, 악마의 이름으로 서명했다. 편지를 쓴 자는 자신이 영원히 지옥에서 헤매겠노라고, 혹은 간절히 그곳에 떨어지고 싶다고 말한다. 광신자의 폭력적인 언사가 도를 넘기 시작하자 목사는 가족들을 걱정하기 시작한다. "나는 조지 에들지를 살해하겠다고 신께 맹세한다." "대혼란과 피바다가 뒤따르지 않는다면 신께서 내 목숨을 거두기를." "너희를 저주하고 또 저주하며 지옥으로 떨어질 것이다. 신의 때가 오면 너희들은 지옥에서 나와 만나게 될 것이다." "이 지상에서 너의 시간은 끝에 다다랐다. 나는 이 임무를 수행하기 위한 하나님의 사자다."

괴롭힘이 2년째 계속되던 어느 날, 샤푸르지는 지서장에게 다시 연락을 취하기로 한다. 그는 편지에 일련의 사건들을 기술하

---

* Muncherji Bhownagree, 다다브하이 나오로지와 함께 영국 하원에서 활동한 세 사람의 파르시 출신의 정치가 중 한 사람.

고, 그간 받은 편지들의 내용을 동봉하고, 명백한 살해 의도가 명시되었음을 공손하게 지적하고, 마지막으로 죄 없는 가족을 위협으로부터 보호해달라고 경찰에 요청한다. 앤슨 지서장의 답장은 이 요청을 무시한다. 그는 대신 이렇게 쓴다.

특정한 의혹을 갖고 있음에도 불구하고, 저는 범법자가 누구인지 안다고는 말하지 않겠습니다. 그들의 혐의를 입증하기 전까지는 저 혼자만 의혹을 품고 있고자 합니다. 또한 저는 범법자들을 강제노역형에 처하게 할 수 있으리라 믿습니다. 편지를 쓴 자는 극도로 세심한 주의를 기울여 법을 심각하게 저촉할 만한 행위를 피하려고 한 듯 보입니다만, 그는 이미 두세 건의 법을 위반했고, 따라서 가장 엄중한 처벌을 받게 될 수도 있습니다. 저는 그가 누구인지 분명히 밝혀내리라는 것에 의심을 품지 않습니다.

샤푸르지는 아들에게 서장의 편지를 건네며 의견을 묻는다. 조지가 말한다. "지서장은 거짓 광고를 낸 자가 실제 범법 행위를 저지르는 걸 피하기 위해 자신의 지식을 교묘히 동원했다고 주장하고 있어요. 그리고 한편으로는 강제노역형에 처할 만한 범법 행위가 이미 있었다고 생각하는 것처럼 보이네요. 어떤 쪽이든, 서장은 광고를 보낸 자를 그다지 영리한 인물로 보고 있지 않아요." 그는 말을 멈추고 아버지를 바라본다. "그가 말하는 건 물론, 바로 저예요. 제가 열쇠를 훔쳤고, 이제는 그런 편지들을 보냈다고 생각하는 거죠. 그는 제가 법학을 전공했다는 사실을 알고 있어요. 그걸 뚜렷이 언급하고 있죠. 솔직히 말씀드리자면 아버지, 지서장은 편지를 쓴 자가 아니라 절 위협하고 있어요."

샤푸르지는 꼭 그렇게만 생각할 수가 없다. 한쪽은 아들을 강제노역에 처하게 만들겠다고 하며, 또 한쪽은 그를 살해하겠다고 위협한다. 그는 지서장에게 씁쓸한 생각이 드는 걸 막을 수 없다. 그는 가장 사악한 편지들은 조지에게 보여주지도 않았다. 앤슨은 정말로 조지가 그런 편지들을 썼다고 생각하는 것일까? 만약 그렇다면, 그는 구태여 익명으로 자기 자신에게 편지를 보내어 자신을 협박하고 죽이겠다는 것이 대체 어떻게 해서 범법행위가 되는지 좀 듣고 싶다. 그는 밤낮으로 맏아들을 걱정한다. 그는 잠을 잘 이루지 못하고, 가끔은 그럴 필요까진 없는데도 침대에서 황급히 몸을 일으켜 잠긴 문을 확인한다.

1895년 12월, 블랙풀 신문에 목사관의 모든 물품들이 공매에 나왔다는 광고가 실린다. 모든 물품에는 최저입찰가가 매겨져 있지 않은데, 봄베이로 급히 떠나야 하므로 목사와 아내가 모든 물품들을 서둘러 처분하기를 원하기 때문이라고 적혀 있다.

블랙풀은 이곳으로부터 적어도 일직선으로 백 마일은 떨어져 있다. 샤푸르지는 괴롭힘이 나라 전역으로 퍼져가고 있다고 생각하기에 이른다. 블랙풀은 시작에 지나지 않는다. 다음은 에든버러, 뉴캐슬, 런던일 테고, 그다음은 파리, 모스크바, 팀북투일지도 모른다. 아닐 이유가 뭐겠는가.

그런데 갑자기, 시작과 마찬가지로 갑자기, 괴롭힘이 중단된다. 더 이상의 편지도, 원치 않는 물건들도, 악의적인 광고도 없다. 문 앞에 나타나 화를 내는 신앙의 형제들도 없다. 하루가 지난다. 일주일이 지난다. 한 달이 지난다. 두 달이 지난다. 괴롭힘이 멈춘다. 괴롭힘이 중지되었다.

제2장.

결말을 동반한 시작

조지

  괴롭힘이 멈춘 달은 샤푸르지 에들지가 그레이트 웨얼리에 목사로 부임한 지 20주년이 되는 때다. 목사관에서는 20번째—아니, 21번째—크리스마스를 축하한다. 모드는 태피스트리 책갈피를, 호레이스는 아버지 소유였던 『갈라티아 신자들에게 성 바오로가 보내는 서간』을, 조지는 사무실 벽에 걸어두면 좋겠다는 말과 함께 홀먼 헌트 씨의 그림 〈세상의 빛〉*의 세피아 프린트를 받는다. 조지는 부모에게 감사하면서도, 상사들이 이 그림을 어떻게 볼까 싶다. 그들은 서류를 정서하는 일이나 맡은 2년차 수습사원이 벽에 그림까지 걸려는 모양이라고 생각할지도 모른다. 게다가 구체적인 조언을 구하러 사무변호사를

---

* 예수 그리스도가 등불을 들고 문간에 서 있는 모습을 그린 종교화.

찾아온 고객들이 헌트 씨의 그림을 보고 자신들이 이곳에 찾아온 이유와 거리가 멀다고 생각한다 해도 무리가 아닐 것이다.

새해가 시작되고 몇 달이 지나는 동안, 아침에 커튼을 활짝 젖힐 때마다 잔디에는 하나님이 내려주신 반짝이는 이슬 외에는 아무것도 없다. 우편배달부의 방문도 더 이상 위협적으로 여겨지지 않는다. 목사는 그들이 그간 고난의 시련을 통해 시험받았다고 여러 차례 되뇌면서, 하나님에 대한 믿음으로 견뎌낼 수 있었다고 말한다. 경건한 마음을 지닌 병약한 모드는 무슨 일들이 있었는지 잘 알지 못하도록 배려해두었다. 다부지고 직설적인 열여섯 살의 호레이스는 모드보다는 잘 알고 있다. 그는 정의를 수호하기에 눈에는 눈, 이에는 이라는 오래된 방식처럼 효과적인 게 없다며 울타리 너머로 죽은 찌르레기를 던지는 자를 보는 즉시 목을 부러뜨리겠다고 장담한다.

부모의 믿음과는 달리, 샌스터, 비커리&스파이트 법률사무소에는 조지만의 사무실이 존재하지 않는다. 조지의 의자와 높은 책상 하나가 놓인, 카펫도 깔려 있지 않은 구석에는 하늘이 호의를 베풀 때만 햇빛이 든다. 그는 아직 자기만의 법률서적 전집은커녕 회중시계도 갖지 못했다. 그래도 제대로 된 모자 하나는 있으니, 그레인지 가의 펜트 상점에서 3파운드 6페니에 구입한 중절모다. 그의 침대는 아버지의 침대와 고작 3야드 떨어져 있을 뿐이지만, 그는 독립적인 인생이 시작됐다고 생각한다. 그는 옆에서 일하는 두 수습사원들과 안면도 트고 지내게 되었다. 조지보다 조금 연상인 그린웨이와 스텐트슨은 점심시간마다 그를 선술집으로 데려가고, 그는 끔찍하게 시큼한 맥주를 사 마시며 즐기는 척한다.

메이슨 칼리지를 다니던 동안, 조지는 그를 둘러싼 위대한 도시를 특별나게 생각하지 않았다. 그저 기차역과 그의 책들 사이에 놓인, 소음과 소란의 방벽 정도로 여겼을 뿐이다. 사실 그는 이곳을 두려워하기까지 했다. 하지만 이제 버밍엄이 한결 편해진 조지는 이 도시에 호기심을 품는다. 그가 도시의 생생한 활력에 무너지는 일만 없다면, 아마도 어느 날엔가 그는 도시의 일부가 될 것이다.

그는 도시를 공부하기 시작한다. 칼 제작자와 대장장이, 금속 제조업자들이 등장하는 첫 대목은 좀 따분하다. 내전과 전염병, 증기선과 루나 협회*, '교회와 왕' 폭동**, 차티스트 운동이 이어진다. 그러다 버밍엄이 현대적인 지방자치제를 채택한 10년 전에 이르자 조지는 진정한 도시를, 유의미한 도시를 경험하는 기분을 느낀다. 버밍엄의 위대한 순간들을 자신이 그냥 스쳐갔을지도 모른다고 생각하자 초조해진다. 예를 들어 1887년 여왕폐하가 빅토리아 법원에 초석을 놓았던 순간. 그후 도시에는 새로운 건물과 기관이 홍수처럼 밀려들고 있다. 종합병원, 중재재판소, 육류시장. 대학을 세우기 위한 기금도 모이고 있다. 금주 회관을 새로 지을 계획도 있고, 버밍엄이 우스터 교구에서 독립해 자체

---

* Lunar Society, 18세기 버밍엄의 지식인들과 부유층이 모였던 사교 클럽.
** Church and King riot, 18세기 버밍엄에서 국교도들이 비국교도를 향해 벌인 종교적 폭동.

주교관할구가 될 거라는 얘기도 진지하게 흘러나오고 있다.

빅토리아 여왕이 방문한 날, 50만 명의 사람들이 그녀를 맞으러 나왔다. 그렇게 많은 사람들이 몰렸는데도 사건사고나 사상자는 없었다. 조지는 놀라기보다는 오히려 감동받는다. 사람들로 넘쳐나는 도시는 폭력적인 반면, 시골은 평화롭고 조용하다는 생각이 일반적이다. 그가 경험한 바에 의하면 그 반대다. 도시는 질서정연하고 현대적인 삶을 추구하는 반면, 시골은 사납고 미개하다. 물론 버밍엄에도 범죄나 폭력이나 싸움은 존재한다. 그렇지 않다면 사무변호사가 먹고살 수 없을 것이다. 하지만 조지에게 도시 사람들은 더 합리적이고 법을 준수하는 것처럼 보인다. 다시 말해서 더 문명적이다.

조지는 날마다 기차를 타고 버밍엄으로 오는 과정이 만만찮다고 생각하면서도, 이 여행길에서 위안을 느낀다. 목적이 이끄는 여행. 조지는 삶을 이런 식으로 이해하도록 배웠다. 집에서는 하늘나라 왕국이라는 목적을, 사무실에서는 정의라는 목적을, 다시 말해 고객에게 성공적인 결과를 제공한다는 목적을 추구한다. 하지만 두 여행 모두 수많은 시련과 적이 놓아둔 덫으로 가득하다. 철도청은 이런 여행이 어떠해야만 하는가를 제시해준다. 평탄한 철로를 통해, 정해진 시간표에 따라, 일등, 이등, 삼등 칸으로 구분된 승객들을 데리고 목적지까지 쾌적하게 향해가는 것이다.

조지가 기차에서 장난을 치는 자들에게 무척 화를 냈던 까닭은 이 때문일 것이다. 창문의 가죽끈에 칼이나 면도날 자국을 남겨놓거나, 좌석 위의 그림 액자를 훼손하거나, 보행자전용 다리를 어슬렁거리며 기관차 굴뚝에 벽돌을 떨어뜨리는 청소년들—혹은 젊은이들—이 있다. 조지로선 이해할 수 없는 일이었다. 철로에 동전 하나를 올려놓는 건 별것 아닌 장난일 수도 있지만, 조지에게는 열차 전복을 야기할 수 있는 위험하기 짝이 없는 행동이었다.

이런 행위들은 당연히 형법으로 처리할 수 있다. 조지의 머릿속은 점차 승객들과 철도회사 간의 민사상 관계들로 가득 찬다. 이런 상호 계약은 승객이 티켓을 구입하는 순간 체결된다. 하지만 승객들은 보통 자신이 어떤 유형의 계약을 맺었는지 알지 못한다. 승객으로서의 의무는 물론이고, 기차가 연착되거나 사고가 난 경우 철도회사에 어떻게 보상을 요구하는지도 모른다. 티켓은 계약서나 마찬가지이지만, 계약서에 적혀 있어야 할 세부사항들은 주요 기차역이나 철도회사 사무실에서만 찾아볼 수 있다. 그러니 바쁜 여행객이 언제 그걸 자세히 들여다보겠는가. 조지는 이 세상에 철도를 공급하고도, 그것을 권리와 의무의 복합적인 결합이라기보다는 단순한 교통수단으로만 여기는 영국인들에 대해 감탄하지 않을 수 없다.

그는 호레이스와 모드에게 클래펌 승합마차에 탄 남녀, 혹은 월솔과 캐녹, 러질리를 연결하는 기차에 탄 남녀의 역할을 맡긴다. 그는 공부방을 법정으로 사용한다. 그는 동생들을 책상 앞에 앉히고, 최근 외국 법정기록에서 본 사건을 동생들에게 들려준다.

"옛날에," 그는 이야기에 걸맞은 방식으로 앞뒤로 서성이며 말을 시작한다. "파옐이라는 이름의 매우 뚱뚱한 프랑스 사람이 있었습니다. 몸무게가 25스톤이었죠."

호레이스가 킬킬대기 시작한다. 조지는 그를 향해 얼굴을 찌푸리고는 법정변호사*처럼 옷깃을 쥔다. "법정에서 웃지 마세요." 그는 이렇게 말하고 계속한다. "무슈 파옐은 프랑스 기차를 타기 위해 삼등칸 표를 샀습니다."

"어디로 가려고?" 모드가 묻는다.

"그가 어디로 가는지는 중요하지 않아요."

"그 사람은 왜 뚱뚱해?" 호레이스가 묻는다. 이 즉석 배심원은 아무거나 질문해도 된다고 생각하는 모양이다.

"저도 모릅니다. 귀하보다 먹을 걸 더 밝히는 사람이었나보지요. 너무나 대식가였던 그는 기차에 올랐을 때 삼등칸 출입문을 통과할 수 없었습니다." 호레이스는 그 모습을 상상하며 킥킥대기 시작한다. "그래서 그는 이등칸 객차에 들어가려고 했지만, 역시 너무 뚱뚱해서 들어갈 수 없었죠. 그래서 다음으로 일등칸 객실에 들어가려고—"

"거기 들어가기에도 너무 뚱뚱했군요!" 마치 농담의 결말을 이야기하듯 호레이스가 외친다.

"아닙니다, 배심원단 여러분. 그는 충분히 일등칸 출입문을 통과할 수 있었죠. 그가 자리에 앉자 기차가 출발했습니다. 기차가 어디로 가는지는 여기서 중요하지 않습니다. 잠시 후 검표원이

---

* 영국의 변호사 제도는 법정에서 변론을 펼치는 법정변호사(barrister)와 법정 밖에서 법률 서비스를 제공하는 법무사, 혹은 사무변호사(solicitor)로 나뉜다.

와서 그의 표를 들여다보더니 삼등칸 요금과 일등칸 요금의 차액을 내라고 요구했어요. 무슈 파옐은 지불을 거절했습니다. 철도회사는 파옐을 고소했고요. 자, 여기서 문제가 무엇인지 아시나요?"

"그가 너무 뚱뚱했다는 거지." 호레이스가 웃음을 터뜨린다.

"돈이 충분히 없었다는 거야." 모드가 말한다. "불쌍해."

"아닙니다. 둘 다 아니에요. 그는 충분한 돈이 있음에도 지불하기를 거절했죠. 제가 설명해드리죠. 파옐의 변호인은 그가 표를 샀으니 법적 의무를 충실히 이행했다고 볼 수 있으며, 일등칸을 제외한 객차에 폭이 너무 좁은 출입문을 단 것은 회사 잘못이라고 주장했죠. 철도회사는 너무 뚱뚱해서 한 종류의 출입문밖에 통과하지 못한 건 그의 잘못이며, 자신이 들어갈 수 있는 객차의 표를 사야 한다고 주장했죠. 어떻게 생각하시나요?"

호레이스는 확고한 입장을 보인다. "일등칸에 타야 한다면 일등칸 요금을 내야죠. 당연한 것 아닌가요? 케이크를 너무 많이 먹지 말았어야죠. 그가 뚱뚱한 건 철도회사의 잘못이 아니잖아요."

약자의 편에 서는 경향이 있는 모드는 뚱뚱한 프랑스인을 약자의 위치로 두고 생각한다. "그가 뚱뚱한 건 그의 잘못이 아니야." 그녀가 말한다. "아파서 그런 걸 수도 있잖아. 아니면 어머니를 여의고 너무 슬퍼서 많이 먹었는지도 몰라. 아니면—, 아무튼 그가 다른 사람을 자기 대신 삼등칸으로 쫓아내고 그 자리에 앉은 건 아니잖아."

"본 법정은 그가 뚱뚱해진 이유에 대해선 알지 못합니다."

"그렇다면 법은 개똥 같은 거야." 최근 이런 표현을 습득한 호레이스가 말한다.

"그전에도 그런 적이 있었을까?" 모드가 묻는다.

"훌륭한 지적입니다." 조지가 판사처럼 고개를 끄덕이며 말한다. "의도의 문제도 있지요. 너무 뚱뚱해서 삼등칸 객차에 들어가지 못했던 경험이 이미 있는데도 불구하고 삼등칸 표를 샀을지도 모르고, 먼젓번과는 달리 이번에는 들어갈 수 있다고 생각했는지도 모릅니다."

"둘 중 뭐야?" 호레이스가 안달하며 묻는다.

"저도 모르죠. 기록에는 나와 있지 않습니다."

"그래서 결과가 뭔데?"

"글쎄요, 배심원이 일치를 보지 못했다는 결과로군요. 여러분께서 각각의 입장을 맡아 이 문제를 서로 상의하셔야죠."

"난 모드랑은 토론하지 않을 거야." 호레이스가 말한다. "여자애잖아. 그래서 진짜 결과가 뭐였는데?"

"릴의 교정법원은 철도회사의 손을 들어주었죠. 파엘은 차액을 지불하게 되었습니다."

"내가 이겼어!" 호레이스가 외친다. "모드는 잘못 생각했어."

"잘못 생각한 사람은 없어." 조지가 대답한다. "이 사건은 어느쪽으로든 결론이 날 수 있었어. 그러니까 법정까지 왔던 거고."

"그래도 내가 이겼어." 호레이스가 말한다.

조지는 기분이 좋다. 그는 청소년 배심원단의 관심을 끌어내, 이어지는 토요일 오후마다 새로운 사건과 문제를 그들에게 제시한다. 꽉 찬 객차에 앉은 승객들은 승강장에서 기차를 기다리는 다른 사람들이 들어오지 못하도록 문을 잠글 권리가 있는가? 좌석에서 누군가의 지갑을 발견한 경우와 쿠션 뒤에서 잔돈을 발견한 경우, 법률적으로 어떤 차이가 있는가? 집으로 가는 막차를 탔는데 기차가 승객이 내려야 할 역을 그대로 지나쳤다면, 그래서 해당 승객이 빗속에서 5마일이나 걸어야 했다면?

배심원단이 흥미를 잃을 때마다 조지는 그들에게 재미있고 희한한 사례들을 들어 주의를 돌린다. 그는 그들에게 벨기에의 개에 관한 사례를 들려준다. 영국에는 개에게 입마개를 씌워 화물칸에 태워야 한다는 규제가 있다. 하지만 벨기에에서는 표를 따로 구입하면 개가 승객과 동등한 지위를 갖는다. 그는 리트리버를 데리고 기차에 탔다가 사람을 태우는 좌석에 개가 앉아선 안 된다는 말을 듣고 철도회사를 고소한 사냥꾼 이야기를 해준다. 호레이스에게는 기쁘게도, 모드에게는 불만족스럽게도, 법정은 원고에게 유리한 판결을 내렸다. 해당 판결이 내려진 이후로 벨기에에서는 다섯 명의 사람과 다섯 마리의 개들이 10인용 객차에 탑승했고, 개도 사람도 모두 표를 소지하고 있다면, 해당 객차는 법률적으로 만석으로 규정될 수 있었다.

호레이스와 모드는 이런 조지를 보고 놀란다. 이제 그는 공부방에서 새로운 권위자가 된다. 또한 한편으로는 조지가 뭔가 가벼워져서 농담을 하려는 것처럼 보이기도 하는데, 이는 그들이 전에는 본 적이 없는 모습이다. 조지 쪽에서는 그의 배심원단이 쓸모 있다고 생각한다. 호레이스는 재빠르게 직설적인 입장을 취하는데, 대개 철도회사의 편을 든다. 그는 요지부동이다. 마음을 정하는 데 오래 걸리기는 하지만 좀더 적절한 질문을 던지는 모드는 승객들에게 벌어질 수 있는 모든 종류의 불편한 상황을 동정한다. 그의 동생들을 기차 탑승객의 단면이라 여기기엔 무리가 많지만, 조지는 동생들 역시 권리에 전적으로 무지하다시피 하다는 점에서는 전형적인 승객들과 다를 바가 없다고 생각한다.

아서

그는 탐정소설의 새로운 길을 열었다. 그는 눈 앞의 빤한 증거들을 해독해서 박수갈채를 받는 평범한 인간들에 불과한 고루하고 생각이 둔한 인물들을 내세우지 않았다. 그는 소모사 뭉치에서 살해의 증거를 찾아내고, 우유접시에서 결정적인 증거를 얻는 냉정하고 계산적인 인물을 등장시켰다.

홈스는 아서에게 갑작스러운 명성과 더불어 영국 대표팀 주장으로서는 결코 만질 수 없을 돈을 가져다주었다. 그는 테니스를 즐길 수 있는 공간과 높은 벽을 두른 정원이 있는 적당한 크기의 집을 사우스 노우드에서 구입했다. 입구 홀에는 조부의 흉상이, 책장 꼭대기에는 북극에서의 전리품들이 놓였다. 그는 아예 상주 직원으로 눌러앉은 듯 보이는 우드가 쓸 사무실도 꾸몄다. 포르투갈에서 가정교사를 하던 로티가 돌아왔다. 외모 외에는 별 내세울 것이 없다고 여겼던 예쁜 코니 역시 찾아와 타자수로서 자신의 유용함을 입증했다. 아서가 사우스시에서 사온 타자기를 도저히 다룰 수 없었기 때문이었다. 그의 재능은 투이와 함께 2인승 자전거를 타고 페달을 밟는 쪽에 있었다. 투이가 다시 임신하자 그는 2인승 자전거를 남성적인 힘만으로도 굴러가는 삼륜 자전거로 교체했다. 그는 화창한 오후마다 서리Surrey의 언덕들을 가로질러 30마일을 달리는 계획을 세우곤 했다.

그는 가는 곳마다 자신을 알아보는 사람들이 생기고, 신문사와 즐겁고도 당황스러운 다양한 인터뷰를 하면서 성공에 익숙해지기 시작했다.

"당신이 행복하고 다정하고 가정적인 남자라네요." 잡지를 읽던 투이가 미소를 지었다. "키도 크고, 어깨도 넓고, 신실한 악수를 통해 상대방을 진심으로 맞아들이는 손을 지닌 사람이래요."

"뭘 읽는 거요?"

"〈더 스트랜드 매거진〉이요."

"아, 하우 씨로군. 그때 기억에 의하면 그 양반 손은 타고난 스포츠맨의 손은 아니었지. 푸들 발바닥 같았다고. 당신에 관해서는 뭐라고 했소, 여보?"

"그가 말하길…… 아, 도저히 못 읽겠어요."

"말해봐요. 내가 얼굴을 붉히는 당신을 무척 좋아한다는 걸 알잖소."

"그가 말하길…… 내가 '진정으로 매력적인 여성'이래요." 때맞춰 그녀는 얼굴을 붉힌다. 그러고는 서둘러 주제를 바꾼다. "하우 씨가 말하길 '도일 씨는 처음부터 이야기의 끝을 생각해두고 그다음에 쓰기 시작한다.' 나한테는 이런 말 안 했잖아요, 아서."

"내가 안 했나? 아마 너무 당연한 말이라서 안 했던 거겠지. 끝을 모르면서 어떻게 시작할 수 있겠소? 생각해보면 당연한 말이지. 우리의 친구가 또 뭐라고 썼소?"

"당신의 아이디어는 아무 때나 찾아온다고 썼네요. 우리가 산책할 때, 크리켓을 할 때, 삼륜 자전거를 탈 때, 테니스를 할 때처럼 아무 때나. 정말 그런가요, 아서? 그래서 코트에서 가끔 딴청을 피우는 건가요?"

"약간 그런 척한 적도 있긴 하겠지."

"그리고 보세요, 여기 어린 메리가 바로 이 의자에 앉아 있어요."

아서는 몸을 기울였다. "내 사진에서 오려붙인 모양이군. 자, 봐요. 사진 아래 내 이름을 넣었어야 하는데."

아서는 문단의 주요 인물이 되었다. 그는 제롬과 배리*를 친구로 여겼고, 메러디스와 웰스**를 만났다. 그는 오스카 와일드와 저녁식사를 했고, 와일드가 정중하고 쾌활한 사람이라고 생각했다. 그가 『마이카 클라크』***를 읽었다며 찬사를 보냈기 때문만은 아니었다. 아서는 홈스를 2년 이상, 적어도 3년은 써먹고 제거해야겠다고 생각했다. 그후에는 역사소설에 집중할 것이다. 그는 자신이 가장 잘 쓸 수 있는 건 항상 역사소설이라고 생각하고 있었다.

---

* 에세이스트 제롬 K. 제롬과 『피터 팬』의 작가 제임스 매슈 배리를 일컫는다.
** 소설가 조지 메러디스와 H. G. 웰스를 가리킨다.
*** 1685년 몬머스 반란 사건을 그린 아서 코난 도일의 역사 모험소설.

그는 지금까지의 성과에 자부심을 느꼈다. 파트리지의 예상대로 자신이 영국 크리켓 대표팀 주장이 되었다면 이보다 더한 자부심을 느꼈을지도 궁금했다. 그런 일이 일어나지 않으리라는 건 자명했다. 그는 상당한 실력의 오른손잡이 타자였고, 누군가를 놀래킬 정도로 공을 멀리 날릴 수 있었다. 그는 매릴르본 크리켓 클럽에서 모든 포지션을 소화하는 훌륭한 선수일지도 모르나, 그의 최종적인 야심은 꽤 소박해져 있었다. 바로『위스던』에 이름을 올리는 것이었다.

투이는 그에게 아들인 앨런 킹즐리를 낳아주었다. 그는 언제나 집이 식구들로 꽉꽉 채워지기를 꿈꿨다. 하지만 불쌍한 아넷은 포르투갈에서 세상을 떠났고, 엄마는 여전히 그 인간의 영지에 있는 오두막을 떠나지 않겠다고 고집을 부렸다. 그래도 그에게는 여동생들, 아이들, 그리고 아내가 있었다. 남동생 이네스는 비교적 가까운 울리치에서 군입대를 준비하고 있었다. 아서는 한 가족의 생계를 담당하는 가장이었고, 부조금과 백지수표를 써대길 좋아하는 가족의 우두머리였다. 그는 공식적으로 1년에 한 번, 산타로 분장해 이런 선물들을 나눠주었다.

그는 집안에 질서가 세워져야 한다는 걸 알았다. 아내가 가장 중요했고, 아이들이 그다음이었고, 여동생들이 마지막 자리를 차지했다. 그들이 결혼한 지 얼마나 되었을까? 7년, 8년? 투이는 누구라도 아내로 원할 만한 여자였고, 사실 〈더 스트랜드 매거진〉의 기사대로 진정 매력적인 여성이었다. 차분한 성격의 그녀는 날이 갈수록 원숙해졌다. 그녀는 그에게 아들과 딸을 낳아주었다. 그녀는 그의 글에 적힌 형용사 하나까지 곧이곧대로 믿었고, 그가 벌이는 온갖 모험들을 든든히 지원해주었다. 그가 노르웨이에 가고 싶어하면 그들은 노르웨이로 떠났다. 그가 저녁만찬을 열고 싶어하면 그녀는 그의 취향대로 만찬을 준비했다. 그녀와 결혼할 때, 그는 기쁘거나 슬프거나, 부유하거나 가난하거나에 상관없이 결혼했다. 아직까지는 슬퍼지지도, 가난해지지도 않았다.

그럼에도 불구하고, 그 자신에게 솔직해지자면, 이제는 많은 것들이 달라져 있었다. 처음 만났을 때 그는 젊었고, 서툴렀고, 무명인이었다. 그녀는 그를 사랑했고, 한 번도 불평한 적이 없었다. 이제 그는 여전히 젊지만, 성공했고, 유명해졌다. 그는 새빌 클럽의 테이블에 앉은 사람들을 재기 있는 말솜씨로 오랫동안 붙들어둘 수 있었다. 그는 자립했을 뿐 아니라,—부분적으로는 결혼 덕분에—성공까지도 이루었다. 그의 성공은 열심히 노력한 끝에 얻은 결과이긴 했지만, 성공에 익숙하지 않은 사람들은 그것이 이야기의 끝이라고 여기는 법이다. 아서는 아직 자신의 이야기를 끝낼 준비가 돼 있지 않았다. 인생이 기사가 떠나는 모험이라면, 그는 아름다운 투이를 구했고, 도시를 정복했고, 황금으로 보상받았다. 그러나 부족을 이끄는 현명한 노인의 역할까지 받아들이려면 아직은 세월이 더 필요했다. 아내와 두 아이들이 있는 사우스 노우드의 집으로 돌아온 기사의 의무는 무엇일까?

글쎄, 그에게는 그리 어려운 질문이 아니었는지도 모른다. 그는 가족을 지켰고, 명예롭게 처신했고, 아이들에게 세상을 제대로 사는 법을 가르쳤다. 비록 다른 처녀를 구하는 모험은 아닐지라도 또다시 모험을 떠날 수도 있었다. 글쓰기와 사교계, 여행, 정치 등 다방면에서 수없이 많은 도전이 기다리고 있을 것이다. 그의 에너지가 그를 갑작스럽게 어디로 데려갈지 누가 알겠는가. 그는 항상 투이에게 그녀가 필요로 하는 관심과 위안을 가져다줄 테고, 그녀를 단 한순간도 불행하게 하지 않을 것이었다.

그럼에도 불구하고.

조지

그린웨이와 스텐트슨은 함께 어울리는 경향이 있지만, 조지는 별로 마음에 두지 않는다. 점심시간이면 그는 간이식당에 가기보다는 세인트 필립스 광장의 나무 밑에서 어머니가 준비한 샌드위치를 먹는 편을 선호한다. 그는 그들이 부동산양도법을 좀 설명해달라고 할 때면 기분이 좋지만, 그들이 말이나 도박사무실, 여자들, 댄스홀에 대해 열변을 토하는 방식에는 혼란을 느낀다. 그들은 현재 그 추장들이 버밍엄을 공식적으로 방문하고 있는 베추아나* 나라에 대해 열광하고 있다.

또한 조지가 그들과 함께 어울릴 때마다 그들은 그에게 질문을 퍼부어대며 놀리기를 좋아한다.

"조지, 자넨 어디 출신이야?"

---

* bechuana, 반투 어를 사용하는 아프리카인을 가리키는 19세기 말. 사용자의 80퍼센트가 현재의 보츠와나에 거주한다.

"그레이트 웨얼리 출신이지."

"아니, 진짜로 어디 출신이냐고."

조지는 곰곰이 생각에 잠긴다. "목사관 출신이야." 그가 대답하자 그들은 웃음을 터뜨린다.

"여자 있어, 조지?"

"뭐라고?"

"질문이 뭔지 모르겠어? 우리가 뭐 어려운 법률적 표현이라도 썼나?"

"뭐, 자네들 일이나 신경 쓰는 게 좋겠어."

"너무 거만한데, 조지."

그린웨이와 스텐트슨은 집요하고 끈질기게 이 주제에 매달린다.

"엄청난 미인이지, 조지?"

"마리 로이드 닮았어?"

조지가 대답하지 않자, 그들은 모자를 비스듬히 기울이고 머리를 맞대고서 합창하기 시작한다. "내가 사랑하는 남자가 관람석에 앉아 있네.*"

"어서, 조지. 그녀의 이름을 말해줘."

"어서, 조지. 그녀의 이름을 말해줘."

몇 주가 이렇게 지나자 조지는 더 이상 참을 수가 없다. 그들이 원하는 걸 줘버리자. "그녀의 이름은 도라 찰스워스야." 그가

---

* The Boy I Love Is Up in the Gallery, 19세기 말에 인기 높았던 가수 마리 로이드의 노래.

불쑥 말한다.

"도라 찰스워스." 그들이 되뇐다. "도라 찰스워스라. 도라 찰스워스라고?" 그들은 점차 있을 수 없는 일이라는 듯한 소리를 낸다.

"해리 찰스워스의 동생이야. 해리는 내 친구고."

그는 이제 그들도 입을 닥칠 거라고 생각했지만, 그들은 더욱 기세등등해진다.

"머리카락은 무슨 색이야?"

"그녀와 키스했어, 조지?"

"그녀는 어디 출신이야?"

"진짜로 어디 출신이야?"

"발렌타인데이에 고백할 거야?"

이 주제에 관한 한, 그들은 결코 물리지 않는 모양이다.

"그런데 조지, 도라에 관해 물어볼 게 있어. 그녀는 깜둥이야?"

"그녀는 영국인이야, 그냥 나처럼."

"그냥 너처럼이라고, 조지? 그냥 너처럼 영국인이야?"

"우리가 그녀를 만날 수 있을까?"

"그녀는 분명 배추아나 출신일 거야."

"사설탐정을 보내서 조사해볼까? 이혼전문 법률사무소가 하녀랑 호텔에 간 남편을 붙잡을 때 고용하는 탐정은 어때? 그렇게 들키고 싶진 않지, 조지? 그렇지?"

조지는 자신이 내뱉은 말이, 혹은 내뱉어야만 했던 말이 진짜로 거짓말은 아니라고 생각하기로 한다. 그는 그저 그들이 실제와는 다른 걸 믿도록 내버려두었을 뿐이다. 다행히도 그들은 버밍엄 반대편에 산다. 그래서 뉴 스트리트에서 조지가 타는 기차가 떠날 때마다 그는 그 이야기를 남겨둔 채 떠나는 셈이다.

2월 13일 아침, 그린웨이와 스텐트슨은 유독 경박하게 군다. 조지는 그 이유를 모른다. 그들은 방금 스태퍼드셔 그레이트 웨얼리에 사는 도라 찰스워스 양에게 발렌타인 카드를 보낸 참이다. 우편배달부는 말할 것도 없고, 항상 여동생이 하나 있었으면 하고 바랐던 해리 찰스워스는 어리둥절했을 것이다.

조지는 기차 안에 앉아 있고, 그의 신문은 접힌 채 무릎에 놓여 있다. 그의 서류가방은 두 개의 줄로 고정하는, 머리 위의 넓고 높은 선반에 놓여 있다. 그의 중산모는 모자와 우산, 지팡이 등의 작은 소지품들을 두기 위한 낮고 좁은 선반에 놓여 있다. 그는 누구나 살아가면서 떠날 수밖에 없는 여행들을 생각한다. 예를 들어 그의 아버지는 대영제국의 혈관이 마지막으로 닿는 곳인 머나먼 봄베이에서 여행을 시작했다. 그는 그곳에서 성장했고, 그곳에서 그리스도교로 개종했다. 그곳에서 그는 구자라티 어 문법을 썼고, 이런 연유로 잉글랜드로 올 수 있는 기금을 받았다. 그는 캔터베리의 세인트 어거스틴 칼리지에서 수학했고, 마커니스 주교에 의해 성직자로 임명되었고, 웨얼리 교구로 오기 전까지 리버풀에서 부목사를 지냈다. 어떻게 생각해봐도 대단한 여행이다. 조지는 자신의 여행은 이처럼 대단할 수 없으리라 생각한다. 조지의 여행은 아마도 어머니의 여행과 비슷할 것이다. 그녀는 스코틀랜드에서 태어났고, 그녀의 아버지인

케틀리의 목사가 성직자로 39년을 지낸 슈롭셔에 살았고, 그후에는 남편을 만났고, 하나님의 가호가 있다면 남편이 그녀의 아버지처럼 오랫동안 성직을 수행할, 슈롭셔와 가까운 스태퍼드셔에서 줄곧 살아왔다. 그렇다면 버밍엄은 조지의 종착지일까? 아니면 그저 일시적으로 머무를 곳일까? 그는 아직 알 수 없다.

조지는 자신을 버밍엄을 오가는 데 그치지 않고 장차 버밍엄의 시민이 될 사람으로 생각하기 시작한다. 이처럼 새로운 사회적 지위의 징표로 그는 수염을 기르기로 한다. 수염이 자라는 데는 생각보다는 좀 오래 걸린다. 그린웨이와 스텐트슨은 돈을 모아 그에게 양모제를 좀 사줘야겠다고 끝없이 놀려댄다. 수염이 윗입술을 풍성하게 덮을 정도로 자라나자 그들은 조지를 만주인이라고 부르기 시작한다.

이 농담도 물리자 그들은 다른 놀림거리를 찾는다.

"이봐, 스텐트슨. 조지를 보면 누가 생각나는지 알아?"

"힌트를 좀 줘."

"글쎄, 조지가 어느 학교에 다녔더라?"

"조지, 어디 학교를 다녔어?"

"이미 알잖아, 스텐트슨."

"다시 말해줘, 조지."

조지는 유언으로 남겨진 부동산 처리문제에 관한 토지소유권 이전법 제1897조에서 고개를 들어올린다. "러질리."

"자, 이제 알겠지, 스텐트슨?"

"러질리라. 어디 보자. 기다려봐— 윌리엄 파머이던가—"

"러질리의 독살범이지! 맞았어."

"그는 어디서 학교를 다녔지, 조지?"

"자네들, 이미 알고 있잖아."

"러질리에선 모든 아이들에게 독살하는 법을 가르쳐줘? 아니면 똑똑한 아이들에게만 가르치나?"

파머는 상당액의 보험금이 지급되는 보험을 든 연후에 아내와 남동생, 그리고 자신이 빚을 졌던 마권업자를 죽였다. 다른 희생자들이 있을지도 모르지만 경찰은 친족들의 시신만 파내는 걸로 만족했다. 그 정도면 독살범을 스태퍼드셔의 5만 군중들 앞에서 공개적으로 처형하기에 충분한 증거였다.

"그도 조지처럼 콧수염을 길렀나?"

"조지처럼 콧수염을 길렀지."

"자넨 파머에 관해 아무것도 몰라, 그린웨이."

"파머가 자네 학교에 다녔다는 건 알지. 명예의 전당에 이름을 올리진 않았을까? 유명한 졸업생이니까 말이야."

조지는 엄지로 귀를 틀어막는 척한다.

"한 가지 짚고 넘어가자면 스텐트슨, 그 독살범은 악마처럼 똑똑했어. 검사는 그가 어떤 독약을 썼는지를 전혀 밝혀낼 수 없었지."

"악마처럼 똑똑했다라. 파머도 동방에서 온 신사였을까?"

"배추아나에서 왔을지도 몰라. 이름만 보고는 알 수 없는 일이지. 어떻게 생각해, 조지?"

"그후에 러질리 대표단이 수상관저로 파머스턴 경을 찾아간 얘기 들었어? 그들은 마을 이름을 바꾸고 싶어했어. 독살범이 가져온 불명예를 견딜 수 없었으니까. 잠시 생각에 잠겼던 수상은 이렇게 대답했지. '어떤 이름을 원하시는지요, 혹시 파머스타운입니까?'"

침묵이 이어졌다. "무슨 말인지 모르겠어."

"파머스턴이 아니라 파머스타운이라고."

"아, 이제 알겠어. 재미있군, 그린웨이."

"우리의 만주 친구도 웃고 있네. 콧수염을 달고."

이번만은 더 못 참겠다고 조지는 생각한다. 조지가 말한다. "소매 걷어, 그린웨이."

그린웨이가 히죽거린다. "왜? 손목이라도 비틀게?"

"소매 걸으라니까."

조지도 소매를 걷는다. 그러고는 애버리스트위스에서 2주간 선탠을 즐기고 돌아온 그린웨이의 팔과 자신의 팔을 나란히 놓는다. 그들의 팔은 색이 똑같다. 부끄러움을 모르는 그린웨이는 조지가 뭔가 말하기를 기다린다. 하지만 할 말은 다 했다고 생각한 조지는 소매의 단추를 채운다.

"지금 뭘 한 거야?" 스텐트슨이 묻는다.

"나 역시 독살범이라는 걸 증명하려는가봐."

아서

그들은 유럽여행에 코니를 데려갔다. 기운이

넘치는 소녀인 코니는 노르웨이로 건너갈 때 뱃멀미를 하지 않은 유일한 여성이었다. 이러한 의연함은 뱃멀미로 고생하는 다른 여성들의 눈에 거슬렸는데, 아마 그녀의 건강한 아름다움도 마찬가지였을 것이다. 제롬은 코니라면 브륀힐데의 모델로 나설 수도 있겠다고 말한 적이 있었다. 여행하는 동안 아서는 여동생이 춤을 출 때의 가벼운 몸놀림과 등 뒤로 군함의 밧줄처럼 늘어뜨린 밤색 머리카락이 바람둥이나 카드판의 사기꾼, 기름이 번드르르한 이혼남 따위의 가당치도 않은 남자들을 매료시킨다는 사실을 알아차렸다. 아서는 그런 자들 중 몇몇에게는 지팡이까지 휘두를 뻔했다.

집에 돌아온 그녀는 그럭저럭 쓸 만한 사내에게 눈길을 주는 듯 보였다. 26세의 어니스트 윌리엄 허눙Hornung은 키가 크고 말쑥했으며 천식을 앓기는 했지만, 쓸 만한 위킷키퍼이자 가끔은 스핀볼 투수이기도 했다. 태도도 단정했지만, 조금만 기회를 주면 말이 청산유수였다. 아서는 로티든 코니든 자기 여동생들에게 접근하는 자를 선뜻 받아들이기가 힘들다는 걸 알고 있었다. 하지만 한 집안의 가장으로서 그는 누이의 생각을 알아볼 의무가 있었다.

"허눙이라, 어떤 사람이지? 이름만 들어서는 반은 몽골인, 반은 슬라브인 같은데. 완전히 영국 혈통인 사람을 찾으면 안 되겠니?"

"그는 미들스버러에서 태어났어, 오빠. 아버지는 사무변호사고. 그는 어핑엄에서 학교를 다녔어."

"내가 보기에 뭔가 수상한 냄새가 나던데."

"천식 때문에 3년 동안 호주에서 살았어. 아마도 오빠가 유칼립투스나무 냄새라도 맡았나보지."

아서는 억지로 웃음을 참았다. 코니는 대들기를 좋아하는 동생이었다. 그는 로티를 더 좋아했지만, 그에게 맞설 줄도 알고, 그를 놀라게 할 줄도 아는 아이는 코니였다. 신께 감사하게도 그녀는 월러와 결혼하지 않았다. 이 사실이 로티에게도 마찬가지라는 건 너무나 당연한 일이다.

"그러면 미들스버러 출신이라는 그 작자는 뭘 하는데?"

"그는 작가야, 오빠처럼."

"들어본 적이 없는데."

"열몇 권의 소설을 썼어."

"열몇 권이라고! 하지만 아직 애송이잖니." 하지만 적어도 성실한 애송이라 할 만했다.

"오빠가 직접 판단하고 싶으면 내가 책을 빌려줄게. 나한테 『두 하늘 아래』와 『타룸바의 두목』이 있어. 대부분 호주가 배경이야. 내 생각에는 무척 괜찮은 책들이야."

"공정하게 말하는 거니, 코니?"

"하지만 그는 소설만 써서는 먹고살기 힘들다는 걸 알아. 그래서 저널리스트로 일하고 있어."

"뭐, 이름은 일단 명단에 올려두지." 아서는 툴툴거렸다. 그는 코니에게 허눙을 집에 초대해도 좋다고 허락했다. 그는 그전까지 허눙의 책을 단 한 권도 읽지 않음으로써 평가를 보류하는 혜택을 주기로 했다.

그해 봄은 일찍 찾아왔다. 4월이 끝자락에 접어들자 테니스장에 구획이 표시되었다. 서재에 있던 아서의 귀에 라켓으로 공을 치는 소리와 쉬운 공을 놓치고 안달하는 여자의 귀에 익은 외침이 멀찍이서 들려왔다. 그는 밖으로 나가 서성거리다가 풍성한 치마를 입은 코니와 밀짚모자에 위가 넓고 아래가 오므라든 흰 플란넬 셔츠를 입은 윌리엄 허능을 보았다. 그는 허능이 코니에게 쉽게 점수를 내주지 않는다는 걸 알아차렸고, 공을 칠 때 온 힘을 싣는 그의 모습을 주의 깊게 지켜보았다. 그는 괜찮다고 생각했다. 남자라면 여자애를 그렇게 다뤄야 했다.

야외용 의자에 앉은 투이는 초여름의 약한 햇살보다는 젊은 연인들의 열기로 온기를 얻고 있었다. 그들의 웃음소리가 네트를 울렸고, 그들이 보이는 서로에 대한 수줍음에 투이가 즐거워하는 듯했다. 그래서 아서는 설득당하기로 했다. 사실 그는 못마땅해하는 가장처럼 행동하는 걸 즐겼다. 게다가 허능은 재기가 있어 보였다. 좀 지나친지도 모르지만, 그건 젊기 때문일 수도 있었다. 그가 지난번에 한 농담이 뭐였더라? 그렇지, 아서는 스포츠란을 읽다가 고작 10초 만에 100야드*를 완주했다는 달리기 선수에 관한 기사에 주목했다.

"어떻게 생각하시죠, 허능 씨?"

그러자 허능은 번개처럼 빠르게 대답했다. "선수 잘못이네요.**"

---

* 91.44미터.

** 허능의 대답은 'sprinter's error'로, '오자(printer's error)'임을 동시에 언급하는 말장난이다.

그해 8월, 아서는 스위스의 강연에 초청받았다. 투이는 킹즐리를 출산하고 아직 완전히 회복되지 않은 상태였지만 당연히 그를 따라갔다. 그들은 장엄하고 섬뜩한 라이헨바흐 폭포를 찾아갔다. 홈스의 무덤이 될 장소였다. 홈스는 점점 더 그의 목에 매달린 무거운 짐과도 같은 존재가 돼가고 있었다. 이제 아서는 교활한 악당의 도움을 받아 자신의 짐을 내려놓을 생각이었다.

9월 말, 아서는 코니와 식장을 걸었다. 코니는 군인처럼 지나치게 성큼성큼 걷는 그의 팔을 뒤로 잡아당겼다. 제단에서 상징적으로 코니를 넘겨주면서, 그는 그녀가 자랑스럽고 자신은 행복하다고 생각해야 했다. 하지만 수많은 오렌지꽃다발, 등을 두드려대는 사람들, 처녀들에게 던지는 짓궂은 농담 사이에서 아서는 식구를 계속 늘리겠다는 꿈이 깨어졌음을 되새기고 있었다.

열흘 뒤, 그는 아버지가 덤프리스 정신병원에서 사망했다는 사실을 알게 되었다. 원인은 간질이었다. 수년 동안 아버지를 찾지 않았던 아서는 장례식에도 가지 않았다. 장례식에 참석한 가족은 아무도 없었다. 찰스 도일은 엄마를 실망시켰고, 아이들을 고상한 가난으로 떠민 사람이었다. 그는 유약했고, 남자답지 못했고, 술과의 싸움에서 패배했다. 싸움이라고? 그는 술이라는 악마를 향해 장갑을 조금 들다가 말았을 뿐이었다. 가끔 그를 변호하는 말이 들려오기도 했지만, 아서는 그가 예술가라서 그렇다는 주장은 설득력이 없다고 생각했다. 그건 그저 방종이고 자기변명일 뿐이었다. 예술가라 해도 강건하고 책임감을 지니는 건 충분히 가능한 일이다.

끈질긴 가을 기침에 시달리던 투이는 옆구리 통증을 호소하기 시작했다. 아서는 대단찮은 증상이라고 판단했지만, 결국 지역 의사인 돌턴을 부를 수밖에 없었다. 자신이 의사가 아니라 한낱 환자의 보호자가 되었다고 생각하니 기분이 묘했다. 누군가가 위층에서 자신의 운명을 결정하는 동안 정작 자신은 아래층에서 기다리고 있어야 한다는 것도. 오랫동안 닫혀 있던 침실 문이 열리고 돌턴이 낯설지 않은 음울한 표정으로 걸어나왔다. 그의 표정은 아서 자신도 여러 번 지었던 표정이었다.

"폐의 감염이 심각합니다. 급성 폐결핵 증상이 너무 뚜렷해요. 부인의 상태와 가족력을 고려할 때……." 돌턴은 다음의 덧붙이는 말을 제외하면 더는 할 말이 없었다. "다른 의사의 소견도 들어보셔야죠."

그냥 다른 의사가 아니라 가장 뛰어난 의사에게서 의견을 들어야 했다. 다음 토요일에 브롬턴 병원의 결핵 및 기타 폐질환 전문의인 더글러스 파월이 사우스 노우드를 찾았다. 깨끗하게 면도한 창백한 얼굴에 금욕적이며 올곧은 분위기를 풍기는 파월은 유감스럽게도 진단을 확정했다.

"당신도 의사시죠, 도일 씨?"

"제가 미처 신경을 쓰지 못한 것을 너무나 후회하고 있습니다."

"폐가 전공분야는 아니시죠?"

"안과의입니다."

"그러면 자책하실 필요 없어요."

"아닙니다. 그래서 더 자책할 수밖에 없어요. 눈이 있는데도 보질 못했어요. 그 저주받을 병균을 잡아내지 못한 것이죠. 전 아내를 충분히 돌보지 못했어요. 저만…… 성공하느라 너무 바빴던 겁니다."

"하지만 당신은 안과의였잖습니까."

"삼 년 전에 전 이 질병에 관한 코흐*의 발견—잠정적인 발견—을 보고하러 베를린에 간 적이 있습니다. 〈리뷰 오브 리뷰스〉지의 스테드에게 이에 관해 글을 써서 보내기까지 했죠."

"그랬군요."

"그런데도 전 바로 제 아내가 폐결핵에 걸렸다는 걸 알아차리지 못했습니다. 설상가상으로 아내를 제가 하는 모든 일들에 끌어들였던 겁니다. 우리는 여름이고 겨울이고 삼륜 자전거를 탔고, 추운 나라로 여행을 떠났고, 아내는 저와 함께 야외스포츠를 했고……."

"그런데," 파월이 말했다. 아서는 그 말에 순간적으로 기운이 났다. "제 소견으로는 병소 근처에 유섬유종이 성장하는 뚜렷한 징후가 있습니다. 그리고 다른 쪽 폐가 균형을 맞추기 위해 다소 커진 듯 보이고요. 제가 드릴 수 있는 최선의 말씀은 이것뿐이군요."

"받아들일 수 없어요!" 있는 힘껏 고함을 지르고 싶었으나 그럴 수 없었던 아서가 속삭였다.

파월은 기분 나쁘게 생각하지 않았다. 그는 예의바르고 정중

---

* Heinrich Hermann Robert Koch, 독일의 세균학자. 세균학의 기초를 다졌고 결핵균, 탄저균 등을 발견했다.

하게 죽음을 선고하는 데 익숙했고, 그런 말을 들은 사람들의 행동 방식에 익숙했다. "그러시겠죠. 다른 의사를 만나고 싶으시다면—"

"아뇨, 당신 말씀을 받아들여야겠죠. 하지만 제게 아직 말씀하시지 않은 건 받아들일 수 없습니다. 제 아내의 목숨이 이제 몇 달 안 남았다고 말씀하시겠죠."

"당신도 잘 아실 겁니다, 도일 씨. 예측하기가 얼마나 어려운지—"

"저도 잘 압니다, 닥터 파월. 우리가 환자와 가족들에게 희망적으로 사용하는 말들 말입니다. 그리고 그들을 기운차리게 하기 위해 우리가 찾아내려고 애쓰는 말이 뭔지도 압니다. 세 달 정도 남았다는 말씀이시죠."

"네, 제 소견으로는 그렇습니다."

"그렇다면 다시 말씀드리지만 받아들일 수 없습니다. 전 악마와 싸울 겁니다. 어딜 가야 하든, 돈을 얼마나 써야 하든, 악마가 제게서 그녀를 데려갈 순 없을 겁니다."

"행운이 따르길 바랍니다." 파월이 대답했다. "부인을 잘 돌봐드리세요. 그런데 반드시 말씀드릴 게 두 가지 있습니다. 필요 없을지도 모르지만 의사인 제 의무이지요. 기분 나빠하시지 않을 거라고 믿습니다."

아서는 명령을 기다리는 군인처럼 등이 바짝 굳었다.

"아마 자제분이 있으시겠죠."

"둘 있습니다. 아들 하나, 딸 하나. 각각 한 살, 네 살입니다."

"그렇다면, 이 점을 이해하셔야 합니다. 어떠한 가능성도—"

"이해합니다."

"전 부인의 수태 능력을 말하는 게 아닙니다—"

"파월 씨, 전 바보가 아닙니다. 짐승도 아니고요."

"반드시 말씀드려야만 하는 내용이었습니다. 두 번째는 덜 분명할지도 모르겠군요. 환자에게 나타나는 영향, 혹은 영향과 유사한 무엇에 대해 말씀드려야겠습니다. 부인께 말이지요."

"네?"

"경험적으로 볼 때, 폐결핵은 다른 소모성 질병과는 다릅니다. 전반적으로 보면 환자는 거의 고통을 느끼지 않아요. 이 병은 종종 치통이나 소화불량보다도 덜 고통스럽게 진행됩니다. 하지만 다른 질병과 다른 건 정신작용에 미치는 효과입니다. 환자는 종종 매우 낙관적인 태도를 보이죠."

"어지러워한다는 말씀이신가요? 아니면 환각에 빠집니까?"

"아뇨, 낙관적이라는 말 그대로예요. 조용하지만 활기차다고 말씀드릴 수 있을까요."

"당신이 처방한 약 때문입니까?"

"그렇지 않습니다. 이 병이 본질적으로 그렇습니다. 환자가 자기 병의 심각성을 얼마나 잘 알고 있는지와는 관계없이 말이죠."

"뭐, 제겐 위안이 되는 말이군요."

"네. 처음에는 그럴지도 모르죠, 도일 씨."

"무슨 의미입니까?"

"제 말은, 중한 병을 앓는 환자가 고통스러워하지 않고, 불평하지도 않고, 활기찬 모습을 지탱한다면, 그 고통과 불평을 누군가가 대신 겪어야 한다는 뜻입니다."

"선생께서는 절 모르시는군요."

"그렇습니다. 하지만 전 그럼에도 불구하고 당신이 용기를 내어 맞설 수 있기를 바랍니다."

기쁠 때도, 슬플 때도, 부유할 때도, 가난할 때도 있으리라는 건 알았다. 그러나 그는 건강할 수도 있고, 그와 반대로 병에 걸릴 수도 있다는 걸 잊고 있었다.

정신병원에서 아서에게 아버지의 스케치북들을 보내왔다. 찾아오는 이 하나 없이 최후의 처소에서 우울하게 지냈던 찰스 도일의 마지막 나날들은 불우했다. 하지만 그는 미쳐서 죽지 않았다. 그건 분명했다. 그는 꾸준히 수채화를 그렸고, 스케치를 했고, 일지도 썼다. 이제 아서는 아버지가 상당한 예술가였으며, 동시대인들에게 제대로 평가받지 못했고, 그의 작품들이 에든버러나 심지어는 런던에서 사후 전시를 열 만한 가치가 있다는 걸 깨달았다. 아서는 그들 부자의 대조적인 운명을 반추해보지 않을 수 없었다. 아들은 아늑한 사회적 명성을 즐기는 동안, 아들이 내팽개친 아버지는 가끔 입는 구속복 안에서나 아늑함을 찾을 뿐이었다. 아서는 죄책감을 느끼진 않았다. 그저 자식으로서의 연민뿐이었다. 그의 아버지가 남긴 일기장에는 끌리는 문장이 하나 있었다. 아버지는 이렇게 적었다. "나는 순전히 농담에 관한 스코틀랜드인들의 오해 때문에 미쳤다는 낙인이 찍힌 게 아닌가 싶다."

그해 12월, 홈스는 모리아티의 팔에 안겨 죽음의 나락으로 떨어졌다. 홈스도 모리아티도 저자의 성급한 손끝 아래 끝없이 추락했다. 찰스 도일의 부고를 한 줄도 싣지 않았던 런던의 신문사들은 존재하지 않는 탐정의 죽음을 실망스러워하는 항의기사를 잔뜩 실었다. 탐정의 인기는 저자 자신도 당황스럽고 역겨울 정도였다. 아서에겐 이 세계가 미쳐 돌아가는 듯 보였다. 아버지가 얼마 전 땅에 묻혔고, 아내는 죽어가고 있는데, 시티*의 젊은이들은 셜록 홈스 씨의 죽음을 애도하며 모자에 상장을 달고 있었다.

끔찍했던 한 해가 저물어갈 때쯤 또 하나의 사건이 있었다. 아버지가 죽고 한 달 뒤, 아서는 심령연구협회에 가입했다.

조지

　　　　사무변호사가 되기 위한 최종시험에서 조지는 2등상의 영예를 안았고, 버밍엄 법률가협회로부터 동메달을 받았다. 그는 뉴홀 스트리트 54번지에 사무실을 연다. 그는 샌스터, 비커리&스파이트 사무소에서 맡기는 일도 하게 될 것이다. 그는 스물세 살이고, 세계는 그를 위해 변화하고 있다.

목사의 아들로 태어나 평생 세인트 마크 교회의 설교단을 바라보며 자라났지만, 조지는 가끔 자신이 성경을 이해하지 못하고 있다는 느낌을 받는다. 늘 전부 다는 아닐지도 모른다. 사실,

---

* 주요한 금융계 본사들이 주로 밀집해 있는 런던의 한 구역.

꽤 많은 순간 많은 부분을 이해하고 있지 못했다고 해야 할까. 사실에서 믿음으로, 지식에서 이해로 도약해야 하는 순간마다 그는 늘 그러지 못했다. 그래서 가짜 같다는 기분이 든다. 영국 국교회 교리는 점차 그에게서 멀어지고 있다. 그는 교리가 가까 이해야 할 진실이라고 생각하지도 않고, 날마다 교리공부를 하지도 않는다. 당연히 부모에게는 이런 말을 하지 않는다.

그는 학교에서 삶에 대한 보충 설명과 이야기들을 접했다. 과학에 의하면 이런 거지. 역사에 의하면 이런 거야. 문학에 의하면 이런 거고…… 당시 조지는 아무 관심도 없으면서도 이런 주제에 관해 묻는 시험에 능숙하게 답할 수 있었다. 하지만 그가 법을 발견한 지금, 세계는 마침내 의미를 지니기 시작했다. 지금까지 보이지 않았던 관계—사람 사이의 관계와 사물 사이의 관계, 생각과 원칙 사이의 관계—들이 점차 드러나고 있다.

예를 들어보자. 그는 블록스위치와 버칠스를 연결하는 기차 안에서 창밖의 생울타리를 바라보고 있다. 그는 옆에 앉은 승객들이 보는 것—바람에 흔들리는 뒤얽힌 가지들, 새들의 둥지 등—을 보는 대신, 토지 소유주들 사이의 형식적 경계, 계약이나 인습에 의해 설정된 구역, 합의나 논쟁이 야기될 수 있는 뭔가 실제적인 것 등을 본다. 그는 목사관에서 주방 테이블을 문질러 닦거나 그의 책을 잘못 꽂는 하녀를 볼 때도 그녀의 서투른 손길이 아니라 집을 관리할 의무가 있는 고용관계를, 수세기 동안의 판례법이 존재하지만 관계된 당사자들 모두 낯설어하는 복잡하고 정교한 계약관계를 본다.

그는 법에 대해 행복과 자신감을 느낀다. 단 하나의 단어가 얼마나 많은 다른 의미를 지닐 수 있는지 설명하는 주해서가 엄청나게 많이 존재한다. 법과 관련된 주석서들은 성서 주석서만큼이나 많다. 하지만 거기서는 결말 부분에서 도약할 필요가 없다. 합의가 도출되고, 따라야 할 결정이 내려지고, 무엇이 무엇을 의미하는가에 관한 이해가 따른다. 이는 혼란에서 자명함으로 이어지는 여정이다. 어느 술 취한 선원이 유서를 쓰면서 타조알에게 유언을 남긴다. 선원은 익사하고, 타조알은 살아남는다. 그러면 법은 바닷물에 씻겨온 그의 마지막 유언을 공정하고 합리적으로 수행한다.

다른 젊은이들은 인생에서 일과 즐거움을 구분한다. 대부분의 젊은이들이 후자를 꿈꾸며 전자에 매달린다. 그러나 조지는 법에서 일과 즐거움을 동시에 찾을 수 있다. 그는 운동경기에 참여하거나, 보트를 타러 가거나, 극장에 가야 할 필요를 느끼지 않는다. 그럴 욕구도 없다. 그는 술이나 맛있는 음식, 경마에도 아무런 관심이 없다. 여행에도 별로 취미가 없다. 하지만 그는 철도법에서 자신만의 즐거움을 찾았다. 매일 수만 명의 사람들이 기차를 타는데도 철도회사에 맞서 자신들의 요구를 관철하는 데 도움을 줄 책이 한 권도 없다니 놀라운 일이다. 그는 『윌슨의 작은 법률책』 시리즈를 출판하는 에핑엄 윌슨에게 기본적인 내용을 담은 한 장章을 샘플로 보내고, 그들은 그의 제안을 받아들인다.

조지는 근면, 정직, 검약, 자선, 그리고 가족에 대한 사랑을 믿도록 배워왔다. 그리고 덕이란 그 자체로 보상이라는 것도. 게다가 맏아들인 그는 호레이스와 모드에게 좋은 본보기가 되어야 했다. 조지는 부모가 세 아이들을 똑같이 사랑하지만, 그에게 거는 기대의 무게가 가장 무겁다는 사실을 점차 깨닫는다. 모드는 항상 관심의 대상이고, 호레이스는 뛰어난 아이이기는 하지만 학자 유형은 아니다. 집을 떠난 그는 외가 쪽 사촌의 도움을 받아 하급공무원이 되었다.

조지는 가끔 맨체스터의 하숙집에 살면서 해변의 휴양지에서 싹싹한 엽서를 보내오는 호레이스를 부러워할 때가 있다. 가끔은 도라 찰스워스가 진짜로 존재했으면 하고 바라기도 한다. 하지만 그는 아는 여자가 없다. 그의 집으로 찾아오는 사람도 없다. 모드에게는 그의 사교 대상이 될 여자친구들이 없다. 그린웨이와 스텐트슨은 여자에 대해서라면 모르는 게 없다고 자부했지만 조지는 그런 그들의 말을 의심했고, 이제는 그들과 멀어지게 되어 기쁘다. 그는 세인트 필립스 광장 벤치에서 샌드위치를 먹으면서 지나가는 젊은 여성들을 찬탄의 눈길로 곁눈질한다. 가끔 그는 어떤 얼굴을 기억할 테고, 몇 피트 떨어진 곳에서 아버지가 그르렁거리며 코를 골아대는 밤마다 그 얼굴을 갈망할 것이다. 그는 간음, 사통, 불결, 음탕으로 시작하는 갈라티아서 5장에 명시된 육체의 죄악들을 잘 안다. 하지만 그는 자신의 조용한 갈망이 후자의 두 가지 죄악들과는 아무런 상관도 없다고 생각한다.

언젠가 그도 결혼할 것이다. 그는 회중시계뿐 아니라 하급사원과 수습사원을 둘 수 있을 테고, 그다음에는 아내가, 어린 아이들이, 그리고 집이 생길 것이다. 집을 살 때 그는 부동산양도법에 관해 아는 지식을 총동원할 것이다. 그는 버밍엄의 다른 법률회사 사장들과 함께 점심을 들며 상법 1893조를 논의하는 자신의 모습을 상상한다. 그들은 법의 해석방향에 대한 조지의 설명에 귀를 기울이고 "훌륭하구만, 조지!"라고 외칠 테고, 그는 계산서에 손을 뻗을 것이다. 그는 거기까지 가는 방법을 정확히 알지 못한다. 아내를 얻고 집을 얻을 것인가, 아니면 집을 얻고 아내를 얻을 것인가. 하지만 그는 과정이 아직 불분명할지라도 이 모든 일들이 이미 일어나고 있다고 생각한다. 집을 얻고 아내를 얻으려면 그는 물론 웨얼리를 떠나야 한다. 그는 아버지에게 이 문제에 대해 말하지 않는다. 어째서 아버지가 여전히 밤마다 침실 문을 잠그는지도 묻지 않는다.

호레이스가 집을 떠나자 조지는 그가 쓰던 방으로 옮길 수 있을지도 모른다는 희망을 품는다. 처음 메이슨 칼리지에 들어갔을 때 썼던 아버지의 방에 있는 작은 책상은 그에게 더 이상 적당하지 않다. 그는 호레이스의 방에 놓인 자신의 침대와 자신의 책상을 상상한다. 그는 사적인 공간을 상상한다. 그러나 어머니에게 말을 꺼내자 그녀는 모드가 이제는 혼자 잘 수 있을 정도로 건강해진 것 같다고 상냥하게 말한다. 모드에게 찾아온 기회를 과연 빼앗을 수 있을까. 그는 아버지가 너무 코를 골아서 가끔 잠도 못 잔다는 말을 하기엔 세월이 너무 많이 흘러버렸다는 걸 깨닫는다. 그래서 그는 계속해서 아버지가 닿을 만한 거리에서 일을 하고 잠을 잔다. 어쨌거나 그에게는 책상 옆에 책을 몇 권 더 올려놓을 수 있는 작은 테이블 하나가 주어진다.

그는 사무실에서 돌아온 뒤 한 시간쯤 시골길을 산책하는 습관을 유지한다. 이제 산책은 그에게 필수이고, 남에게 방해 받지 않을 삶의 작은 요소로 자리 잡는다. 그는 뒷문에 낡은 장화를 한 켤레 놓아두고 비가 오건 해가 나건 우박이 내리건 눈이 오건 산책을 나간다. 풍경은 그에게는 흥미를 불러일으키지 않으며, 그는 거기에 관심이 없다. 풍경에 속한 커다랗고 우렁차게 울어대는 짐승들에게도 관심이 없다. 사람들에 관해 말하면, 그는 보스톡 선생님의 마을 학교에 다닐 때 알았던 누군가를 본 것 같다고 생각할 때도 있을 테지만, 확실치는 않다. 분명 농부의 아이들은 농장 일꾼이 되었을 테고, 광부의 아이들은 탄광에서 일하고 있을 것이다. 어떤 날에는 조지도 머리를 한쪽으로 들어올리면서 만나는 모든 사람에게 반쯤 인사를 건네기도 하지만, 다른 때에는 전날 본 듯한 사람들에게도 인사하지 않는 경우가 있다.

어느 날 저녁, 주방 테이블에 놓여 있던 작은 꾸러미를 본 그는 산책을 미루기로 한다. 소포의 크기와 무게, 그리고 런던 우체국 소인을 본 그는 대번에 내용물을 알아차린다. 그는 가능한 한 그 순간을 연기하고 싶지만, 끈을 풀고 그것을 천천히 자기 손가락에 감는다. 그는 밀랍을 먹인 갈색 종이를 벗겨내고, 다시 쓸 때를 대비해 접힌 자국을 편다. 모드는 이제 완전히 흥분했고, 어머니조차 약간 인내심을 잃은 상태다. 그는 책을 펴서 제목이 있는 페이지를 살핀다.

그는 차례를 펼친다. 조례와 유효기간. 정기권. 기차의 연착

'기차 탑승객'을 위한
철도법

여행객을 위해 철도와 관련해 일어날 수 있는 모든 문제를
다각도로 안내하기 위해 씌어졌습니다.

사무변호사
조지. E. T. 에들지 저

1898년 11월 사무변호사 최종고시 2등 합격,
1898년 버밍엄 법률가위원회 동메달 수상

런던
에핑엄 윌슨 사
런던 증권거래소
1901
출판업조합사무소 등록필

및 지연 등. 수하물. 객차의 순환. 사고. 기타 사항들. 그는 모드에게 호레이스와 공부방에서 살펴보았던 판례들을 보여준다. 여기 뚱뚱한 무슈 파엘이 있고, 여기엔 벨기에인과 개에 관련된 사건이 실려 있어.

오늘은 그의 인생에서 가장 자랑스러운 날이다. 저녁을 먹는 동안 그의 부모가 합당하고 기독교인다운 방식으로 자부심을 드러내고 있다는 게 분명해진다. 그는 열심히 공부했고 시험을 통과했다. 그는 자기만의 사무실을 차렸고, 이제는 많은 사람들에게 실제적인 도움을 줄 수 있는 법률서적을 펴냈다. 그는 자신의 길을 걷고 있다. 인생의 진정한 여정이 이제 시작되었다.

그는 전단지를 제작하러 호니먼 상회를 찾는다. 그는 편집방식과 글꼴, 인쇄부수를 두고 호니먼 씨와 전문가처럼 상의한다. 일주일 뒤, 그는 그의 책을 광고하는 전단지 400장을 받는다. 그는 너무 자만하는 것처럼 보이지 않기를 바라며 300장은 사무실에 두고 나머지 100장을 집으로 가져간다. 주문양식에 의하면, 관심이 있는 구매자들은 버밍엄의 뉴홀 스트리트 54번지로 책값 2실링 3펜스—3펜스는 우편요금이다—에 해당하는 우편환을 보내면 된다. 그는 부모에게 전단지를 한 움큼 쥐여주며 "기차에 탈 것처럼 보이는" 사람들에게 한 장씩 주라고 말한다. 다음 날 아침, 그는 그레이트 웨얼리&처치브리지 역의 역장에게 전단지 세 장을 주고, 나머지는 점잖은 승객들에게 나눠준다.

아서

그들은 가구를 정리하고 아이들을 호킨스 부인
에게 맡겼다. 런던의 안개와 습기를 떠나 깨끗하고 건조하고 차
가운 공기를 지닌 다보스로 향했고, 그곳에서 투이는 쿠어하우
스 호텔에 투숙하여 여러 장의 담요 아래에서 지냈다. 닥터 파월
이 예상한 대로 투이의 병은 묘한 낙관주의를 불러왔다. 이는 투
이의 차분한 성정과 결합되어, 그녀는 의연할 뿐 아니라 활동적
이고 활기찬 태도를 보였다. 그녀가 몇 주 동안 아내이자 동반
자에서 병들어 돌봐주어야 할 대상으로 바뀌었다는 건 분명했
지만, 그녀는 자신의 상태에 조바심 내지 않았을 뿐 아니라, 아
서가 느꼈을 분노도 느끼지 않았다. 그는 홀로 조용히 그들 두
사람 몫으로 분노했다. 그리고 자신의 어두운 감정들을 숨겼다.
그녀가 기침을 하며 괜찮다고 할 때마다 통증을 느끼는 사람은
그녀가 아니라 그였다. 그녀가 약간의 피를 보이면, 그는 죄책감
을 한 움큼 토해냈다.

그가 무엇을 잘못했고 무엇에 무지했든 간에, 그에게는 유일
한 방침만 남아 있었다. 그녀의 생명을 갉아먹는 저주스러운 병
균을 반드시 몰아내야 했다. 그녀의 곁을 지키지 않을 때면 그
는 마음을 가라앉히기 위해 고된 운동에 몰두했다. 다보스에 노
르웨이식 스키를 들고 온 그는 브랑거라는 이름의 형제에게 스
키 타는 법을 배웠다. 고되게 운동하려는 그의 목적에 걸맞게 실
력이 늘어나자 브랑거 형제는 그를 깎아지른 듯한 야콥스호른
으로 데려갔다. 정상에서 아서가 턴하자, 까마득하게 멀리 환호

하는 듯 펄럭이는 마을 깃발이 눈에 들어왔다. 그 겨울이 끝나기 전 브랑거 형제는 그를 높이 9천 피트의 푸어카 고개로 데려갔다. 새벽 4시에 출발한 그들은 정오에 아로사에 도착했고, 아서는 스키로 알파인 고개를 누빈 최초의 영국인이 되었다. 아로사의 호텔에서 토비아스 브랑거가 그들 세 사람의 숙박계를 작성했다. 그는 아서의 이름 옆 직업란에 운동선수라고 적었다.

알프스의 공기, 뛰어난 의사들, 돈, 로티의 간호, 그리고 악마를 쓰러뜨리고자 하는 아서의 끈기로 투이의 상태는 안정되었고 점차 나아지기 시작했다. 늦봄이 되자 그녀는 다시 영국으로 돌아갈 만큼 충분히 호전된 듯 보였다. 아서도 미국으로 출간 여행을 떠날 수 있었다. 다음 겨울, 그들은 다시 다보스를 찾았다. 처음 내려졌던 석 달이라는 시한부 선고는 뒤집혔다. 의사들마다 환자의 건강이 안심할 수준 이상이라고 말했다. 그들은 그다음 겨울을 피라미드가 어렴풋이 바라보이는 카이로 외곽의 낮고 흰 건물인 메나 하우스 호텔에서 보냈다. 아서는 대기의 불안정함 때문에 초조해했지만, 당구와 테니스, 골프로 안정을 찾았다. 그는 매해 겨울마다 타지에서 보내는 삶을 꿈꾸었다. 지난번보다 매번 좀 더 길게, 그리고 아예…… 아니다, 다음해 봄, 다음해 여름도 이렇게 보내도록 자신을 허락해선 안 된다. 하지만 적어도 그는 호텔과 증기선과 덜컹거리는 기차를 오가며 글을 쓸 수 있었고, 글을 쓸 수 없을 때는 사막에서 골프를 즐기며 공이나 날려보내면 그만이었다. 코스 전체가 사실상 하나의 거대한 모래 구덩이에 지나지 않았다. 어디에 있든 그는 구덩이 안에 있었다. 지금까지의 삶이 모두 그랬던 것 같은 기분이었다.

영국으로 돌아온 그는 우연히 그랜트 앨런을 만났다. 그는 아서와 마찬가지로 소설가였고, 투이와 마찬가지로 결핵을 앓고 있었다. 앨런은 결핵이 타지로 나다니지 않아도 나을 수 있는 병이라며 자신을 산 증거로 제시했다. 그의 비법은 그의 주소지에 있었다. 서리 지역의 하인드헤드. 포츠머스 도로에 자리 잡은 이 마을은 마침 사우스시와 런던 사이에 위치했다. 게다가 유독 특별한 기후를 지닌 장소가 있었다. 바람이 거의 불지 않는 고지대로, 공기는 건조했고, 전나무가 많았으며, 토양은 모래가 대부분이었다. 서리의 작은 스위스라 불리는 곳이었다.

아서는 대번 마음이 동했다. 바로 실행에 들어간 그는 그곳으로 이주할 계획을 짰다. 그는 기다리기가 싫었고, 요양지에서의 나태한 생활을 두려워했다. 하인드헤드가 답이었다. 땅을 사고 집을 지어야 했다. 그는 4에이커의 숲으로 둘러싸여 있으며 작은 계곡과 이어진 한적한 토지를 찾아냈다. 지벳 언덕과 '악마의 분지'가 엎어지면 코 닿을 곳이었고, 행클리 골프장도 5마일 거리였다. 많은 아이디어가 몰려왔다. 당구장도, 테니스장도, 마구간도, 로티를 위한 방도, 어쩌면 호킨스 부인이 쓸 방도, 물론 계속 일하기로 계약된 우드가 쓸 방도 있어야 했다. 집은 인상적이면서도 사람들을 따스하게 맞아들이는 분위기를 지녀야 했다. 그의 집은 유명 작가의 집인 동시에 한 가족의 집이자 환자를 위한 집이었다. 따라서 빛이 잘 들어야 했고, 무엇보다도 투이의 방은 가장 전망이 좋은 방이어야 했다. 언젠가 인류가 문손잡이를 돌리느라 얼마나 많은 시간을 소모하는지 계산해보려고 한 적이 있었던 그는 모든 출입문에 당기는 방식의 손잡이를 달아야 한다고 생각했다. 집에 자가발전기를 설치한다는 계획은 실현할 수 있을 듯했다. 그리고 아서 자신이 어느 정도 명성을 쌓게 된 만큼, 스테인드글라스에 가족 휘장을 새겨도 괜찮겠다는 생각이 들었다.

아서는 직접 설계도를 그렸고, 건축가에게 실무를 맡겼다. 그냥 건축가가 아니라 사우스시에서 텔레파시를 나눴던 친구 스탠리 볼이었다. 그들의 옛 실험은 필연이었다는 생각이 들었다. 투이와 다시 다보스로 떠날 경우, 볼과 편지나 전보로 의견을 주고받을 수 있다. 하지만 서로 수백 마일 떨어져 있어도, 두뇌의 교류를 통해 건축 형태에 관한 의견을 교환할 수 있지 않을까.

그의 스테인드글라스 유리창은 2층 높이의 복도 벽을 꽉 채울 정도로 높게 세워질 것이다. 꼭대기에는 ACD라는 머리글자가 새겨지고, 그 둘레를 영국의 장미와 스코틀랜드의 엉겅퀴가 에워쌀 것이다. 그 아래는 가문의 방패가 세 개씩 새겨질 텐데, 첫 줄에는 푹스 래스의 퍼셀 가, 킬케니의 팩 가, 체버니의 마혼 가가 있다. 둘째 줄에는 노섬벌랜드의 퍼시 가, 오몬드의 버틀러 가, 틴턴의 콜클로 가가 있다. 그리고 눈높이에는 브르타뉴의 코난 가(방패 모양의 중앙에 수평으로 각각 마주보고 뒷발로 선 은색과 붉은색의 사자), 데본셔의 호킨스 가(투이를 위해), 그리고 도일의 휘장인 세 개의 수사슴 머리와 얼스터의 붉은 손. 도일 가문의 진정한 모토는 '포르티투디네 빈치트'[*]였지만, 그는 방패 뒤에 변종을 하나 넣었다. '파티엔시아 빈치트'.[**] 이 세상에 대해, 그리고 저주스러운 병균에 대해 이 집이 지녀야 할 태도였다. 인내와 함께 그는 승리할 것이었다.

하지만 스탠리 볼과 인부들이 보았던 것은 대부분 초조함뿐이었다. 근처 호텔에 지휘소를 차린 그는 매일같이 현장을 찾아와 그들을 들볶았다. 마침내 집이 알아볼 만한 형태를 갖추기 시작했다. 헛간을 닮은 기다란 구조에 빨간 벽돌과 타일, 지붕이 박공으로 장식된 집은 계곡 입구에 가로놓여 있었다. 아서는 새로 만든 테라스에 서서 최근에 널따랗게 심은 잔디에 시선을 던졌다. 잔디밭 너머에서 땅은 숲으로 이어져, V자로 서서히 좁아지고 있었다. 그 풍경에는 뭔가 야생적이고 마법적인 분위기가 감돌았다. 그는 단박에 독일 민담 하나를 떠올렸다. 그는 철쭉을 심어야겠다고 생각했다.

복도 창문을 제자리에 끼운 날, 그는 투이를 데려와 집이 완성되어가는 과정을 지켜보게 했다. 그녀는 창문을 바라보며 색과 이름들을 살폈고, 그러고 나서 집의 모토에 눈길을 주었다.

"어머니께서 기뻐하시겠네요." 그는 투이를 바라보았다. 미소를 짓기 전에 그녀가 보인 찰나의 표정에서 그는 무언가 잘못되었다는 것을 깨달았다.

---

* Fortitudine Vincit, '담대하게 승리하라'라는 뜻.
** Patientia Vincit, '인내를 가지고 승리하라'라는 뜻.

"당신이 옳소." 그녀는 한 마디도 입 밖에 내지 않았지만, 그는 바로 이렇게 말했다. 어떻게 이리도 멍청했단 말인가. 훌륭한 조상들을 기리면서 어찌 장모의 가족을 잊었단 말인가. 잠깐 동안 그는 인부들에게 빌어먹을 창문을 다시 떼어내라는 지시를 내릴 뻔했다. 그는 죄책감으로 얼룩진 반성의 시간 끝에 나선형 계단 옆에 끼워질 좀 더 소박한 두 번째 유리창을 주문했다. 중앙 패널에는 그가 지나칠 뻔했던 휘장과 이름을 새기기로 했다. 바로 우스터셔의 폴리 가였다.

집이 작은 숲 아래 자리 잡고 있으므로 아서는 집을 언더쇼 Undershaw라고 부르기로 했다. 언더쇼라는 이름은 이 현대적인 건축물에 훌륭한 옛 앵글로색슨적 울림을 더해주었다. 여전히 조심스러웠고 어느 정도 한계가 있었지만, 이곳에서 삶은 예전처럼 지속될 것이다.

삶. 그를 포함한 모든 사람들이 이 단어를 얼마나 쉽게 입에 올리는가. 삶은 반드시 지속되어야 한다는 말에 모두가 으레 고개를 끄덕인다. 하지만 삶이 무엇인지, 삶이 어째서 이러한지, 삶이 유일하다면 그것 또한 하나의 원형극장에 지나지 않는 건 아닌지 묻는 사람들은 소수였다. 아서는 종종 삶이라는 말과 그것이 지칭하는 바가 완벽하게 말이 된다는 듯이, 태평한 태도로 삶이라 부르는 그것에 안주하는 사람들을 도저히 이해할 수가 없었다.

사우스시에서 만난 오랜 친구 드레이슨 장군은 한 강령회에서 죽은 동생의 목소리를 들은 후, 심령술사들과의 논쟁에서 설득당하고 말았다. 천문학자이기도 한 드레이슨은 그후로 사후의 삶이 단순한 가설이 아니라 증명할 수 있는 사실이라는 믿음을 유지했다. 당시 아서는 예의 바르게 반론을 제기했다. 하지만 그는 그 해 읽어야 할 책의 목록에 74권의 심령술 서적들을 포함시켰다. 그는 그 책들을 전부 독파했고, 인상적인 문장들과 경구들을 따로 적어두었다. 그 중에는 헬렌바흐Hellenbach의 다음과 같은 문장도 있었다. "어떤 종류의 회의주의에 깃든 저능함은 촌뜨기들의 어리석음을 능가한다."

투이가 병에 걸리기 전까지, 그는 한 남자를 만족시키는 데 꼭 필요하다고 여겨지는 모든 걸 소유하고 있었다. 그러나 그는 이제 자신이 성취해온 모든 것이 그저 겉보기에만 그럴싸한 시작에 불과하다는 느낌을 떨칠 수 없었다. 자신이 무언가 다른 일을 위해 존재하는 건 아닐까. 하지만 그 무언가라는 것이 과연 무엇이겠는가? 그는 세계의 종교를 다시 연구하기 시작했지만, 더 이상 소년의 정장이 맞지 않듯이 그 어떤 종교에도 빠져들 수 없었다. 이성주의자협회에 가입한 그는 그들의 작업이 쓸모 있다고 여겼지만, 본질적으로는 파괴적이며 따라서 생산성이 없다고 생각했다. 인류가 진보하려면 반드시 구식 신앙들을 파기해야 했지만, 낡은 신앙이 전부 무너진 지금, 인류는 이 안타까운 순간에 어디서 은신처를 찾아야 하는가. 천 년이 넘는 역사 동안 영혼이라 불렸던 것이 더는 존재하지 않는다고 말할 수 있는 사람은 누구인가. 인류는 계속 발전해야 했고, 인류의 내부에 자리한 영혼 역시 발전해야 했다. 제아무리 촌뜨기 회의주의자라도 이것만은 알 수 있을 것이다.

투이가 카이로 외곽의 사막 공기를 깊이 들이마시는 동안, 아서는 이집트 문명사를 읽거나 파라오의 무덤을 찾았다. 그는 고대 이집트인들이 예술과 과학을 새로운 단계로 끌어올렸다는 사실은 의심할 바 아니지만, 그들의 합리적인 사고능력은 많은 부분에서 경멸의 대상이라는 결론을 내렸다. 특히 죽음에 대한 그들의 태도가 그랬다. 한때 영혼을 감쌌던 낡은 외투인 죽은 몸을 반드시 보존해야 한다는 생각은 우스꽝스러움을 넘어서서 물질주의의 결정판이라 할 만했다. 여행을 떠나는 영혼들을 먹이기 위한 무덤가의 바구니들도 그러했다. 그토록 세련되었던 사람들이 정신적으로는 어찌 이렇게 무력할 수 있는가. 물질주의를 바탕으로 한 믿음은 이중의 저주였다. 그리고 이후에 세워진 모든 나라와 문명은 사제 통치라는 이름의 같은 저주 아래 망가졌다.

사우스시로 돌아온 그는 드레이슨 장군의 논증이 충분치 않음을 깨달았다. 하지만 이제 초자연 현상은 윌리엄 크룩스나 올리버 로지, 앨프리드 러셀 월리스 같은 정직하고 올곧은 과학자들의 신뢰를 받고 있었다. 자연세계를 가장 잘 이해하는 이들— 뛰어난 물리학자와 생물학자들—이 초자연적 세계로의 안내자이기도 하다는 의미였다.

월리스를 보자. 그는 현대적 이론인 진화론을 다윈과 공동으로 수립했고, 린네 협회에서 다윈의 편에 서서 자연도태에 관한 의견을 발표했다. 상상력이라고는 찾아볼 수 없는 겁에 질린 자들은 월리스와 다윈이 우리에게 신이 사라진 기계적인 우주를 가져왔고, 우리를 어둠 속에 홀로 남겨두었다는 결론을 내렸다. 하지만 월리스 자신이 무엇을 믿었는지 생각해보라. 이 위대한 현대인은 자연도태가 인간 신체의 발달에만 국한되며, 진화의 과정은 어느 시점에서 조잡한 동물의 내면으로 영혼의 불꽃이 스며드는 초자연적 개입으로 보강되는 게 분명하다는 일관된 입장을 취하고 있었다. 이제 누가 감히 과학이 영혼의 적이라고 주장할 수 있겠는가.

아서 & 조지

차갑고 맑은 2월 밤이었다. 하늘 가득히 별들과 반달이 빛나고 있었다. 멀리, 하늘을 찌를 듯 서 있는 웨얼리 탄광의 굴뚝이 희미한 모습을 드러내고 있었다. 근처에 조지프 홈스의 농장이 있었다. 집, 헛간, 별채, 어느 곳도 불이 밝혀져 있지 않았다. 사람들은 잠들어 있고, 아직 새들이 깨어날 시간이 아니었다.

그런데 들판 한 구석의 생울타리 틈으로 한 남자가 들어오면서 말이 잠에서 깼다. 남자는 여물가방을 둘러메고 있었다. 말이 그의 존재를 알아차렸다는 걸 깨달은 남자는 걸음을 멈추고 아주 나지막한 목소리로 말하기 시작했다. 그가 하는 말들은 그 자체로는 아무 의미도 없었다. 주의를 기울여야 할 것은 침착하게 구슬리는 그의 어조였다. 몇 분이 지나자 남자가 천천히 접근하기 시작했다. 그가 몇 발 다가가자 말이 고개를 흔들었고, 갈기가 흐트러졌다. 그러자 남자는 다시 멈추었다.

그는 아무 말이나 주워섬기면서 계속 말을 바라보았다. 여러 날 동안 밤마다 이슬이 내렸으므로 그가 밟고 선 땅은 단단했고, 발자국도 남지 않았다. 그는 한 번에 몇 야드씩 천천히 다가갔고, 말이 차분함을 잃은 듯 보일 때마다 걸음을 멈추었다. 그는 가능한 한 키가 커 보이도록, 그래서 자신의 존재가 분명하게 드러나도록 했다. 팔에 걸친 여물가방은 중요하지 않았다. 중요한 것은 그의 낮고 끈질긴 목소리, 확실하게 접근하는 방식, 단호한 시선, 상냥한 장악력이었다.

이런 식으로 들판을 가로지르는 데 20분이 걸렸다. 이제 그는 말과 고작 몇 야드 떨어진 곳에 서 있었다. 하지만 그는 갑자기 움직이는 대신 아까처럼 계속 중얼거리고, 바라보고, 몸을 곧게 펴고, 기다렸다. 결국 그가 기대하던 대로 되었다. 말은 처음에는 내키지 않아했지만, 이내 고개를 숙였다.

그러나 남자는 여전히 갑자기 다가서지 않았다. 1, 2분쯤 가만서 있던 그는 마침내 말에게 다가가 말의 목에 얌전히 여물통을 걸었다. 남자가 연신 중얼거리면서 쓰다듬는 동안에도 말은 고개를 숙이고 있었다. 그는 말의 갈기를, 옆구리를, 등을 쓰다듬었다. 가끔 그는 그들 사이의 관계가 결코 깨어지지 않을 거라고 약속하듯, 말의 따뜻한 살갗에 가만히 손을 대고 있었다.

계속 쓰다듬고 중얼거리던 남자는 말의 목에서 여물통을 벗겨내 자신의 어깨에 걸쳐 멨다. 계속 쓰다듬고 중얼거리며 남자는 외투 안쪽에 손을 넣었다. 계속 쓰다듬고 중얼거리면서 그는 팔로 말의 등을 감쌌다. 그의 손이 말의 배 아랫부분에 닿았다.

말은 거의 움찔하지도 않았다. 마침내 남자의 무의미한 중얼거림이 멎었다. 그리고 이 새로 생겨난 침묵 속에서, 그는 의도적인 보폭에 따라 발을 옮기며 다시 울타리 틈으로 향했다.

조지

매일 아침 조지는 버밍엄으로 가는 그날의 첫 기차를 탄다. 그는 시각표를 마음속으로 외우고 있으며, 그것을 사랑한다. 웨얼리&처치브리지 역 7시 39분. 블록스위치 역 7시 48분. 버칠스 역 7시 53분. 월솔 역 7시 58분. 버밍엄 뉴 스트리트 역 8시 35분. 그는 더 이상 신문 뒤로 숨을 필요를 느끼지 않는다. 오히려 그는 가끔 옆에 앉은 승객들이 『기차 탑승객을 위한 철도법』(237부가 팔렸다)의 저자인 자신을 알아볼지 어떨지 궁금하다. 그는 검표원들과 역무원들에게 인사하고, 그들도 그에게 인사한다. 그는 점잖게 콧수염을 길렀고, 서류가방과 소박한 회중시계를 소지했으며, 중절모 대신 여름에 쓰는 밀짚모자까지 갖고 있다. 그에게는 우산도 있다. 그는 이 마지막 소지품을 자랑스레 여기는데, 비가 오지 않을 때도 기압계에 대한 반항심으로 종종 우산을 들고 다닌다.

그는 기차에서 신문을 읽으며 세상에서 일어나는 일들에 대한 식견을 넓히고자 한다. 지난달에는 뉴 버밍엄 시청에서 체임벌린 씨가 식민지와 특혜관세에 대해 중요한 연설을 했다. 조지의 입장—누가 물어본 적은 없지만—은 그를 소심하게 지지하는 쪽이다. 다음 달에는 칸다하르의 로버츠 경이 명예시민 훈장을 받을 예정인데, 제정신이 박힌 사람이라면 이에 대해 섣불리 논쟁하지 않을 것이다.

신문에는 사소한 지역 뉴스도 실린다. 웨얼리 지역에서 동물이 훼손당하는 사건이 또 벌어졌다. 조지는 잠시 어떤 형법으로 이 사건을 다룰 수 있을지 생각한다. 절도법으로 다뤄야 하는 재산손괴일까, 아니면 한 마리 혹은 그 이사의 특정 동물이 관련되었을 경우를 위한 더 적절한 관련조항이 따로 있을까. 그는 버밍엄에서 일하게 되어 기쁘고, 그가 그곳에서 아예 살게 되는 건 시간문제일 것이다. 그는 결정을 내려야 한다고 생각한다. 그는 아버지의 찡그린 얼굴과 어머니의 눈물과 실망의 표정을 조용히 드러내는 모드에게 맞서야 한다. 아침마다 가축들이 점점이 서 있는 들판이 질서정연한 도시외곽의 풍경으로 바뀌는 모습을 바라보면, 기분이 확실히 좋아진다. 몇 년 전, 아버지는 그에게 농부의 자식들과 농장 일꾼들은 하나님의 사랑을 받는 가엾은 존재이며, 그들이 이 땅을 상속하게 될 거라고 말했다. 글쎄, 그중 몇 사람이겠지, 그는 생각한다. 그가 잘 아는 상속법의 어떤 조항에도 그런 말은 없으니까.

기차 안에는 학생들도 자주 눈에 띈다. 그들은 대개 문법학교가 있는 월솔에서 내린다. 때로 그들의 존재와 교복 때문에 조지는 학교 열쇠를 훔친 혐의를 받았던 끔찍한 시기를 떠올린다. 하지만 전부 지난 일이고, 대부분의 소년들은 매우 점잖다. 가끔 같은 객차에 타는 소년들이 있고, 그는 그들의 대화를 흘려듣다가 그들의 이름까지 알게 된다. 페이지, 해리슨, 그레이터렉스, 스탠리, 페리데이, 퀴블. 그는 3, 4년이 지나자 그들과 고개를 끄덕여 인사할 정도가 된다.

뉴홀 스트리트 54번지에서 그는 대부분의 시간을 부동산양도법—어느 고위 법률가가 '상상력의 진공과 사고의 무제한'이라 묘사한 바 있는—에 투자한다. 조지는 이런 경멸 어린 표현에 전혀 마음 상하지 않는다. 그에게 이 일은 정확하고, 책임이 막중하고 반드시 필요한 일이다. 그는 유언장도 몇 건 작성해왔고,『철도법』을 출간한 결과 최근 고객들이 모이기 시작했다. 그는 잃어버린 수하물이나 이유 없이 연착된 기차, 인부들이 기관차 옆에 실수로 쏟은 기름 때문에 스노 힐 역에서 미끄러져 손목을 뺀 숙녀와 관련된 사례들을 다룬다. 충돌 사건들도 몇 건 다룬다. 버밍엄 시민이 자전거, 말, 자동차, 트램, 심지어는 기차에 치이는 경우는 그의 예상보다 훨씬 많다. 어쩌면 사무변호사 조지 에들지는 난폭한 탈것에 놀란 사람들이 가장 먼저 부르는 사람으로 알려질지도 모른다.

조지의 집으로 가는 기차는 5시 25분에 뉴 스트리트에서 출발한다. 돌아가는 길에는 학생들은 거의 보이지 않는 대신, 조지의 눈에는 꽤 거슬리는, 몸집이 크고 투박한 자가 종종 있다. 그는 가끔 조지를 향해 꽤나 불필요한 말들을 던진다. 표백제나 그의 어머니가 석탄산을 깜박했다거나 그날 탄광 갱도로 내려갔었느냐는 등의 말이다. 조지는 대개 그의 말을 무시하지만, 가끔 이

거친 젊은이가 유별나게 공격적으로 굴면 그가 누굴 상대하고 있는지 알려줘야 할 수도 있다. 조지는 신체적으로 용감하지는 않지만, 그럴 때마다 놀라울 정도로 침착한 기분을 느낀다. 그는 영국 법을 알고, 영국 법에 의지할 수 있다는 걸 안다.

버밍엄 뉴 스트리트 5시 25분. 월솔 5시 55분. 이 기차는 조지로서는 알 수 없는 이유로 버칠스 역에 정차하지 않는다. 다음에는 블록스위치 6시 2분. 웨얼리&처치브리지 6시 09분. 그는 6시 10분에 역장 메리먼 씨에게 고개를 끄덕여 인사—그는 이때 종종 만료된 정기권의 불법사용에 관해 베이컨 판사가 1899년 블룸스버리 법정에서 내린 판결을 떠올린다—를 건네고, 우산을 왼쪽 손목에 찬 채 목사관으로 걸어서 돌아간다.

캠벨

2년 전 스태퍼드셔 경찰서에 근무하던 당시 캠벨 경위는 앤슨 지서장을 몇 번 본 적이 있지만, 그린 홀에 불려간 적은 없었다. 마을 외곽인 소 강^{River Sow} 끝자락의 목초지에 위치한 지서장의 집은 스태퍼드와 슈그버러 사이에서 가장 큰 주택이라는 명성을 지니고 있었다. 캠벨이 리치필드 로드의 진입로로 들어서자 그린 홀이 점차 제 크기를 드러내기 시작했다. 그는 슈그버러가 대체 얼마나 클지 궁금했다. 슈그버러는 앤슨 지서장의 형이 소유한 저택이었다. 차남에 지나지 않는 지서장은 소박하게도 흰 페인트를 칠한 3층 높이에 7, 8개의 높은 유리창,

네 개의 기둥으로 받친 웅장한 현관이 있는 이 맨션으로 만족해야 했다. 오른쪽에는 여름 별채와 테니스장이 내다보이는 테라스와 움푹 들어간 장미 정원이 있었다.

캠벨은 이 모든 것들을 관찰하면서도 본래의 걸음걸이를 흐트러뜨리지 않았다. 하녀가 그를 맞았을 때, 그는 타고난 직업적 버릇을 보이지 않으려고 노력했다. 그의 버릇은 정직성의 정도와 거주자의 수입 판단하기, 훔칠 만한 물건들―어떤 경우, 그런 물건들은 이미 도난당한 뒤였다―을 기억하기 등이었다. 의도적으로 호기심을 갖지 않으려고 했지만, 그럼에도 그는 윤나는 마호가니 가구와 흰 패널로 장식한 벽, 사치스러운 홀 스탠드, 그리고 신기한 방식으로 뒤틀린 난간 기둥이 있는 오른쪽 계단을 보았다.

그는 현관 왼쪽에서 바로 이어지는 방으로 인도되었다. 눈으로 짐작하기에 앤슨의 서재였다. 벽난로 옆에 높은 가죽의자가 두 개 놓여 있었고, 그 위로 죽은 엘크이거나 무스, 아무튼 뿔이 달린 짐승의 박제된 머리가 걸려 있었다. 캠벨은 사냥을 하지도, 하고 싶지도 않았다. 그는 도시생활에 신물이 난 아내가 어린 시절을 보낸 장소에서 느린 시간을 갖고자 할 때만 마지못해 버밍엄을 떠나는 남자였다. 캠벨은 고작 15마일 떨어진 곳에만 가도 다른 땅에 유배당한 기분을 느꼈다. 지역 상류층은 그를 무시했고, 농부들은 자기들끼리만 어울렸다. 광부들과 철공업자들은 도시 빈민가 기준으로 보더라도 훨씬 거칠었다. 낭만적인 시골이라는 희미한 생각은 금세 자취를 감추게 마련이었다. 시골 사람들은 도시에서보다 경찰을 더 싫어하는 듯 보였다. 그는 자신이 겉돈다는 느낌을 받은 적이 대체 몇 번인가 세다가 잊어버렸다. 범죄는 시골에서도 일어날 수 있었고, 심지어 신고가 들어오기도 한다. 하지만 이런 범죄의 희생자들은 브러머젬* 냄새를 풀풀 풍기는 중절모를 쓰고 스리피스 정장을 입은 경위에 맞서, 정의에 대한 그들만의 개념을 더 선호하고 있음을 기꺼이 알려주겠다는 태도를 보였다.

활기차게 들어온 앤슨이 그에게 악수를 청하고 자리를 권했다. 작고 단단한 몸집을 지닌 사십대의 앤슨은 더블브레스트 정장을 입었고, 전에 본 적 없던 콧수염은 깔끔하게 다듬어져 있었다. 코가 양쪽으로 약간 확장된 게 아닌가 싶은 그의 콧수염은 윗입술이 그리는 삼각형에 꼭 들어맞았고, 마치 정확히 치수를 잰 다음 카탈로그에서 주문한 듯 보였다. 스태퍼드 매듭으로 묶인 타이는 금핀으로 고정돼 있었다. 이는 조지 어거스터스 앤슨 대령 각하가 1888년부터 지서장을 맡았고, 1900년부터 주 부지사였으며, 언제나 스태퍼드셔의 남자라는 이미 모든 사람들이 익히 아는 사실을 드러내고 있었다. 전문 직업으로서 경찰이라는 새로운 세대에 속한 캠벨은 실제로는 서에서 유일한 아마추어에 불과할 뿐인 인물이 왜 한 경찰서의 우두머리를 맡아야 하는지 그 연유를 알지 못했다. 하지만 그가 보기엔 사회가 움직이는 방식 자체가 제멋대로였고, 그 바탕엔 현대적 판단이라기보

---

* Brummagem, 버밍엄을 지칭하는 다른 이름으로, '가짜'라는 뜻도 있다.

다는 낡아빠진 편견이 버티고 있었다. 어쨌거나 앤슨은 밑에서 일하는 사람들에게 존경받고 있었다. 부하직원들을 든든히 받쳐주는 인물로도 알려져 있었다.

"캠벨, 내가 자네를 부른 이유를 생각해봤겠지."

"가축 훼손 건이라고 생각했습니다, 서장님."

"그렇지. 몇 건이나 되지?"

캠벨은 이미 외우고 있었지만, 그래도 수첩을 꺼냈다.

"2월 2일, 조지프 홈스 씨의 값비싼 말. 4월 2일, 토머스 씨의 코브 종 말이 정확히 같은 방식으로 난도질 당했음. 5월 4일, 번게이 부인의 소도 똑같이 당했음. 2주 후인 5월 18일, 배저 씨의 말과 같은 날 밤 다섯 마리의 양이 처참하게 훼손 당했음. 지난주인 6월 6일에는 로키어 씨의 소 두 마리가 당했음."

"전부 밤이었나?"

"전부 밤이었습니다."

"사건들에서 뚜렷한 패턴이 있나?"

"모두 웨얼리에서 3마일 이내인 장소에서 일어났습니다. 그리고…… 패턴이라고 할 수 있을지는 모르겠습니다만, 모든 사건들은 매달 첫 주에 일어났습니다. 5월 18일만 제외하고요." 자신에게 고정된 앤슨의 시선이 의미하는 바를 알아차린 캠벨은 서둘러 말을 이었다. "어쨌든 매 공격마다 훼손 방식은 모두 일관성이 있었습니다."

"일관되게 역겨운 방식이었지."

지서장이 더 듣기를 바라는지 아닌지를 몰랐던 캠벨은 지서장을 바라보았다. 그는 지서장의 침묵을 듣기 싫지만 듣겠다는 뜻으로 해석했다.

"가축들은 배 아랫부분을 비스듬히 찔렸습니다. 대개 한 번 찔렸죠. 그리고 암소들은…… 암소들은 유방을 훼손당했습니다. 그리고 또…… 생식기에도 손상이 가해졌고요, 서장님."

"도저히 믿을 수가 없군, 캠벨. 안 그런가? 무방비한 짐승들에게 그토록 끔찍하게 잔인할 수가."

캠벨은 그들이 엘크 혹은 무스의 박제된 머리와 유리알 눈 아래 앉아 있는 게 아닌 척하기로 한다.

"그래서 우리는 칼을 가진 미치광이를 찾아야 하는군."

"아마 칼이 아닐지도 모릅니다, 서장님. 지난 훼손사건—홈스 씨의 말이 훼손당한 사건은 당시 단독 사건으로 다뤄졌습니다—때 왔던 수의사는 어떤 도구가 사용되었는지 모르겠다고 하더군요. 날카로운 도구가 분명한데도 피부와 첫 번째 근육층에만 손상을 입혔을 뿐 더 깊이 들어가지는 않았습니다."

"왜 칼이 아니라는 거지?"

"왜냐하면 칼—예를 들어 도축업자가 쓰는 칼—이었다면 더 깊게 들어갔겠죠. 어느 지점에서는 말이죠. 칼이었다면 내장이 보일 정도로 배를 갈랐을 겁니다. 하지만 실제로 공격 때문에 죽은 짐승들은 한 마리도 없습니다. 공격 당시 바로 죽은 건 아니었어요. 과다출혈로 죽거나 피를 너무 많이 흘린 상태에서 발견되어 살처분되어야 했던 것이죠."

"칼이 아니라면?"

"쉽게, 그러나 얕게 벨 수 있는 도구입니다. 면도날처럼 말이죠. 하지만 면도날보다는 힘을 들여야 합니다. 가죽을 다룰 때 쓰는 도구일 수도 있죠. 아니면 농장에서 사용하는 연장일 수도 있고요. 전 범인이 가축을 능숙하게 다루는 자라고 추측하고 있습니다."

"범인이 하나일 수도 있고, 여럿일 수도 있지. 악당이 하나일 수도 있고, 이런 자들이 여럿 모인 무리일 수도 있어. 이렇게 끔찍한 범죄라니. 전에도 이런 사건을 본 적이 있나?"

"버밍엄에서는 없습니다, 서장님."

"물론 그렇겠지." 앤슨은 힘없이 미소 짓고는 짧은 침묵에 빠졌다. 캠벨은 스태퍼드 마구간의 경찰마들을 떠올려보았다. 그 말들이 얼마나 기민하고 충실한지를. 털로 뒤덮여 있으면서도 반들반들하고, 따스하고 냄새나는 말들이 귀를 쫑긋거리며 고개를 숙이는 모습을. 말이 콧김을 뿜을 때면 끓는 주전자가 떠올랐다. 대체 어떤 종류의 인간이 이런 동물에 해를 끼칠 생각을 한단 말인가.

"배럿 경정 말로는, 몇 년 전 빚더미에 오른 남자가 보험금을 타려고 자기 말을 죽인 사건이 있었다고 했네. 하지만 이런 대살육은…… 잉글랜드에서는 본 적이 없어. 물론 아일랜드에서는 한밤중에 지주의 소를 괴롭히는 일이 사실상 흔하지. 하지만 이 일은 페니언 단원과는 관계가 없겠지."

"네, 서장님."

"신속하게 종결해야 하네. 이 잔학행위들이 나라 전체의 명성을 더럽히고 있어."

"네, 신문에선—"

"난 신문 따위는 안중에도 없네, 캠벨. 내가 신경을 쓰는 건 스태퍼드셔의 명예야. 야만적인 행위에 의해 고장의 명예가 실추되는 건 용납할 수 없네."

"알겠습니다, 서장님." 하지만 경위는 지서장이 칭찬은 없고 그에 대한 개인적인 이야기들만 실린 최근 사설들을 신경 쓰는 게 분명하다고 생각했다.

"자네가 그레이트 웨얼리의 범죄사를 한번 찬찬히 들여다보면 어떤가. 최근 몇 년 전 일들까지. 지금까지…… 이상한 일들이 이어지고 있어. 그리고 지역을 가장 잘 아는 이와 같이 일하는 게 좋겠어. 적격인 경사가 한 사람 있는데, 이름이 기억나지 않는군. 몸집이 크고, 얼굴이 붉은……."

"업턴 말입니까, 서장님?"

"그래, 업턴. 여기저기서 냄새를 잘 맡는 친구지."

"잘 알겠습니다, 서장님."

"그리고 임시경관도 20명 지원하려고 하네. 그들이 파슨스 경사에게 뭔가 보고할 수 있을 거야."

"20명이라고요!"

"20명에다가 비용까지. 필요하다면 내 사비를 털어서라도 지원하겠네. 그놈이 잡힐 때까지 울타리 아래마다, 덤불 뒤마다 순경들을 배치했으면 싶네."

캠벨은 비용에는 관심이 없었다. 다만 소문이 전보보다 빨리 날아가는 동네에서 20명이나 되는 임시경관들의 존재를 어떻게 숨길 수 있을지가 궁금했다. 범인은 대부분 이 지역에 익숙지 않을 20명의 임시경관들을 집 안에서 지켜보며 비웃을 것이다. 게다가 20명을 가지고 얼마나 많은 가축들을 지켜낼 수 있을까? 40마리? 60마리? 80마리? 그렇다면 이 지역에는 얼마나 많은 가축들이 있을까? 수백, 어쩌면 수천 마리였다.

"또 질문 없나?"

"없습니다, 서장님. 다만…… 상관없는 질문을 해도 괜찮겠습니까?"

"해보게."

"현관에 있는 기둥 말입니다. 명칭이 있습니까? 그러니까, 어떤 양식입니까?"

앤슨은 지금까지 부하직원에게서 받은 질문 중 가장 이상한 질문이라는 표정을 지었다. "기둥이라고? 전혀 모르겠군. 내 아내라면 알겠지."

캠벨은 다음날부터 그레이트 웨얼리와 인접지역의 범죄사를 검토했다. 그는 기대했던 대로 많은 것들을 찾아냈다. 대부분 가축과 관련된 절도사건 상당수, 다양한 유형의 폭력사건, 부랑죄, 공공 주취 사건, 자살시도 한 건. 그리고 한 소녀가 농장 건물들에 악의적인 낙서를 한 선고 건이 있었다. 그리고 방화 다섯 건. 웨얼리 목사관에 협박편지를 보내고 주문하지 않은 물건들을 배달한 사건도 있었다. 그 외 성추행 한 건과 외설행위 두 건. 그가 찾아낸 바에 의하면 지난 10년 동안 가축들에 대한 공격행위는 없었다.

그 두 배의 시간 동안 이 동네에서 경찰로 일해온 업턴 경사도 그렇게 기억하고 있었다. 하지만 그는 이제는 저세상―그곳이 이곳보다 좋은지 나쁜지는 모르겠지만―으로 떠나고 없는 한 농부를 떠올렸다. 그는 자기 거위를 지나치게 사랑한다는 의심을 샀죠, 무슨 말인지 아실런지 모르겠지만. 캠벨은 우물가에서나 쑥덕거릴 법한 업턴의 이야기를 단박에 제지했다. 그는 업턴이 심각하게 불구이거나, 절름발이이거나, 정신박약아인 경우를 제외하고 거의 아무나 경찰로 채용했던 시절의 잔재라는 평가를 재빨리 내렸다. 동네에 퍼진 소문이나 원한관계를 물어볼 순 있지만, 업턴의 말을 법정 증언의 차원으로까지 신뢰할 수는 없었다.

"그래서 뭘 좀 알아내셨습니까, 경위님?" 경사가 씩씩거리는 소리를 냈다.

"뭔가 내게 알려줄 내용이라도 있나, 업턴?"

"그렇다고는 말씀 못 드리겠습니다. 그렇게 말씀하시는 걸 보니 경위님이 하실 말씀이 있는 것 아닙니까. 같은 처지에 있어야 서로 속마음을 아는 법이니까요. 경위님은 결국 해내실 겁니다. 버밍엄에서 오신 경위님 정도라면요. 그래요, 그놈들 속은 경위님이 훤히 아시겠죠."

업턴은 아첨꾼인 동시에 훼방꾼으로 보였다. 농부 몇 사람도 마찬가지였다. 캠벨은 차라리 대놓고 거짓말을 늘어놓는 버밍엄의 도둑들이 더 편하다고 생각했다.

6월 27일 아침, 경위는 퀸턴 광산으로 불려갔다. 회사 소유의 값비싼 말 두 마리가 전날 밤 공격당했다고 했다. 한 마리는 죽을 정도로 피를 흘렸고, 암말이었던 다른 한 마리는 더 많이 난자당하는 바람에 고통을 겪다가 살처분당하는 중이었다. 수의사는 전과 같은 도구—적어도 같은 흔적을 남기는—가 사용되었다고 확신했다.

이틀 후, 파슨스 경사가 수신인이 "스태퍼드셔 헨스퍼드 경찰서 경사 귀하"라고 적힌 편지를 캠벨에게 가져왔다. 월솔 소인이 찍힌 편지에는 윌리엄 그레이터렉스의 서명이 있었다.

난 엄청나게 용기 있는 자이고 달리기를 잘한다. 웨얼리에 갱단이 조직되었을 때 그들은 나에게 입단을 권했다. 나는 말이건 짐승이건 모르는 게 없고 어떻게 잡아야 하는지도 잘 알고 있다. 내가 꽁무니라도 빼면 그들은 날 잡겠다고 했고, 그래서 난 그대로 했고, 10시 3분 전에 말 두 마리를 눕혔고, 그런데 말들이 흥분했고, 그리고 난 배를 찔렀고, 그런데 말은 별로 피를 튀기지 않았고, 한 마리는 도망갔는데 한 마리는 쓰러졌다. 이제 난 당신들에게 누가 갱단원인지 말해줄 것이다. 하지만 나 없이는 증거를 찾을 수 없을 거다. 웨얼리에 사는 십턴이라는 사람이 있고, 그들이 리^{ee}라고 부르는 하역부가 있고, 그는 도망가야 했고, 그리고 변호사 에들지가 있다. 난 그들 뒤에 누가 있는지는 말하지 않았고, 나한테 아무 짓도 안한다고 약속하지 않으면 말해줄 수 없다. 우리가 초승달이 뜰 때만 그런다는 건 사실이 아니고, 4월 11일에 에들지가 짐승을 죽였을 때는 보름달이 떴었다. 난 아직 감방에 갇힌 적이 없고, 대장을 제외하고 다른 사람들도 그런 적이 없을 거다. 그래서 난 그들이 가벼운 벌만 받을 거라고 생각한다.

캠벨은 편지를 한 번 더 읽었다. '그리고 난 배를 찔렀고, 그런데 말은 별로 피를 튀기지 않았고, 한 마리는 도망갔는데 한 마리는 쓰러졌다.' 이는 내막을 잘 아는 사람의 말처럼 보였다. 하지만 죽은 짐승들은 누구나 가까이서 볼 수 있었다. 두 번째 사건 이후부터 경찰은 수의사가 점검을 마칠 때까지 곁을 지키며 구경꾼들을 돌려보내야 했다. 하지만 '10시 3분 전'이라…… 묘하게 자세한 언급이었다.

"그레이터렉스라는 자가 누군지 아나?"

"리틀워스 농장의 그레이터렉스 씨의 아들인 모양이네요."

"뭔가 짚이나? 그가 헨스퍼드의 로빈슨 경사에게 편지를 보낼 이유가 뭐지?"

"전혀 모르겠네요."

"초승달이 어떻고 하는 얘기는 뭐지?"

생각에 잠길 때면 입술을 씰룩이는 버릇을 지닌 파슨스 경사는 검은 머리에 다부진 체격의 사내였다. "사람들이 하는 말 있잖습니까. 초승달이 뜰 때면 이교도들이 제사를 지낸다면서요. 저야 모르지만요. 어쨌거나 제가 아는 바로는 4월 11일에는 죽은 짐승이 없습니다. 제가 착각한 게 아니라면 4월 11일이 있던 주에는요."

"착각하지 않았네." 경위는 업턴 같은 작자들보다는 파슨스가 입맛에는 더 잘 맞았다. 신세대인 그는 훈련도 잘 받았고, 잽싸지는 않아도 생각이 깊었다.

열네 살짜리 학생에 불과한 윌리엄 그레이터렉스의 필체는 편지의 필체와 전혀 다르다는 사실이 드러났다. 소년은 리나 십턴 같은 이름은 들어본 적 없지만, 아침마다 가끔 같은 기차에 타는 에들지는 안다고 인정했다. 그는 헨스퍼드 경찰서에는 한번도 가본 적이 없었고, 그곳을 지키는 경사의 이름은 더더욱 알지 못했다.

파슨스와 다섯 명의 임시경관들은 리틀워스 농장과 부속건물들을 조사했지만, 수수께끼의 예리한 물체나 피가 떨어진 흔적, 최근에 피를 닦아낸 흔적은 찾지 못했다. 농장을 떠날 때 캠벨은 경사에게 조지 에들지에 관해 아는 바가 있느냐고 물었다.

"글쎄요, 경위님. 인도인이죠. 안 그런가요? 적어도 반은 인도인이에요. 키가 작고 좀 이상하게 생겼어요. 변호사이고, 부모님 집에 살고, 매일 버밍엄으로 출근합니다. 시골생활에는 별로 발 담그고 싶어하지 않는 것 같더군요. 무슨 말인지 아시겠죠."

"아무튼 갱단원이라는 얘긴 없는 모양이군."

"거리가 멀죠."

"친구들은?"

"없다고 봐야죠. 가족들하고만 지냅니다. 여동생에게 뭔가 문제가 있나봐요. 몸이 약하고 머리가 둔하다나요. 매일 저녁마다 동네를 산책한다고 하더군요. 개나 뭐 그런 것도 기르지 않고요. 몇 년 전에 그의 가족이 괴롭힘에 시달렸죠."

"기록부에서 봤네. 무슨 이유에서였나?"

"누가 알겠나요. 목사가 여기로 부임해온 초창기에는…… 반응이 좋진 않았죠. 피부색이 검은 남자가 연단에서 너희들은 죄인이니 어쩌고 하는게 듣기 싫다고 사람들은 말했지요. 하지만 옛날 일이죠. 저도 예배드리러 갑니다. 제 생각에, 우린 점차 열린 마음을 갖게 된 것 같습니다."

"그는, 그러니까 그의 아들은 말이나 찌르고 다니게 생겼나?"

파슨스는 대답하기 전에 입술을 잘근잘근 씹었다. "경위님, 이렇게 말씀드리죠. 경위님도 여기서 저만큼 오래 계시면, 뭘 어쩌게 생긴 사람은 아무도 없다는 걸 알게 되실 겁니다. 혹은, 그 문제를 두고 말하자면, 안 그렇게 생긴 사람은 아무도 없다는 걸요. 아시겠습니까?"

조지

　　　　　우편배달부가 조지에게 '우송료부족'이라는 소인이 찍힌 봉투를 보여준다. 월솔에서 부친 편지다. 깔끔하고 깨끗한 필체로 적힌 그의 이름과 사무실 주소를 본 조지는 부족한 요금을 내기로 한다. 우편배달부는 그에게 일반요금의 두 배인 2펜스를 부과한다. 내용물을 본 그는 기뻐한다. 『철도법』의 주문서다. 하지만 봉투 안에는 수표도, 우편환도 없다. 300부를 주문한 송신인의 이름은 벨제부브라 적혀 있다.

사흘 뒤, 다시 편지들이 날아오기 시작한다. 동일한 유형의 편지다. 중상모략에 불경한 내용을 담은 편지들은 미치광이가 쓴 것 같다. 그는 이제 사무실로 날아오는 편지들이 무례한 침입자와도 같다고 생각한다. 그의 사무실은 그가 안전하게 지낼 수 있는 곳이고, 존중받는 곳이며, 질서정연한 삶이 이어지는 곳이다. 그는 첫 번째 편지는 본능적으로 집어던졌지만, 나머지 편지들은 서랍 맨 아랫칸에 증거용으로 보관한다. 조지는 더 이상 예전처럼 괴롭힘에 불안해하던 어린애가 아니다. 그는 다 큰 어른이고, 4년 동안 사무변호사로 일한 든든한 기반이 있다. 그는 이런 편지쯤은 원한다면 무시할 수 있고, 제대로 해결할 수도 있다. 버밍엄의 경찰들은 의심의 여지없이 스태퍼드셔 지서의 경찰들보다 현대적이고 능률적이다.

어느 날 저녁 6시 10분, 조지가 정기권을 주머니에 넣고 팔뚝에 우산을 걸었을 때, 누군가가 곁에 바짝 따라붙는다.

"잘 지냈나, 젊은 양반?"

몇 년 전보다 더 뚱뚱해지고 얼굴도 더 붉어진 업턴이다. 아마 더 멍청해졌겠지. 조지는 걸음을 흐트러뜨리지 않는다.

"안녕하세요." 그가 활기차게 대꾸한다.

"인생이 즐겁나? 잠도 잘 자고?"

예전이었다면 조지는 불안해하거나 업턴의 말을 기다리느라 멈춰섰을지도 모른다. 하지만 그는 이제 그런 사람이 아니다.

"뭐, 제가 몽유병자는 아니니까요." 조지가 의도적으로 보폭을 넓히자 경사는 조지를 따라오려고 헐떡이기까지 한다. "봐서 알겠지만 우린 동네에 순경들을 쫙 깔아놨어. 쫙 깔아놨다고. 그러니 사-무-변-호-사 님께서 한밤중에 돌아다닐 생각이라면, 꿈 깨는 게 좋을 거야." 조지는 걸음을 멈추지 않으면서 무례하고 멍청한 바보에게 경멸이 섞인 시선을 던진다. "오, 그렇지. 사-무-변-호-사라서 그나마 다행이겠군, 젊은 양반. 유비무환이라는 말 알지? 뭐, 그 반대가 될 수도 있지만."

조지는 이 일에 대해 부모에게 말하지 않는다. 부모는 이미 걱정거리를 안고 있다. 그날 오후 캐녹에서 낯익은 필체의 편지가 한 통 날아왔다. 조지 앞으로 보내온 이 편지에는 '정의의 이름으로'라고 서명이 돼 있다.

나는 너를 모르지만 기차역에서 몇 번 본 적은 있다. 내가 너를 알았더라도 널 좋아하지 않았을 거다. 난 토인을 좋아하지 않으니까. 하지만 난 모든 사람들이 공정하게 대우받아야 한다고 생각하고 그래서 너한테 편지를 쓴다. 왜냐하면 나는 네가 다들 떠들어대는 끔찍한 범죄를 저질렀을 거라고 생각하지 않기 때문이다. 사람들은 분명 너일 거라고 말했다. 왜냐하면 사람들은 네가 올바른 혈통이 아니라고 생각하고, 넌 그런 사람들을 해하고 싶을 테니까. 그래서 경찰은 널 주시하고 있고, 하지만 그들은 아무것도 못 보고, 이제 다른 사람을 감시하고 있…… 또 말이 살해당한다면 그들은 너를 지목할 것이다. 그러니 멀리 휴가를 떠나라. 다음 사건이 벌어질 때까지

이곳을 떠나 있어라. 경찰은 이번 달 말에 지난번과 같은 사건
이 벌어질 거라고 말한다. 그 전에 멀리 떠나라.

조지는 제법 침착하다. "명예훼손감이네요." 그가 말한다. "슬
쩍 보기만 해도 명예훼손죄라는 걸 단박에 알 수 있겠어요."

"또 시작된 거야." 어머니가 말한다. 그가 보기에 어머니는 울
음을 터뜨리기 직전이다. "또 시작된 거야. 우리를 완전히 없앨
때까지 결코 그만두지 않을 거야."

"샬럿." 샤푸르지가 단호하게 말한다. "이것만은 분명하오. 우
리는 콤슨 숙부 곁에 묻히게 될 때까지 목사관을 떠나지 않을 거
요. 우리를 고난에 처하게 하는 것이 하나님 뜻이라면 우리는 그
분께 감히 질문해서는 안 되오."

요새 들어 조지는 가끔 하나님에게 질문을 던지고 싶어질 때
가 있다. 어째서 교구의 빈자들과 병자들을 헌신적으로 보살피
는 선행의 화신인 어머니가 이런 식으로 고통당해야 하는가. 그
리고 아버지의 말대로 모두가 하나님의 뜻이라면, 무능력으로
악명 높은 스태퍼드셔 지서 역시 그분의 책임이다. 하지만 조지
는 이런 말들을 입 밖에 내기는커녕, 넌지시 암시하지도 못한다.

한편으로 그는 자신이 부모보다 이 세계를 조금이나마 더 잘
이해하게 되었다는 걸 깨닫는다. 그는 고작 스물일곱 살에 불과
할지 모르나, 버밍엄에서 사무변호사로 일하면서 시골 목사는
구할 수 없는 인간 본성에 대한 통찰력을 얻어가고 있다. 그래서
아버지가 지서장에게 한 번 더 청원서를 보내자고 제안하자 조

지는 동의하지 않는다. 지난번에도 앤슨은 그들의 편에 서지 않았다. 이번 수사를 맡고 있는 경위에게 도움을 요청해야 한다.

"그러면 내가 그에게 편지를 쓰마." 샤푸르지가 말한다.

"아뇨, 아버지. 제가 하는 편이 낫겠어요. 제가 그를 직접 만나 볼게요. 우리 둘 다 가면 그는 무슨 대표단이라도 나섰는가 생각할 거예요."

목사는 비록 한 발 물러서지만 그러면서도 기분이 좋다. 남자답게 주장하는 아들이 흐뭇한 그는 아들이 마음대로 하도록 내버려둔다.

조지는 면담을 요청하는 편지를 쓰면서, 가급적이면 목사관이아니라 경위가 있는 경찰서에서 만나자고 한다. 캠벨은 이를 약간 이상하게 생각한다. 그는 헨스퍼드 경찰서에서 만나자고 하고, 파슨스 경사에게도 참석하라고 일러둔다.

"만나주셔서 감사합니다, 경위님. 시간을 내주신 점, 감사하게 생각합니다. 전 세 가지를 들고 왔어요. 하지만 그 전에 먼저 당신이 이 책을 받아주시면 좋겠군요."

적갈색머리에 두상이 낙타처럼 생긴 사십대의 캠벨은 허리가 긴 사십대의 남자로, 서 있을 때보다 앉았을 때 더 커 보인다. 그는 테이블로 손을 뻗어 선물을 들여다본다. 『기차 탑승객을 위한 철도법』 한 권. 그는 천천히 몇 페이지를 넘긴다.

"238번째 권이죠." 조지가 말한다. 이 말은 그가 의도한 것보다 더 허영되게 들린다.

"매우 친절하시네요, 선생님. 그러나 죄송하게도 경찰 내규에 의하면 일반인으로부터 선물을 받을 수 없습니다." 캠벨은 책을 책상 너머로 되민다.

"이건 뇌물이라고 할 수도 없습니다, 경위님." 조지가 부드럽게 말한다. "이 책을…… 서가에 두시면 어떨까요?"

"서가라. 우리한테 서가가 있나, 경사?"

"뭐, 언제든 하나 만들면 되죠, 경위님."

"그런 경우라면 좋습니다. 이달지 씨. 감사하게 받도록 하죠."

조지는 그들이 자신을 반쯤 놀리는 건가 하는 생각이 든다.

"에들지로 발음합니다. 이-달-지가 아니라요."

"에들지 씨." 경위는 빠르게 발음해보더니 표정을 일그러뜨린다. "괜찮으시다면 이제부터 그냥 선생님이라고 부르겠습니다."

조지는 목청을 가다듬는다. "첫 번째는 이겁니다." 그는 '정의의 이름으로'라고 적힌 편지를 꺼낸다. "제 사무실에 이런 편지가 다섯 통 도착했습니다."

캠벨은 편지를 읽고 경사에게 건네주었다가, 다시 편지를 받아 한 번 더 읽는다. 그는 편지가 조지를 비난하는 건지, 돕고 있는 건지 알 수가 없다. 어쩌면 맹렬한 비난의 어조로 조지를 돕고 있다는 걸 감추고 있는지도 모른다. 만약 조지를 비난하는 편지라면 그는 왜 편지를 경찰에게 들고 온 것일까? 조지를 돕기 위한 편지라면, 아직 그에게 혐의를 씌우지도 않았는데 그가 편지를 가져온 이유가 뭘까? 캠벨은 조지의 동기가 편지 자체보다도 더 흥미롭다고 생각한다.

"누가 보냈는지 아십니까?"

"서명이 없어요."

"저도 압니다, 선생님. 이 편지를 보낸 사람의 조언대로 해볼 생각은 하셨나요? '멀리 떠나 있어라'라는?"

"경위님, 전혀 다른 쪽을 생각하고 계시는군요. 편지의 내용이 명예훼손감이라고 생각지 않으십니까?"

"솔직히 모르겠군요, 선생님. 무엇이 합법이고 무엇이 불법인지는 선생님 같은 변호사들이 결정하시지 않습니까? 경찰 입장에서 말씀드리자면, 이자는 선생님의 푼돈을 갖고 장난을 치려는 것 같군요."

"장난이라고요? 안 그런 척하면서 엉터리 주장을 하는 이 편지의 내용이 공공연히 알려진다고 생각해보세요. 그러면 이 동네 농부들과 광부들이 절 위험한 상황에 처하게 할지도 모릅니다."

"글쎄요, 선생님. 제가 말씀드릴 수 있는 것은, 제가 여기 온 이후로 이 구역에서 익명의 편지가 어떤 공격을 초래한 일은 없었다는 겁니다. 자넨 어떤가, 파슨스?" 경사가 고개를 젓는다. "그러면 여기…… 중간 부분에 있는…… '사람들은 네가 올바른 혈통이라고 생각하지 않고'라는 말은 어떻게 생각하시죠?"

"경위님 의견은 어떻습니까?"

"글쎄요. 보시다시피 전 이런 말을 들어본 적이 없어서요."

"그러시겠죠. 경위님. 제 '생각에는' 이 편지가 제 아버지가 파르시 혈통이라는 사실을 일부러 언급하고 있다고 생각합니다."

"네, 그럴 수도 있겠네요." 캠벨은 적갈색 머리를 숙이고 숨겨진 의미가 더 있는지 찾아내려는 듯 다시 편지를 들여다본다. 그는 조지와 조지의 고충에 대해 자신의 입장을 정리하려 한다. 그는 솔직하게 고충을 토로하고 있는가, 아니면 좀 더 복잡한 무언가가 있는가.

"그럴 수도 있다니요. 그건 대체 무슨 뜻입니까?"

"뭐, 선생님께서 사람들과 어울리지 않는다는 거겠죠."

"그 말씀은, 제가 그레이트 웨얼리 크리켓 팀에서 뛰지 않는다는 말씀이십니까?"

"안 뛰시나요, 선생님?"

조지는 솟구치는 분노를 느낀다. "그런 시각으로 보자면, 전 술집에도 가지 않습니다."

"그런가요, 선생님?"

"그런 시각으로 보자면, 전 담배도 피우지 않고요."

"그런가요, 선생님? 글쎄요, 기다렸다가 편지를 쓴 자가 무슨 말을 하고 싶었는지 물어봐야 알겠죠. 그자를 잡았을 때 말입니다. 또 뭐가 있다고 하셨죠?"

조지의 두 번째 목표는 업턴 경사의 무례한 태도와 모욕적인 언사에 대해 항의를 제기하려는 것이다. 하지만 경위가 업턴의 말을 따라하자, 그 말은 별로 무례하게 들리지 않는다. 캠벨은 머리가 나쁜 경찰이 그런 말을 꾸준하게 해댄 문제가 아니라 젠체하고 과민한 고소인의 문제라는 식으로 분위기를 바꿔놓는다.

조지는 이제 다소 혼란을 느낀다. 그는 책에 대해선 감사하다는 말을, 편지에 대해선 경악하는 반응을, 그의 궁지에 대해선 관심을 보여주기를 기대하고 왔다. 경위는 옳은 말만 하는 동시에 아둔하다. 그의 학습된 예의 바른 태도는 조지에게 일종의 무례로 비친다. 어쨌거나 그는 세 번째 의견을 제시한다.

"수사하시는 데 도움이 되도록 한 가지 제안을 할까 합니다." 조지는 그들이 충분한 관심을 보일 때까지 계획한 대로 말을 멈춘다. "블러드하운드를 쓰면 어떨까요."

"뭐라고요?"

"블러드하운드요. 이미 아시겠지만 그 개들은 아주 뛰어난 후각을 갖추고 있습니다. 훈련이 잘된 블러드하운드 두 마리면 경위님을 다음 사건이 일어난 지점에서 범인들이 있는 곳으로 바로 데려갈 겁니다. 개들은 신기할 정도로 정확하게 냄새를 찾아내죠. 게다가 이 지역에는 하천이나 강이 없어서 개들이 범인을 쫓다가 놓칠 일도 없습니다."

아무래도 스태퍼드셔 지서는 실제적인 제안을 해오는 일반인에게 익숙하지 않은 듯하다.

"블러드하운드라." 캠벨이 되풀이한다. "블러드하운드 두 마리라고요. 싸구려 소설처럼 들리는군요. '홈스 씨! 그건 거대한 하운드의 발자국이었어요!'" 그러자 파슨스가 킬킬거리기 시작하는데, 캠벨은 조용히 하라는 명령을 내리지 않는다.

완전히 망치고 말았다. 특히 마지막을. 블러드하운드는 조지의 생각이었고, 그는 이에 관해 아버지와 상의하지 않았다. 그는 의기소침해진다. 그가 경찰서를 나설 때, 두 경관은 계단에서 그가 가는 모습을 지켜보며 서 있다. 그의 등뒤로 경사의 의견이 들려온다. "그 블러드하운드는 서가를 지키라고 갖다두면 되겠네요."

목사관으로 돌아가는 내내 그 말이 그를 따라오는 것 같다. 그는 집에서 부모에게 면담내용을 요약해서 들려준다. 그는 경찰이 자신의 제안을 무시하더라도 그들을 돕겠노라고 결정한다. 그는 〈리치필드 머큐리〉 지와 기타 신문에, 또 다시 협박편지를 받고 있다는 내용과 더불어 범인을 제보하는 사람에게는 25파운드를 보상금으로 주겠다는 광고를 싣는다. 그는 몇 년 전 아버지가 낸 광고가 외려 선동하는 결과를 불러일으켰음을 기억하고 있다. 하지만 그는 이번에는 보상금을 걸었으니 더 나은 결과가 있기를 희망한다. 그는 자신이 사무변호사라는 사실을 광고에 분명히 밝힌다.

캠벨

닷새 뒤, 경위는 다시 그린 홀로 불려갔다. 이번에는 주변을 둘러보며 덜 수줍어했다. 그는 달의 주기를 나타내는 괘종시계와 성경의 한 장면을 묘사한 메조틴트 동판화, 빛바랜 터키 양탄자, 가을을 대비해 통나무를 잔뜩 쌓아둔 벽난로를 관찰했다. 서재에서 유리알 눈을 박아넣은 무스를 보고도 예전보다는 덜 놀랐다. 그는 가죽으로 장정한 〈더 필드〉 지와 〈펀치〉 지의 영인본을 눈에 새겼다. 찬장에는 커다란 박제 물고기가 든 유리상자와 디캔터 세 개가 들어 있는 술병진열대가 놓여 있었다.

앤슨 서장은 캠벨에게 손을 흔들어 의자에 앉으라고 지시했지만, 그 자신은 앉지 않았다. 키 작은 남자들이 자기보다 큰 사내 앞에서 흔히 쓰는 속임수라는 걸 경위는 잘 알고 있었다. 하지만 경위는 상관의 술수를 곱씹을 여유가 없었다. 이번에는 분위기가 험악했다.

"그놈이 우리를 놀리기 시작했네. 그레이터렉스가 보냈다는 이 편지들을 좀 보게. 지금까지 몇 통이나 왔지?"

"다섯 통입니다, 서장님."

"그리고 이 편지는 어제 저녁 브리지타운 서의 롤리 씨에게 온 것이네." 앤슨은 안경을 끼고 읽기 시작했다.

당신도 아는 머리글자를 지닌 사람이 수요일 저녁 월솔에서 기차 편으로 새 갈고리를 운반할 겁니다. 그는 외투 안쪽의 비밀 주머니에 갈고리를 넣어뒀을 겁니다. 당신이나 당신의 동료들이 그의 외투를 슬쩍 들춰보기만 해도 그 주머니가 보일 겁니다. 오늘 아침 누군가가 뒤를 밟고 있다는 말을 듣고 그가 던져버린 것보다 1인치 반 정도 긴 갈고리죠. 그는 5시나 6시에 올 것이고, 그가 내일 집에 오지 않는다 해도 목요일에는 분명히 올 겁니다. 당신은 사복경관들을 그자에게 가까이 붙여두지 않는 실수를 저질렀습니다. 당신은 그들을 너무 빨리 철수시켰어요. 어째서 그자가 숨어 있던 사복경찰들이 가버린 후 며칠 만에 가까운 곳에서 그 일을 저질렀는지 생각해보세요. 그의 눈은 매와 같고, 그의 귀는 면도날처럼 날카롭습니다. 그는 여우처럼 소리 없이 재빠르게 걷고, 불쌍한 짐승들에게 네 발로 기어 다가가고, 짐승들을 조금 달래다가 갈고리를 잽싸게 박아넣습니다. 짐승들이 다쳤다는 걸 알아차리기도 전에 내장이 빠져나오죠. 그를 현행범으로 잡고 싶다면 100명의 수사관이 필요할 겁니다. 그는 너무 잽싼데다가 이 동네 구석구석을 잘 알고 있거든요. 당신도 그가 누구인지 아실 겁니다. 제가 증명할 수 있죠. 하지만 100파운드를 보상금으로 받지 않는 한 전 더는 털어놓을 생각이 없습니다.

앤슨은 캠벨의 대답을 기다리며 그를 바라보았다. "경관들 중에서 뭔가 던져져 있는 걸 본 사람은 아무도 없습니다, 서장님. 버려진 갈고리 따윈 전혀 찾아내지 못했어요. 범인이 짐승을 해친 도구가 갈고리일 수도 있죠. 하지만 아시다시피 내장이 빠져나온 짐승들은 없었습니다. 제가 월솔을 지나는 기차를 감시하길 바라십니까?"

"이 편지에서 묘사하는 자가 애써 눈에 띄려고 한여름에 긴 외투 차림으로 나타날 것 같지는 않네."

"그렇습니다, 서장님. 백 파운드의 보상금은 변호사가 내건 현상금에 의도적으로 답한 것이라고 생각하십니까?"

"그럴지도 모르지. 그자가 대단히 무례하긴 했네." 앤슨은 말을 멈추더니 책상에서 다른 종이를 들어올렸다. "하지만 헨스퍼드의 로빈슨 경사가 받은 이 편지가 더 가관이네. 뭐, 직접 읽어보게." 앤슨이 편지를 건넸다.

11월에 웨얼리에는 경사가 날 것이다. 그들은 어린 소녀들을 공격할 것이다. 다음 3월이 오기 전에 20명의 계집애들이 지금까지 당한 말들처럼 당하게 될 것이다. 짐승들을 도륙한 자들을 잡기 직전이라는 생각은 하지 마라. 짐승들은 너무 조용하고, 몇 시간이고 엎드려 있다. 그들이 갈 때까지…… 그들이 잡아뒀다던 에들지 씨는 일요일 밤 노스필드 근처에서 대장을 만나기 위해 브럼*에 갈 것이다. 그러니 거기에 많은 수사관을 배치하는 게 어떻겠는가. 그리고 난 그들이 밤이 아닌 낮에 소 몇 마리를 잡을 거라고 생각한다…… 그들은 인근 짐승들을 전부 죽일 것이다. 나는 크로스키스 농장과 웨스트 캐녹 농장이 1순위라는 것을 알고 있다…… 네놈은 거만한 악당들이다. 네놈이 내 길을 막아서거나 내 동료들을 방해한다면 난 네 아버지의 총으로 네 둔한 머리통을 날려버릴 것이다.

"이건 좋지 않습니다, 서장님. 정말 최악이에요. 공개하지 않는 편이 낫겠어요. 다들 충격에 휩싸일 겁니다. 여자애 스무 명이라니…… 사람들은 안 그래도 가축들만으로도 걱정이 이만저만이 아닙니다."

"아이들이 있나, 캠벨?"

"남자애 하나, 여자애 하나가 있습니다."

"그래. 그나마 로빈슨 경사를 쏘겠다는 협박이 이 편지에서 유일하게 다행스러운 점이네."

---

* Brum, 버밍엄을 가리키는 말.

"그게 다행입니까?"

"물론 로빈슨 경사에겐 아닐 수 있지. 하지만 이 편지는 범인이 도를 넘었다는 걸 증명하고 있네. 경관을 살해하겠다고 협박하다니, 이걸로 기소하면 무기징역도 선고될 수 있어."

우리가 범인을 찾아낸다면 말이지, 캠벨은 생각했다. "노스필드, 헨스퍼드, 윌솔. 놈은 우리를 사방으로 흩어놓으려는 겁니다."

"그 말이 맞네, 경위. 자네가 반대하지 않는다면 내가 요약해 보도록 하지. 내 생각에 동의하지 않으면 그렇다고 말해주게."

"알겠습니다, 서장님."

"자, 자네는 유능한 경관이지— 아니, 벌써부터 반대하지 말게." 앤슨은 버릇대로 슬며시 미소를 지었다. "자네는 매우 유능한 경관이야. 하지만 수사가 시작된 지 벌써 석 달 반이나 지났네. 20명의 임시경관들이 3주 동안 자네의 지휘를 따랐고. 하지만 피소된 사람은 없고, 체포된 자도 없고, 딱히 요주의인물을 찾아내지도 못했네. 그러는 와중에도 짐승들은 도륙됐고. 동의하나?"

"동의합니다."

"자네가 위대한 도시 버밍엄에서 경험한 것에 비하면 이 지역의 협조가 마뜩찮다고 생각한다는 걸 알고 있네. 하지만 지역 사람들은 지금 평소보다 협조적이야. 이번에는 사람들이 평상시와는 달리 지서를 돕고 있어. 하지만 우리가 지금까지 입수한 최상의 정보는 익명의 항의서에서 나왔네. 예를 들어, 불편하게도 버밍엄 한구석에 산다는 수수께끼의 "대장"을 보게. 우리가 이자에게 매달려야 할까? 난 그렇게 생각하지 않네. 멀리 떨어져 사는 대장이란 자가 대체 무슨 관심이 있어서 만나본 적도 없는 사람들의 가축을 괴롭힌단 말인가? 그러니 가엾은 수사관들이 노스필드까지 찾아갈 필요는 없다고 생각하네."

"동의합니다."

"그러니 지금까지 추측해온 대로 우리는 이 지역 사람들을 살펴야 하네. 사람들이 아니라 사람일 수도 있지. 내 생각에는 한 사람 이상이네. 아마 서너 명이겠지. 그 편이 말이 되니까. 하나는 편지를 쓰고, 하나는 다른 동네에서 편지를 부치고, 하나는 가축을 능숙하게 다루고, 하나는 이 전부를 총괄하는 계획을 짜고. 다른 말로 하면 갱단이지. 그자들은 경찰에 대한 애정이라고는 눈곱만큼도 없는 모양이야. 우리를 골탕 먹이면서 즐거워하며 뻐기기를 좋아하는 자들이지.

그들은 우리를 혼란스럽게 하려고 여러 이름을 대고 있네. 그런데 한 이름이 반복적으로 등장하고 있어. 에들지라는 자야. 에들지는 대장을 만날 거라고도 하고, 그들이 에들지를 가뒀다고도 하네. 에들지는 변호사이자 갱단원이야. 난 줄곧 어떤 의혹을 갖고 있었네만, 지금까진 그 의혹을 혼자만 간직하는 편이 낫겠다고 생각했네. 내가 기록부를 보라고 했었지. 전에 주로 그의 아버지가 협박편지를 받은 적이 있어. 장난질, 거짓 광고, 좀도둑질이 이어졌네. 그때 우리는 그를 거의 잡을 뻔했어. 결국 나는 목사에게 누가 꾸민 일인지 알고 있다는 엄중한 경고를 주었지. 그리고 얼마 지나지 않아 괴롭힘은 중단되었어. '이상 증명을 마친다', 라고 해도 좋을 정도이지만, 유감스럽게도 유죄 판결을 내릴 만큼은 아니지. 뭐, 그가 자백할 정도는 아니었지만 적어도 장난질은 그만두게 했지. 한 7, 8년 동안.

그리고 같은 장소에서 다시 시작된 거야. 이번에도 에들지의 이름이 꾸준히 등장하고 있네. 그레이터렉스 이름으로 맨 먼저 온 편지는 세 사람의 이름을 언급하고 있지만, 그들 중 그레이터렉스가 실제로 아는 자는 에들지뿐이네. 그러므로 에들지는 그레이터렉스를 알아. 그리고 그는 전과 똑같은 수법을 썼어. 자신을 공격대상에 포함시킨 것 말이지. 이제 더 나이를 먹은 그는 찌르레기를 잡아 목을 부러뜨리는 걸로는 만족할 수 없겠지. 그래서 이번에는 말 그대로 더 큰 걸 좇게 된 거야. 소나 말을. 그리고 그렇게 강한 신체를 타고나지 않았으니 자기 일을 거들 자들을 모은 거지. 거기다 이제 위협의 수위를 높여서 스무 명의 여자애들을 해치겠다고 하네. 스무 명의 여자애들을, 캠벨."

"그렇군요, 서장님. 제가 한두 가지 여쭤도 될까요?"

"하게."

"그는 어째서 처음부터 자신을 공격대상으로 삼았던 걸까요?"

"우리가 냄새를 못 맡게 하려는 거였겠지. 그는 의도적으로 자기 이름을 공격명단에 포함시켜서 우리가 그를 이 문제에서 배제하고 생각하게 하려는 거야."

"그래서 그는 자신을 잡아달라고 현상금을 내건 걸까요?"

"자기 말고는 현상금을 요구할 사람이 아무도 없다는 걸 알고 있을 테니까." 앤슨은 건조하게 웃었지만, 캠벨에게는 그의 농담이 와닿지 않는 듯 보였다. "그리고 또 하나, 이를 통해 경찰을 더욱 도발하고 있어. 경관들이 우왕좌왕하는 꼴을 좀 보라는 거지. 가난하고 정직한 시민이 범죄를 해결하기 위해 자신의 돈까지 써가며 직접 나서야 하는 와중에 말이야. 생각해보게. 그 광고는 공권력을 멸시하는 것 같지 않았나……."

"하지만, 죄송합니다, 서장님, 어째서 버밍엄의 사무변호사가 거친 시골 아이들을 갱단에 끌어들여 가축을 훼손하는 짓을 하겠습니까?"

"만나보지 않았나, 캠벨? 어땠나?"

경위는 자신이 받은 인상을 떠올렸다. "똑똑한 것 같더군요. 불안해 보였고요. 그래도 처음에는 도움이 되고 싶어하는 것처럼 보였습니다. 그런데 공격적인 말에 잽싸게 반응하더군요. 그는 우리에게 조언 하나를 해주었습니다. 저희는 별 반응을 보이지 않았고요. 그는 우리에게 블러드하운드를 쓰면 어떻겠느냐고 제안했습니다."

"블러드하운드라고? 원주민 추적자를 제안한 게 아니고?"

"분명 블러드하운드라고 했습니다. 이상한 건, 그의 목소리, 잘 교육받은 변호사의 목소리였죠, 그걸 듣고 있자니 어느 순간부터는 눈을 감고 들으면 그를 분명 영국인이라고 여길 거라는 생각이 들었다는 겁니다."

"하지만 눈을 뜨면 그를 근위여단의 일원으로 착각하는 일 같은 건 당연히 없겠지."

"물론 그렇습니다, 서장님."

"그렇지. 자네 말을 들으니, 눈을 뜨든 감든 그가 자신을 우월하게 여긴다는 인상을 받은 것 같군. 이렇게 말해도 될까? 자기가 남들보다 높은 카스트에 위치한다는 인상 말이야."

"그럴 수도 있죠. 하지만 어째서 그런 사람이 말을 훼손하는 걸까요? 다른 식으로, 그러니까 어마어마한 돈을 횡령한다든가 해서 자신의 영리함과 우월함을 증명할 수도 있잖습니까."

"그런 짓도 하지 않으리라는 법이 어디 있나? 캠벨, 솔직히 나는 그의 동기보다는 그가 언제, 어떻게, 그리고 무엇을 할지에 더 관심이 있네."

"알겠습니다, 서장님. 하지만 이자를 체포하라고 명령하시는 거라면, 저로서는 그의 동기에 대한 단서를 찾아야만 합니다."

앤슨은 오늘날의 경관들이 지나치게 자주 들먹이는 동기 따위의 말들을 좋아하지 않았다. 요즘 경찰은 범죄자의 정신세계를 탐사하겠다는 열정을 보였다. 하지만 용의자를 찾아내서 체포하고 혐의를 부과하고 몇 년 동안 가두는 게 경찰이 할 일이다. 많을수록 좋다. 총을 꺼내들거나 유리창을 부수는 악당의 마음속에서 무슨 일이 벌어지고 있는지 알아서 뭘 한단 말인가. 지서장이 막 이렇게 말하려고 했을 때, 캠벨이 대답했다.

"아무튼 우리는 그의 동기가 이득을 얻으려는 건 아니라고 판단할 수 있습니다. 그가 자기 재산을 손괴해서 보험금을 청구하려는 건 아니니까요."

"이웃의 건초더미에 불을 지르는 자는 이득을 얻으려는 게 아니야. 악한 자라서 불을 지르는 거지. 하늘로 솟구치는 불길과

겁먹은 사람들을 보며 기뻐하려고 그러는 거야. 에들지의 경우는 짐승들을 깊이 증오하는지도 모르지. 자네는 반드시 이 점을 조사해야 하네. 공격 시점에 무슨 패턴이 있는지도 살피고. 사건은 대부분 월초에 이루어졌네. 희생제의와 연관이 있는지도 몰라. 우리가 찾고 있는 수수께끼의 도구는 인도에서 온 제의용 칼일 수도 있네. 쿠크리나 그런 것 말이야. 내가 알기로는 에들지의 아버지는 파르시라던데. 그들은 불을 숭배하지 않나?"

캠벨은 자신의 전문적인 수사방식이 아직까지는 큰 쓸모를 발휘하지 못했다는 걸 알고 있었지만, 그래도 수사가 느슨한 추측으로 틀어지는 건 보고 싶지 않았다. 게다가 파르시들이 불을 숭배한다면, 왜 그는 지금까지 불을 지르지 않았던 것일까?

"아무튼 난 자네에게 변호사를 체포하라고 요구하는 게 아니네."

"아닙니까, 서장님?"

"아니네. 내가 요구하는 건, 즉 명령하는 건, 그에게서 많은 정보를 캐내는 데 집중하라는 거야. 매일 목사관을 은밀하게 감시하고, 역까지 그의 뒤를 밟고, 버밍엄—그가 수수께끼의 대장과 점심을 먹을지도 모르니까—에 사람을 배치하고, 어두워지면 집 주변을 완전히 에워싸도록 해. 그래서 그가 뒷문으로 빠져나왔을 때 임시경관을 피해 침도 못 뱉도록 말이야. 그는 곧 일을 저지를 거야. 난 아주 잘 알지."

조지

조지는 정상적인 삶을 이어가려고 노력한다. 자유인으로 태어난 영국인 그에게는 당연한 권리다. 하지만 밤마다 어두운 그림자들이 목사관 주변을 어슬렁거리고, 모드를, 때로는 어머니를 무언가로부터 지켜야 하고, 감시당하고 있다는 생각이 들 때는 행사하기 어려운 권리다. 아버지는 평소처럼 힘차게 기도문을 읊고, 모드와 어머니는 불안한 목소리로 이를 따라한다. 조지는 전보다 하나님의 보호를 더욱 믿지 않게 된다. 날마다 아버지가 침실 문을 잠그는 순간에야 그는 안전하다고 생각한다.

가끔은 커튼을 젖히고 창문을 열어 분명 밖에서 어슬렁거리고 있을 감시자들에게 조롱의 말을 퍼붓고 싶다. 세금을 이렇게 터무니없이 낭비하다니, 그는 생각한다. 그는 자기도 화를 낼 줄 아는 사람이 되었다는 데 놀란다. 그래서 자신이 더욱 성장했다는 느낌이 들자 그는 더욱 놀란다. 어느 날 저녁, 그는 평소와 마찬가지로 시골길을 산책하고 있다. 그의 뒤로 멀찍이 임시경관이 따라붙는다. 조지는 갑자기 고개를 홱 돌리고 미행자에게 말을 붙인다. 트위드 정장을 입은 여우처럼 생긴 그 사내에게는 싸구려 선술집이 더 어울릴 것 같다.

"길을 찾고 계신가요?" 조지는 간신히 예의 바른 태도를 유지하며 묻는다.

"감사하지만 제가 알아서 가겠습니다."

"근처 분이 아니신가보죠?"

"물어보시니 말씀드립니다만, 월솔에 삽니다."

"이 길은 월솔로 이어지지 않아요. 왜 이런 시간에 그레이트 웨얼리의 시골길을 걷고 계신가요?"

"저도 선생님께 같은 질문을 드리고 싶군요."

정말 무례한 자로군, 조지는 생각한다. "분명 캠벨 경위의 지시를 받고 절 미행하고 계신 거겠죠. 절 바보로 여기십니까? 캠벨 경위가 당신에게 항상 눈에 띄는 곳에 있으라고 지시했는지가 궁금할 뿐이네요. 그렇다면 지나다니는 사람들에게 방해가 될 텐데요. 아니면 숨어 있으라고 명령했습니까? 그렇다면 당신이 임시경관 일을 유능하게 하고 있다고는 절대 말할 수 없겠군요."

남자는 그저 씩 웃는다. "그건 그 양반과 저 사이의 문제죠, 안 그래요?"

"그러니까 이건 말씀드려야겠습니다." 조지의 분노는 이제 죄악처럼 강력하다. "당신과 당신 동료들은 공공예산을 상당히 낭비하고 있다는 겁니다. 이 동네에서 몇 주째 어슬렁거리면서 알아내신 거라고는 하나도 없잖습니까."

그는 그저 다시 씩 웃을 뿐이다. "살살 하세요." 그가 말한다.

그날 저녁, 목사는 조지에게 모드를 데리고 애버리스트위스에 다녀오면 어떻겠느냐고 제안한다. 아버지의 목소리는 거의 명령조에 가깝지만, 조지는 간단히 거절한다. 그에게는 할 일도 많고 하루 놀다 올 기분도 아니다. 꿈쩍도 하지 않던 그는 모드가 애원하자 마지못해 승낙한다. 화요일, 그들은 새벽에 떠나 늦은 밤에 돌아온다. 날씨는 화창하고, GWR*을 타고 가는 124마일의 여행은 사소한 사고 하나 없이 즐겁기만 하다. 오누이는 평소와는 달리 자유로운 기분을 만끽한다. 그들은 해변을 따라 산책하고, 유니버시티 칼리지의 파사드를 둘러보고, 부두 끝까지 걷는다(입장료 2펜스). 부드러운 바람이 불어오는 8월이고, 남매는 보트를 타고 만을 한 바퀴 도는 즐거움은 둘 다 누릴 생각이 없다는 데 합의를 보았다. 해변에서 웅크리고 조약돌을 줍는 무리에 끼고 싶지도 않다. 대신 그들은 산책로의 북쪽 끝에서 전차를 타고 콘스티튜션 힐**의 클리프 정원까지 가기로 한다. 트램을 타고 언덕을 올라갔다 내려오면서 그들은 카디건 만과 도시를 한눈에 조망할 수 있다. 휴양지인 이곳에서 사람들은 하나같이 교양 있는 말투를 쓴다. 벨뷰 호텔에서 점심식사를 하는 게 어떻겠느냐고, 술은 입에도 대지 않는다면 워털루도 괜찮다고 조언해준 제복 차림의 경찰관도 그러하다. 그들은 로스트치킨과 애플파이를 사이에 두고 호레이스나 스토넘 종조모, 아니면 다른 테이블에 앉은 사람들 따위의 편안한 주제를 화제로 삼는다. 점심을 먹은 그들은 성으로 올라간다. 조지는 무너진 탑과 잔해에 지나지 않는 성을 두고 동산매매법을 위반한 모양이라고 명랑하게 말한다. 지나가던 사람이 저 위에, 콘스티튜션 힐 바로 왼쪽에 스노든 산의 정상이 있다고 가리킨다. 모드는 그 광경에 즐거워하지만,

---

* Great Western Railway의 약자로 런던과 영국 남서부 지역을 잇는 철도.
** Constitution Hill, 애버리스트위스 산책로에 있는 언덕.

조지의 눈에는 정확히 보이지 않는다. 언젠가 쌍안경을 사줄게, 그녀가 약속한다. 집으로 돌아오는 길에 그녀는 에버리스트위스 전차에도 철도와 동일한 법이 적용되느냐고 묻는다. 그러고는 조지에게 옛날 공부방에서처럼 수수께끼를 내달라고 요구한다. 여동생을 사랑하는 조지는 거의 즐거워하기까지 하는 그녀를 위해 최선을 다한다. 하지만 그의 마음은 전혀 즐겁지 않다.

다음 날, 엽서 한 장이 뉴홀 스트리트에 도착한다. 그와 캐녹에 사는 한 여성이 불륜관계를 맺고 있다는 사악한 내용이 담긴 엽서다. "선생님, 당신은 사회주의자 프랭크 스미스와 결혼예정인 ****의 여동생과 그런 관계를 맺어도 괜찮다고 생각합니까?" 말할 필요도 없이 그는 그런 이름들을 들어본 적조차 없다. 그는 소인을 살핀다. 1903년 8월 4일 오후 12시 30분 올버햄턴. 이 혐오스러운 명예훼손을 떠올린 건 벨뷰 호텔에서 점심을 먹던 그와 모드를 본 이후인 모양이다.

이런 엽서를 받은 그는 맨체스터에서 소득세 관련 사무원으로 행복하고 편하게 일하고 있는 호레이스에게 질투를 느낀다. 호레이스의 삶은 무탈하게 이어지는 듯 보인다. 그는 평안한 하루하루를 보내고, 그의 야망이란 사다리를 대단히 천천히 올라가는 것 이상이 아니다. 그는 여자들과의 우정에서 만족을 찾는다. 그가 애써 숨기지도 않고 하는 말들에 의하면 그런 것 같다. 무엇보다도 호레이스는 그레이트 웨얼리를 떠났다. 이전까지 조지는 맏이로 태어난 것을, 그래서 부모가 자신에게 기대하는 바가 더 많다는 것을 저주라고 생각해본 적이 없다. 동생보다 머리는 좋지만 소심하게 태어났다는 것도 저주다. 호레이스에게도 자기 자신을 의심해볼 이유는 충분히 많지만, 그는 자신을 의심하지 않는다. 조지는 훌륭히 학업을 마치고 전문직에 종사하고 있지만, 수줍고 위축되는 성격은 그대로 남아 있다. 책상에 앉아 법률을 설명하는 그는 명확하고 자신감 넘치는 말투를 사용한다. 그러나 그는 가볍거나 피상적인 대화에는 소질이 없다. 그는 사람들을 편하게 해주는 방법을 모른다. 그는 어떤 사람들이 자신의 생김새가 이상하다고 생각한다는 걸 알고 있다.

1903년 8월 17일 월요일, 조지는 평소처럼 뉴 스트리트 행 7시 39분 기차를 탄다. 그리고 평소처럼 돌아가는 5시 25분 기차를 탄다. 그리고 6시 반이 되기 전에 목사관에 도착한다. 그는 잠시 일을 하다가 외투를 입고, 장화공인 존 핸즈 씨를 만나러 간다. 그는 9시 30분이 되기 전에 목사관으로 돌아오고, 저녁을 먹고, 아버지와 함께 쓰는 침실로 간다. 목사관의 문이 잠기고, 빗장이 걸리고, 침실 문이 잠기고, 조지는 최근 몇 주간 그래왔듯 푹 잠들지는 못한다. 다음날 아침, 그는 6시에 일어나고, 잠겨 있던 침실 문이 6시 40분에 열린다. 그는 7시 39분에 뉴 스트리트 행 기차를 탄다.

그는 이날이 그의 인생에서 마지막으로 정상적인 24시간이라는 사실을 모르고 있다.

캠벨

    17일 밤에는 돌풍이 몰아치는 가운데 비가 거세게 내렸다. 하지만 새벽녘에는 비가 멎었고, 그레이트 웨얼리 탄광에서 오전에 근무하는 광부들은 일찌감치 집을 나섰다. 여름비가 내리고 난 뒤의 공기는 청명했다. 헨리 개럿이라는 이름의 젊은 광부는 일터로 가기 위해 들판을 가로지르던 중, 조랑말 한 마리의 상태가 좋아 보이지 않는다는 걸 알았다. 가까이 다가가보니 말은 피를 후두둑 쏟으며 간신히 서 있을 뿐이었다.

  젊은이가 비명을 지르자 들판에 흩어져 있던 광부들이 모여들었다. 그들은 조랑말의 복부를 길게 가른 흔적과 붉은 피가 점점이 떨어져 엉겨붙은 진흙을 조사했다. 한 시간이 지나지 않아 캠벨이 경관 대여섯을 동반하여 도착했고, 수의사인 루이스 씨도 불려왔다. 캠벨은 누가 이 구역의 순찰 담당이었는지 물었다. 쿠퍼 순경은 밤 11시쯤 이곳을 지나갔고, 그때는 짐승들에게 별이상한 점은 눈에 띄지 않았다고 대답했다. 하지만 밤이 짙었고, 그는 조랑말 가까이 다가가지는 않았다고 했다.

  6개월 동안 여덟 번째로 일어난 사건이었고, 열여섯 마리의 짐승이 훼손당했다. 캠벨은 조랑말에 대해 잠깐 생각했고, 가장 거친 광부들조차도 이런 짐승들에게는 애정을 보인다는 걸 생각했다. 그는 앤슨 서장과 스태퍼드셔의 명예에 대한 서장의 고집도 조금 생각하기는 했다. 하지만 조랑말과 쏟아지는 피를 바라보는 그의 머릿속을 가장 많이 차지했던 것은 지서장이 그에게 보여준 편지였다. '11월에 웨얼리에는 경사가 날 것이다. 그들은 어린 소녀들을 공격할 것이다. 다음 3월이 오기 전에 20명의 계집애들이 지금까지 당한 말들처럼 당하게 될 것이다. 짐승들을 도륙한 자들을 잡기 직전이라는 생각은 하지 마라.' 그는 편지의 내용을 떠올렸다. '다음 3월이 오기 전에 20명의 계집애들이 지금까지 당한 말들처럼 당하게 될 것이다.' 그리고 '어린 소녀들'이라는 말을.

앤슨의 말대로 캠벨은 유능한 경찰이었다. 그는 복종할 줄 알았고, 성격은 침착했다. 그는 범죄자 유형에 대한 선입견이 없었고, 성급하게 결정을 내리거나 제멋대로 직감에 의존하지 않았다. 그렇다 해도. 조랑말이 훼손된 들판은 탄광과 웨얼리 사이에 직선으로 위치했다. 들판에서 마을 쪽으로 직선을 하나 그린다면, 제일 먼저 마주치게 되는 장소는 목사관이었다. 지서장의 말뿐 아니라 상식에 의거해봐도 목사관을 찾아가야 했다.

"어젯밤 목사관을 감시한 사람이 누구지?"

저드 순경이 본인이라고 밝히며, 날씨가 너무 좋지 않았고 빗물이 눈에 들이치는 바람에 밤의 절반이 지나가는 동안 나무 아래 서 있을 수밖에 없었다고 말했다. 캠벨은 경찰이라고 해서 인간적인 실수를 안 할 순 없다고 생각했다. 어쨌거나 저드는 나가고 들어오는 자는 보지 못했다고 했다. 전등불은 평소처럼 10시 30분에 꺼졌다. 하지만 어젯밤 날씨가 정말 끔찍했잖습니까, 경위님……

캠벨은 시계를 보았다. 7시 15분이었다. 그는 사무변호사의 얼굴을 아는 마큐에게 역으로 가서 변호사를 붙잡아두라고 지시했다. 쿠퍼와 저드에게는 수의사를 기다리면서 구경꾼들을 물리치라고 말한 뒤, 그는 파슨스와 나머지 임시경관들을 이끌고 곧장 목사관으로 향했다. 비집고 나아가야 하는 울타리 몇 개와 지하통로가 놓인 철로가 있었지만, 그들은 15분 만에 별다른 어려움 없이 그곳에 도착했다. 8시를 넉넉히 남겨둔 시각, 캠벨은 순경들을 집 모퉁이마다 배치하고 파슨스와 함께 현관문을 거칠게 두드렸다. 20명의 여자아이들만 문제가 아니었다. 누군가의 총으로 로빈슨의 머리통까지 날려버리겠다고 위협한 것도 있었다.

하녀는 목사의 아내와 딸이 아침식사를 들고 있던 주방으로 두 경관을 안내했다. 파슨스의 눈에 어머니는 겁을 먹었고, 튀기인 딸은 병약해 보였다.

"아드님 조지와 얘기를 해야겠습니다."

목사의 아내는 말랐고 체구가 자그마했다. 머리카락 대부분은 희게 세어 있었다. 그녀는 두드러지는 스코틀랜드 억양으로 조용히 말했다. "이미 사무실로 갔어요. 7시 39분 기차를 타지요. 그애는 버밍엄에서 사무변호사로 일해요."

"저도 압니다, 부인. 그러면 그의 옷을 보여주셔야겠습니다. 하나도 빠뜨리지 말고 전부요."

"모드, 가서 아버지를 모셔오너라."

파슨스는 소녀를 따라가야 하는가 싶어 고개를 갸웃거렸지만, 캠벨은 그러라는 지시를 내리지 않았다. 1분쯤 지나자 작은 키에 강건하고 밝은 피부색을 지닌 목사가 나타났다. 그에게는 아들에게서처럼 이상한 구석이 하나도 보이지 않았다. 백발이지만 잘생긴 힌두족처럼 보이는 얼굴이라고 캠벨은 생각했다.

경위는 자신의 요구를 되풀이했다.

"어째서 그런 요구를 하시는지, 그리고 수색영장을 갖고 오셨는지 여쭤야겠군요."

"근처의 들판에서⋯⋯." 여자들이 있어 신경이 쓰였던 캠벨은 잠시 망설였다. "탄광의 조랑말에게⋯⋯ 누군가가 해를 입혔습니다."

"그리고 당신은 내 아들 조지가 그랬다고 의심하시는군요."

어머니는 딸을 팔로 감쌌다.

"옷을 보여주신다면 아드님이 수사대상에서 제외되는 데 큰 도움이 될 것 같습니다." 늘 하는 거짓말, 캠벨은 생각했다. 그는 이 말을 또 내뱉은 자신이 거의 부끄럽기까지 했다.

"하지만 수색영장을 가져오지 않으셨잖소?"

"지금은 그렇습니다, 선생님."

"알겠소. 샬럿, 이분께 조지의 옷을 보여드려요."

"감사합니다. 그리고 제가 옷들을 가져가도 되겠지요. 그리고 경찰들에게 집과 주변을 수색하라고 지시하겠습니다."

"제 아들이 수사대상에서 제외될 수 있다면 반대하지 않겠습니다."

아직까진 괜찮아, 캠벨은 생각했다. 버밍엄의 빈민가였다면 아버지는 그를 찌르겠다고 위협하고 어머니는 소리를 질러대고 딸은 그의 눈을 뽑으려고 덤빌 것이었다. 하지만 유죄를 확정하기에는 그 편이 더 수월했다.

캠벨은 부하들에게 공격에 사용되었을지 모를 칼이나 면도날, 농사용 및 원예용 도구들을 찾으라고 지시한 뒤 파슨스와 위층으로 올라갔다. 그의 요구대로 셔츠와 속옷을 포함한 변호사의 옷가지들이 침대에 놓여 있었다. 깨끗해 보이는 옷들을 만져보니 바짝 말라 있었다.

"이게 전부입니까?"

조지의 어머니는 대답하기 전에 잠시 망설였다.

"그래요." 그녀가 말했다. 그리고 잠시 후 말을 이었다. "그가 입고 간 옷은 빼고요."

물론 그렇겠지, 파슨스는 생각했다. 벌거벗고 일하러 가지는 않았을 테니까. 얼마나 이상한 진술인가. "그의 칼도 좀 봐야겠습니다." 그가 무심하게 말했다.

"그애의 칼이라고요?" 그녀는 놀란 표정으로 그를 바라보았다. "그러니까, 식사할 때 쓰는 칼 말씀이신가요?"

"아뇨, 그의 칼 말입니다. 젊은이라면 칼 하나쯤은 갖고 있지요."

"제 아들은 사무변호사입니다." 목사가 날카롭게 말했다. "사무실에서 일하는 애라서 날붙이 따위는 가지고 다니지 않아요."

"아드님께서 사무변호사라는 말을 얼마나 많이 들었는지 모르겠군요. 저도 잘 압니다. 그리고 젊은이라면 칼 하나쯤은 갖고 다닌다는 것도 잘 알고 있고요."

몇 마디의 속삭임이 오간 뒤 방에서 나갔다가 돌아온 딸은 짧고 뭉뚝한 물건을 반항적으로 건넸다. "오빠가 정원 일을 할 때 쓰는 칼이에요."

그 물건을 흘긋 본 캠벨은 그걸로는 그가 최근까지 지켜봐온 종류의 위해를 가할 수 없다는 걸 알아차렸다. 그럼에도 그는 짐짓 관심을 보이며 정원용 칼을 창가로 가져가 햇빛에 비추어보았다.

"이걸 찾아냈습니다, 경위님." 경찰 하나가 그에게 네 개의 면도날이 든 상자를 건넸다. 그중 하나는 축축한 것 같다. 다른 하나에는 뒷면에 붉은 얼룩이 묻어 있었다.

"제 면도날입니다." 목사가 다급하게 말했다.

"하나가 축축한데요."

"내가 한 시간 전에 그걸로 면도했기 때문이오."

"그러면 아드님은 뭘로 면도하시죠?"

잠시 침묵이 이어졌다. "그중 하나를 씁니다."

"아, 그러니까, 단도직입적으로 말하자면 이 면도날이 선생님의 소유물은 아니라는 말씀이시죠?"

"그 반대요. 이 면도날 세트는 항상 내 물건이었소. 난 이걸 20년도 넘게 간직해왔소. 그리고 아들이 면도할 나이가 되어 이 중 하나를 쓰도록 허락했습니다."

"그는 아직도 이중 하나를 쓰겠죠?"

"그렇소."

"아드님이 자기 면도날을 쓰게 놔두면 안 된다고 생각하셨던 겁니까?"

"그애에겐 따로 면도날이 필요하지 않소."

"그러면 왜 아드님이 본인 면도날을 쓰면 안 되는 걸까요?"

캠벨이 진짜로 궁금해서 이렇게 질문한 건 아니었다. 그는 누가 대답할지 기다렸다. 그의 예상대로 아무도 대답하지 않았다. 이 가족에겐 뭔가 이상한 구석이 있었다. 하지만 그는 그게 뭔지 짚어낼 수가 없었다. 그들은 비협조적인 게 아니었다. 그러나 동시에 그는 그들이 진술한 것도 아니라는 느낌을 받았다.

"아드님은 간밤에 외출했었죠."

"네."

"얼마나 오래 나가 있었죠?"

"잘 모르겠습니다. 아마 한 시간이나 그 이상일 거요. 샬럿?"

그의 아내는 이 간단한 질문에 대한 답변을 생각하느라 터무니없이 시간을 들이는 듯 보였다. "한 시간 반에서 한 시간 사십 오 분쯤 걸렸을 거예요." 그녀가 마침내 중얼거리듯 대답했다.

캠벨이 아까 확인한 대로 들판에 갔다가 돌아오기에 충분한 시간이었다. "몇시에 나갔다가 몇시에 들어왔죠?"

"8시에서 9시 반 사이였소." 파슨스의 질문은 목사의 아내를 향한 것이었지만 목사가 대답했다. "그는 장화공을 만나러 갔었소."

"아니, 그후에 말입니다."

"그후에는 나가지 않았소."

"하지만 전 아드님이 밤에 나가느냐고 물었고, 선생님께서는 그렇다고 대답하셨죠."

"아닙니다. 경위님께서는 그애가 간밤에 외출했었느냐고 물었지, 밤에 나가느냐고 묻진 않으셨소."

캠벨은 고개를 끄덕였다. 이 목사는 바보가 아니군. "알겠습니다. 아드님의 장화를 봐야겠습니다."

"장화 말입니까?"

"네. 아드님이 나갔다 들어올 때 신었던 장화 말입니다. 그리고 입었던 바지가 뭔지 알려주시죠."

바지는 축축하지 않았지만 캠벨이 다시 살펴보니 아랫단에 묻은 검은 진흙이 보였다. 장화 또한 진흙이 묻어 있는 걸 볼 수 있었다. 게다가 이 진흙은 아직도 축축했다.

"이것도 찾았습니다, 경위님." 장화를 들고 왔던 경사가 말했다. "이것도 축축한 것 같은데요." 그는 파란 서지 외투를 건넸다.

"이걸 어디서 찾았지?" 그에게서 외투를 받아들며 경위가 말했다. "확실히 축축하군."

"장화 바로 위쪽, 뒷문에 걸려 있었습니다."

"제가 만져보지요." 목사가 말했다. 그는 소매를 손으로 쓸어내려보고는 말했다. "축축하지 않소."

"축축해요." 캠벨은 대답하면서 이렇게 생각했다, 여기서 경찰은 나야. "이건 누구 것이죠?"

"조지 것이오."

"조지 것이라고요? 그의 옷을 전부 보여달라고 했는데요. 하나도 빠짐없이요."

"그랬다고 생각했어요—." 이번에는 어머니가 말했다. "전부 보여드렸다고 생각했어요. 이건 예전에 집에서나 입었던 외투로, 그애는 요새 전혀 입질 않아요."

"한 번도요?"

"한 번도요."

"아무도 안 입습니까?"

"아무도요."

"너무 이상하네요. 아무도 입지 않는 외투가 손이 자주 가는 뒷문에 걸려 있다니요. 처음부터 다시 여쭙겠습니다. 이건 아드님의 외투가 확실하죠. 그가 마지막으로 이 외투를 입은 게 언제죠?"

부모는 서로를 바라보았다. 마침내 어머니가 말했다. "저도 모르겠어요. 외출할 때 입기엔 너무 초라하고, 그애가 집 안에서 입을 이유도 없고요. 아마 정원 일을 할 때 입었나봐요."

"제가 좀 보겠습니다." 캠벨이 외투를 창가로 가져가며 말했다. "그래요, 여기 털이 있네요. 그리고…… 또 하나. 그리고…… 또 하나. 파슨스?"

경사가 보더니 고개를 끄덕였다.

"제가 보겠습니다, 경위님." 캠벨은 목사에게 외투를 건넸다. "이건 털이 아닙니다. 그런 건 보이지 않소."

이제 어머니와 딸이 가세해서 바자회에서처럼 파란 서지 외투를 낚아채려고 했다. 그는 그들에게 손사래를 치고 외투를 테이블에 올려놓았다. "이것." 그는 가장 눈에 띄는 털 한 올을 가리켰다.

"그건 조방사예요." 딸이 말했다. "머리카락이 아니라 조방사라고요."

"조방사라니요?"

"실이라고요, 실. 바느질을 한 번도 안 해본 사람이라도 그 정도는 알 수 있어요."

캠벨은 평생 한 번도 바느질을 해보지 않았지만, 젊은 처녀의 목소리에 공포가 담겨 있음을 알 수 있었다.

"그리고 이 얼룩을 좀 보게, 경사." 오른쪽 소매에 하나는 허옇고 다른 하나는 어두운 두 개의 얼룩이 있었다. 그도 파슨스도 입을 열지 않았지만, 둘 다 같은 생각을 하고 있었다. 허연 얼룩은 조랑말의 침. 어두운 얼룩은 조랑말의 피.

"말씀드렸다시피 이 외투는 예전에 집에서나 입던 옷이에요. 그애는 이걸 입고는 절대로 외출하지 않아요. 장화공에게 갈 때도 마찬가지고요."

"그러면 이게 왜 축축하죠?"

"축축하지 않아요."

목사의 딸이 오빠를 위해 그럴듯한 설명을 덧붙였다. "뒷문에 계속 걸려 있어서 젖은 것처럼 느껴지나보죠."

그녀의 말은 캠벨에게 아무런 인상도 남기지 못했고, 캠벨은 외투와 장화, 바지, 그리고 전날 저녁 입었던 걸로 파악된 다른 옷가지들을 챙겼다. 그는 면도칼도 챙겼다. 조지의 가족은 경찰의 허락 없이는 그에게 연락을 취할 수 없다는 지시를 받았다. 그는 경관 한 사람을 목사관 앞에 배치하고, 나머지는 주변을 지키게 했다. 그후 경위는 파슨스를 데리고 조사를 끝낸 루이스 씨가 조랑말을 살처분할 허가를 구하고 있던 들판으로 돌아갔다. 수의사는 다음 날 캠벨에게 보고서를 제출할 예정이었다. 경위는 수의사에게 죽은 조랑말의 피부 조각을 요청했다. 쿠퍼 순경이 피부 조각을 받아 옷가지들과 같이 캐녹의 의사인 닥터 버터에게로 가져갔다.

웨얼리 역으로 갔던 마큐는 변호사가 기다려달라는 요청을 퉁명스럽게 거부했다고 보고했다. 따라서 캠벨과 파슨스는 그 다음 기차를 탔다. 9시 53분 버밍엄 행 기차였다.

"이상한 가족이야." 블록스위치와 월솔 사이의 운하를 건널 때 경위가 말했다.

"정말 이상하죠." 경사는 잠시 입술을 씹었다. "이런 말씀 드려도 될지 모르겠지만 경위님, 그들은 사실 정직해 보였습니다."

"무슨 말인지 알아. 범죄자들은 그런 걸 열심히 배워두지."

"그게 뭐죠, 경위님?"

"필요 이상으로 거짓말을 하지 않는 거지."

"설마요." 파슨스가 킬킬거렸다. "그래도 경위님께선 그 가족들을 불쌍하게 여기셔야 합니다. 그런 가족이 이런 일을 겪고 있으니까요. 검은 양 한 마리 때문에. 이런 표현을 써서 죄송합니다만."

"그런 말이야 문제 될 것 없네."

11시를 조금 넘기자마자 두 경관이 뉴홀 스트리트 54번지에 들이닥쳤다. 두 개의 방으로 이루어진 작은 사무실에서 여비서가 사무변호사의 방문 앞을 지키고 있었다. 책상 뒤에 무저항 상태로 앉아 있던 조지 에들지는 아픈 사람처럼 보였다.

캠벨은 그의 돌발행동을 경계하며 말했다. "여기서 당신을 수색하고 싶지는 않습니다. 그러려면 당신이 먼저 권총을 이쪽으로 넘겨줘야 합니다."

에들지는 멍한 표정으로 캠벨을 바라보았다. "권총은 없습니다."

"그럼 저건 뭐죠?" 경위는 책상에 놓여 있던 길고 빛나는 물체를 가리켰다.

사무변호사는 지친 기색이 역력한 목소리로 말했다. "경위님, 이건 기차의 객차 출입문을 여는 열쇠입니다."

"농담한 겁니다." 캠벨이 대답했다. 하지만 그는 이런 생각을 하고 있었다. 열쇠라. 몇 년 전에 월솔 학교에서 열쇠를 도난당한 적이 있었지. 그런데 여기 열쇠가 또 있어. 이 작자에게는 정말이지 뭔가 괴상한 구석이 있어.

"이걸 문진으로 쓰고 있어요." 변호사가 설명했다. "기억하실지 모르겠지만, 전 철도법에 대해 책도 썼습니다."

캠벨은 고개를 끄덕였다. 그러고는 그에게 진술에 대한 주의를 준 뒤 그를 체포했다. 뉴턴 스트리트 구치소까지 가는 승합마차 안에서 에들지가 경찰들에게 말했다. "놀랍지도 않아요. 가끔 이렇게 될 거라고 생각했었죠."

캠벨은 이 말을 듣자마자, 이를 받아 적고 있던 파슨스를 흘긋 바라보았다.

조지

　　　뉴턴 스트리트에 도착한 그들은 조지의 돈과
시계, 그리고 조그만 주머니칼 하나를 압수했다. 그가 목을 맬
경우를 대비해 그들은 손수건까지 압수하려고 했다. 조지가 손
수건 따위로는 목을 맬 수 없다고 항변하자 그들은 그것까지는
가져가지 않았다.

　그들은 그를 밝고 청결한 감방에 한 시간 가뒀다가, 뉴 스트리
트에서 12시 40분에 떠나는 기차에 태워 캐녹으로 데려갔다. 1시
8분에 월솔에 도착하겠지, 조지는 생각했다. 1시 12분에는 버칠
스. 1시 16분에 블록스위치. 1시 24분에 웨얼리&처치브리지. 1
시 29분에 캐녹. 고맙게도 두 경관들은 기차를 타고 가는 동안 조
지에게 수갑을 채우지 않았다. 그렇다 해도 기차가 웨얼리에 들
어서자 그는 메리먼 씨나 하역부가 제복 차림의 경관을 알아보
고 소문을 퍼뜨릴 경우를 대비해 고개를 숙이고 얼굴을 가렸다.

　캐녹에서 그는 이륜마차에 실려 경찰서로 끌려갔다. 그들은
그곳에서 그의 키를 재고 상세 정보를 적었다. 그들은 혈흔을 찾
아 그의 옷을 살폈다. 한 경관이 그에게 커프스버튼을 제거하라
고 말했고, 그들은 그의 손목을 살펴보았다. 경관이 물었다. "어
젯밤 들판에서 이 셔츠를 입고 있었습니까? 물론 바꿔 입었겠
죠. 이 옷에는 핏자국이 없으니까요."

　조지는 대답하지 않았다. 그에게는 대답할 이유가 없었다. 그
가 이 질문에 아니라고 대답한다면, 경관은 이렇게 받아쳤을 것
이었다. "그러면 어젯밤 들판에 가기는 했다는 말이군요. 어떤

셔츠를 입고 있었습니까?" 조지는 지금까지 자신이 전적으로 협조적이었다고 생각했고, 따라서 애매하지 않은 필수적인 질문들에만 충분한 답변을 제공하겠다고 생각했다.

그들은 조지를 공중변소 냄새가 나는 어둡고 공기도 부족한 작은 감방에 집어넣었다. 씻을 물조차 부족한 곳이었다. 그들이 그의 시계도 가져갔지만, 그는 2시 반쯤 되었을 거라고 생각했다. 2주 전이었어, 그는 생각했다. 고작 2주 전에 모드와 난 벨뷰 호텔에서 로스트치킨과 애플파이를 먹었지. 그리고 성이 있는 쪽으로 해변 산책로를 따라 걸었고, 난 모드에게 동산매매법을 간략하게 설명해주었고, 지나가던 사람이 스노든 산 쪽을 가리켰지. 이제 그는 구치소의 낮은 침대에 앉아 가능한 한 숨을 참으면서 다음을 기다리고 있었다. 몇 시간이 지나고 그는 캠벨과 파슨스가 기다리고 있던 취조실로 불려갔다.

"자, 이달지 씨, 우리가 무슨 일로 여기에 있는지는 아시겠죠."

"무슨 일로 여기 있는지는 알고 있습니다. 그리고 제 이름은 이-달-지가 아니라 에들지입니다."

캠벨은 이 말을 무시했다. 지금부터 내가 부르고 싶은 대로 부를 겁니다, 사무변호사 씨, 그는 생각했다. "당신의 법적 권리를 알고 계십니까?"

"그럴걸요, 경위님. 전 경찰 수사과정의 원칙을 압니다. 증거에 관한 법률을 알고 있고, 용의자가 묵비권을 행사할 수 있다는 것도 압니다. 부당하게 체포되어 부당하게 구금된 경우, 이를 시정할 수 있다는 것을 압니다. 이 문제에 대해 명예훼손죄가 적용될 수 있다는 것도 압니다. 당신이 저를 얼마나 빨리 기소해야 하며, 그런 다음 절 치안판사들 앞으로 얼마나 빨리 데려가야 하는지도 압니다."

캠벨은 그가 경사와 순경들 몇 명이 나서서 제지해야 할 정도의 흔한 난동까지는 아니더라도, 약간의 반항은 보이지 않을까 기대했었다.

"네. 그렇다면 저희도 한결 수월하겠군요. 우리가 도를 넘을 경우, 당신은 우리에게 주의를 줄 수 있을 겁니다. 그러니까, 당신은 무슨 일로 여기에 와 있는지 아시는군요."

"당신이 절 체포해서 여기 와 있는 거죠."

"에들지 씨, 저한테 머리 쓸 필요 없습니다. 전 당신 케이스보다 더 어려운 사건들을 제법 담당했었죠. 이제 당신이 여기에 와 있는 이유를 설명해주시죠."

"경위님, 전 당신이 평범한 사기꾼들에게나 던질 법한 일반적인 질문들에 대답할 생각이 없습니다. 게다가 배심원단이 심문이라고 생각하지 않을 질문에도 대답할 생각이 없고요. 전 적절하고 필요한 질문에만 가능한 한 진실하게 대답할 것입니다."

"그러시다니 다행이군요. 그러면 대장에 대해 말씀해주시죠."

"무슨 대장 말입니까?"

"말씀하세요."

"전 대장이라고 불리는 사람은 전혀 모릅니다. 앤슨 지서장을 빼면요."

"건방지게 굴지 마세요, 조지. 우린 당신이 노스필드의 대장을 만났다는 걸 알고 있습니다."

"제가 기억하는 한, 전 평생 한 번도 노스필드에 간 적이 없습니다. 대체 제가 몇 월 며칠에 노스필드에 갔단 말입니까?"

"그레이트 웨얼리 갱단에 대해 말씀해주시죠."

"그레이트 웨얼리 갱단이라고요? 이제는 당신이 제게 싸구려 소설을 들먹이시는군요, 경위님. 전 그런 갱단이 있다는 말은 전혀 들어본 적이 없습니다."

"십턴은 언제 만났죠?"

"십턴이라는 사람은 모릅니다."

"하역부 리는 언제 만났죠?"

"하역부라고요? 역에서 일하는 하역부 말입니까?"

"그가 역에서 일하는 하역부라고 합시다. 당신이 말하려는 사람이 그 사람이라면요."

"전 리라는 이름의 하역부는 모릅니다. 제가 하역부들에게 인사를 하기는 하지만, 그들의 이름을 전부 아는 건 아닙니다. 물론 그들 중에 리라는 사람이 있을 수도 있죠. 웨얼리&처치브리지 역의 하역부는 제인스라는 사람입니다."

"윌리엄 그레이터렉스는 언제 만났습니까?"

"그런 사람은 모릅…… 그레이터렉스라고요? 월솔 문법학교에 기차로 통학하는 소년 말씀이십니까? 그애가 이 일과 무슨 관련이 있습니까?"

"말씀해보시죠."

침묵.

"그래서 십턴과 리는 그레이트 웨얼리 갱의 단원들입니까?"

"경위님, 그 질문에 대한 제 답변은 아까 했던 답변들에 전부 들어 있습니다. 제 지적 능력을 모욕하지 마십시오."

"당신은 당신의 지적 능력이 자랑스럽겠죠. 안 그런가요, 에들지 씨?"

침묵.

"당신에게는 당신의 지적 능력이 다른 사람들보다 뛰어나다는 게 중요하죠, 그렇지 않습니까?"

침묵.

"그리고 당신의 뛰어난 지적 능력을 내보이는 것도 중요하겠죠."

침묵.

"당신이 대장입니까?"

침묵.

"어제 정확히 뭘 했는지 말씀해주시죠."

"어제라고요. 전 평소처럼 일했습니다. 세인트 필립스 광장에서 샌드위치를 먹을 때만 빼면 종일 뉴홀 스트리트의 사무실에 있었습니다. 그리고 평소처럼 6시 30분에 집으로 돌아왔습니다. 제겐 할 일이 있었—"

"무슨 일이었죠?"

"사무실에서 들고 온 법적서류를 검토해야 했어요. 조그만 토지와 관련된 부동산양도 문제였죠."

"그 뒤에는?"

"집에서 나와 장화공 핸즈 씨를 만나러 갔습니다."

"왜죠?"

"그가 제게 장화 한 켤레를 제작해주고 있으니까요."

"핸즈 씨도 이 일과 관련이 있나요?"

침묵.

"그리고?"

"그가 치수를 재는 동안 같이 이야기를 나눴습니다. 그후에는 산책을 좀 했고요. 저녁을 먹으려고 9시 30분이 되기 전에 돌아왔습니다."

"어딜 산책했죠?"

"주변을 산책했습니다. 그냥 길이요. 전 매일 산책합니다. 정확히 어딜 걷는지는 관심 밖이에요."

"그러다가 탄광 쪽으로 갔나요?"

"아니요, 안 갔다고 생각합니다."

"이봐요, 조지. 이거보단 잘할 수 있잖아요. 아무 데나 걷는다고 말하면서 어느 길로 갔는지 기억을 못 하다니요. 웨얼리에는 탄광으로 이어진 길이 있죠. 어째서 그 길로는 가지 않았습니까?"

"잠깐만요." 조지는 이마에 손을 댔다. "이제 기억납니다. 전 처치브리지로 가는 길을 따라 걸었어요. 그러고는 와틀링 스트리트 로드 쪽으로 우회전했고, 그다음에는 워크 밀 쪽으로, 그다음에는 그린스 농장으로 향하는 길을 따라 걸었어요."

캠벨은 자기가 어디를 걸었는지도 기억 못 하는 사람의 답변치고는 놀랍다고 생각했다. "그리고 그린네 농장에서 누굴 만났습니까?"

"아무도 만나지 않았습니다. 농장에 들어가지도 않았어요. 전 그곳 사람들을 모릅니다."

"그리고 산책 도중 누굴 만났습니까?"

"핸즈 씨요."

"아니죠. 산책하기 전에 핸즈 씨를 만난 거죠."

"모르겠네요. 제게 임시경관을 붙인 사람은 당신 아닙니까? 그를 불러 물어보시면 제 행동반경을 완전히 알 수 있을 텐데요."

"아, 그렇죠. 물론 물어볼 겁니다. 뭐, 다른 사람들한테도 물어볼 거고요. 아무튼 그다음에는 저녁을 먹었군요. 그리고 다시 집에서 나왔고요."

"아닙니다. 저녁을 먹고 잠자리에 들었어요."

"그리고 자다 일어나서 밖에 나왔습니까?"

"아뇨, 제가 언제 나갔었는지는 말씀드렸습니다."

"뭘 입고 있었죠?"

"뭘 입고 있었냐고요? 장화를 신고, 바지에 재킷, 외투를 걸쳤죠."

"어떤 외투였죠?"

"파란 서지 외투였습니다."

"당신이 장화를 벗어두는 주방 뒷문에 걸려 있던 외투 말입니까?"

조지는 얼굴을 찡그렸다. "아뇨, 그건 집에서나 입는 낡은 외투입니다. 전 복도 옷걸이에 걸려 있던 외투를 입었어요."

"그러면 뒷문에 걸려 있던 외투가 왜 축축했던 거죠?"

"모르겠네요. 전 몇 주 동안, 어쩌면 몇 달 동안 그 외투를 건드리지도 않았어요."

"당신은 어젯밤 그 외투를 입었죠. 우리는 증명할 수 있습니다."

"그렇다면 그건 법정에서 해야 할 이야기네요."

"어젯밤 당신이 입었던 옷들에는 짐승의 털이 붙어 있었습니다."

"그럴 리가 없어요."

"당신의 어머니를 거짓말쟁이라고 말하는 겁니까?

침묵.

"우리는 당신 어머니에게 당신이 어젯밤 입었던 옷들을 보여달라고 했습니다. 당신 어머니가 옷들을 보여주셨고요. 그중 몇 벌에는 짐승의 털이 붙어 있었습니다. 그건 어떻게 설명하시겠습니까?"

"뭐, 전 시골에 삽니다. 경위님. 그게 제 죄라면 죄죠."

"그게 죄는 아니겠죠. 하지만 당신은 소젖을 짜거나 말을 타지 않잖습니까, 안 그래요?"

"물론 그렇습니다. 하지만 제가 소를 방목하는 들판 울타리에 기댄 적이 있는지도 모르죠."

"어젯밤에는 비가 왔고, 아침에 당신의 장화는 젖어 있었습니다."

침묵.

"이건 질문입니다, 에들지 씨."

"아뇨, 경위님. 그건 편향적 진술입니다. 제 장화를 조사하셨다니 말씀드리지만, 장화가 젖어 있다고 하더라도 이상한 일은 아닙니다. 이 시기에는 길이 항상 젖어 있거든요."

"하지만 어젯밤 비가 왔으니 들판은 더 젖어 있었겠죠."

침묵.

"그래서 9시 30분부터 동틀 녘 사이에 목사관에서 나간 적이 있다는 건 부인하시는 겁니까?"

"동이 튼 다음에 나왔죠. 집에서 7시 20분에 나왔습니다."

"하지만 당신은 그걸 증명할 수 없습니다."

"그렇지 않아요. 전 아버지와 한 방에서 잡니다. 아버지는 매일 밤 문을 잠그시고요."

경위는 질문을 멈추었다. 그는 여전히 마지막 말을 받아 적고 있던 파슨스를 돌아보았다. 그는 뭔가 날림으로 지어낸 알리바이를 들었다고 생각했다. 이 말은 정말이지……. "죄송하지만 방금 하신 말씀을 반복해주시겠습니까?"

"전 아버지와 한 방에서 잡니다. 아버지는 매일 밤 문을 잠그시고요."

"얼마나 오래 그런…… 그런 식으로 주무셨습니까?"

"제가 열 살 때부터요."

"지금은 몇 살이죠?"

"스물일곱 살입니다."

"알겠습니다." 그러나 캠벨은 전혀 이해하지 못했다. "그리고 아버님께서 문을 잠그고 열쇠를 어디에 두시는지 아십니까?"

"그냥 자물쇠에 꽂아두십니다."

"그러면 당신이 방에서 나가기가 너무나 쉽겠군요?"

"전 방에서 나갈 필요가 없어요."

"화장실도 안 갑니까?"

"침대 옆에 요강이 있습니다. 한 번도 사용한 적이 없습니다만."

"한 번도요?"

"한 번도요."

"그렇군요. 열쇠가 항상 자물쇠에 꽂혀 있으니 당신은 구태여 열쇠를 찾을 필요가 없겠군요."

"아버지는 잠을 얕게 주무십니다. 요새는 요통 때문에 고생하시고요. 그래서 잠에서 쉽게 깨십니다. 열쇠를 돌릴 때는 삐걱거리는 소리가 크게 납니다."

이 말을 들은 캠벨은 그의 면전에 대고 웃음을 터뜨리지 않을 수 없었다. 이자는 그들을 대체 뭘로 여기고 있는가?

"제 말이 불편하게 들릴지도 모르지만, 전부 너무 편리하게 보이는군요. 열쇠에 기름칠할 생각은 한 번도 안 해보셨습니까?"

침묵.

"면도칼을 몇 개나 갖고 계십니까?"

"몇 개나 갖고 있냐고요? 전 면도칼이 없어요."

"하지만 면도는 하시겠죠?"

"아버지 면도칼을 씁니다."

"왜 당신은 본인 면도칼을 쓸 수 없습니까?"

침묵.

"몇 살이죠, 에들지 씨?"

"그 질문에는 벌써 세 번이나 대답했습니다. 기록부를 보시죠."

"스물일곱 살이나 된 남자가 자기 면도칼도 없이 밤마다 얕은 잠을 주무시는 아버지 침실에 갇히는군요. 이게 얼마나 드물고 예외적인 경우인지 아십니까?"

침묵.

"말씀드렸다시피 드물고 예외적입니다. 그러면…… 동물들에 관해 말씀해주시죠."

"그건 질문이 아닙니다. 유도심문이죠." 자신의 대답이 이 상황 안에서 얼마나 모순적인가를 깨달은 조지는 미소 짓지 않을 수 없었다.

"사과드리죠." 경위는 짜증이 나기 시작했다. 아직까지는 이 남자를 살살 다뤄왔다. 이제 이 우쭐대는 변호사를 칭얼거리는 학생으로 만드는 건 그리 어려운 일도 아닐 듯했다. "그러면 질문을 드리죠. 동물을 어떻게 생각하십니까? 좋아하십니까?"

"제가 동물을 어떻게 생각하느냐고요? 좋아하냐고요? 아뇨, 전 동물을 별로 좋아하지 않습니다."

"그럴 줄 알았습니다."

"아뇨, 경위님. 설명해드리죠." 캠벨의 태도가 경직되는 걸 감지한 조지는 그의 교전수칙을 완화할 좋은 전략이 있다고 생각했다. "제가 네 살이었을 때, 제 몸에 똥을 묻히는 소를 본 적이 있어요. 거의 최초의 기억이죠."

"자기 똥을 묻히는 소에 대한 기억 말입니까?"

"네. 전 그날 이후로 동물들을 믿지 않게 되었다고 생각합니다."

"믿지 않는다고요?"

"네. 동물들이 하는 짓을요. 동물들은 믿을 수 없어요."

"알겠습니다. 그리고 그게 첫 번째 기억이라고 말씀하셨죠?"

"네."

"그러면 그때부터 동물을 믿지 않게 되었군요. 모든 동물들을 말입니다."

"뭐, 우리가 집에서 기르는 고양이에겐 그렇지 않습니다. 스토넘 숙모님의 개도 마찬가지고요. 그런 동물들은 아주 좋아합니다."

"알겠습니다. 하지만 소처럼 큰 동물들은 좋아하지 않는군요."

"네."

"말은요?"

"네, 말은 믿을 수 없어요."

"양은요?"

"양은 멍청한 짐승이죠."

"찌르레기는요?" 파슨스 경사가 묻는다. 그가 처음으로 한 말이다.

"찌르레기는 네발동물이 아닙니다."

"원숭이는요?"

"스태퍼드셔에는 원숭이가 없습니다."

"정말 그럴까요?"

조지는 화가 나는 걸 느낀다. 그는 대답하기 전에 의도적으로 시간을 끈다. "경위님, 경사님의 전략이 꽤 잘못되었다고 말씀드리고 싶군요."

"아, 이건 전략에서 나온 말이 아닙니다. 에들지 씨, 파슨스 경사는 헨스퍼드의 로빈슨 경사와 무척 친한 사이입니다. 근데 누가 로빈슨 경사의 머리통을 쏘아버리겠다고 협박했어요."

침묵.

"당신네 마을 여자애들 20명을 난도질하겠다고도 했죠."

침묵.

"글쎄, 그는 이런 진술들에 충격 받은 것처럼 보이지 않네, 경사. 20명보다는 더 많아야 놀랄 건가봐."

침묵. 조지는 생각했다. 실수였어. 아무 말도 하지 말았어야 했는데. 적절한 질문에 적절한 대답이 아니면 그에게 구실을 주는 셈이니, 아무것도 안 하는 편이 좋겠어.

경위가 조지에게 수첩을 내밀었다. "우리가 당신을 체포했을 때, 당신은 이렇게 말했죠. '놀랍지도 않아요. 가끔 이렇게 될 거라고 생각했었죠'라고. 이 말은 무슨 뜻입니까?"

"말한 대로의 의미입니다."

"네. 제가 이해한 의미와 경사가 이해한 의미를 말씀드리죠. 클래펌 합승마차에 같이 타고 있던 사람이 이해했을 의미도요. 이렇습니다. 당신은 결국 잡혔고, 잡혀서 오히려 안도를 느꼈다는 의미였겠죠."

침묵.

"그래서 지금 당신이 무슨 일로 여기에 와 있다고 생각합니까?"

침묵.

"아마 당신 아버지가 힌두인이라서 그렇다고 생각하겠죠."

"사실 제 아버지는 파르시입니다."

"당신의 장화에는 진흙이 묻어 있었어요."

침묵.

"면도칼에는 피가 묻어 있었죠."

침묵.

"당신의 외투에는 말의 털이 묻어 있었고요."

침묵.

"당신은 체포되고도 놀라지 않았습니다."

침묵.

"전 이 모든 게 당신 아버지가 힌두인 혹은 파르시 혹은 호텐토트인 것과는 상관없다고 생각합니다."

침묵.

"자, 할 말이 떨어진 모양이군, 경사. 캐녹의 치안판사들 앞에서 할 말은 남겨두고 싶은 거겠지."

조지는 형편없고 차가운 식사가 기다리는 감방으로 돌려보내졌다. 그는 음식을 무시했다. 20분마다 감시구멍을 통해 누군가가 자신을 들여다보는 소리가 들렸다. 그의 추정에 의하면 매 시간마다 문이 열렸고, 순경 한 사람이 그를 조사하러 들어왔다.

두 번째로 그를 찾아온 순경은 대본대로 읽듯이 말을 건넸다. "에들지 씨, 여기서 보게 되어 유감입니다. 하여간 우리 동료들은 어떻게 따돌린 겁니까? 말은 대체 몇시에 찔렀던 거죠?"

조지로서는 처음 보는 사람이었고, 그가 약간이나마 내비치는 동정은 조지에게 별다른 인상을 남기지 않았다. 해서 조지는 대답하지 않았다.

한 시간 뒤 다시 찾아온 경관이 말했다. "하나 조언을 드리죠, 선생님. 솔직히 말을 슬쩍 흘리시는 편이 나아요. 당신이 하지 않는다면 누군가가 하게 될 겁니다."

조지는 네 번째로 들어온 경관에게 이렇게 밤새도록 자신의 상태를 확인할 생각이냐고 물었다.

"명령은 명령이니까요."

"저를 계속 깨어 있게 하는 게 명령입니까?"

"아, 아닙니다, 선생님. 당신이 죽지 않도록 지키는 게 우리가 받은 명령입니다. 선생님께서 자해라도 하시면 제 목이 날아가요." 조지는 한 시간마다 들어오는 방해꾼들을 물릴 수 없다는 걸 깨달았다. 경관이 말을 이었다. "물론 선생님을 포함해서 관계된 모든 사람들이 좀 더 편해지려면, 선생님께서 몸을 맡기시는 편이 낫습니다."

"몸을 맡기다니요? 어디로요?"

경찰은 발을 약간 끌었다. "안전지대라고 할까요……."

"알겠습니다." 조지는 갑자기 분노가 치밀었다. "제가 돌았다고 말하라는 거죠." 그는 그 표현에 아버지가 못마땅해했던 기억을 생생히 떠올리며 의도적으로 내뱉었다.

"가족들을 생각하신다면 그 편이 나을 겁니다. 생각해보세요, 선생님. 이번 일이 부모님께 어떤 영향을 미칠지를 생각해보세요. 아마 나이가 꽤 드셨을 텐데요."

감방 문이 닫혔다. 조지는 그대로 누워 잠들기에는 너무 지치고 화가 나 있었다. 그는 마음속으로 목사관으로 달려가 현관문을 두드렸다. 집은 경찰로 가득 차 있었다. 그의 아버지와 어머니, 모드는 어찌할 것인가. 뉴홀 스트리트의 사무실은 텅 빈 채 잠겨 있고, 그의 비서는 별다른 언질이 있을 때까지 집에 머무르게 될 테고, 동생 호레이스는 다음날 아침 신문을 펼칠 것이고, 버밍엄의 동료 사무변호사들은 서로에게 이 소식을 전할 것이다.

하지만 탈진과 분노와 두려움 밑바닥에서 조지는 또 다른 감정을 찾아냈다. 안도감이었다. 마침내 여기까지 왔다. 그러니 훨씬 나았다. 그를 괴롭히고 추악한 익명의 편지를 보내는 자들에 맞서 그가 할 수 있는 것은 많지 않았고, 경찰이 실수를 저지를 때는 더욱 그러했다. 그들이 경멸 어린 태도로 거절했던 쓸모 있는 조언을 해준 것 말고는. 하지만 그를 괴롭히는 자들과 멍청한 자들은 그를 안전지대로 데려다주었다. 바로 잉글랜드의 법이라는 그의 두 번째 집으로. 그는 자신이 어디 있는지 알았다. 업무의 특성상 법정에 직접 가본 적이 많지는 않았지만, 그에게 법정은 지극히 자연스러운 곳이었다. 그는 방청객들 사이에 앉아 재판을 몇 번 참관하면서 엄숙하고 엄정한 법과 직면한 자들이 바싹 마른 입술로 거의 한마디도 하지 못하는 장면을 여러 번 보았다. 처음에는 놋쇠 단추가 달린 제복 차림으로 의기양양해하다가도, 그럴듯한 피고 측 변론 앞에서 거짓말을 일삼는 바보가 돼버리는 경관들도 보았다. 그는 법과 관련된 모든 사람들을 연결하는, 보이지 않지만 깨어지지도 않는 고리를 관찰해왔다. 아니, 그저 관찰이 아니라 손에 닿는 듯 느껴왔다. 판사들. 치안판사들. 법정변호사들. 사무변호사들. 서기들. 안내원들. 법정은 그들의 왕국이었고, 다른 사람들은 이해할 수 없는 공통어로 소통하는 장소였다.

물론 그가 판사나 법정변호사들 앞까지 나갈 일은 없을 것이다. 경찰에겐 증거가 없었고, 그에게는 가장 명쾌한 알리바이가 있었다. 영국국교회의 성직자가 자신의 아들이 범죄가 저질러진 시간에 문이 잠긴 침실에서 곤히 잠들어 있었다는 걸 성경에 대고 맹세할 것이다. 그러면 치안판사들은 서로를 바라보며 증거를 검토하기 위해 애써 자리를 뜰 필요도 없다고 생각할 것이다. 이런 일이 벌어진 데 대해 캠벨 경위는 엄중한 질책을 받게 될 것이고, 그걸로 모든 게 끝이다. 당연히 그에게는 제대로 된 사무변호사가 필요할 것이다. 조지는 리치필드 미크 씨가 적당할 거라고 생각했다. 그렇게 사건은 종결되고, 조지는 보상금을 받고 본래의 평판 그대로 석방될 것이며, 경찰은 심각한 비난을 받게 될 것이었다.

아니다. 그는 너무 가볍게 생각하고 있었다. 그는 순진한 대중들처럼 너무 앞서갔다. 그는 계속해서 사무변호사답게 생각해야 했다. 그는 경찰이 어떤 진술을 할지, 그의 사무변호사가 알아둬야 할 점들은 무엇인지, 그리고 법정이 무엇을 인정할 것인지를 생각해야 했다. 그는 혐의를 받고 있는 범죄가 저질러진 기간 동안 자신이 어디 있었고, 무엇을 했고, 무엇을 말했고, 누가 그에게 어떤 말을 했는지를 절대적으로 명확하게 기억해야만 했다.

그는 이 사건이 합리적 의심*의 여지가 없는, 가장 단순명쾌하고 논점이 적은 사건으로 남아야 한다고 생각하며 지난 이틀을 순차적으로 되새겼다. 그는 앞으로 필요할지 모를 증인들을 하나씩 떠올렸다. 비서, 장화공 핸즈 씨, 역장 메리먼 씨. 그를 본 사람이라면 누구라도. 예를 들면 마큐. 버밍엄 행 7시 39분 기차를 타는 자신의 모습을 메리먼 씨가 보지 못했다면, 그는 누구를 증인으로 내세워야 할지 알고 있었다. 승강장에 서 있는 조지에게 조지프 마큐가 다가왔고, 캠벨 경위가 그에게 할 말이 있으니 기다렸다가 다음 기차를 타라고 했다. 전직 경찰인 마큐는 그를 꾸준히 지켜봐왔다. 그는 분명 임시경관으로 고용된 모양이었지만, 그렇다고 말하지는 않았다. 조지는 캠벨이 뭘 원하는지 물었고, 마큐는 모른다고 대답했다. 조지는 어찌해야 할지 마음의 결정을 내리려 하면서도, 마큐가 위협적인 목소리로 조지에게 뭔가를 말했을 때 동료 승객들이 그 대화를 어떻게 여기고 있을지를 동시에 궁금해했었다. 아니, 조지는 그때 그가 한 말을 정

---

* reasonable doubt, 이성을 가진 사람이면 당연히 품을 의혹을 가리키며, 검찰이 이같은 의혹이 사실임을 입증하지 못하면 피고는 무죄 판결을 받는다. 형사사건에서 범죄가 성립하려면 합리적 의심이 없어야 한다.

확히 기억해냈다. 마큐는 이렇게 말했다. "오, 에들지 씨, 하루만 좀 쉴 수는 없습니까?" 그리고 조지는 속으로 이렇게 생각했다. 여보세요, 전 2주 전에 하루를 쉬었습니다. 여동생과 애버리스트 위스에 갔었죠. 그래도 하루 쉬라고 말씀하신다면 전 제 생각대로 하든가, 아니면 최근 몇 주간의 행적이 존중받을 만하다고는 할 수 없는 스태퍼드셔 지서보다 위에 계신 제 아버지의 생각대로 하겠습니다. 그는 뉴홀 스트리트에 급한 업무가 있다고 설명하고, 7시 39분 기차가 도착하자 승강장에 마큐를 남겨두고 기차에 올랐다.

조지는 다른 대화들에 관해서도 아무리 사소하더라도 똑같이 꼼꼼하게 생각을 되짚었다. 그러다 그는 결국 잠들었다. 아니면 그저 감시구멍이 열리는 소리나 경찰이 들어오는 소리를 듣지 못한 정도였는지도 모른다. 아침에 그는 한 통의 물과 얼룩덜룩한 비누, 그리고 수건으로 쓸 누더기 천을 받았다. 그는 목사관에서 그를 위해 아침식사를 들고 온 아버지를 면회할 수 있었다. 그는 고객들에게 어째서 그가 그들의 급한 업무를 연기할 수밖에 없는지를 설명하는 두 통의 짤막한 편지를 쓰도록 허락받았다.

한 시간쯤 지났을 때, 그를 치안법정으로 데려갈 두 명의 경관이 왔다. 잠시 대기하는 동안 그들은 그의 존재를 무시하며 그의 사건보다는 훨씬 재미있어 보이는 사건을 두고 둘이서만 떠들어댔다. 런던에서 여성 외과의가 수수께끼처럼 사라져버렸다는 것이었다.

"키가 5피트 10인치*인가 그렇다는군."

"그러면 눈에 띌 텐데."

"그렇지 않겠어?"

그들은 주로 호기심 때문에 몰려든 군중들을 뚫고 경찰서에서 150야드 떨어진 곳으로 조지를 데려갔다. 그러는 동안 한 노파가 부당하고 모욕적인 언사를 퍼붓다가 끌려가기도 했다. 법정에서 리치필드 미크 씨가 그를 기다리고 있었다. 마른 몸집에 백발인 그는 옛 유형의 사무변호사로, 정중하면서도 고집 센 인물로 알려져 있었다. 그는 조지와는 달리 이 사건이 깔끔하게 종료되리라고 예상하지 않았다.

치안판사들이 등장했다. J. 윌리엄슨 씨, J. T. 해튼 씨, 그리고 R. S. 윌리엄슨 대령이었다. 조지 어니스트 톰슨 에들지는 8월 17일, 그레이트 웨얼리 광산회사의 소유인 말을 악의적으로 불법 상해한 혐의를 받고 있었다. 무죄항변이 있었고, 다음으로 캠벨 경위가 호명되어 경찰 측 증거를 제출했다. 그는 오전 7시경 탄광 근처로 불려갔고, 총으로 쏘지 않을 수 없을 정도로 고통스러워하던 조랑말을 보았다고 진술했다. 그는 들판에서 수감자의 집으로 갔고, 소맷동에는 혈흔이, 소매에는 허연 타액이 묻은 재킷을 찾았으며, 재킷의 소매와 가슴 부분에는 털이 붙어 있었다고 진술했다. 역시 타액이 묻은 조끼도 발견되었다. 재킷 주머니에 한쪽 구석에 피로 짐작되는 갈색 얼룩이 있는, SE라는

---

* 177.8센티미터.

글자가 새겨진 손수건이 들어 있었다. 그후 그는 파슨스 경사와 수감자의 버밍엄 소재 사무실로 가서 그를 체포했고, 캐녹으로 데려와서 취조했다. 범인은 상기 진술된 옷을 전날 밤 입지 않았다고 주장했지만, 그의 어머니가 사실을 확인해주었다는 말을 듣자 그것을 인정했다. 후에 캠벨은 그의 옷에 붙어 있던 털에 대해 물었다. 그는 처음에 옷에 털이 붙어 있지 않다고 주장했지만, 울타리 문에 기댔을 때 묻었는지도 모르겠다고 말했다.

조지는 미크 씨를 바라보았다. 이건 그가 어제 자신과 했던 대화의 취지와 거의 어긋나 있었다. 그러나 미크 씨는 의뢰인과 눈을 마주치는 데는 관심이 없었고, 대신 자리에서 일어나 캠벨에게 몇 가지 질문들을 던졌다. 조지에게 긍정적으로 작용할 정도로 친근한 것은 아니었지만, 그리 해가 될 것 같지도 않은 질문들이었다.

그후 미크 씨는 '성직에 계신 분'이라고 묘사하면서 샤푸르지 에들지 목사를 소환했다. 조지는 목사관에서의 잠자리 배치에 대해 아버지가 정확하게, 그러나 긴 침묵을 동반하며 설명하는 모습을 지켜보았다. 그는 자신이 항상 침실 문을 잠가왔고, 열쇠를 돌리기는 힘들고, 열쇠는 삐걱거리는 소리를 내고, 그 자신은 무척 얕은 잠을 자는 사람이고, 최근 몇 달 동안 요통에 시달렸고, 그러니 열쇠를 돌리는 소리가 들렸다면 분명 잠을 깼을 것이고, 새벽 5시 이후에는 늘 깨어 있다고 진술했다.

하얗고 짧은 턱수염을 기르고 통통한 몸집을 지닌 배럿 경정은, 불룩한 배 위에 모자를 얹은 채 법정에 서서, 지서장이 수감자를 보석으로 풀어주지 말라는 지시를 내렸다고 진술했다. 짧은 논의가 이어졌고, 치안판사들은 수감자를 다음 월요일까지 구금했다가 그날 보석에 대한 논의를 하겠다고 밝혔다. 그동안 조지는 스태퍼드 교도소로 이송될 것이라고 했다. 그리고 이것이 전부였다. 미크 씨는 다음 날, 아마도 오후에 조지를 면회하겠다고 약속했다. 조지는 그에게 버밍엄 신문을 가져다달라고 부탁했다. 그의 동료들이 무슨 말들을 듣고 있는지를 알아야 했다. 그는 〈가제트〉지를 선호했지만 〈포스트〉도 상관없었다.

스태퍼드 교도소에서 그들은 그의 종교와 그가 읽고 쓸 줄 아는지를 물었다. 그러고는 그의 옷을 전부 벗기고 모욕적인 자세를 취하게 한 뒤 그를 조사했다. 그는 교도소장인 싱Synge에게 불려갔다. 교도소장은 감방이 준비되는 동안 그가 양호실에 억류될 것이며, 구류 처분을 받은 수감자에게는 다음과 같은 특혜가 주어진다고 설명했다. 그는 본인 옷을 입을 수 있었고, 운동을 할 수 있었고, 편지를 보낼 수 있었고, 신문이나 잡지를 받을 수 있었다. 그는 유리문 너머에서 교도관이 지켜보는 동안 사무변호사와 둘이서만 대화를 나눌 수 있었다. 다른 종류의 면회는 전부 교도관의 입회하에 이루어질 것이었다.

조지는 얇은 여름용 정장차림으로 체포되었고, 모자라고는 당시 쓰고 있던 밀짚모자뿐이었다. 그는 다른 옷을 받을 수 있게 해달라고 요청했지만, 이는 규칙에 위배된다는 말이 돌아왔다. 수감자는 본인 옷을 입을 특권이 있었다. 하지만 이런 특권을 감방에 개인 옷장을 둘 권리로 오해해서는 안 된다고 했다.

다음 날 오후, 조지는 신문을 읽었다. '그레이트 웨얼리에서 일어난 대사건, 목사의 아들 법정에 서다.' 캐녹 체이스 지역에서 목사의 아들이 체포된 대사건으로 인해 어제 피의자가 거주하는 그레이트 웨얼리 목사관을 비롯 캐녹 경찰법정과 경찰서까지 수많은 군중들이 몰려들었다.' 목사관까지 포위되었다는 사실을 알게 된 조지는 경악했다. '경찰은 영장 없이 수색하도록 허가받았다. 현재까지 수색을 통해 나온 증거들은 상당한 혈흔이 묻은 의복과 다수의 면도날, 장화 한 켤레이다. 장화는 마지막으로 훼손이 벌어진 장소와 근접한 들판에서 발견되었다.'

"들판에서 발견되었다니요." 그는 미크 씨에게 마지막 문장을 반복했다. "들판에서 발견했다고요? 누가 제 장화를 들판에 갖다놨나보죠? 상당한 혈흔이 묻은 옷이라뇨? 상당한이라뇨?"

미크는 이 기사를 보고도 놀라울 정도로 침착해 보였다. 그렇다, 그는 장화 한 켤레를 이른바 들판에서 발견했다는 점에 대해 경찰에게 문의할 생각이 없었다. 또한 버밍엄 판 〈데일리 가제트〉에 상당한 혈흔이 묻은 옷과 관련된 기사를 정정해달라고 요청할 생각이 없었다.

"제가 한 가지 제안을 드려도 될까요, 에들지 씨."

"물론입니다."

"잘 아시겠지만, 전 선생님 같은 상황에 처한 의뢰인들을 여럿 보아왔습니다. 그들 대부분은 본인과 관련된 기사를 읽겠다고 고집을 부렸죠. 하지만 그런 기사를 읽고 나면 보통은 세 배로 열을 받습니다. 그럴 경우, 전 항상 다음 줄의 기사를 읽으라고 말씀드리죠. 그게 종종 도움이 됩니다."

"다음 줄의 기사라고요?" 조지는 왼쪽으로 2인치쯤 눈길을 돌렸다. 헤드라인은 '실종된 여의사'였고, 그 아래에는 '히크먼 양에 관한 단서 부재'라고 적혀 있었다.

"큰 소리로 읽어보세요." 미크 씨가 말했다.

"'왕립 자유병원 외과의인 소피 프랜시스 히크먼 양에 관해서는 현재까지 아무런 단서도 나타나지 않았다…….'"

미크는 조지에게 기사 전문을 읽으라고 한 뒤, 한숨을 쉬기도 하고, 고개를 젓기도 하고, 가끔씩 숨을 멈추기도 하며 주의 깊게 들었다.

"그런데 미크 씨," 기사를 다 읽은 조지가 말했다. "그들이 저에 대해 어떤 말을 했는가를 생각해보면, 이 기사에서 무엇이 옳고 그른지 알 수가 없군요."

"그게 제가 하고 싶은 말입니다."

"아무리 그래도……." 조지와 관련된 기사가 자석처럼 그의 시선을 끌어당기고 있었다. "아무리 그래도 그렇지. '그의 이름이 암시하듯 피의자는 동양계다.' 이 기사는 절 중국인으로 생각하게 하네요."

"에들지 씨, 그들이 당신을 중국인이라고 한다면, 그 즉시 편집자에게 조용히 한마디하겠다고 약속드리죠."

다음 월요일, 조지는 다시 스태퍼드에서 캐녹으로 이동했다. 법정으로 몰려든 군중들은 며칠 전보다 더욱 격분한 듯 보였다. 승합마차를 따라 달리는 사람들은 점프하며 안을 들여다보려고 했다. 문을 두들기며 허공에 지팡이를 흔드는 사람도 있었다. 조지는 점차 불안해졌다. 그러나 그를 동반한 경찰들은 하등 이상한 일이 아니라는 듯 행동했다.

이번에는 앤슨 지서장이 법정에 출석했다. 조지는 말쑥한 차림을 한 지서장의 고압적인 시선이 자신을 매섭게 노려보는 걸 느꼈다. 치안판사들은 혐의가 중한 만큼 세 건의 보석금을 각각 지불해야 한다고 말했다. 조지의 아버지는 그렇게 많은 액수는 마련할 수 없을 것 같다고 대답했다. 해서 치안판사들은 다음 주 오늘 펜크리지에서 다시 논의하기로 했다.

펜크리지에서 치안판사들은 보석금 내역을 더 구체적으로 제시했다. 이는 다음과 같았다. 조지로부터 200파운드, 그의 부모 각각으로부터 100파운드씩. 그리고 제3자로부터 100파운드. 하지만 이는 결과적으로 그들이 캐녹에서 요구했던 대로 세 건이 아니라 네 건이었다. 조지는 이 상황이 가식적인 연극이나 마찬가지라고 느꼈다. 그는 미크 씨가 뭐라 말하기도 전에 자리에서 일어났다.

"전 보석을 요청하지 않겠습니다." 그가 치안판사들에게 말했다. "보석으로 풀어주겠다는 제안을 여러 번 받았습니다만, 전 보석을 요청하지 않겠습니다."

따라서 다음 목요일인 9월 3일, 캐녹에서 예심이 진행되기로 했다. 화요일에 미크 씨가 나쁜 소식을 들고 그를 면회하러 왔다.

"그들은 당신이 헨스퍼드 서의 로빈슨 경사를 총으로 쏘겠다고 위협했다는 두 번째 혐의를 부과하려는 모양입니다."

"제 장화를 발견했다는 들판에서 총까지 찾은 겁니까?" 조지가 믿지 못하겠다는 듯 물었다. "그를 쏘다니요? 로빈슨 경사를 쏘다니요? 전 살면서 지금까지 총을 한 번도 본 적이 없어요. 게다가 로빈슨 경사라는 사람은 알지도 못합니다. 미크 씨, 그자들은 제정신입니까? 대체 이게 무슨 의미죠?"

"이게 무슨 의미냐면," 미크 씨는 의뢰인의 분노가 별것 아니라는 듯 대답했다. "분명 치안판사들이 그 혐의도 재판에서 다루리라는 겁니다. 증거가 얼마나 취약하든 그들은 당신에게 그 혐의까지 부과하려는 거죠."

얼마 후, 조지는 양호실 침대에 앉았다. 그의 머릿속에서 불신이 자라나고 있었다. 그들은 어떻게 이런 식으로 나올 수 있는가. 어떻게 이런 생각을 할 수 있는가. 어떻게 이런 방향으로 믿을 수 있는 것일까. 조지는 난생처음으로 대상이 불분명한 분노의 감정을 느꼈다. 캠벨, 파슨스, 앤슨, 경찰 측 사무변호사, 치안판사들 중 누구를 향한 것일까? 조지가 분노하는 대상은 치안판사들인지도 모른다. 미크는 그들이 두 번째 혐의를 재판에서 다룰 것이라고 말했다. 그들은 생각하는 능력이 전혀 없는 꼭두각시 인형이란 말인가? 그렇다면 치안판사들이 존재하는 이유는 무엇인가? 그들은 대개 법률적인 지식을 갖추지 못했다. 그들 대부분은 잠시 거만한 권위자 행세를 하는 아마추어에 지나지 않았다.

그는 자신이 내뱉은 경멸 어린 말들에 흥분하면서도, 그와 동시에 부끄러움을 느꼈다. 이래서 분노는 죄악이었다. 분노는 거짓을 낳으니까. 캐녹의 치안판사들은 다른 곳의 치안판사들보다 훌륭하지도 나쁘지도 않았다. 치안판사들이 그가 정당하게 이의를 제기하고 나설 법한 말은 한 마디도 하지 않았음 또한 기억났다. 그들에 대해 생각하면 할수록, 그의 직업적인 자아가 다시 주도권을 잡기 시작했다. 불신은 뚜렷한 실망으로 약화되었고, 그후에는 현실적인 체념이 이어졌다. 그의 사건은 분명 고등법원으로 가야 했다. 법정변호사들은 더 진지한 장소에서 정의가 무엇인지, 질책할 대상은 누구인지 밝힐 것이다. 캐녹 치안법정은 처음부터 잘못된 장소였다. 애초부터 목사관의 공부방보다 나을 것도 없었다. 제대로 된 피고석도 없었다. 수감자들은 법정 한가운데 놓인 의자에 앉아야만 했다.

9월 3일 아침, 조지는 바로 그 자리에 있었다. 그는 사방에서 자신을 지켜보는 걸 느꼈으며, 그 자리에 앉은 자신이 학급 우등생으로 보일지, 아니면 지진아로 보일지 알 수가 없었다. 캠벨 경위는 길고 상세하지만 전에 말했던 것에서 약간 벗어난 내용을 진술했다. 쿠퍼 순경은 새로운 내용을 진술했는데, 훼손당한 동물이 발견되고 몇 시간 후에 굽이 특정 방식으로 마모된 장화를 습득했다고 했다. 그는 조랑말이 발견된 들판에 찍힌 발자국과 장화의 밑창을 비교했고, 목사관 인근 보행자용 나무다리 근처에서 같은 발자국을 발견했다. 에들지 씨의 장화 밑창을 젖은 땅에 눌렀다가 떼어냈을 때, 그가 발견한 발자국과 새로 찍은 발자국은 일치했다.

그후 파슨스 경사는 자신이 동물 훼손을 일삼는 갱단을 색출하는 임무를 맡은 20명의 임시경관을 이끌고 있으며, 에들지의 침실을 수색한 결과 네 개의 면도날이 들어 있는 상자를 찾아냈다고 말했다. 그 중 젖어 있던 면도날 하나에 혈흔과 한두 가닥의 털이 묻어 있었다. 경사는 면도날이 에들지 아버지의 소유물로, 당시 그는 면도날을 엄지손가락으로 문질러 닦으려 했다고 말했다.

"그건 사실이 아니오!" 목사가 벌떡 일어나며 외쳤다.

"끼어들지 마세요." 미처 치안판사들이 대답하기도 전에 캠벨 경위가 말했다.

파슨스 경사는 증언을 계속했다. 그는 죄인을 버밍엄의 뉴턴 스트리트 구치소로 데려가던 때를 묘사했다. 그때 에들지가 고개를 돌리며 이렇게 말했다는 것이었다. "이건 록스턴 씨의 짓일 겁니다. 내가 끝장나기 전에 그를 정신 바짝 차리게 만들 겁니다."

다음날 아침, 버밍엄 판 〈데일리 가제트〉에 조지에 관한 기사가 실렸다.

그는 28세이지만 나이보다는 어려 보인다. 그는 구겨진 검정색과 흰색의 정장을 입고 있었고, 거무스름한 얼굴에서 전형적인 사무변호사의 모습을 읽기는 어려웠다. 그는 크고 검은 눈에 돌출된 입, 그리고 작고 둥근 턱을 지니고 있다. 그의 차분한 외모는 근본적으로 동양적으로 보이고, 이처럼 예외적인 사건에 대한 재판이 이어지는 동안, 그는 희미한 미소를 제외하면 어떠한 감정도 표출하지 않는 듯 보였다. 그의 나이 든 힌두인 아버지와 백발의 잉글랜드인 어머니가 법정에 출석했고, 안타까움을 표하며 재판 과정을 지켜보았다.

"제가 28세보다는 어려 보인다고요." 그는 미크 씨에게 말했다. "전 27세니까 당연히 그렇겠죠. 어머니는 잉글랜드인이 아니라 스코틀랜드 분이시고요. 또 아버지는 힌두인이 아닙니다."

"신문을 읽지 마시라고 말씀드렸잖습니까."

"하지만 제 아버지는 힌두인이 아닙니다."

"〈가제트〉가 보기에는 그게 그겁니다."

"하지만 미크 씨, 제가 당신을 웨일스인이라고 하면 어떨 것 같습니까?"

"틀린 말은 아니지요. 제 어머니는 웨일스 혈통이시니까요."

"그러면 당신을 아일랜드인이라고 한다면요?"

미크 씨는 그에게 미소를 지어 보였다. 아무렇지도 않은 그의 표정은 약간 아일랜드인처럼 보이기도 했다.

"아니면 프랑스인이라고 한다면요?"

"그만하세요, 선생님. 너무 멀리 가시는군요. 그 말엔 좀 화가 나려고 하네요."

"그리고 제가 차분하다네요." 조지는 〈가제트〉를 다시 내려다보며 말을 이었다. "차분하다는 건 좋은 말 아닙니까? 전형적인 사무변호사들은 차분한 인상을 원하지 않나요? 하지만 전 전형적인 사무변호사도 아니라네요. 그게 무슨 뜻이건 간에, 기사에서는 제가 전형적인 동양인이랍니다. 그게 뭐든 간에, 저는 전형적이라는군요. 안 그렇습니까? 제가 흥분을 잘하는 사람이라 해도 그 역시 전형적인 동양인이라는 말이겠죠. 아닙니까?"

"차분하다는 건 좋은 뜻입니다, 에들지 씨. 그리고 그들은 적어도 당신이 속을 알 수 없다거나 교활해 보인다는 말은 쓰지 않았습니다."

"그건 대체 무슨 뜻입니까?"

"아, 사악하고 저급한 간계를 쓴다는 말이죠. 사악하다는 말이 안 나왔으니 됐습니다. 악마적이라는 말도요. 우리는 차분하다는 말로 만족해야 합니다."

조지는 그의 사무변호사에게 미소를 지었다. "사과드리죠, 미크 씨. 그리고 당신의 분별력에 감사드립니다. 제게도 분별력이 좀 필요할 것 같아 걱정이네요."

재판 이틀째 되던 날, 월솔 문법학교에 다니는 열네 살의 윌리엄 그레이터렉스가 증인석에 섰다. 그의 서명이 적힌 편지 여러 통이 법정에서 낭독되었다. 그는 그러한 편지들을 쓰지 않았고, 편지의 존재도 몰랐고, 그 중 두 통의 편지가 부쳐질 당시에는 맨 섬Isle of Man에 있었다고 말했다. 그는 아침마다 헨스퍼드에서 학교가 있는 월솔까지 기차로 통학하며, 보통 그와 함께 통학하는 아이들은 잘 알려진 탄광 직업소개소집 아들인 웨스트우드 스탠리, 헨스퍼드 목사의 아들인 퀴블, 그리고 페이지, 해리슨, 페리데이였다. 이들의 이름 역시 조금 전에 낭독된 편지에 모두 언급되어 있었다.

그레이터렉스는 에들지 씨를 3, 4년간 얼굴만 알았다고 진술했다. "그는 우리가 월솔까지 가는 동안 가끔 같은 객차에 타고 있었어요. 꽤 여러 번이었을 거예요." 그는 수감자와 마지막으로 언제 같은 객차에 탔는지에 대한 질문을 받았다. "블루윗 씨의 말 두 마리가 살해당한 다음 날 아침이었어요. 6월 30일이었을 거예요. 기차를 타고 가는 동안 들판에 쓰러져 있는 말들이 보였죠." 증인은 그날 아침 에들지 씨가 무슨 말을 하더냐는 질문을 받았다. "그는 죽은 말들이 블루윗 씨의 말들이냐고 제게 물었어요. 그러고는 창밖을 내다봤죠." 증인은 그 전에도 죄인과 짐승 훼손에 관한 대화를 한 적이 있느냐는 질문을 받았다. "아뇨, 아뇨. 한 번도 없었어요." 그가 대답했다.

토머스 헨리 거린은 자신이 몇 년 동안 필적감정 전문가로 일했다고 말했다. 그는 법정에서 낭독된 편지들에 관한 보고서를 제출했다. 그는 위조된 필체에서 특이점들을 발견했다. 이는 대조용으로 건네받은 에들지 씨의 편지들에서 발견된 특이점들과 동일했다.

에들지의 옷에 묻은 얼룩을 조사했던 경찰의[*] 버터는 자신이 실험한 결과 그 얼룩이 포유류의 혈흔으로 드러났다고 진술했다. 외투와 조끼에서는 29점의 짧은 갈색 털이 발견되었다. 현미경으로 에들지 씨가 체포되기 전날 밤 훼손당한 탄광의 조랑말에서 채취한 털과 비교한 결과 양쪽의 털은 유사해 보였다.

그레이트 웨얼리의 코피스 레인 근처에서 젊은 숙녀와 걷고 있던 그립턴 씨는 밤 9시경 에들지 씨가 지나가는 것을 보았다고 증언했다. 그는 조지를 본 장소를 정확하게 기억하지 못했다.

"그러면," 경찰 측 변호사가 말했다. "그를 본 장소와 가장 가까운 공공건물을 말씀해주시죠."

"오래된 경찰서입니다." 그립튼 씨가 명랑하게 대답했다.

경찰은 이 대답에 터져 나온 웃음을 엄격히 제지했다.

그립턴 씨와 약혼한 사이라는 점을 분명히 밝히고자 했던 비들 양도 에들지 씨를 보았다고 했다. 이런 증언들이 다수 이어졌다.

짐승 훼손과 관련된 세부 정황이 제시되었다. 탄광의 조랑말이 입은 자상은 15인치 길이였다.

수감자의 아버지인 그레이트 웨얼리의 힌두인 목사도 증언대에 나섰다.

수감자는 이렇게 진술했다. "전 제게 부과된 혐의에 결백합니다. 그리고 이를 증명할 수 있습니다."

9월 4일 금요일, 조지 에들지는 두 가지 혐의로 스태퍼드 사계 법정에 서게 되었다. 다음 날 아침, 그는 버밍엄 판 〈데일리 가제트〉를 읽었다.

법정 한가운데 앉은 에들지는 활기차고 명랑해 보였다. 에들지는 자신의 변호사와 씩씩하게 대화를 나누며 제시되는 증거들을 판별하면서 법률 교육을 받은 사람답게 날카로운 안목을 보였다. 그러나 그는 대부분 팔짱을 끼고 다리를 꼬고 앉아 증인들에게 차분한 관심을 기울이며 그들을 지켜보았다. 이 사건과 관련하여 그에게 불리하게 작용할 정황증거들을 강력하게 연결하는 장화 한 짝이 제시되었고, 청중들에게 한 쪽만 특이하게 닳은 밑창이 보여졌다.

조지는 자신이 여전히 차분하게 여겨진다는 데 기뻐했고, 사계법정이 열리기 전에 신발 문제와 관련하여 어떤 변화를 가져올 수 있을지 궁금해했다.

한편 그는 다른 신문에서 윌리엄 그레이터렉스를 "솔직하고 볕에 그을린 얼굴에 상냥한 태도를 지닌 건강하고 어린 잉글랜드 소년"이라 묘사한 기사를 보았다.

리치필드 미크 씨는 결국 무죄선고를 받게 될 거라는 자신감을 보였다.

여성 외과의 소피 프랜시스 히크먼 양은 여전히 실종 상태였다.

조지

　　　　조지는 예심이 끝나고 사계법정이 시작되기까지의 6주를 스태퍼드 교도소 양호실에서 보냈다. 그는 불만족스러운 상태는 아니었다. 보석을 거부한 건 합당한 결정이라고 생각했다. 그런 혐의가 부과돼 있으므로 일을 해나갈 수도 없었다. 그리고 그는 가족들이 그립기는 했지만, 자신이 안전한 곳에 구금돼 있는 편이 모두를 위해 낫겠다고 생각했다. 목사관에 군중들이 몰려들었다던 기사에 덜컥 걱정이 되었던 것이다. 그는 캐녹 법정으로 호송될 때 승합마차의 문을 주먹으로 두드리던 사람을 떠올렸다. 그처럼 잔뜩 성난 사람들과 그레이트 웨얼리의 어느 길목에서 마주친다면 자신이 안전하다고 여길 수 없을 것이다.

그러나 그가 감옥에서 지내기를 선호한 이유는 따로 있었다. 모든 사람들이 그가 어디 있는지 알고 있었다. 그는 늘 감시당하고 있었고, 따라서 그의 소재도 늘 확인되고 있었다. 그러니 훼손 사건이 다시 벌어지면, 사건의 특성상 그가 관련이 없다는 게 밝혀질 것이다. 그러면 그에게는 더 이상 첫 번째 혐의를 부과할 수 없을 테고, 자연스럽게 두 번째 혐의—만나본 적도 없는 사람을 살해하겠다고 위협했다는 우스꽝스러운 혐의—도 철회될 것이다. 법률에 해박한 변호사인 자신이 동물이 또 다시 훼손되기를 바라는 건 기이한 일이었다. 하지만 그로서는 범죄가 다시 일어나야만 가장 빠르게 자유를 얻을 수 있을 듯 보였다.

하지만 사건이 본격적인 재판까지 가더라도 그가 결국 자유로워지리라는 건 분명했다. 그는 마음의 평정과 낙관주의를 되찾았고, 미크 씨나 부모님 앞에서도 그런 척 연기할 필요가 없었다. 그는 어떤 헤드라인이 등장할지 벌써부터 상상할 수 있었다. '그레이트 웨얼리의 사내 무혐의. 지역 사무변호사를 기소한 부끄러운 사건. 경찰 측 증거 부족.' 그리고 아마도 '지서장 사임.'

미크 씨는 신문들이 그를 어떻게 묘사하는지는 그리 중요한 문제가 아니라며 그를 설득하는 데 거의 성공했다. 그린 씨 농장에서 말이 난자당하고 내장이 적출되는 사건이 일어난 9월 21일에는 심지어 더욱 그런 듯 보였다. 조지는 조심스러워하면서도 의기양양하게 이 뉴스를 반겼다. 그는 자물쇠에 꽂힌 열쇠가 돌아가는 소리를, 이른 아침의 공기를, 어머니를 끌어안았을 때의 분 냄새를 느낄 수 있을 것만 같았다.

"이제 제가 무죄라는 증거가 나왔군요, 미크 씨."

"꼭 그런 건 아닙니다, 에들지 씨. 벌써부터 지레짐작할 수는 없어요."

"하지만 전 여기 감옥에……."

"법정의 시각으로 보면 당신의 무죄를 증명하려면 당신이 그린 씨의 말 훼손 사건에서 전적으로 결백하다는 걸 밝혀야 합니다."

"아니에요. 이건 탄광 조랑말 사건 전후로 하나의 패턴이 있음을 나타내는 사건입니다. 그 패턴이 저와는 전적으로 아무런 관련이 없다는 사실이 이제 밝혀진 것이죠."

"저도 그건 알고 있습니다, 에들지 씨." 사무변호사가 주먹으로 뺨을 괴었다.

"그런데요?"

"전 언제나 검찰 측이 이 상황에 대해 뭐라고 말할지를 이 시점에 생각해보는 편이 유용하다고 생각합니다."

"검사들이 뭐라고 말할까요?"

"글쎄요, 제가 기억하는 한, 8월 17일 밤 피고가 장화공의 집에서 돌아갈 때, 그는 그린 씨의 농장까지 갔습니다."

"네, 그랬죠."

"그린 씨는 피고의 이웃입니다."

"사실이에요."

"그러니 현 상황에서 먼젓번 사건이 일어났던 장소보다 목사관과 더 가까운 장소에서 말이 훼손되었다는 사실이 피고에게 얼마나 유리하겠습니까?"

리치필드 미크는 생각에 잠긴 조지를 바라보았다.

"당신은 제가 범죄를 저질렀다는 편지를 익명으로 보냈고, 제가 체포된 뒤, 제 무죄가 입증될 수 있도록 다른 사람에게 범죄를 저지르게 했다는 말을 하시는 건가요?"

"바로 그것이 요지입니다, 에들지 씨."

"너무 우습네요. 전 그린 씨가 누군지도 모르는데요."

"전 다만 법정이 이 사건을 어떻게 볼지를 말씀드리는 겁니다. 그들이 그럴 마음을 먹는다면 말입니다."

"물론 그렇겠죠. 하지만 적어도 경찰은 그 범인을 잡아야 하지 않습니까? 신문에서는 이번 사건으로 본 기소 건에 의혹이 던져졌다는 암시를 공공연히 드러내고 있던데요. 그들이 범인을 잡아낸다면, 그래서 범인이 연관된 범죄들을 실토한다면, 그러면 저도 자유를 얻지 않겠습니까?"

"그들이 그러려고만 한다면 말이지요, 에들지 씨. 그렇다면 저도 동의할 수 있습니다."

"알겠습니다."

"그리고 또 다른 일이 진행되고 있습니다. '다비'라는 이름을 들으면 뭐가 생각나십니까? 다비 대장이라는 사람 말입니다."

"다비, 다비라. 모르겠는데요. 캠벨 경위가 제게 대장이라 불리는 자에 대해 물어본 적이 있습니다. 아마 그자인 것 같군요.

왜죠?"

"편지들이 또 왔습니다. 모든 사람들 앞으로요. 심지어 한 통은 내무성 앞으로 왔습니다. 전부 "웨얼리 갱단의 대장 다비"라는 서명이 있었고요. 짐승 훼손이 계속될 거라는 내용의 편지들이었습니다." 미크 씨는 조지의 눈을 들여다보았다. "하지만 에들지 씨, 이 편지들은 단지 검사가 당신이 그 편지들을 아마도 쓰지 않았으리라고 생각하게 하는 정도일 겁니다."

"오늘 아침 당신은 절 실망시키러 오신 것 같군요, 미크 씨."

"그러려던 건 아닙니다. 하지만 당신은 우리가 재판정에 서게 되리라는 걸 받아들여야 합니다. 그리고 그런 마음가짐 속에서 우리는 베이철 씨의 변호를 받게 될 겁니다."

"아, 그건 좋은 소식이네요."

"제 생각에 그는 우리를 실망시키지 않을 겁니다. 고디 씨도 그를 도울 거고요."

"그러면 검찰 측은요?"

"유감스럽게도 디스터널 씨입니다. 해리슨 씨도 있고요."

"디스터널이 우리에게 나쁠까요?"

"솔직히 말하면 다른 사람이었다면 좋았을 뻔했습니다."

"미크 씨, 이제 제가 당신에게 용기를 내시라고 해야겠군요. 법정변호사가 아무리 뛰어나더라도 지푸라기로 벽돌을 만들 수는 없습니다.*"

---

* 영국의 법정에서는 검사가 아닌 법정변호사가 검찰 측을 대변하여 변론한다. 즉 피고와 원고 양측이 각각 법정변호사를 둔다.

리치필드 미크는 조지에게 산전수전 다 겪은 사람의 미소를 지었다. "에들지 씨, 전 법정에서 오랜 세월을 보냈고, 갖은 재료로 벽돌을 만드는 모습을 봐왔습니다. 당신은 존재하는지조차 모를 재료들로 말입니다. 지푸라기가 없더라도 디스터널 씨에게는 전혀 어려운 일이 아닐 겁니다."

이처럼 위협이 다가오고 있었음에도, 조지는 스태퍼드 교도소에서 평온한 마음으로 몇 주를 보냈다. 그곳에서 그는 점잖은 대우를 받았다. 그의 하루는 정연하게 흘러갔다. 그는 신문과 편지를 받았다. 그는 미크 씨와 재판을 준비했다. 그는 그린 농장 사건이 진척되기를 기다렸다. 그리고 그에게는 책이 허락되었다. 아버지는 성경을, 어머니는 셰익스피어와 테니슨을 각각 한 권씩 가져다주었다. 그는 어머니가 가져다준 두 권의 책들을 읽었다. 그리고 무료한 시간을 보내던 그에게 교도관이 넘겨준 통속소설 몇 권도 읽었다. 교도관은 그에게 너덜너덜한 염가판 『바스커빌의 개』도 빌려주었다. 그는 이 책이 훌륭하다고 생각했다.

매일 아침 그는 점점 덜 불안해하며 신문을 펼쳤다. 페이지마다 그의 이름이 점차 사라지고 있었다. 자신의 기사 대신 그는 런던에서 내각이 새로이 구성되고 있다는 데 관심을 가졌다. 닥터 엘가의 최신 성가극이 버밍엄 음악제에서 상연되고 있었고, 버펄로 빌이 잉글랜드 순회공연중이라고 했다.

재판 일주일 전, 조지는 미들랜드 순회재판에서 20년 동안 일해 온 명랑하고 투실투실한 법정변호사 베이철 씨를 만났다.

"제 사건을 어떻게 보십니까, 베이철 씨?"

"잘될 것 같습니다, 이달지 씨. 매우 잘될 거예요. 다시 말해서 이번 사건은 추잡하고 어처구니없다고 생각해요. 물론 이렇게 말하면 안 되겠지만요. 전 그냥 당신의 사건에서 강점이 무엇인지를 집중적으로 생각하려고 합니다."

"그러면 강점이 뭐라고 생각하십니까?"

"이렇게 말씀드리죠, 이달지 씨." 법정변호사는 그에게 함박웃음에 가까운 미소를 지어보였다. "당신이 범인이라는 증거가 하나도 없어요. 당신에게는 이런 범죄를 저지를 동기도 없고요. 게다가 당신에게는 이 범죄를 저지를 기회도 없었습니다. 전 이러한 내용을 잘 포장해서 판사와 배심원단에게 제시할 겁니다. 바로 이것이 강점이라 할 수 있죠."

"유감스럽군요." 미크 씨가 말했다. "우리가 B법정에 서게 될 거라는 점 말입니다." 그의 어조가 일시적으로 기분이 좋아진 조지에게 일침을 가했다.

"왜 유감이죠?"

"A법정은 해더튼 경이 운영합니다. 그분은 적어도 법에 대해 좀 아시죠."

"그 말씀은 제가 법을 전혀 모르는 사람에게 판결을 받는다는 뜻입니까?"

베이철 씨가 끼어들었다. "이분을 걱정시키지 마세요, 미크 씨. 전 두 법정을 다 겪어봤어요. B법정에서 우리가 누굴 만나게 되죠?"

"레지널드 하디 경입니다."

베이철 씨는 눈 하나 깜짝하지 않았다. "문제없어요. 어떻게 보면, 고등법원에 들어가고 싶어서 안달난 사람에게 끌려다니지 않는 건 다행이라고 생각합니다. 우리는 약간만 피해다니면 됩니다. 겉만 번드르르한 절차적 지식을 드러내는 사람들에게 끌려다니면 안 되죠. 전체적으로 보면 이 역시 우리에게 장점이 될 수 있습니다."

조지가 보기에 미크 씨는 그다지 동의하지 않는 것 같았다. 그러나 그는 법정변호사 베이철 씨에게서, 그가 진지하든 그렇지 않든 좋은 인상을 받았다.

"여러분, 부탁이 하나 있습니다." 미크 씨와 베이철 씨의 시선이 짧게 마주쳤다. "제 이름에 관한 부탁입니다. 제 이름은 에들지입니다. 에들지. 미크 씨는 제 이름을 거의 정확하게 발음하십니다. 하지만 베이철 씨에겐 이 문제를 미리 말씀드려야 했다는 생각이 드네요. 제가 보기에 경찰은 발음을 정정해달라고 요청할 때마다 절 무시합니다. 전 베이철 씨께서 재판이 시작할 때 제 이름을 정확히 발음하는 법을 밝히시면 어떨까 싶습니다. 법정에서 절 이-달-지가 아니라 에들지로 발음해달라고 말입니다."

법정변호사는 사무변호사에게 뭔가를 말하라는 듯 고갯짓을 했다. 미크 씨가 응답했다.

"조지, 이렇게 말씀드려도 될까요. 물론 당신의 이름은 중요하고, 베이철 씨와 전 당신의 이름을 정확히 발음할 것입니다. 여기서 우리가 당신과 같이 있는 동안 말이지요. 하지만 법정에서는…… 거기서는…… 그들은 아마 '로마에서는 로마법을 따르라'고 할 겁니다. 만약 거기서 그런 말을 했다간 레지널드 하디 경과 첫 단추를 잘못 끼울 확률이 높습니다. 우리가 경찰의 발음을 교정하는 데 성공하긴 어려울 겁니다. 아마도 디스터널 씨는 이런 일로 빚어질 혼란을 대단히 즐거워할 테고요."

조지는 두 사람을 바라보았다. "무슨 말씀이신지 모르겠군요."

"제 말씀은 피고의 이름을 어떻게 부르든 그건 법정의 권리라는 점을 아셔야 한다는 점입니다. 어디 적혀 있진 않지만, 사실이 그래요. 당신이 잘못된 발음이라고 생각하는 그 발음이…… 아마 당신을 좀 더 잉글랜드 사람처럼 보이게 할 겁니다."

조지는 숨을 뱉었다. "그리고 덜 동양인처럼 보이게 하고요?"

"그렇죠, 조지. 덜 동양인처럼 보이고요."

"그러면 전 두 분에게 항상 제 이름을 잘못 발음하는 친절을 베풀어달라고 부탁해야겠군요. 그래서 제가 익숙해질 수 있도록 말입니다."

재판은 10월 20일에 시작될 예정이었다. 19일, 리치먼드 파크의 시드머스 농장 인근에서 놀던 네 명의 어린 소년들이 부패 단계에 들어선 시체를 발견했다. 시체는 왕립 자유병원의 여의사 소피 프랜시스 히크먼으로 판명되었다. 조지와 마찬가지로 그녀도 이십대 후반의 나이였다. 조지의 기억에 따르면 그녀의 기사는 그의 기사 바로 옆에 실려 있었다.

1903년 10월 20일 아침, 조지는 스태퍼드 교도소에서 셔 홀로 옮겨졌다. 그는 수감자를 대기시키는 지하 유치장으로 인도되었다. 그에게는 송판 탁자와 난로가 갖춰진 크고 천장이 낮은 방을 쓸 수 있는 특권이 주어졌다. 이곳에서 그는 덥스 순경의 감시하에 미크 씨와 재판을 준비할 수 있었다. 그가 앉아 있던 20분 동안, 턱을 따라 끈처럼 이어진 수염에 우울한 분위기를 풍기는 근육질의 덥스 경관은 그의 시선을 확고히 피하고 있었다. 신호가 울리자 조지는 희미한 가스등 불빛 아래 어둡고 구불구불한 복도를 지나 좁은 계단으로 이어지는 문으로 향했다. 덥스가 그를 살며시 떠밀었고, 그는 계단을 올라 빛과 소음으로 나아갔다. 그가 B법정에 들어서자 소음이 잦아들었다. 조지는 마지못해 바닥 문을 통해 무대로 올라오는 배우처럼 사람들의 시선을 느끼며 피고석에 섰다.

그리고 부의장 레지널드 하디 경과 그를 가운데 두고 앉은 두 명의 치안판사들, 앤슨 지서장, 엄숙하게 선서한 잉글랜드 배심원단, 언론 대표자들, 시민 대표자들, 그리고 조지의 가족 세 사람 앞에서 기소장이 낭독되었다. 조지 어니스트 톰슨 에들지는 9월 17일 혹은 18일에 그레이트 웨얼리 광산회사 소유의 말을 상해했고, 6월 11일경 캐녹의 로빈슨 경사를 살해하겠다는 협박편지를 쓴 혐의를 받고 있다.

키가 크고 유연한 디스터널 씨는 재빠른 사람이었다. 간략하게 서두를 연 그는 캠벨 경위를 불렀다. 그러자 지금까지의 이야기 전체가 다시 시작되었다. 훼손된 조랑말 발견, 목사관 수색, 혈흔이 묻은 옷, 외투에 묻은 털, 익명의 편지들, 죄수의 체포 및 일련의 진술들. 한낱 이야기일 뿐이야. 조지는 생각했다. 억측과 우연을 긁어모아 급조된 이야기일 뿐이지. 그는 자신이 결백하다는 사실을 분명히 알고 있었다. 하지만 가발을 쓰고 법복을 걸친 권위자 앞에서 반복되는 이야기는 꽤나 그럴듯하게 들렸다.

디스터널 씨가 첫 번째 기습을 감행했을 때, 마침 조지는 캠벨의 증언이 끝났으리라 생각하던 참이었다.

"캠벨 경위, 현재 시민들의 불안이 대단히 크게 증가하고 있습니다. 우리가 증언을 마치기 전에 한 가지 짚고 넘어가야 할 점이 있습니다. 제가 아는 바로는 9월 21일에 그린 씨의 농장에서 훼손된 말이 발견되었지요."

"그렇습니다, 검사님."

"그린 씨의 농장은 그레이트 웨얼리 목사관과 매우 인접해 있지요?"

"그렇습니다."

"경찰은 이 사건도 조사했지요?"

"그렇습니다. 위급한 사건인 만큼 최우선적으로 조사했습니다."

"그러면 조사는 성공적이었나요?"

"그렇습니다, 검사님."

디스터널 씨는 부러 침묵을 오래 이어갈 필요가 없었다. 법정 안의 모든 사람들이 이미 아이처럼 입을 떡 벌리고 기다리고 있었다.

"그러면 조사결과를 지금 법정에서 진술해주시겠습니까?"

"해당 사건이 벌어진 농장의 주인 아들인 존 해리 그린은 19세로, 여맨리 포병대원입니다. 그는 자신의 말에 직접 이러한 행위를 가했다고 인정했습니다. 자술서에 서명도 했고요."

"그는 단독 범행이라고 인정했습니까?"

"네, 그렇습니다."

"그러면 해당 사건과 동일한 지역에서 먼저 일어났던 사건들과의 연관성에 대해서도 물어봤습니까?

"네, 그렇습니다. 꽤 상세히 물었습니다."

"그는 뭐라고 말했습니까?"

"이 사건은 단독으로 일어난 사건이라고 말했습니다."

"그러면 당신의 조사 결과는 그린 씨의 농장에서 일어난 사건이 근처에서 일어났던 다른 사건들과는 절대적으로 아무런 관련이 없다는 것을 증명하는 것입니까?"

"그렇습니다."

"전혀 관련이 없습니까?"

"전혀 관련이 없습니다."

"그러면 존 해리 그린도 법정에 나와 있습니까?"

"그렇습니다."

법정의 수많은 사람들과 마찬가지로, 조지는 경찰에게 확실한 이유를 제공하지 않은 채 자기 말을 훼손했다고 진술한 19세의 포병대원을 찾아 주위를 둘러보았다. 하지만 그 순간 레지널드 하디 경은 점심식사를 하겠다고 결정했다.

미크 씨의 첫 번째 임무는 베이철 씨와 상의하는 것이었다. 그 후 그는 휴정기간 동안 조지가 대기하던 방을 찾아왔다. 그의 표정은 처참했다.

"미크 씨, 당신은 디스터널 씨에 대해 이미 주의를 주었죠. 우린 어떻게 될지 알고 있었습니다. 아무튼 우리는 오늘 오후에 그린을 공격해야 합니다."

사무변호사는 침울하게 고개를 저었다. "그럴 수가 없습니다."

"왜죠?"

"그는 그들의 증인이기 때문입니다. 그들이 그를 증인으로 내놓지 않는 한 우리는 그를 반대심문할 수 없어요. 게다가 우리는 그가 무슨 말을 할지 모릅니다. 해서 무턱대고 그를 불러내는 위험을 감수할 수 없습니다. 완전히 끝장날지도 모르니까요. 하지만 그들은 그를 법정에 출석하게 해서 숨길 게 없다는 태도를 보이고 있죠. 영리하게도요. 디스터널이 전형적으로 쓰는 수법입니다. 제가 진작 생각했어야 했는데. 하지만 전 그린의 자백에 대해서는 전혀 몰랐습니다. 좋지 않아요."

조지는 자신의 유일한 임무가 미크 씨의 용기를 북돋아주는 것이라고 생각했다. "기가 꺾이는 일이란 건 알겠습니다, 미크 씨. 하지만 이게 정말로 더 큰 악재로 작용할까요? 그린이나 경찰이나 이 사건이 다른 사건들과는 아무런 관련이 없다고 했잖습니까."

"바로 그 점입니다. 그들이 한 말이 문제가 아니라, 이 사건이 어떻게 보이는지가 문제인 것이죠. 어째서 누군가가 말을, 자신의 말을 아무 이유도 없이 내장을 쏟게 한단 말입니까? 답은 분명하죠. 동일하게 말을 훼손했다는 혐의를 받은 친구이자 이웃을 돕기 위해서입니다."

"하지만 그는 제 친구가 아닙니다. 전 그가 누군지도 잘 몰라요."

"네, 저도 압니다. 하지만 당신이 증언대에서 그렇게 말하는 위험을 감수한다고 칩시다. 그러면 당신은 사실상 제기되지도 않은 주장을 부인하고 있다는 인상을 주게 될 겁니다. 영리한 수법이죠. 오늘 오후에 베이철 씨가 경위를 공격할 겁니다. 하지만 우린 낙관해서는 안 됩니다."

"미크 씨, 그가 발견했다는 제 옷—몇 주 동안 입지도 않은—이 젖어 있었다는 캠벨의 증언을 생각해봐야 합니다. 그는 젖었다는 표현을 두 번이나 사용했습니다. 캐녹에서는 축축하다는 표현을 썼지만요."

미크 씨는 부드러운 미소를 지었다. "당신 같은 의뢰인을 만나서 즐겁습니다, 에들지 씨. 그런 경우를 우리는 예의 주시하지만, 의뢰인이 낙담할 경우를 대비해 잘 언급하지는 않죠. 경찰은 몇 번 더 말을 바꿀 겁니다, 분명히요."

그날 오후 베이철 씨는 증인석에서 어떻게 행동해야 할지 알고 있었던 경위로부터 별 소득을 올리지 못했다. 헨스피드 경찰서에서 캠벨을 처음 만났을 때, 조지는 그가 머리가 둔하고 약간 무례하다고 생각했다. 뉴홀 스트리트와 캐녹에는 사고의 논리가 늘 일관되지는 않았다 해도, 좀 더 공격적이고 적대적인 태도를 보였다. 이제 그의 태도는 계산적이었고 수수했으며, 그의 큰 키와 경찰 제복은 그를 권위 있고 논리적인 사람으로 보이게 했다. 조지는 그가 하는 말이 미묘하게 변하듯이 그의 특성들도 그렇게 변하는 모양이라고 생각했다.

베이철 씨는 치안법정에서와 마찬가지로 진흙에 찍힌 발자국과 조지의 장화 밑창 모양이 동일하다고 진술했던 쿠퍼 순경에게서 다소 성공을 거두었다.

"쿠퍼 순경," 베이철 씨가 말을 꺼냈다. "누가 당신에게 지시를 내렸는지 여쭤도 될까요?"

"확실하지는 않습니다만, 경위님이었을 겁니다. 어쩌면 파슨스 경사였을 수도 있고요."

"그러면 정확히 어디를 조사하라는 지시를 받았죠?"

"들판과 목사관 사이, 용의자가 범행을 저질렀을 만한 곳은 어디든지 조사하라는 지시를 받았습니다."

"용의자가 목사관에서 나왔다고 가정한 거로군요? 그리고 다시 목사관으로 돌아갈 거라고요."

"그렇습니다, 선생님."

"어디든지라고 했나요?"

"네, 어디든지라고 했습니다." 조지의 눈에 쿠퍼는 스무 살 이상으로 보이지 않았다. 불그스름한 귀를 지닌 그는 상사들의 자신감을 모방하려고 서투르게 애쓰는 소년에 불과했다.

"그런데 당신은 용의자가 직선 길을 택했을 거라고 추정한 겁니까?"

"그렇습니다. 그랬다고 생각합니다, 선생님. 현장을 떠나는 범인들은 대개 직선 길을 택하니까요."

"알겠습니다. 그러면 당신은 직선 길을 제외한 다른 곳은 조사하지 않았다는 말이군요?"

"그렇습니다, 선생님."

"그때 수색은 얼마나 오래 걸렸습니까?"

"한 시간 좀 넘었을 겁니다."

"그러면 몇 시부터 시작했죠?

"아마 9시 반부터 수색을 시작했을 겁니다."

"조랑말은 약 6시 반쯤 발견됐죠?"

"네, 선생님."

"그 전에 세 시간이 있었군요. 그 동안 탄광에 가는 광부들이나 사건 소식을 듣고 몰려온 구경꾼들, 그리고 경찰 등 아무나 그 길을 지나다닐 수 있었어요."

"그럴 수도 있겠습니다, 선생님."

"그러면 당신은 누구를 동반했습니까?"

"혼자 있었습니다."

"그렇군요. 그러다 당신의 의견에 따르면 피고의 장화 밑창과 동일한 발자국들을 발견한 거로군요."

"그렇습니다, 선생님."

"그리고 후에 당신은 돌아가서 발자국을 발견했다고 보고했고요?"

"그렇습니다, 선생님."

"그리고 어떻게 됐죠?"

"무슨 말씀이십니까, 선생님?"

조지는 쿠퍼의 어조에 약간 변화가 생겼다는 걸 알아차리고 기뻐했다. 그의 목소리는 마치 어딘가로 끌려가고 있다는 걸 깨달았지만 종착지는 모르는 사람의 목소리처럼 들렸다.

"그러니까 당신이 발견한 걸 보고했을 때 어떻게 됐냐는 겁니다."

"전 목사관 주변을 수색하라는 지시를 받았습니다, 선생님."

"알겠습니다. 하지만 그날 당신은 윗사람에게 당신이 발견한 발자국을 보여줘야 했겠죠."

"그렇습니다, 선생님."

"그러면 그게 언제쯤이었죠?"

"오후였습니다."

"오후라. 그렇다면 3시쯤이었습니까, 4시쯤이었습니까?"

"서너 시쯤이었습니다, 선생님."

"알겠습니다." 베이철 씨는 조지가 보기에 다소 연극적으로 얼굴을 찡그린 채 생각에 잠겼다. "다시 말하면 여섯 시간 뒤로군요."

"그렇습니다, 선생님."

"그동안 해당 지역에 다른 사람들의 출입이 통제되었습니까?"

"꼭 그렇지는 않습니다."

"꼭 그렇지는 않다. 그렇다는 겁니까, 아니라는 겁니까?"

"아닙니다, 선생님."

"가끔 의심이 가는 발자국을 보존하기 위해 그 위에 석고를 씌우는 경우가 있다고 알고 있습니다. 이렇게 하셨습니까?"

"아니오, 선생님. 하지 않았습니다."

"의심이 가는 발자국을 사진으로 찍어 남기는 경우도 있다고 알고 있습니다. 이렇게 하셨습니까?"

"하지 않았습니다, 선생님."

"주변의 흙을 채취해서 법의학적 분석을 하는 경우도 있다고 알고 있습니다. 이렇게 하셨습니까?"

"아닙니다, 선생님. 지면이 단단하지 않았습니다."

"경찰이 된 지 얼마나 되셨죠, 쿠퍼 씨?"

"15개월입니다."

"15개월이라. 대단히 감사합니다."

조지는 기분이 좋아지고 있었다. 그는 전에도 그랬듯이 베이철 씨를 건너다보았지만, 베이철 씨와 시선이 마주치는 데는 실패했다. 아마도 법정 예절이 그런 모양이었다. 아니면 베이철 씨가 다음 증인에 대해 생각에 잠겨 있는지도 모르고.

남은 오후도 잘 흘러가는 듯 보였다. 익명의 편지들이 여러 통 낭독되었고, 조지는 제정신을 지닌 사람이라면 누구라도 조지가 그런 편지들을 썼다고 생각할 것 같지 않다고 느꼈다. 예를 들어 그가 캠벨에게 보여주었던 "정의의 이름으로"라고 서명된 편지도 그랬다. '조지 에들지—나는 너를 모르지만 기차역에서 몇 번 본 적은 있다. 내가 너를 알았더라도 널 좋아하지 않았을 거다. 난 토인을 좋아하지 않으니까.' 그가 어떻게 그런 편지를 쓸 수 있단 말인가. 편지를 작성한 자의 서명도 기괴하기 짝이 없었다. 이어 가장 싸구려 소설에나 나올 "웨얼리 갱"이라 불리는 집단의 행동방식이 묘사된 편지가 낭독되었다. "다들 비밀을 지키겠다는 두려움의 맹세를 했고, 대장 앞에서 맹세를 반복했다. 그리고 다들 '비밀을 누설하면 죽음을 달게 받겠다'고 말했다." 조지는 사무변호사들이 결코 이 따위 표현은 쓰지 않는다는 걸 배심원단이 알아주리라 생각했다.

잡화상 허드슨 씨가 브리지타운의 핸즈 씨에게 가던 조지를 보았고, 그때 사무변호사가 집에서 입는 낡은 외투를 입고 있었다고 증언했다. 그러나 조지와 한 시간 반쯤 같이 있었던 핸즈 씨 자신은 고객이 그런 외투를 입지 않았다고 분명히 밝혔다. 그를 보았다는 증인이 두 명 더 있었지만, 그들은 그가 어떤 옷을 입고 있었는지는 기억하지 못했다.

"그들이 입장을 바꾸고 있다는 기분이 듭니다." 그날의 심리가 끝나고 미크 씨가 말했다. "뭔가 꾸미고 있어요."

"그게 뭐죠?" 조지가 물었다.

"캐녹에서 그들은 당신이 저녁을 먹기 전에 산책하면서 들판까지 갔다고 말했습니다. 그래서 집 밖에 있던 당신을 본 증인들을 그렇게 많이 불렀던 것이죠. 서로 끌어안고 있던 커플을 기억하십니까? 이번에는 그들을 불러오지 않았습니다. 게다가 그들만 안 부른 게 아닙니다. 또 하나, 그들은 사건이 일어난 날짜가 9월 17일이라고 했었죠. 이제는 17일, 혹은 18일이라고 합니다. 양쪽에 걸치려는 것이죠. 그들이 심야시간을 택하리라는 예감이 듭니다. 그들에게 아마도 우리가 모르는 뭔가가 있는 모양입니다."

"미크 씨, 그들이 어떻게 나오려는지, 왜 그러는지는 상관없어요. 그들이 저녁시간을 택한다면 그들에겐 들판 근처에 있는 저를 목격한 증인이 한 사람도 없습니다. 또 그들이 심야시간을 택한다면, 제 아버지가 그에 합당한 증언을 하실 겁니다."

미크 씨는 의뢰인을 무시하고 말을 이었다. "물론 그들은 스스로 이거다 저거다 선택할 필요가 없습니다. 배심원들에게 가능성을 던져주면 그만이죠. 하지만 그들은 이번엔 발자국을 중점적으로 다루고 있어요. 그리고 발자국은 그들이 두 번째 경우를 택하겠다고 작정했을 때만 효력을 발휘할 겁니다. 그날 밤에 비가 왔으니까요. 게다가 그들이 당신의 외투를 축축했다고 했다가 젖어 있었다고 말을 바꿨다면, 그것도 제 추측을 뒷받침합니다."

"훨씬 더 잘됐네요." 조지가 말했다. "오늘 오후에 베이철 씨가 질문을 끝냈을 때, 쿠퍼 순경은 더 이상 할 말이 없었으니까요. 디스터널 씨가 계속 그렇게 나오려면 그는 영국국교회의 성직자가 진실을 말하지 않는다고 주장해야 할 겁니다."

"에들지 씨, 이런 말씀 드려도 될지 모르겠으나…… 당신은 이를 간단한 문제라고 생각해서는 안 됩니다."

"하지만 간단한데요."

"아버님께서 강건하신 분이라고 생각하십니까? 정신적으로 말입니다."

"제가 아는 한 강건한 분입니다. 어째서 물어보시죠?"

"그러셔야 할 필요가 있을 것 같아 보이기 때문입니다."

"힌두인이 얼마나 원기 왕성한지는 두고 보시면 알 겁니다."

"그러면 어머님께서는 어떠시죠? 동생은요?"

둘째 날 아침은 전직 경찰이자 현재 여관을 운영하는 조지프 마큐의 증언으로 시작되었다. 그는 캠벨 경위에게 그레이트 웨얼리&처치브리지 기차역으로 가라는 지시를 받았으며, 피고가 다음 기차를 타라는 자신의 요청을 거부했다고 진술했다.

"그는 당신에게," 디스터널 씨가 물었다. "경찰의 긴급한 요청을 무시할 정도로 중요한 업무가 무엇인지 밝혔습니까?"

"아니요."

"당신은 반복적으로 요청했습니까?"

"네, 하루만 쉬라고 말했죠. 하지만 그는 마음을 바꾸지 않았습니다."

"알겠습니다. 그러면 마큐 씨, 그 시점에서 또 무슨 일이 있었죠?"

"네, 검사님. 한 남자가 승강장에 나타나 간밤에 또 다른 말이 훼손되었다는 소식을 들었다고 말했습니다."

"그러면 그 사람이 그렇게 말할 때 당신은 어디를 보고 있었습니까?"

"용의자의 얼굴을 보고 있었습니다."

"그러면 법정에서 그가 어떤 반응을 보였는지 설명해주시죠."

"네, 검사님. 그는 미소를 지었습니다."

"미소를 지었군요. 또 다른 말이 훼손되었다는 말을 듣고 미소를 지었다는 거로군요. 확실합니까, 마큐 씨?"

"네, 그럼요. 검사님. 전적으로 확실합니다. 그는 미소를 지었어요."

조지는 생각했다. 사실이 아니야. 난 저 말이 사실이 아니라는 걸 알아. 베이철 씨는 저 말이 사실이 아니라는 걸 증명해야 돼.

베이철 씨는 마큐의 진술을 직접적으로 공격하는 것보다 나은 방법을 알고 있었다. 그는 마큐와 조지 앞에 나타났다는 남자의 정체에 집중했다. 그는 어디서 왔고, 어떤 사람이었고, 어디로 갈 것이었는가? (베이철 씨는 그 사람이 어째서 법정에 출석하지 않았는지를 슬쩍 물었다.) 베이철 씨는 암시와 침묵을 통해, 그리고 마침내 직접적인 방식을 사용해서, 이 지역을 샅샅이 알고 있는 전직 경찰이자 술집 주인이 그의 허황되고 극단적인 주장을 뒷받침할 수 있을지도 모를 미지의 인물의 신원을 파악하지 않았다는 데 상당한 경악을 표출했다. 하지만 마큐에게서 얻어낼 수 있었던 방어는 여기까지였다.

그후 디스터널 씨는 체포를 예상했다는 피고의 말과, 피고가 손을 보기 전에 록스턴 씨는 자기 신변에 대해 정신 바짝 차리게 만들겠다며 피고가 버밍엄 구치소에서 했다는 말을 파슨스 경사에게 다시 읽게 했다. 누구도 록스턴 씨가 누구인지 설명하려고 하지 않았다. 웨얼리 갱의 또 다른 단원일까? 조지가 쐬죽이겠다고 협박한 또 다른 경찰일까? 록스턴이 누구인지는 끝내 밝혀지지 않았다. 그 이름을 그냥 놔둬서 배심원들이 생각하고 싶은 대로 생각하게 하려는 속셈인 것 같았다. 조지로서는 이름과 얼굴이 기억나지 않는 메러디스 순경은 조지가 보석과 관련하여 했다는 말을 진술했는데, 별로 해가 될 말은 아니었지만, 그 말이 뭔가 부정적으로 들리도록 하는 데는 성공했다. 그후 솔직하고 볕에 그을린 얼굴을 지닌 상냥한 태도의 건강하고 어린 잉글랜드 소년, 윌리엄 그레이터렉스는 조지가 차창을 내다보며 블루윗 씨의 죽은 말들에 관해 이해할 수 없는 관심을 보였다는 말을 반복했다.

동물 외과의사 루이스 씨는 탄광 조랑말이 어떻게 피를 흘렸는지, 상처의 길이와 상태는 어떠했는지, 그리고 유감스럽게도 조랑말을 살처분할 수밖에 없었던 이유가 무엇인지를 진술했다. 디스터널 씨는 그에게 훼손이 몇시쯤 일어났으리라 생각하느냐고 물었다. 루이스 씨는 전문가적 견해로 볼 때 그가 조랑말을 조사하기 여섯 시간 전 이내에 일어났으리라 생각한다고 말했다. 다시 말해서 18일 새벽 2시 반보다 이르지는 않았으리라는 것이었다.

조지에게 이 진술은 그날의 첫 번째 희소식으로 비쳤다. 그가 장화공을 찾아갈 때 무슨 옷을 입었는지는 더 이상 중요한 문제가 아니게 된 것이었다. 검사측은 선택지 하나를 잃었다. 그들은 이제 스스로 갇힌 셈이었다.

그렇다 하더라도 디스터널 씨는 한결같았다. 그의 태도에는 경찰과 검찰이 부지런히 일한 덕분에 이 사건이 지니고 있던 처음의 모호함이 해결되었다는 뜻이 함축되어 있었다. 우리는 이제 사건이 12시 전에 일어났다고 추측해서는 안 됩니다…… 새벽 2시 반경이었다고 추측해야 합니다…… 디스터널 씨는 어떻게 해서인지는 알 수 없지만, 이처럼 사건이 점점 더 정확히 밝혀지면서 외려 피고가 기소장에 적힌 이유 때문에 피고석에 앉아 있다는 점이 더욱 확실해지고 있다는 걸 내비치고 있었다.

남은 시간은 19년의 경험으로 익명의 편지에서 위조된 필적을 감정해내는 전문가로 자처하는 토머스 헨리 거린에게 할애되었다. 그는 내무성 일을 여러 번 맡아왔고, 최근에는 미트 농장 살인사건 재판에서 활약했다고 자신 있게 말했다. 조지는 필적 전문가들이 어떻게 생겼을지를 생각해본 적이 없었다. 거린 씨는 학자풍에 딱딱하고 펜이 종이를 긁는 소리를 닮은 목소리를 지녔다기보다는, 혈색 좋은 얼굴에 양고기 모양의 구레나룻을 기른 쪽이었다. 웨얼리에서 정육점을 운영하는 그린실 씨와 형제간으로 보일 법했다.

생김새와는 달리, 거린 씨는 법정을 이어받아 주도했다. 조지의 필적 표본들이 확대사진으로 등장했다. 익명 편지의 표본들도 확대사진으로 등장했다. 원본에 대한 설명이 이어졌고, 원본이 배심원단에게 넘어갔다. 그들은 끝없이 원본을 들여다보며 간간이 조지를 뚫어져라 바라보는 듯했다. 거린 씨는 나무 지시봉으로 특정한 형태를 지닌 고리와 갈고리, 십자 표시를 가리켰다. 그러다가 어느 순간 묘사는 추론으로 이어졌고, 이론적인 가능성은 절대적인 확실성으로 굳어졌다. 결국 거린 씨는 직업적이고 전문가적인 견해로 볼 때 피고가 자신의 손으로 직접 익명의 편지를 썼고 직접 서명도 했다는 결론을 내렸다.

"이 모든 편지들을 말입니까?" 디스터널 씨가 기록실로 변해버린 듯한 법정을 진정시키려고 손을 흔들며 말했다.

"아닙니다, 검사님. 전부는 아닙니다."

"피고가 쓰지 않은 편지가 있다는 뜻입니까?"

"그렇습니다, 검사님."

"몇 통이죠?"

"한 통입니다."

거린 씨는 조지가 쓰지 않았다는 한 통의 편지를 가리켰다. 조지는 한 통의 편지를 예외로 남겨두는 게 다른 편지들에 대한 거린의 판단에 힘을 실어준다는 사실을 알아차렸다. 신중함을 가장한 한 편의 교활함이나 다름없었다.

그후 베이철 씨는 개인적인 의견과 과학적인 증거, 생각하는 것과 아는 것을 밝히는 데 시간을 소모했다. 그러나 거린 씨는 자신이 요지부동의 증인임을 입증했다. 그는 전에도 그런 위치에 선 적이 여러 번 있었다. 그의 작업이 수정 점쟁이나 독심술사, 아니면 영매보다 나을 것도 없다고 말하는 변호사는 베이철 씨가 처음도 아니었다.

그런 후 미크 씨는 조지에게 둘째 날은 대개 최악의 날인 법이라고 확언했다. 하지만 그들만의 증거를 제대로 제시하게 될 셋째 날은 최고의 날이 될 거라고도 했다. 조지도 그렇길 바랐다. 그는 자신의 이야기가 어디론가 천천히, 그러나 붙잡을 수 없이 사라지고 있다는 느낌과 싸우고 있었다. 그는 피고 측 주장을 펼칠 때쯤엔 이미 늦은 게 아닐까 두려웠다. 사람들—특히 배심원들—은 그것에 반응해 이렇게 생각할 수도 있다. 아냐,

우린 이미 무슨 일이 있었는지 알아. 왜 이제 와서 우리가 마음을 바꿔야 한단 말이지?

다음날 아침, 그는 미크 씨가 알려준 그 특유의 방법대로 자신의 기사를 넓은 관점에서 조망하려고 노력했다. '한밤중의 살인사건. 버밍엄 운하에서 일어난 비극. 바지선 선원 두 명 체포.' 하지만 별로 효과적이지는 않았다. 그는 '팁턴에서 일어난 치정비극' 기사로 옮겨갔다. 못된 여자를 사랑했던 불행한 악마가 스스로 운하에 몸을 던졌다는 이야기였다. 그러나 이 이야기 역시 그를 사로잡지 못했고, 그는 헤드라인들을 따라 이리저리 시선을 옮겼다. 그는 운하에서 일어난 추악한 살인사건도 '비극'으로, 끔찍한 자살도 '비극'으로 묘사되는 데 분개했다. 반면 그의 사건은 처음부터 지금까지 '잔학행위'로 묘사되고 있었다.

그러다 그는 '여의사의 죽음'을 발견하고 거의 안도감을 느꼈다. 그는 부패하기 시작했지만 여전히 비밀을 간직한 시체의 주인인 히크먼 양을 지켜주는 게 거의 사회적인 의무라고까지 생각했다. 조지의 재판이 시작된 뒤로, 그녀는 그에게 불운의 동반자가 되어주었다. 〈포스트〉에 따르면 어제 리치먼드 파크의 시드머스 농장 인근에서 의료용 칼 혹은 랜싯* 한 자루가 발견되었다. 신문에서는 그것이 여의사의 시체가 옮겨지다가 옷에서 떨어졌을 것이라고 추정했다. 조지는 이 말을 얼마나 신뢰할 수 있을지 궁금해했다. 실종된 여의사의 시체가 발견되었고, 시체를

---

* 양쪽으로 날이 있고 끝이 뾰족한 의료용 칼.

운반했고, 그러다 주머니에서 뭔가가 떨어지는데 알지도 못했다고? 조지는 자신이 검시 배심에 참여했다면 이 말을 믿지 않았을 거라고 생각했다.

한편 기사는 의료용 칼 혹은 랜싯이 고인의 소유물로, 고인은 그것으로 동맥이 절단되어 과다출혈로 사망한 것이라고 추측했다. 다시 말해서 자살, 즉 또 다른 '비극'이라는 의미였다. 조지는 생각했다. 뭐, 그럴 가능성도 있겠지. 웨얼리 목사관이 스태퍼드셔가 아닌 서리에 있었다면 경찰이 좀 더 설득력 있는 논리를 내세웠을 수도 있겠다. 목사의 아들이 잠긴 문을 부수고 방에서 나와, 살면서 본 적도 없는 랜싯을 습득해 농장을 지나가던 가엾은 여인을 따라가 어떤 특별한 동기도 없이 그녀를 난도질했다고.

그는 씁쓸한 기분에 사로잡혔다. 히크먼 사건에 대해 자기도 모르게 이런 상상을 하다니, 그는 베이철 씨가 처음 만났을 때 그에게 했던 말을 떠올렸다. 이렇게 말씀드리죠, 에들지 씨. 당신이 범인이라는 증거가 하나도 없어요. 당신에게는 이런 범죄를 저지를 동기도 없고요. 게다가 당신에게는 이 범죄를 저지를 기회도 없었습니다. 전 이러한 내용을 잘 포장해서 판사와 배심원단에게 제시할 겁니다. 바로 이것이 강점이라 할 수 있죠.

하지만 어쨌든 닥터 버터가 제시한 증거를 먼저 해결해야 했다. 닥터 버터는 전문가로 위장한 사기꾼처럼 보였던 거린 씨와는 달랐다. 잿빛 머리의 신사인 경찰의는 신중하고 침착했고, 시험관과 현미경의 세계에서 온 사람으로, 구체적인 결과만을 신뢰했다. 그는 디스터널 씨에게 면도날, 재킷, 조끼, 장화, 바지, 집에서 입는 외투를 조사했던 과정을 설명했다. 그는 다양한 의복에서 다양한 얼룩을 찾아냈으며, 해당 얼룩이 포유류의 혈흔으로 판단될 수 있다고 증언했다. 그는 소매와 재킷의 왼쪽 가슴부분에서 찾아낸 털의 개수를 셌다. 전부 29점이었던 털은 하나같이 짧고 적갈색이었다. 그는 그 털을 죽은 탄광 조랑말에서 도려낸 피부 조각의 털과 비교했다. 죽은 조랑말의 털 역시 전부 짧고 적갈색이었다. 그는 양쪽의 털을 현미경으로 조사했고, 그것들이 "길이와 색, 그리고 구조면에서 유사하다"는 걸 밝혀냈다.

베이철 씨는 닥터 버터의 능력과 지식을 완전히 드러내 펼치며 그것을 통해 피고에게 유리한 진술을 이끌어내려고 시도했다. 그는 경찰이 죽은 짐승의 타액과 거품이라고 결론을 내렸던 재킷의 허연 얼룩에 이목을 집중시켰다. 경찰의 결론은 닥터 버터의 과학적 분석에서 비롯된 것이었는가?

"아닙니다."

"그러면 선생님께서 보시기에 이 얼룩의 성분은 무엇입니까?"

"녹말입니다."

"그러면 어째서 녹말의 잔여물이 옷에 묻어 있다고 생각하십니까?"

"아마 아침식사 때 먹던 빵과 우유에서 묻은 잔여물이라고 말씀드릴 수 있겠습니다."

그때 조지는 거의 잊고 있던 소리를 들었다. 웃음소리. 빵과 우유라니, 법정에 앉아 있던 사람들이 웃음을 터뜨렸다. 그 소리는 조지에게 분별력을 갖춘 웃음소리로 들렸다. 청중들이 대단히 재미있어하는 동안, 그는 배심원단을 돌아보았다. 한두 명이 미소를 지었지만, 대부분은 엄숙한 표정을 지키고 있었다. 조지는 이 모든 걸 용기를 내라는 신호로 받아들였다.

베이철 씨는 피고의 재킷 소매에 묻은 혈흔으로 질문을 옮겼다.

"이것이 포유류의 혈액이라고 말씀하셨죠?"

"네."

"다른 가능성은 전혀 없습니까, 버터 선생님?"

"전혀요."

"알겠습니다. 그러면 버터 선생님, 말은 포유류입니까?"

"그렇죠."

"그렇다면 돼지나 양, 개, 소는 포유류입니까?"

"포유류입니다."

"그렇군요. 그러면 새나 물고기, 파충류가 아닌 모든 동물들을 포유류라 부를 수 있습니까?"

"그렇습니다."

"선생님과 저도, 배심원 여러분도 포유류입니까?"

"그렇습니다."

"그렇다면 버터 선생님, 선생님께서 재킷에 묻은 혈흔이 포유류의 혈흔이라 하셨으니, 해당 포유류가 위에 언급된 어떤 종에도 속할 수 있다는 뜻이겠죠?

"그렇습니다."

"그렇다면 피고의 재킷에 작은 점 형태로 묻어 있는 혈흔이 말이나 조랑말의 혈액이라고 단정하실 수 있습니까?"

"그렇게 단정할 수는 없을 듯합니다."

"그러면 검사를 통해 혈흔이 얼마나 오래됐는지는 말씀해주실 수 있습니까? 예를 들어 오늘 묻었다거나, 어제 묻었다거나, 일주일 됐다던가, 아니면 몇 달 전에 묻은 혈흔이라고 말입니다."

"글쎄요, 마른 상태가 아니라면—"

"선생님께서 조지 에들지의 재킷을 조사하실 때 혈흔은 마른 상태였습니까?"

"네."

"말라 있었나요?"

"네."

"선생님의 진술에 따르면 며칠, 몇 주, 심지어는 몇 달 전의 혈흔일 수도 있겠군요."

"가능합니다."

"그렇다면 혈흔이 살아 있는 동물에게서 나온 것인지, 아니면 죽은 동물에게서 나온 것인지를 판별할 수 있습니까?"

"아니오."

"그렇다면 고깃덩이에서 나온 것인지는 알 수 있습니까?"

"역시 아닙니다."

"그렇다면 버터 선생님, 혈흔을 검사하는 것만으로는 말을 훼손할 때 묻었는지, 아니면 몇 달 전, 예를 들어 일요일에 스테이크를 썰어 먹다가 묻은 혈흔인지는 알 수 없다는 거로군요?"

"그렇다고 할 수 있습니다."

"선생님께서 에들지 씨의 재킷 소맷동에서 얼마나 많은 혈흔을 찾아냈는지 기억하고 계십니까?"

"두 개입니다."

"선생님께서는 두 개의 혈흔이 각각 3페니 동전만 한 크기였다고 말씀하셨다고 들었습니다."

"그랬습니다."

"버터 선생님. 말이 과다출혈로 결국 살처분당할 수밖에 없을 정도로 난폭하게 난도질한 자가 식사할 때 부주의했던 사람에게 남겨질 만한 정도의 혈흔만 옷에 묻힌 채 현장을 떠날 수 있다고 생각하십니까?"

"전 그런 추측은—"

"물론 직접 추측하실 필요는 없죠, 버터 선생님. 선생님을 압박하려는 건 아닙니다."

이 문답으로 자신에 찬 베이철 씨는 짧은 진술로 피고 측 변론을 시작했고, 조지 어니스트 톰슨 에들지가 불려 나왔다.

"그는 조금도 동요하지 않고 피고석에서 씩씩하게 걸어나왔다." 조지는 다음날 버밍엄 판 〈데일리 포스트〉에서 이런 문장으로 시작되는 기사를 읽었다. 조지로 하여금 언제나 자기 자신을 자랑스럽게 여기게 한 문장이었다. 그들이 어떤 거짓말을 해왔건, 얼마나 은밀히 모함해왔건, 그의 조상을 얼마나 비방했건, 경찰 및 다른 증인들이 진술을 얼마나 의도적으로 바꿨든 간에 그는 그를 기소한 자들을 조금도 동요하지 않고 대면한 것이었다.

베이철 씨는 17일 저녁 의뢰인이 정확히 어떻게 움직였는지를 직접 제시하는 것으로 변론을 시작했다. 루이스 씨가 사건이 일어난 시각을 증언했으므로, 전적으로 불필요한 변론임을 그들 둘 다 알고 있었다. 그러나 베이철 씨는 배심원들이 진실을 담아 증언하는 조지의 목소리에 익숙해지길 원했다. 법정에서 피고가 직접 증언하는 것은 고작 6년 전에야 허가되었고, 의뢰인을 증인석에 세우는 것은 참신하지만 여전히 위험한 일로 여겨지고 있었다.

조지는 배심원단 앞에서 그날 저녁 장화공 핸즈 씨를 찾아갔던 일과 어떤 길들을 지나쳤는지를 다시 이야기했다. 베이철 씨가 미리 귀띔해준 대로 그린 농장까지 갔던 이야기는 하지 않았다. 그후 그는 가족들과의 식사와 잠자리 배치, 잠긴 침실 문, 아침기상, 아침식사, 그리고 기차역으로 갔던 일을 진술했다.

"역에서 조지프 마큐 씨와 대화했던 일을 기억하고 계십니까?"

"네, 기억합니다. 그가 절 데려가려고 했을 때 전 늘 타던 7시 39분 기차를 기다리며 승강장에 서 있었습니다."

"그가 뭐라고 했는지 기억하십니까?"

"네, 그는 캠벨 경위의 전갈을 가져왔다고 했습니다. 제게 기차를 타지 말고 역에서 캠벨 경위가 올 때까지 기다리라는 것이었죠. 하지만 제게는 무엇보다도 마큐의 어조가 기억에 남았습니다."

"어떤 어조였나요?"

"매우 무례했습니다. 마치 제게 명령하는 것 같았죠. 일부러 예의범절은 눈곱만큼도 보여주지 않는 듯했습니다. 전 경위가 왜 절 찾는지 물었습니다. 마큐는 모른다고 대답했습니다. 아니면 알아도 대답해주지 않는 것처럼 보였죠."

"그는 자신을 임시경관이라고 밝혔습니까?"

"그러지 않았습니다."

"그래서 당신은 출근하지 않을 필요가 없겠다고 판단하셨군요?"

"사실, 전 사무실에 급한 업무가 있었고, 그에게 그렇다고 말했습니다. 그러자 그는 태도를 바꾸더군요. 마치 제 환심이라도 사려는 사람처럼 제가 하루만 쉬면 어떻겠느냐고 제안했죠."

"그래서 당신의 대답은 무엇이었습니까?"

"전 그가 사무변호사가 대체 무슨 일을 하는 사람이며 이 직업에 어떤 책임감과 의무가 따르는지 짐작도 못 하는 모양이라고 생각했습니다. 술집 주인처럼 내키면 하루 쉬면서 다른 사람에게 대신 맥주를 따르라고 할 수는 없는 직업이죠."

"물론 그렇겠죠. 그러면 그 시점에 당신에게 다가와 지역 내에서 또 다른 말이 훼손되는 사건이 있었다는 소식을 전한 사람이 있었습니까?"

"누구라고요?"

"마큐 씨의 진술에 의하면, 그때 한 남자가 두 분에게 다가와 말이 훼손당했다는 소식을 알렸다고 합니다."

"전혀 사실이 아닙니다. 우리에게 다가온 사람은 아무도 없었습니다."

"그러면 그후 당신은 기차를 탔고요?"

"그러지 않을 이유가 없었으니까요."

"그렇다면 동물이 훼손되었다는 소식을 들은 당신이 미소를 지을 까닭도 없었겠군요."

"말도 안 됩니다. 우리에게 다가온 사람은 없었어요. 제가 미소를 지었다면 아마 마큐가 하루 쉬라고 해서일 겁니다. 이 동네에서 게으름뱅이로 널리 알려진 사람이 할 법한 제안이라는 생각이 들었으니까요."

"알겠습니다. 이제 그날 아침 이후로 옮겨가죠. 캠벨 경위와 파슨스 경사가 사무실로 찾아가 당신을 체포하고 구치소로 가는 길에, 그들은 당신이 이렇게 말했다고 했습니다. '놀랍지도 않아요. 가끔 이렇게 될 거라고 생각했었죠.' 당신이 한 말이 맞습니까?"

"네, 맞습니다."

"무슨 뜻으로 한 말이었는지 설명해주시겠습니까?"

"그럼요. 오랫동안 저를 음해하는 협박과 온갖 소문들이 있었습니다. 전 익명의 편지들을 받았고, 그 편지들을 경찰에게 보여주었죠. 한데 그들은 제 행적을 쫓고 목사관을 감시했습니다. 경찰이 제게 적대적인 감정을 갖고 있다고 말했던 경관도 있었습니다. 1, 2주 전부터 제가 체포될 거라는 소문도 있었고요. 경찰은 분명 제게 불리한 증거를 갖고 있는 듯 보였죠. 그래서, 네, 전 놀라지 않았습니다."

다음으로 베이철 씨는 수수께끼의 인물인 록스턴 씨에 대해 물었다. 조지는 그런 말을 한 적이 없다고 부인했고, 록스턴이라는 사람은 알지도 못한다고 말했다.

"당신이 했다고 전해지는 다른 진술들을 살펴보죠. 캐녹 치안법정에서 당신은 보석을 제안 받았고, 거절했습니다. 법정에서 그 이유를 말씀해주시겠습니까?"

"물론이죠. 저뿐 아니라 제 가족들에게까지 부과된 요구금액이 너무나 부담스러웠습니다. 게다가 전 그때 구치소 양호실에 있었고, 편안한 대우를 받고 있었습니다. 전 재판이 끝날 때까지 거기서 머무르는 편이 낫겠다고 생각했죠."

"알겠습니다. 메러디스 순경은 당신이 구치소에 있는 동안 이렇게 말했다고 증언했습니다. '난 보석을 바라지 않습니다. 그리고 다음에 일어날 말 훼손사건은 제가 한 짓이 아닐 겁니다.' 이렇게 말씀하셨나요?"

"네."

"무슨 뜻으로 한 말이었습니까?"

"말 그대로입니다. 제가 체포되기 몇 주, 몇 달 전부터 동물들을 훼손하는 사건이 벌어졌죠. 전 그 일과 아무런 관련이 없었으므로 그들이 계속해서 사건을 벌이기를 바랐습니다. 그래야 제가 그 문제와 관련이 없다는 사실이 드러날 테니까요."

"아시다시피 에들지 씨, 당신이 나쁜 의도에서 보석을 거부했다는 진술이 있었습니다. 분명 같은 진술이 또다시 나오겠지요. 존재한다고 암시되었으나 그 존재가 완전히 증명되지 않은 그레이트 웨얼리 갱단이 고의적으로 다른 동물들을 훼손하여 당신의 결백을 증명하고, 따라서 당신을 구제하려고 시도한다는 진술 말입니다."

"제가 그토록 치밀한 계획을 세울 정도로 영리했다면, 순경에게 그 사실을 사전에 보고하지 않을 정도로 영리하기도 했겠죠. 이렇게 대답할 수 있겠습니다."

"그렇겠지요, 에들지 씨. 알겠습니다."

조지의 예상대로 디스터널 씨는 조롱조와 경멸조로 일관하며 질문을 던졌다. 그는 자신의 불신을 연극적인 태도로 전시하며 조지가 이미 진술한 내용을 반복적으로 물었다. 그의 전략은 대단히 기만적이고 사악한 피고인이 무심코 죄를 실토하게 한다는 것이었다. 조지는 베이철 씨가 이 점을 명심해야 한다고 생각했다. 그는 도발에 걸려들어선 안 되었다. 그는 답변에 시간을 들여야 했다. 그는 차분하게 대답해야 했다.

물론 디스터널 씨는 17일 저녁 조지가 그린 씨의 농장까지 걸어갔다는 사실을 놓치지 않았다. 그는 조지가 그 이야기를 빠뜨리고 증언했던 이유를 캐물었다. 검사는 마침내 조지의 옷에 묻어 있던 털에 관해 질문하며 무자비한 성격을 드러냈다.

"에들지씨, 당신은 선서하고 증언했습니다. 그리고 당신의 옷에 묻은 털들이 소 방목장의 울타리에 기댔을 때 묻었다고 말했습니다."

"아마 거기서 묻었을지도 모른다고 말했습니다."

"하지만 버터 씨가 당신의 옷에서 찾아낸 29점의 털은 현미경으로 조사한 결과 죽은 조랑말의 피부조직에서 잘라낸 털과 길이, 색, 구조면에서 동일한 것으로 나타났습니다."

"그는 동일하다고는 말하지 않았습니다. 유사하다고 말했죠."

"그랬습니까?" 디스터널 씨는 당혹스러워하며 잠시 서류를 들여다보는 척했다. "'길이, 색, 구조면에서 유사하다.' 그렇다면 이 유사성을 어떻게 설명하실 건가요, 에들지 씨?"

"동물의 털에 관한 전문가가 아닌 저로서는 설명할 수 없습니다. 그런 털이 어떻게 제 옷에 묻었는지를 추측해서 말씀드릴 뿐입니다."

"에들지 씨, 당신은 법정이 17일 밤 당신의 집과 1마일 떨어진 곳에서 난자된 조랑말의 털과 길이, 색, 구조면에서 유사한 당신 외투의 털이 소 방목장에서 묻은 것이라고 믿을 것 같습니까?"

조지는 아무 대답도 하지 않았다.

베이철 씨는 증인석으로 루이스 씨를 불렀다. 경찰 수의사는 새벽 2시 30분 이전에는 말이 훼손되지 않았다고 생각된다는 진술을 반복했다. 그후 그는 그러한 훼손을 입힌 도구가 무엇이었는지에 대한 질문을 받았다. 그는 양 옆이 오목한 곡선 형태의 도구라 여겨진다고 대답했다. 루이스 씨는 집에서 쓰는 면도날로 그런 창상을 입힐 수 있다고 생각했는가? 아니다. 루이스 씨는 면도날로는 그런 상처를 남길 수 없다고 생각했다.

그후 베이철 씨는 신의 명령을 받드는 성직자 샤푸르지 에들지를 불러 잠자리 배치와 침실 문, 열쇠, 요통, 그리고 깨어나는 시각을 진술하게 했다. 조지는 처음으로 아버지가 노인처럼 보인다고 생각했다. 그의 목소리는 덜 설득적으로 들렸고, 확신에 찼던 태도 역시 수그러져 있었다.

디스터널 씨가 그레이트 웨얼리의 목사를 심문하기 시작하자 조지는 불안해졌다. 검사는 짐짓 공손한 태도로 증인을 오래 잡아두지 않을 거라고 말했다. 그러나 이는 지켜지지 않을 약속이었다. 디스터널 씨는 조지의 알리바이를 꼬치꼬치 캐며, 배심원단 앞에서 자신이 당시 상황을 정확하고 엄밀하게 파악하려 한다는 인상을 주었다.

"밤마다 침실 문을 잠그십니까?"

이미 대답한 바 있는 질문을 받은 조지의 아버지는 놀란 표정을 지었다. 그는 부자연스럽게 여겨질 정도로 대답을 오래 끌었다. 그러고는 이렇게 말했다. "그렇소."

"그러면 아침에 잠겨 있던 자물쇠를 푸십니까?"

조지의 아버지는 다시 부자연스럽게 시간을 끌었다. "그렇소."

"열쇠는 어디에 두십니까?"

"자물쇠에 꽂아둡니다."

"숨기지는 않으십니까?"

목사는 버릇없는 학생 보듯 디스터널 씨를 바라보았다. "제가 왜 열쇠를 숨겨야 한답니까?"

"절대로 숨기지 않으십니까? 한 번도 숨긴 적이 없으십니까?"

조지의 아버지는 혼란스러운 표정이었다. "왜 그런 질문을 하시는지 모르겠소."

"전 열쇠가 항상 자물쇠에 꽂혀 있는지를 확인하고자 할 뿐입니다."

"벌써 그렇다고 말씀드렸소."

"예외는 없습니까? 절대로 열쇠를 숨기지 않으십니까?"

"벌써 그렇다고 말씀드렸잖소."

조지의 아버지가 캐녹 치안법정에 섰을 때 받았던 질문들은 단순했다. 증인석은 연단처럼 보였고, 목사는 신의 현전을 증언하듯 보였다. 그러나 이제 디스터널 씨의 질문을 받는 그—그리고 그를 둘러싼 세계—는 금방이라도 무너질 듯 보였다.

"목사님께서는 열쇠를 돌릴 때 삐걱거리는 소리가 난다고 하셨죠."

"그렇소."

"최근 그렇게 된 것입니까?"

"최근 그렇게 되었다는 것이 뭡니까?"

"최근에 열쇠를 돌릴 때 삐걱거리는 소리가 나기 시작했느냐는 말입니다." 검사는 현관 앞 계단을 오르는 노인이라도 돕는 듯 굴었다. "아니면 항상 그런 소리가 났습니까?"

"내가 기억하는 한 그렇소."

디스터널 씨는 목사에게 미소를 지었다. 조지는 그의 미소가 마음에 들지 않았다. "그런데 그동안, 목사님께서 기억하시는 한, 아무도 자물쇠에 기름칠할 생각을 안 하셨다고요?"

"그렇소."

"사소한 질문일 수도 있겠지만, 대답해주시기 바랍니다. 어째서 아무도 자물쇠에 기름칠을 하지 않았습니까?"

"전 그게 중요하다고 생각하지 않았습니다."

"기름이 없어서는 아니고요?"

목사는 현명치 못하게도 동요하는 기색을 드러냈다. "집에 기름이 있는지 없는지는 내 아내에게나 여쭤보시오."

"그러도록 하죠, 목사님. 그러면 삐걱거리는 소리를 묘사해주시겠습니까?"

"무슨 말씀이십니까? 삐걱거린다고 했잖소."

"큰 소리로 삐걱거립니까, 아니면 작은 소리로 삐걱거립니까? 예를 들자면 쥐가 찍찍거리는 정도입니까, 아니면 헛간 문을 열 때 나는 소리 정도입니까?"

샤푸르지 에들지는 사소함으로 지어진 미궁에 빠져 허우적대는 사람처럼 보였다. "크게 삐걱거리는 소리인 것 같소."

"그렇다면 자물쇠에 기름칠하지 않았다는 사실이 더욱 놀랍게 여겨지는군요. 아무튼 그렇다고 칩시다. 저녁에 한 번, 그리고 아침에 한 번 열쇠가 삐걱거리는 소리가 크게 나겠죠. 그리고 또 어떨 때 그 소리가 납니까?"

"무슨 말씀이신지 모르겠소."

"제 말씀은, 목사님. 목사님이나 아드님이 밤에 침실을 나갈 때가 있을 것 아닙니까."

"우리 둘 다 침실 밖에 나가지 않습니다."

"두 분 다 나가지 않으신다고요. 제가 아는 바에 의하면…… 그런 식으로 주무신 게 16년에서 17년이라고요. 그런데 그 기간 동안 두 분 다 한 번도 밤에 침실에서 나간 적이 없다는 말씀이십니까?"

"그렇소."

"정말로 확신하십니까?"

다시 긴 침묵이 이어졌다. 목사는 머릿속에서 지난 세월을 되짚으며 매일 밤을 떠올려보는 듯했다. "그렇다고 확신합니다."

"매일 밤을 전부 기억하십니까?"

"질문의 요지를 모르겠소."

"목사님, 질문의 요지는 모르셔도 됩니다. 그냥 질문에만 대답하세요. 매일 밤을 각각 기억하고 계시냐는 겁니다."

목사는 이처럼 어리석은 교리문답에서 자신을 구원해줄 사람을 찾아 법정을 둘러보았다. "다른 사람들과 크게 다르진 않을 겁니다."

"그렇군요. 목사님께서는 매우 얕은 잠을 주무신다고 하셨죠."

"그렇소. 매우 얕게 잡니다. 쉽게 깨기도 하고."

"그리고 목사님께서는 만약 누가 열쇠를 돌리면 그 소리에 잠에서 깰 거라고 증언하셨죠."

"그렇소."

"그 말씀이 모순적이라는 걸 모르시겠습니까?"

"모르겠소." 조지는 갈팡질팡하기 시작한 아버지를 바라보았다. 그는 자신의 말에 도전해오는 자들에게 익숙하지 않았다. 아무리 정중한 태도를 보이더라도. 그는 이 상황의 지배자라기보다는 늙고 초조한 사람으로 보였다.

"그렇다면 제가 설명하죠. 17년 동안 밤에 방을 나간 사람은 없습니다. 즉, 목사님께서 주무시는 동안 열쇠를 돌린 사람은 없었다는 말이죠. 한데 목사님께서는 어떻게 열쇠 돌리는 소리에 즉시 잠에서 깰 거라고 확신하십니까?"

"그건 말뿐인 논리요. 내 말은, 아무리 작은 소리가 나더라도 내가 잠에서 깰 거라는 말이었소." 하지만 그의 목소리는 권위적이라기보다는 초조하게 들렸다.

"목사님께서는 열쇠 돌리는 소리에 잠을 깨신 적이 한 번도 없습니까?"

"없소."

"그러면 목사님께서는 그 소리에 잠을 깰 거라는 맹세는 하실 수 없겠군요?"

"조금 전의 말을 반복하겠소. 아무리 작은 소리가 나더라도 잠에서 깰 거요."

"하지만 열쇠 돌리는 소리에 한 번도 깨신 적이 없다면, 열쇠 돌리는 소리가 났는데도 잠에서 깨지 않은 적이 절대로 없다고는 말할 수 없지 않겠습니까?"

"말씀드렸다시피 그런 일은 한 번도 없었소."

조지는 순종적이고 불안한 아들로서, 그리고 전문적인 사무변호사이자 초조한 피고로서 아버지를 바라보았다. 그의 아버지는 잘해내고 있지 않았다. 디스터널 씨는 그의 아버지를 손쉽게 다루고 있었다.

"에들지 씨, 당신은 당신이 5시에 일어나고, 아들이 6시 30분에 일어날 때까지 다시 잠들지 않는다고 말했습니다."

"제 말을 의심하시는 겁니까?"

이 대답에 디스터널 씨는 즐거워하는 기색을 드러내지 않았지만, 조지는 그가 즐기고 있다는 걸 알아차렸다.

"아뇨, 단지 아까 하신 말씀을 확정해달라고 요청하는 겁니다."

"그렇다면 확정하겠소."

"5시에서 6시 반 사이에 잠들었다가 다시 깬 적이 없으시다고요?"

"없다고 했소."

"잠에서 깨는 꿈을 꾼 적이 있으십니까?"

"무슨 말씀이신지 모르겠소."

"주무실 때 꿈을 꾸십니다."

"가끔 그렇소."

"그러면 잠에서 깨는 꿈을 꾼 적이 있으십니까?"

"모르겠습니다. 기억나지 않소."

"하지만 잠에서 깨는 꿈을 꾸는 사람들이 있다는 건 알고 계시겠죠?"

"그런 생각은 해보지 않았소. 다른 사람들이 어떤 꿈을 꾸는지는 제게 중요하지 않습니다."

"하지만 그런 꿈을 꾸는 사람들이 있다는 제 말씀은 받아들이시겠죠?"

목사는 이제 불가해한 유혹에 이끌려가는 사막의 은자처럼 보였다. "그렇게 말씀하신다면." 조지도 디스터널 씨의 질문이 당황스럽긴 마찬가지였다. 그러나 곧 검찰 측 의도가 분명해졌다.

"그러면 당신은 5시에서 6시 반 사이에 깨어 있다는 사실이 확실하다고 생각하시는 겁니까?"

"그렇소."

"그러면 23시에서 5시 사이에 잠들어 있었다는 사실도 확실하다고 생각하십니까?"

"그렇소."

"그 사이에 깼던 건 기억하지 못하시는 거고요?"

조지의 아버지는 다시 자신의 말이 의심받고 있다는 표정을 지었다.

"그렇소."

디스터널 씨는 고개를 끄덕거렸다. "그러면 당신은 예를 들어 1시 반에는 주무시고 있었습니다." 그는 허공에서 시곗바늘을 헤아리는 시늉을 했다. "예를 들면 2시 반에. 또 예를 들면 3시 반에. 네, 감사합니다. 이제 다른 문제로 넘어가죠……."

그렇게 질문이 계속되고 계속되었다. 법정에 있는 사람들의 눈에 조지의 아버지는 그가 명예로운 목사라는 점만큼이나 분명하게, 아무것도 확신하지 못하는 노망난 노인네로 변한 듯 보였다. 다른 사람들의 눈에 괴상해 보이는 가정 내 질서를 지켜왔지만, 조금 전 의기양양하게 증인석에 섰던 영리한 아들에게 허점을 찔린 노인네로. 아니면 더 나쁜 쪽인 것 같기도 했다. 아들이 잔학행위와 모종의 관련이 있다고 의심하면서도, 불안하고 무능한 방식으로 아들을 위해 말을 바꾸는 아버지로.

전에 없이 무기력한 남편을 목격하고 더욱 불안해진 조지의 어머니가 다음 차례였다. 베이철 씨가 그녀에게 진술을 요청한 뒤, 디스터널 씨는 예의 나태한 정중함으로 앞서 나온 얘기들을 반복하라고 요구했다. 그는 짐짓 상냥한 관심을 기울이며 그녀의 대답을 듣는 것처럼 보였다. 그는 더 이상 무자비한 원고 측 변호사가 아니라 선물용 차 한 상자를 들고 찾아온 예의바른 새 이웃처럼 보였다.

"에들지 부인, 항상 아드님을 자랑스럽게 생각하셨나요?"

"네, 그럼요. 무척 자랑스럽죠."

"아드님은 언제나 영리한 소년이자 영리한 청년이었죠?"

"네, 그럼요. 무척 영리했죠."

디스터널 씨는 아들과 자신이 처한 현재 상황에서 에들지 부인이 느낄 법한 불편을 유감스럽게 생각한다는 듯 유들유들한 태도를 보였다.

질문이 아닌 말을 자동적으로 질문으로 받아들인 조지의 어머니는 아들을 칭찬하기 시작했다. "조지는 언제나 학구적인 아이였어요. 학교에서 상도 많이 받았죠. 조지는 버밍엄의 메이슨 칼리지에서 수학했고, 법률가협회에서 메달도 받았어요. 많은 신문과 법률관련 저널에서 조지가 쓴 철도법에 관한 책을 다루었죠. 아시다시피 그 책은 윌슨의 법률관련 소책자 시리즈 중 한 권으로 출판되었죠."

디스터널 씨는 어머니의 긍지에 불을 붙였다. 그는 그녀에게 또 말하고 싶은 것이 있느냐고 물었다.

"있어요." 에들지 부인은 피고석에 있는 아들을 건너보았다. "조지는 항상 상냥하고 순종적인 아이였어요. 아이 때부터 늘 말 못하는 짐승들을 상냥하게 대했죠. 조지가 짐승이든 뭐든 훼손하거나 상해를 입힌다는 건 불가능할 거예요. 설사 조지가 집 안에 있었는지를 우리가 알지 못했다 해도요."

조지의 어머니에게 감사를 표하는 디스터널 씨는 마치 그녀의 아들이라도 된 듯 보였다. 다시 말해서, 그는 백발의 늙은 어머니가 보여주는 맹목적인 사랑과 순진함을 너그럽게 받아들이는 아들처럼 보였다.

다음으로 모드가 불려 나와 조지의 옷에 관해 진술했다. 그녀의 목소리는 안정적이었고, 그녀의 증언은 명쾌했다. 하지만 디스터널 씨가 자리에서 일어나 고개를 끄덕거리자 조지는 소스라쳤다.

"에들지 양, 당신의 증언은 부모님께서 말씀하신 증언과 가장 세부적인 사항까지 정확히 일치합니다."

모드는 그를 바라보며 그 말이 질문인지, 아니면 엄청난 공격이 시작되리라는 것을 암시하는 말인지 밝혀지기를 기다렸다. 그러나 디스터널 씨는 한숨을 내쉬며 다시 자리에 앉았다.

그후 조지는 완전히 지치고 의기소침해진 상태로 셔 홀 지하의 송판 탁자 앞에 앉았다. "미크 씨, 제 부모님께서 훌륭한 증인들이 아닌 것 같아 두렵습니다."

"전 그렇게 생각하지 않습니다, 에들지 씨. 가장 훌륭하신 분들이 훌륭한 증인은 아닌 법이니까요. 부모님께서 꼼꼼하고 정직하게 질문 하나하나에 매달릴수록, 그리고 겸손하게 자신을 의심하실수록, 디스터널 씨 같은 변호인들을 제대로 다룰 수 있는 법입니다. 이런 일이 처음은 아닙니다. 이건 믿음의 문제라고 말씀드리고 싶군요. 우리가 무엇을 믿는지, 어째서 믿는지가 중요하죠. 순수하게 법적인 관점에서만 보면, 배심원이 가장 신뢰하는 증인이 가장 훌륭한 증인입니다."

"사실, 제 부모님은 나쁜 증인들이세요." 재판기간 내내 조지는 그에게 즉각적인 승리를 가져다줄 것은 자신의 희망이 아니라 아버지의 증언이 될 거라고 확신해왔다. 검찰 측 변호인의 공격은 바위처럼 단단한 아버지의 진실성에 힘을 잃을 테고, 디스터널 씨는 남을 비방하다가 질책당한 불한당처럼 보일 수도 있었다. 하지만 디스터널 씨는 그런 공격을 해오지 않았다. 아니, 그는 조지가 예상했던 형태로 공격해오지 않았다. 그리고 그의 아버지는 실패했다. 그의 아버지는 자신의 말이 신의 엄숙한 말씀처럼 들리게 하는 데 실패했다. 외려 그의 아버지는 지나치게 규칙에 얽매이고, 까다롭고, 때로는 혼란스러워하는 모습을 보여주었다. 조지는 만약 그가 어린 시절 사소한 범죄를 저질렀다면 그의 아버지는 그를 경찰서로 데려가 본보기로 처벌을 요구하실 분이라고 법정에 설명하고 싶었다. 높은 의무를 지닌 자는 죄에 대한 책임도 더 깊은 법이기 때문에. 그러나 그의 부모는 쉽게 속아 넘어가는 너그러운 바보들이라는 정반대의 인상을 남겼다. "제 부모님들은 나쁜 증인들이에요." 낙담한 그가 반복했다.

"부모님께서는 진실을 말씀하셨습니다." 미크 씨가 대답했다. "우리는 그분들께 다른 모습을, 그분들 본연의 모습이 아닌 모습을 기대하면 안 됩니다. 배심원단이 그분들의 진실한 모습을 볼 거라고 믿어야죠. 베이철 씨는 내일은 잘될 거라고 장담하고 있습니다. 그러니 우리도 그렇게 생각해야죠."

다음날 아침, 마지막으로 스태퍼드 감옥에서 셔 홀로 이동하는 동안, 조지는 자신의 이야기가 최종적인 형태로, 그러나 또다시 새로운 길을 향해 뻗어가는 형태로 펼쳐질 것이라 생각하며 그것을 들을 준비를 했다. 그러자 다시 기분이 좋아졌다. 10월 23일 금요일이었다. 내일이면 그는 목사관으로 돌아갈 테고, 일요일에는 다시 세인트 마크 교회에서 예배를 드릴 테고, 월요일 7시 39분에는 그의 책상과 서류와 책들이 있는 뉴홀 스트리트로 가는 기차를 탈 것이다. 그는 『홀스버리의 영국 법률』을 구독하면서 자신의 자유를 축하할 것이다.

그가 좁은 계단을 올라 피고석으로 향했을 때, 법정 안은 전날보다도 많은 청중들로 가득한 듯 보였다. 그들의 흥분이 뚜렷이 느껴지는 동시에 걱정이 몰려왔다. 그들의 기대가 엄중한 정의보다는 천박한 연극에 대한 쪽에 더 가까운 듯 느껴지기 때문이었다. 베이철 씨가 그를 건너보며 미소를 지었다. 그가 대놓고 그런 제스처를 보인 건 처음이었다. 조지는 그를 향해 같은 미소를 지어야 할지 어떨지 몰랐지만, 머리를 한쪽으로 슬며시 기울이는 걸로 만족했다. 그는 처음부터 그의 눈에는 정직하고 냉철한 태도를 지닌 사람들로 보였던 12명의 훌륭한 스태퍼드셔 남성들로 구성된 배심원단을 돌아보았다. 그는 그를 고발한 두 사람—사실 그들이 그를 진짜로 고발한 건 아니었지만—앤슨 지서장과 캠벨 경위의 존재를 인지했다. 그를 진정으로 고발한 자들은 아마도 캐녹 체이스에서 자신들이 한 일을 자축하고 있을 테고, 루이스 씨가 말한 양쪽이 오목한 곡선형의 도구를 지금도 날카롭게 갈고 있을 것이다.

레지널드 하디 경의 요청을 받은 베이철 씨는 최후의 변론을 시작했다. 그는 배심원들에게 이 사건의 선정적 측면—신문 기사들, 히스테리적 반응들, 소문과 억측들—을 배제해달라고, 그리고 단순한 사실에 집중해달라고 요청했다. 조지 에들지가 목사관에서 나왔다는 증거는 하나도 없었다. 사건이 일어나기 며칠 전부터 스태퍼드셔 경찰들은 목사관을 감시해왔고, 8월 17일과 18일 사이의 밤에도 마찬가지였다. 그가 혐의를 받고 있는 사건과 그가 연관돼 있다는 최소한의 증거도 없다. 아주 작은 혈흔 정도는 어디에서도 묻을 수 있고, 이는 탄광 조랑말에 가해진 폭력적인 상해로 인한 혈흔과는 비교할 수도 없다. 그의 옷에서 발견되었다는 털에 관해서는 그 증언 자체를 믿을 수 없고, 털이 실제로 발견되었다고 하더라도 그것이 묻어 있는 이유를 추가적으로 설명할 수 있다. 그리고 조지 에들지를 맹렬히 비난하는 익명의 편지들이 있다. 원고 측에서는 피고가 직접 그 편지들을 썼다고 주장하지만, 범죄자의 심리와 논리를 둘 다 무시하는 우스꽝스러운 추측에 불과하다. 거린 씨의 증언은 그저 어떤 입장 이상의 의미를 지닌다고 볼 수 없다. 배심원단에게는 거린 씨의 증언을 분리해서 생각할 권리가 있으며, 그렇게 해야만 한다.

그후 베이철 씨는 그간 의뢰인이 받아온 다양한 빈정거림의 발언들을 제시했다. 그가 보석을 거부한 것은, 탄복스럽게도 아들로서 나이 든 부모님의 짐을 덜어드리고자 했던 합리적인 효심에서였다. 그리고 존 해리 그린의 수상쩍은 사건에 대해서도 생각하지 않을 수 없다. 원고 측은 조지 에들지가 이 사건에도 연루되었다고 모함하려 했다. 그러나 피고와 그린 씨 사이에는 아무런 연관도 찾을 수 없으며, 그린 씨는 증인석에 나오지도 않았다. 이런 점들로 미루어볼 때 원고 측은 아무 관련이 없는 얼룩이나 혈흔 따위를 들먹이며 암시와 빈정거림, 모욕으로 일관하고 있다. "우리에게 남은 것은," 피고 측 변호인이 긴 변론을 마무리 지었다. "이곳 법정에서 나흘을 보낸 우리에게 남은 것이라고는, 누더기처럼 갈기갈기 찢긴 경찰의 논리 말고 무엇이 있습니까?"

베이철 씨는 다시 자리에 앉았고, 조지는 기뻐했다. 그의 변론은 몇몇 변호사들이 일삼는 거짓된 정서적 호소가 아니라 명쾌하고 잘 짜인 변론이었다. 가장 프로다운 변론이기도 했다. 그랬기 때문에 조지는 해더튼 경이 주관하는 A법정에서였다면 베이철 씨가 표현과 추론에서 더 많은 자유를 누렸으리라고 생각했다.

디스터널 씨는 서두르지 않았다. 그는 베이철 씨의 마지막 발언이 서서히 소멸하기를 기다리듯이 서 있기만 했다. 그후 그는 반대 측이 비난했던 암시와 얼룩, 혈흔 따위를 차곡차곡 모아 신중하게 꿰매기 시작했다. 그는 그것을 조지의 어깨에 망토처럼 두르려는 생각인 듯 보였다. 그는 배심원단에게 죄수의 첫 번째 행동을 떠올려보라고, 그 행동이 결백한 사람의 것이었는지를 생각해보라고 요구했다. 조지는 캠벨 경위의 기다려달라는 요청을 거부했고, 훼손 소식을 듣고 미소를 지었으며, 체포 당시 놀라지도 않았고, 블루윗의 죽은 말들에 대해 이상한 질문을 했고, 수수께끼의 인물인 록스턴 씨를 위협했고, 보석을 거부했으며, 그레이트 웨얼리 갱단이 다시 사건을 벌여 그의 자유를 보장할 것이라고 자신 있게 예견했다. 이것이 결백한 사람의 행동입니까, 디스터널 씨의 질문은 배심원단의 마음속에 이런 일들을 하나하나 다시 연결하려는 듯했다.

혈흔. 필적. 의복이 다시 등장했다. 피고의 옷은 젖어 있었다. 특히 집에서 입는 외투와 장화가. 경찰은 이 사실을 진술하며 맹세했다. 그가 집에서 입는 외투를 조사했던 모든 경관들은 하나같이 외투가 젖어 있었다고 진술했다. 그렇다면, 그리고 경찰이 전적으로 잘못 본 게 아니라면—그리고 경찰이 어떻게 잘못 볼 수 있단 말인가?—, 단 하나의 설명만이 가능했다. 조지 에들지는 검찰 측 주장대로 폭풍우가 몰아치는 8월 17일과 18일 사이의 밤에 몰래 목사관을 빠져나간 것이다.

혼자서 저질렀든 여럿이서 저질렀든, 피고가 이 사건에 깊게 연루돼 있다는 압도적인 증거들에도 불구하고, 한 가지 질문에 대한 답변이 요구된다고 디스터널 씨가 말했다. 그의 동기는 무엇이었을까? 배심원단은 이렇게 물을 권리가 있다. 그리고 디스터널 씨는 그들에게 이렇게 답변하기 위해 와 있었다.

"지난 나흘간 법정의 모든 사람들이 그러했듯, 여러분께서도 스스로 묻지 않을 수 없으셨을 겁니다. 피고의 동기는 대체 무엇이었을까요? 누구나 존중할 만한 젊은이가 어째서 그토록 사악한 행위를 벌였을까요? 합리적인 참관인인 여러분께서는 다양한 이유를 제시받으셨을 줄 압니다. 피고가 특별히 누군가에게 앙심과 악의를 품고 이런 행동을 한 것일까요? 가능할 수도 있지만, 그레이트 웨얼리 갱단의 잔학행위와 이에 수반된 익명의 협박편지들에 지금까지 너무나 많은 희생자들이 연루되었다는 사실을 고려한다면 합당치 않은 설명입니다. 그가 제정신이 아니었던 것은 아닐까? 그의 행위가 보여준 말로 표현할 수 없는 야만성과 마주하면 이렇게 판단할 수도 있겠죠. 그러나 이 역시도 충분한 설명은 아닙니다. 미친 사람이 벌인 짓이라고 하기에는 너무나 치밀하게 계획되고 너무나 영리하게 실행된 범죄입니다. 전 이렇게 제안하고자 합니다. 우리는 반드시 미치지는 않았지만 평범한 사람들과는 다른 식으로 형성된 두뇌에서 그 동기를 찾아야 합니다. 재정적 이득이나 한 개인에 대한 복수가 아니라 악명을 떨치고 싶은 욕구, 익명 상태에서 즐기는 거만함에 대한 욕망, 경찰을 다각도에서 골탕 먹이고 싶은 욕망, 사회를 대놓고 비웃고 싶은 욕망, 자신의 우월성을 입증하고픈 욕망이 그의 동기입니다. 배심원 여러분과 마찬지로, 본 재판에서 저는 저 스스로는 물론이고 여러분들과 마찬가지로 피고의 유죄를 확신하는 여러 순간과 마주쳤습니다. 하지만 전 계속해서 물을 수밖에 없습니다. 그는 어째서 이런 짓을 벌였던 걸까요? 전 이렇게 대답하고자 합니다. 그가 이러한 잔학행위를 벌여온 이유는 그의 머리 한구석에 악마적인 계략이 깃들어 있기 때문입니다."

디스터널 씨의 말에 집중하려고 고개를 약간 숙인 채 듣고 있던 조지는 그의 발언이 끝나간다는 걸 알아차렸다. 그는 고개를 들었고, 원고 측 변호인이 이제야 마침내 죄인을 완벽하게 뜯어보게 되었다는 듯 자신을 극적으로 내려다보고 있다는 걸 알았다. 디스터널 씨에 의해 고무된 배심원들도 그를 면밀하게 뜯어보고 있었다. 레지널드 하디 경도. 그의 가족을 제외한 법정 안의 모든 사람들도. 덥스 순경과 피고석 뒤에 서 있던 다른 순경들도 그가 지금 입은 정장 재킷에 또 다른 혈흔이라도 묻었는지 조사하듯 그를 뚫어져라 바라보고 있었다.

의장은 1시 15분 전에 사건의 개요를 다시 설명하기 시작했다. 그는 본 사건을 "지역 평판에 가해진 흠집"이라고 표현했다. 그의 발언을 들으며 조지는 12명의 배심원단이 악마적인 계략을 주도한 사람이 바로 자신이라고 판단하고 있는지도 모르겠다고 생각했다. 그러나 그가 할 수 있는 건 없었다. 그저 차분하게 기다릴 뿐이었다. 그의 운명이 결정되기 전까지의 마지막 몇 분을 반드시 그렇게 기다려야 했다. 차분해지자, 그는 생각했다. 차분해지자.

2시에 레지널드 경은 배심원들을 내보냈다. 조지는 지하로 옮겨졌다. 지난 나흘간 그랬던 것과 마찬가지로 덥스 순경이 조지의 감시를 맡았다. 조지가 탈출할 유형이 아니라는 걸 알고 있던 덥스 순경은 약간 어색한 기색을 내비쳤다. 그는 조지를 점잖게 대했고, 한 번도 그를 거칠게 밀치거나 하지 않았다. 이제 그가 자신의 말을 오해할 가능성이 사라졌음을 알아차린 조지가 그에게 말을 붙였다.

"순경님, 경험적으로 배심원단이 결정을 내리는 데 시간이 오래 걸리는 건 좋은 신호라고 생각하시나요, 아니면 나쁜 신호라고 생각하시나요?"

덥스는 한동안 생각에 잠겼다. "제 경험으로는 선생님, 좋은 신호일 수도 있고 나쁜 신호일 수도 있습니다. 이거 아니면 저거죠. 정말이지 경우마다 매번 다릅니다."

"알겠습니다." 조지가 말했다. 대개 "알겠습니다"라는 말을 쓰지 않았던 조지는 자신이 법정변호사들이 버릇처럼 일삼는 말을 따라하고 있음을 깨달았다. "그러면 경험적으로 배심원이 빠르게 결정을 내리는 건 어떻게 보시나요?"

"아, 그건 말이죠. 그것도 좋은 것일 수도 있고 나쁜 것일 수도 있어요. 상황에 따라 달라지죠."

조지는 억지로 미소를 지었다. 덥스가 아니라 그 누구라도 할 수 있는 대답이었다. 그는 배심원들이 빠른 결정을 내릴 거라고 생각했다. 사건의 무게와 12명이 만장일치를 보아야 한다는 점을 고려할 때, 빠른 결정일수록 그에게 좋은 결과를 가져다줄 것이었다. 그들이 느린 결정을 내리더라도 나쁠 것은 없었다. 그들이 이 문제를 오래 숙고할수록 진실이 표면 위로, 디스터널 씨의 분노에 찬 산만한 변론 위로 떠오르게 될 터였다.

조지가 단 40분 만에 불려가게 되자 덥스 순경은 놀랐다는 표정을 지었다. 그들은 어둑어둑한 통로를 지나 피고석으로 향하는 계단을 함께 올랐다. 2시 45분, 법원 서기가 배심원장에게, 조지로서는 너무나 익숙한 질문을 던졌다.

"배심원단 여러분, 만장일치로 평결을 내리셨습니까?"

"네, 그렇습니다."

"그레이트 웨얼리 광산회사가 소유한 말을 훼손한 혐의를 받고 있는 조지 어니스트 톰슨 에들지는 유죄입니까, 무죄입니까?"

"유죄입니다."

아냐, 틀렸어. 조지는 생각했다. 그는 백발에 교장선생 풍의 외모를 지니고 약간의 스태퍼드셔 억양을 쓰는 배심원장을 바라보았다. 방금 잘못 말씀하셨잖아요. 다시 말씀하세요. 유죄가 아니라고 말씀하려던 거였잖아요. 질문에 대한 올바른 답변은 '유죄가 아니다'라는 겁니다. 이런 생각들이 조지의 마음속으로 돌진했다. 그때 배심원장이 몸을 꼿꼿이 세우고 무언가를 말하려고 했다. 그렇겠지, 실수를 정정하려는 거다.

"배심원단은 본 평결을 내리며 피고에게 자비를 베풀기를 제안합니다."

"무슨 근거에서입니까?" 레지널드 하디 경이 배심원장을 내려다보며 물었다.

"피고의 위치 때문입니다."

"피고의 개인적인 위치 말입니까?"

"그렇습니다."

의장과 다른 두 명의 치안판사들은 형을 선고하기에 앞서 잠시 퇴장했다. 조지는 간신히 가족들을 돌아보았다. 어머니는 손수건에 얼굴을 묻고 있었고, 아버지는 멍하니 앞을 응시하고 있었다. 엉엉 울 거라고 생각했던 모드는 그를 깜짝 놀라게 했다. 그녀는 그를 똑바로, 진지하게, 사랑을 담아 바라보고 있었다. 그는 그녀의 표정을 언제까지나 간직하겠다고 생각했다. 그러면 아무리 나쁜 일이라도 어쩌면 견뎌낼 수 있을 것 같았다.

그러나 그가 이런 생각에 빠져들기도 전에, 불과 몇 분 만에 결정을 내리고 돌아온 의장이 연설을 시작했다.

"조지 에들지, 배심원단의 평결은 옳습니다. 그들은 당신의 위치를 고려하여 당신에게 자비를 베풀기를 제안했습니다. 우리는 어떤 처벌을 내릴지 결정해야 합니다. 우리는 당신의 개인적 위치를 고려해 당신에게 어떤 처벌이 적합할지를 결정해야 합니다. 한편 우리는 본 사건으로 스태퍼드 지역과 그레이트 웨얼리 지역이 감수해야 했던 치욕에 대해서도 고려해야 합니다. 당신에게 징역 7년을 언도합니다."

일종의 낮은 속삭임이 법정을 훑고 지났다. 으르렁거리는 듯하면서도 무표정한 소리였다. 조지는 생각했다. 안 돼. 7년이라니. 난 7년을 버틸 수 없어. 모드의 표정조차도 나를 그렇게 오래 지켜줄 수 없어. 베이철 씨가 나서야 돼. 그가 뭔가 항의해야 돼.

베이철 씨 대신 디스터널 씨가 자리에서 일어났다. 이제 자신의 믿음을 증명한 그가 아량을 보일 시간이었다. 그는 로빈슨 경사에게 보낸 협박편지에 대해서는 더 이상 묻지 않겠다고 했다.

"그를 끌어내." 덥스 순경이 그의 팔을 붙잡았다. 그는 가족들과 시선을 교환하기도 전에, 정의가 실현될 것이라고 자신만만하게 예상했던 법정의 불빛을 마지막으로 둘러보기도 전에 마지

못해 바닥문으로 끌려갔고, 가스등이 깜박거리는 어둑어둑한 지하실로 내려갔다. 덥스는 친절하게도 판결이 내려졌으므로 죄수는 감옥으로 이송되기 전까지 구치소에 있어야 한다고 설명했다. 조지는 멍한 표정으로 앉아 천천히 지난 나흘간 일어난 일들을 되짚었다. 그의 마음은 여전히 법정에 있었다. 증거가 제시되고, 반대심문이 이어지고, 법적 공방이 이어졌다. 그는 부지런한 사무변호사와 유능한 법정변호사에게 아무런 불만도 없었다. 그리고 원고 측 변호사인 디스터널 씨로 말할 것 같으면 영리한 적수였는데, 이 역시 예상했던 바였다. 미크 씨가 옳았다. 디스터널 씨는 있지도 않은 지푸라기로도 벽돌을 만들어낼 수 있는 사람이었다.

그후 그는 더 이상 침착하게 전문적인 분석을 이어갈 수 없었다. 그는 엄청나게 피곤한 동시에 지나치게 흥분해 있었다. 그의 순차적인 사고력은 제 페이스를 잃었고, 휘청거리며 고꾸라지다가 감정의 중력에 끌려다녔다. 아까까지만 해도 불과 소수의 사람들—대개 경찰, 지나가는 마차 문을 마구 두드려대는 유형의 아마도 멍청하고 무식한 몇몇 일반인들—만이 그를 유죄라고 생각했을 테지만, 이제는 대부분의 사람들이 그가 유죄라고 믿을 것이다. 이 생각에 이르자 부끄러움이 그의 온몸을 뒤덮었다. 신문을 읽은 사람들, 버밍엄의 동료 사무변호사들, 『철도법』 전단지를 받았던 아침 기차 승객들. 그는 그를 유죄라고 생각하게 될 몇몇 사람들을 구체적으로 떠올렸다. 역장 메리먼 씨나 보스톡 선생님, 이제부터 조지가 모욕적이고 사악한 필체로 편지를 썼다고 주장한 필적감정가 거런 씨를 생각나게 할 도축업자 그린실 씨. 이제 거런 씨뿐 아니라 메리먼 씨와 보스톡 씨, 그린실 씨는 조지가 짐승의 배를 가른 동시에 모욕적이고 사악한 필체로 편지를 쓴 자라고 믿게 될 것이다. 목사관의 하녀도, 교구위원들도, 상상의 친구였던 해리 찰스워스도, (존재하기만 했다면) 도라 찰스워스도 그를 혐오할 것이다.

그는 이 모든 사람들이 자신을 바라보고 있다고 상상했다. 그들 사이에는 장화공 핸즈 씨도 있었다. 핸즈 씨 역시 조지가 장화 제작을 상담한 뒤에 침착하게 집으로 돌아가 저녁을 먹고 얌전히 잠든 척하다가 침대에서 빠져나와 들판을 건너 조랑말을 훼손했다고 생각하게 될 것이다. 이 모든 증인들과 고발자들을 생각하던 조지의 온몸에 슬픔이 번졌다. 그는 평생 어떻게 살아왔는지를 생각했고, 남은 평생을 영원히 어두운 지하에서 보내고 싶다고 생각했다. 그러나 그는 이처럼 끔찍한 생각에 빠져들기 전에 눈물을 닦아냈다. 웨얼리의 모든 사람들이 그를 비난의 눈길로 바라보지는 않을 것이기 때문이었다. 적어도 그렇게 오래는. 아니다, 그들은 그의 부모를 비난의 눈길로 바라볼 것이다. 설교단에 선 아버지를, 교구를 돌보는 어머니를, 가게에 들어서는 모드를, 맨체스터에서 온 호레이스를 그런 눈길로 볼 것이다. 그가 형의 몰락을 알고도 집에 돌아온다면 말이다. 모든 사람들이 그의 가족들에게 손가락질하며 이렇게 말할 것이다. 저 집 아들이, 저 애 형이 웨얼리 잔학행위의 범인이야. 그의 전부인 가족이 대중들의 지속적인 비난에 직면하도록 한 사람은 바로 그 자신이었다. 그의 가족은 그가 결백하다는 걸 알고 있었다. 그래서 그는 두 배로 죄책감을 느꼈다.

그의 가족들은 그가 결백하다는 걸 정말 알고 있을까? 그러자 그는 더욱 깊은 절망에 빠지고 말았다. 그들은 그가 무죄라는 것을 알지만, 지난 나흘간 보고 들었던 것들을 어떻게 떨쳐낼 수 있을까. 그에 대한 그들의 믿음이 흔들리기 시작한다면? 그들이 그가 무죄라고 말할 때, 그들의 말 뜻은 무엇일까? 그가 결백하다는 걸 알기 위해 그들은 밤새 잠든 그를 지켜보고 있어야 했을까? 주머니에 사악한 도구를 담고 탄광 들판으로 향하는 어떤 미친 농부를 그들이 직접 봤어야 했나? 오직 그랬어야 그들은 진실로 알 수 있었으리라. 그래야 그들이 믿는 바가 진정한 믿음이 될 수 있다. 그리고 만약 디스터널 씨의 말이나 닥터 버터의 추정, 혹은 그들 자신이 오래전부터 품어온 의혹이 그들의 믿음의 기반을 약화시켰다면?

그들의 믿음을 흔든 사람은 조지 자신이었는지도 모른다. 그는 그들로 하여금 오랫동안 다음과 같은 질문들을 스스로 던지게 했는지도 모른다. 오늘: 우리는 조지를 알고 그가 결백하다는 것을 안다. 하지만 3개월 뒤에: 우리는 조지를 안다고 생각하고 그가 결백하다고 믿는다. 그리고 1년 뒤에: 우리는 조지를 모른다는 것을 깨달았지만, 여전히 그가 결백하다고 생각한다. 누가 이런 변화를 탓할 수 있겠는가.

유죄를 선고받은 사람은 조지만이 아니었다. 그의 가족도 그러했다. 그가 유죄라면, 누군가는 그의 부모가 위증한 게 틀림없다고 생각할 것이었다. 그러니 옳고 그름을 설교하는 목사를 바라보는 신도들은 그 역시 위선자나 사기꾼이라고 생각하지 않을까? 가엾은 사람들을 찾아간 그의 어머니에게 그들은 머나먼 감옥에 갇힌 범죄자 아들이나 동정하라고 말하지 않을까? 그는 가족을 이런 처지로 몰아넣었다. 그는 그의 부모에게 유죄를 선고했다. 이처럼 가혹하고 사나운 소용돌이에서, 고통스러운 상상 속에서 빠져나갈 출구는 존재할까? 그에게는 이제 벼랑에서 떨어질 일만 남은 것 같았다. 그러나 그는 다시 모드를 생각했다. 어디선가 침울한 덥스 순경이 귀에 거슬리는 휘파람을 불어대는 동안, 그는 철창을 앞에 두고 딱딱한 의자에 앉아 모드를 생각했다. 그녀는 그의 희망의 원천이었고, 그를 추락에서 막아줄 것이다. 그는 모드를 믿었다. 그는 그녀가 흔들리지 않으리라는 걸 알고 있었다. 법정에서 그녀의 시선을 보았으니까. 구태여 의미를 부여하지 않아도 될, 시간이나 그 어떤 악덕에도 부식되지 않을 시선을. 그 시선에는 사랑과 신뢰, 그리고 확신이 담겨 있었다.

법정 밖에서 군중들이 흩어지는 동안, 조지는 스태퍼드 교도소로 돌려보내졌다. 여기서 그의 세계는 새로이 편성되었다. 체포된 후로 교도소에서 지내며 조지는 자연스레 스스로를 죄수로 여기게 되었다. 하지만 사실 그는 훌륭한 양호실 감방에서 지내고 있는 것이었다. 그는 아침마다 신문을, 가족에게서는 음식을 받았고, 업무상의 편지도 쓸 수 있었다. 그는 별 생각 없이 자신의 상황이 잠정적으로 으레 수반되는 것이며, 짧게 연옥에 머무르는 것이려니 생각했었다.

그리고 이제부터 그는 진짜 죄수였다. 그들이 그의 옷을 가져가자 그가 진짜 죄수라는 사실이 분명해졌다. 그것은 그 자체로 역설적이었는데, 몇 주 동안 그는 계절에 맞지 않는 여름 정장과 쓸모없는 밀짚모자를 유감스럽게 생각해왔던 것이다. 그의 정장 때문에 법정에서 그가 덜 진지하게 보였던 것은 아닐까? 그래서 그런 판결이 내려진 건 아닐까? 알 수 없는 일이었다. 어쨌거나 그들은 정장과 모자를 가져가고 대신 무겁고 거친 죄수복을 주었다. 재킷은 어깨를, 바지는 무릎과 발목을 헐렁하게 덮었다. 그는 아무려나 신경 쓰지 않았다. 그들은 그에게 조끼와 작업모, 그리고 투박한 장화 한 켤레도 주었다.

"약간은 충격적이라고 생각할 겁니다." 간수가 그의 여름 정장을 챙기며 말했다. "하지만 대부분 익숙해지죠. 당신 같은 사람들이라도 말입니다. 화나게 할 의도는 아닙니다만."

조지는 고개를 끄덕였다. 그는 간수가 지난 8주 동안과 마찬가지로 같은 목소리 톤으로 같은 정중함을 보여준다는 걸 놀랍게 생각했다. 결백할지는 모르지만 어쨌든 공식적으로 유죄 선고를 받은 그가 교도소로 돌아왔을 때, 그는 사람들이 그에게 침이라도 뱉으며 매도할 거라고 생각했다. 그러나 그런 끔찍한 생각의 변화는 그의 마음속에서만 일어났던 모양이다. 교도관의 태도가 한결같았던 이유는 단순하고 실망스러웠다. 처음부터 간수들은 그를 유죄라고 가정했고, 배심원단의 판결은 그들의 가정에 약간 힘을 보태준 것뿐이었다.

다음날 아침, 그들은 그에게 신문을 주는 호의를 베풀었다. 그래서 그는 헤드라인으로 적힌 그의 인생을 마지막으로 볼 수 있었고, 그에 관한 이야기가 더 이상 소문이 아니라 법적 사실로 규정되었음을, 그의 인격이 이제는 조지 자신이 아니라 다른 사람들에 의해 규정된다는 걸 알 수 있었다.

징역 7년형 언도
웨얼리의 가축 살해사건 판결
범인은 동요하지 않았다

조지는 멍하니, 그러나 자동적으로, 나머지 페이지를 들여다보았다. 여의사 히크먼 양의 이야기도 침묵과 수수께끼로 사그라지며 막바지에 다다르고 있었다. 런던 공연과 294일간의 지방 순회공연을 끝낸 버펄로 빌이 버턴온트렌트에서 마지막으로 공연을 펼치고 미국으로 돌아간다고 했다. 그리고 〈가제트〉지에는 웨얼리의 '가축살해범'만큼이나 중요한 기사가 오른쪽에 실려 있었다.

요크셔 철도사고
기차 두 대가 터널에서 충돌
사망 1명, 부상 23명

어느 버밍엄 남성의 살 떨리는 경험

그로부터 12일간 그는 스태퍼드 교도소에 갇혀 있었으며, 그 동안 그의 부모는 매일 그를 면회할 수 있었다. 그는 짐마차에 실려 왕국에서 가장 먼 곳으로 덜컹거리며 떠나는 것보다 이 편이 훨씬 고통스럽다고 생각했다. 긴 작별이 이어지는 동안 그의 부모는 조지가 일종의 행정적인 실수로 현재 이런 곤경에 처한 것이며, 적절한 기관에 호소하면 바로 해결될 수 있을 거라는 듯 행동했다. 목사는 이미 수많은 지지의 편지들을 받았고, 이제는 열정적으로 공공캠페인을 입에 올리고 있었다. 조지에게 이런 염원은 죄책감에 근거한 일종의 히스테리로 보였다. 조지는 자신의 상황이 일시적인 것이라고 생각하지 않았으며, 아버지의 계획은 그에게 어떤 위안도 되지 않았다. 그의 부모는 다른 무엇이 아닌 그저 종교적인 신념을 표출하고 있는 듯 보였다.

12일 뒤, 조지는 루이스로 이송되었다. 그는 비스킷색의 거친 리넨으로 지은 죄수복을 받았다. 앞판과 뒤판에 두 개의 넓은 수직선이 있었고, 두껍고 투박한 화살표가 찍혀 있었다. 그들은 잘 맞지 않는 속바지와 검은 양말, 그리고 장화도 주었다. 교도관은 조지가 신성star man이므로 첫 세 달—더 길어질 수는 있지만 더 짧아질 순 없었다—을 혼자 보내게 될 거라고 설명했다. 혼자 보내게 된다는 말은 독방에 갇힌다는 의미였다. 신성들은 항상 독방부터 시작해야 했다. 조지는 처음에 이 말을 오해했다. 그는 자신이 그 사건으로 악명을 떨치게 되어 신성으로 불리는 거라고 생각했다. 그래서 특히 끔찍한 범죄를 저지른 말 훼손범에게 다른 죄수들이 분노를 표출할지도 몰라서 의도적으로 격리시키는 거라고 생각했다. 하지만 그렇지 않았다. 신성이란 단지 초범에게 붙이는 명칭일 뿐이었다. 그는 이런 말을 듣게 되었다. 네가 감옥으로 다시 돌아오면 '중간자'로 분류될 거다. 자주 돌아오면 '상비군'이나 '전문가'로 분류될 거고. 조지는 다시 돌아올 생각이 전혀 없다고 대답했다.

그는 교도소장에게 불려갔다. 나이 든 군인인 소장은 처음부터 그의 이름을 발음하는 법을 정중하게 물어 그를 놀라게 했다.

"에들지입니다, 소장님."

"에들지." 소장이 반복했다. "여기서는 이름보다는 번호로 불리게 될 거네."

"네, 소장님."

"영국국교회라고 하던데."

"네. 아버님께서 목사십니다."

"그렇군. 그러면 어머니는……." 소장은 질문이란 걸 할 줄 모르는 사람처럼 보였다.

"어머니는 스코틀랜드 출신입니다."

"아."

"아버지는 파르시로 태어나셨고요."

"그럼 난 자네 편이네. 80년대에 난 봄베이에 있었지. 좋은 도시야. 그곳을 잘 아나, 에–들–지?"

"유감스럽게도 전 잉글랜드를 떠난 적이 없습니다, 소장님. 웨일스에 가본 적은 있습니다만."

"웨일스라." 소장은 생각에 잠겨 말했다. "어쨌든 나한테 점수 하나는 땄군. 사무변호사라고 하던데."

"네, 소장님."

"요새 우리는 사무변호사가 부족하지."

"무슨 말씀이신지요."

"요새 우린 사무변호사가 부족하다고. 대개 한둘은 있었는데 말이야. 어느 해인가는 대여섯 명 이상이 와 있기도 했어. 하지만 몇 달 전에 마지막으로 내보냈네. 그자가 남아 있었어도 자네가 말 붙일 일은 없었을 거야. 자네는 이곳 규율이 엄격하고 강제적이라는 것을 알게 될 걸세, 에-들-지."

"네, 소장님."

"뭐, 우리에겐 증권중개인 몇 명하고 은행가들도 있지. 난 사람들에게 이렇게 말하네. 사회의 진정한 단면을 보고 싶다면 루이스 감옥을 찾아오라고." 이런 식으로 말하는 데 익숙했던 그는 자신의 말에 효과를 더하기 위해 잠시 멈추었다. "귀족들은 없어. 하지만 난 하루라도 빨리 귀족들을 집어넣으려고 하지. 그게 아니면," 그는 조지의 파일을 흘긋 내려다보았다. "영국국교회의 우두머리들이라든가. 가끔 한둘 들어오기도 해. 외설죄 같은 걸로 말이지."

"그렇습니다, 소장님."

"이제 난 자네가 무슨 짓을 했는지, 어째서 그런 짓을 했는지, 자네가 진짜로 그런 짓을 했는지, 혹은 내무성에 청원서를 보낼 생각인지 정확히 묻고자 하네. 쥐가 고양이 앞에서 살아날 확률보다 적을 기회를 잡으려고 말이지. 내 경험으로 보면 청원서는 시간낭비야. 자네는 감옥에 있네. 규율에 복종하면서 형기를 채우면 더 이상 문제는 없을 거네."

"법률가로서 전 규율에 익숙합니다."

조지는 중립적으로 이렇게 대답했지만, 소장은 방금 건방진 말을 들었다는 듯 그를 바라보았다. 마침내 소장은 이렇게 말했다. "그렇겠지."

사실상 루이스 감옥에는 수많은 규율들이 존재했다. 조지는 교도관들이 점잖기는 하지만 불필요한 요식행위에 안달한다는 걸 알아차렸다. 다른 죄수들과의 대화는 금지되었다. 예배당에서 팔짱을 끼거나 다리를 꼴 수 없었다. 목욕은 2주에 한 번이었다. 필요시 죄수와 죄수의 소지품들을 수색했다.

이튿날 교도관이 조지의 감방을 찾아와 깔개^{bed-rug}가 있느냐고 물었다.

조지는 그가 필요하지도 않은 질문을 한다고 생각했다. 여러 색이 뒤섞인 적당한 두께의 깔개를 교도관이 보지 못했을 리가 없었기 때문이었다.

"네, 있습니다. 감사합니다."

"감사하다니, 무슨 뜻이지?" 교도관은 싸움을 걸어올 기세로 물었다.

조지는 경찰에게 취조 받던 때를 떠올렸다. 아마 그의 목소리가 너무 호전적이었던 모양이었다. "그러니까, 있다고요." 그가 말했다.

"그러면 없애버려야겠군."

그는 경찰의 말을 전혀 이해할 수 없었다. 깔개를 없애버리다니, 그로서는 듣지 못한 규율이었다. 그는 무척 신경을 써서 대답했다. 특히 어조에.

"죄송합니다. 하지만 전 여기 온 지 얼마 되지 않았습니다. 어째서 제 깔개를 없애버리신다는 겁니까? 제 깔개는 무척 편안하고, 아마 날씨가 추워지면 더욱 필요할 텐데요."

교도관은 그를 바라보며 천천히 웃음을 터뜨리기 시작했다. 그가 너무나 웃어댄 나머지 동료가 무슨 일이 있는 건 아닌지 고개를 쓱 들이밀기도 했다.

"깔개가 아니라, 247호, 빈대bed-bug라고."

교도소 규율에 죄수가 미소를 지어도 된다는 내용이 있는지는 모르지만, 어쩌면 허락을 받아야 하는지도 모르지만, 조지 역시 슬쩍 미소를 지었다. 아무튼 이 이야기는 다음 몇 달 동안 감옥 곳곳으로 퍼져나갔다. 그 힌두 놈 꽤 편하게 살았나보지, 빈대가 뭔지도 모르다니.

그는 또 다른 불편사항과 맞닥뜨렸다. 그곳에는 적절한 편의설비가 없었고, 사적인 순간은 가장 필요로 할 때 주어지지 않았다. 비누는 저급품이었다. 옥외에서 면도하고 이발하라는 바보같은 규칙 때문에 조지를 포함한 많은 죄수들이 감기에 걸렸다.

그는 바뀐 삶의 리듬에 빠르게 적응했다. 5시 45분 기상. 6시 15분 문 잠김 해제, 침구 수거 및 건조. 6시 30분 공구 지급, 작업. 7시 30분 아침식사. 8시 15분 침대 정리. 8시 35분 예배. 9시 05

분 귀소. 9시 20분 운동. 10시 30분 귀소, 소장 이하 교도관 순찰. 12시 점심식사. 1시 30분 식사용 깡통 수거, 그리고 작업. 5시 30분 저녁식사, 다음날을 위해 공구 수거 및 외부 보관. 8시 취침.

그곳에서의 삶은 그가 알았던 삶보다 춥고 가혹하고 외로웠다. 그러나 이처럼 고된 일과가 그에게는 도움이 되었다. 그는 학생이었을 때도, 사무변호사였을 때도 항상 엄격한 시간표에 따라 생활했고, 그의 업무는 언제나 과중했다. 그의 인생에서 휴일은 며칠 되지 않았다. 모드와 애버리스트위스에 갔던 날은 무척 예외적인 경우였다. 게다가 그는 정신과 영혼을 위한 것을 제외하고는 사치도 거의 부리지 않았다.

"신성들이 가장 그리워하는 건," 교도소 사제가 말했다. 그가 교도소에서 맞은 첫 주였다. "맥주입니다. 글쎄요, 신성들만 그리워하는 건 아니죠. 중간자와 상비군들도 그렇죠."

"다행히도 전 술을 마시지 않습니다."

"두 번째로 그리워하는 건 담배입니다."

"역시 다행히 전 담배에 관해서도 운이 좋군요."

"세 번째는 신문입니다."

조지는 고개를 끄덕였다. "그건 확실히 그립습니다. 전 하루에 신문 세 개를 보는 습관이 있었죠."

"제가 도와드리고 싶지만……." 교도소 사제가 말했다. "하지만 규율이……."

"목사님께서 가끔 신문을 가져다주실지도 모른다는 희망을 품느니 아예 포기하는 편이 낫겠지요."

"다른 사람들도 당신의 태도를 닮았으면 좋겠군요. 전 담배와 술에 미친 사람들을 여럿 보아왔죠. 여자를 심각하게 그리워하는 자들도 있고요. 옷을, 아니면 여름밤 뒷문 밖 냄새처럼 좋아한다고 생각지도 않았던 것들을 그리워하는 이들도 있습니다. 다들 무언가를 그리워하죠."

"저도 지금이 만족스럽지는 않습니다." 조지가 대답했다. "신문과 같은 것들에 대해선 그저 합리적으로 생각할 수 있을 뿐이죠. 분명 저도 다른 사람들과 마찬가지일 겁니다."

"그러면 뭐가 가장 그립습니까?"

"아," 조지가 대답했다. "제 삶이 그립습니다."

교도소 사제는 성직자의 아들인 조지가 자신의 종교를 실천하는 걸로 제일가는 위안과 위로를 구할 수 있으리라고 말했다. 조지는 사제의 생각을 애써 정정하려 하지 않았고, 어느 때보다도 기꺼이 예배에 참석했지만, 그에게 무릎을 꿇고 기도하고 찬송가를 부르는 행위는 헐렁한 작업복을 걸치고 침구를 정리하고 작업하는 행위와 마찬가지로 그저 그날 하루를 버틸 수 있게 해주는 정도였다. 대부분의 죄수들은 창고에서 매트와 바구니를 만들었다. 세 달간 독방에서 지내야 하는 신성들은 감방에서 홀로 작업했다. 조지는 판자 하나와 묵직한 실타래 꾸러미를 받았다. 그는 판자를 본으로 삼아 실을 엮는 법을 배웠다. 그는 실로 두껍게 엮은 특정 크기의 직사각형을 엄청난 노력을 들여 천천히 만들었다. 그가 여섯 개를 만들자 그들이 가져갔다. 그리고 그는 다시 여섯 개를 만들었고, 또 여섯 개를 만들었다.

몇 주가 지났을 때, 그는 교도관에게 직사각형 모양으로 실을 엮는 이유를 물었다.

"너라면 알고 있었어야지, 247호. 네가 모르고 있었다니."

조지는 그런 물건을 전에 어디서 봤는지를 생각하려고 했다. 그리고 물건의 정체가 밝혀졌을 때, 그는 어쩔 줄 몰라했다. 교도관이 완성된 직사각형 두 개를 들어 그것들을 서로 마주대고 합치더니, 그것을 조지의 턱 밑으로 가져다댔다. 조지가 아무런 반응도 보이지 않자, 그는 그것을 자기 턱 밑에 갖다대고 침을 튀겨가며 시끄럽게 입을 여닫았다.

조지는 뭔가를 흉내내는 교도관이 당황스러웠다. "그래도 모르겠는데요."

"잘 알면서 왜 그래." 교도관은 더 시끄럽고 요란하게 쩝쩝거리는 소리를 냈다.

"전혀 모르겠습니다."

"꼴주머니라고, 247호. 말의 꼴주머니 말이야. 그 정도는 알았어야지. 넌 말과 친하게 지냈잖나."

조지는 갑자기 멍한 기분이 들었다. 그렇다. 교도관은 알고 있었다. 그들 전부가 알고 있었다. 그들은 그것을 입에 올리며 농담을 주고받고 있었다. 조지는 물었다. "여기서 이걸 만드는 사람은 저뿐입니까?"

교도관은 웃었다. "본인이 그렇게 특별한 사람인 줄 아나, 247호. 너처럼 실을 엮기만 하는 자들이 대여섯 명이야. 어떤 자들은 꿰매고, 어떤 자들은 말 머리에 고정시킬 밧줄을 만들고. 어떤 자들은 이걸 다 하고, 어떤 자들은 배달하기 전에 포장하고."

그렇다. 그는 특별하지 않았다. 그는 거기서 위안을 찾았다. 그는 다른 죄수들과 같은 일을 했고, 그가 저질렀다는 범죄가 다른 죄수들의 범죄보다 특별히 위협적인 것도 아니었다. 그는 바르게 행동할 수도, 나쁘게 행동할 수도 있었지만, 그렇다고 그의 항구적인 상태가 바뀌지는 않았다. 소장이 지적했듯 그가 사무변호사라는 사실도 특별하지 않았다. 그는 가능한 한 평범하게 주어진 상황에 맞추어 지내기로 했다.

그가 세 달이 아닌 여섯 달 동안 독방에서 지내게 될 거라는 말을 들었을 때도, 그는 불평하거나 이유를 묻지 않았다. 사실 그는 책이나 신문에서 자주 보았던 '독방 감금의 공포'가 대단히 과장된 것이었다고 생각했다. 그는 안 맞는 자들 여럿과 어울리느니 차라리 몇 안 되는 제대로 된 사람들과 있는 게 낫다고 생각했다. 먼저 말을 걸 수는 없었지만, 그래도 그는 교도관들과 교도소 사제, 그리고 감옥을 둘러보러 나온 교도소장과 대화를 나눌 수 있었다. 그는 예배당에서 소리 내어 기도를 올릴 수 있었고, 응창應唱에 합류해 찬송가를 부를 수 있었다. 그리고 운동시간에는 대개 다른 죄수들과 대화를 나눌 수 있었다. 옆에서 걷는 자들과 공통의 대화 소재를 찾는 건 대개 쉬운 일이 아니었지만.

게다가 루이스 감옥에는 도서관이 있었다. 사서는 2주마다 와서 새 책들로 그의 선반을 채우고 그가 다 읽은 책들을 가져갔다. 그는 1주일에 한 번 교육관련 서적 한 권과 "장서" 한 권을 빌릴 수 있었다. "장서"를 통해 그는 대중소설에서 고전에 이르기까지 거의 모든 소설들을 접하게 되었다. 조지는 위대한 영국 문학작품들과 주요 국가들의 역사를 전부 읽고자 했다. 물론 감방에서 성경을 읽을 수는 있었다. 하지만 오후마다 4시간씩 판자와 실과 씨름을 한 뒤면 그는 성경 구절이 아니라 월터 스콧 경의 다음 장을 읽고 싶어졌다. 그렇게 외부세계로부터 안전하게 격리된 감방에서 가끔 밝은 색 깔개를 곁눈질하며 소설을 읽는 사이 조지는 충만함에 꽤 가까운 질서의 감각을 느꼈다.

조지는 아버지가 보내온 편지에서 그의 판결에 대해 항의한 사람들이 있었다는 걸 알게 되었다. 밸리스 씨가 그의 사건을 〈진실〉 지에서 다루었고, 전직 바하마 수석재판관이자 런던의 유명한 현역 변호사인 R. D. 옐버턴 씨가 청원서를 올리기로 했다. 서명이 모였고, 이미 버밍엄과 더들리, 울버햄턴의 많은 사무변호사들이 조지에 대한 지지를 표명하고 있었다. 조지는 그린웨이와 스텐트슨의 이름이 포함된 명단을 보고 감명을 받았다. 그들 둘은 사실 속 깊은 의리파였던 것이다. 인터뷰에 나선 증인들이 있었고, 학교 선생들로부터, 직업 동료들로부터, 그의 가족들로부터 조지의 성격에 대한 증언들이 쏟아졌다. 옐버턴 씨는 조지가 받은 판결이 치명적인 오류라고 생각한다는 의견을 표명한 오늘날 가장 뛰어난 범죄전문 법률가인 조지 루이스 경의 편지도 받았다.

그의 편에 선 의견들이 공식적으로 제출된 게 분명했다. 이제 조지는 통상적으로 허락되는 것보다 더 많은 사건 관련 서류들을 받을 수 있게 되었다. 그는 증언서 몇 통을 읽었다. 그중에는

그의 어머니의 오빠, 머치 웬록 더 코티지의 스토넘 숙부가 쓴
편지의 보라색 카본지 사본도 있었다. "조카를 보거나 그애에 대
한 말을 들을 때마다(이처럼 끔찍한 사건이 생기기 전까지) 저는
항상 그애가 착하고 영리하다고 생각했고, 그애는 실제로도 사
람들에게 착하고 영리하다는 말을 들었습니다." 밑줄이 쳐진 문
장이 곧장 조지의 마음속에 들어왔다. 부끄럽게도 그를 칭찬해
서가 아니라, 밑줄이 그어져 있기 때문이었다. 밑줄은 다음의 문
장에도 다시 그어져 있었다. "전 에들지 씨가 5년째 성직에 몸담
고 있을 때 그를 처음 만났습니다. 다른 성직자들은 그를 좋게
평가했습니다. 당시 우리의 친구들은 파르시들이 우리와 마찬가
지로 매우 전통 있고 발전된 문명을 갖추었으며 여하한 장점들
을 가진 민족이라 생각했습니다." 추신에는 다음의 문장에 밑줄
이 그어져 있었다. "제 아버지와 어머니는 여동생과 에들지 씨가
결혼할 때 전적으로 만족했고, 두 분은 제 여동생을 무척 아꼈습
니다."

　아들이자 죄인으로서 조지는 이 말들 앞에서 눈물을 흘릴 수
밖에 없었다. 한편 법률가로서 그는 이 말들이 내무성에 긍정적
인 영향력을 행사하여 결과적으로 그의 사건을 재검토하게 할
수 있을지 궁금했다. 그는 대단히 낙관적인 기분과 자포자기의
기분을 동시에 느꼈다. 그의 일부는 감방에서 머무르길 원했다.
말의 꼴주머니를 짜고, 월터 스콧 경의 이야기를 읽고, 마당에서
머리칼을 깎이는 동안 감기에 걸리고, 깔개에 관한 구식 농담을
들으면서. 그는 감방에 머무르길 원하고 있었다. 이것이 그의 운

명이라고 생각했으니까. 그리고 운명에 굴복하는 최상의 길은 그런 운명을 원하는 것이었으니까. 그의 또 다른 일부는 당장 내일이라도 자유로워지고 싶었고, 어머니와 여동생을 끌어안고 싶었고, 그가 당한 엄청난 부당함을 사람들에게 알리고 싶었다. 그는 자신의 이런 부분을 완전히 풀어놓을 수가 없었다. 그것이 그에게 가장 커다란 고통을 안겨줄 수도 있기 때문이었다.

그래서 1만 명이 서명한 명단이 전국 사무변호사협회장과 조지 루이스 경, 조지 비치우드 경, 인도 제국사령관, 그리고 의학계 권위자들에게 보내졌음을 알고도 조지는 차분하게 지내려고 노력했다. 수백 명의 사무변호사들이 서명했다. 버밍엄에서만이 아니라 칙선변호사들과 하원의원—스태퍼드셔의 의원들을 포함해서—들, 그리고 정치적 신념을 지닌 모든 시민들도 서명했다. 쿠퍼 순경이 조지의 장화 자국을 순차적으로 발견했던 곳 주변에서 구경꾼이나 일꾼들이 어슬렁거리는 걸 보았다는 사람들이 서약과 함께 증언했다. 검찰이 자문을 구했으나 증인으로는 부르지 않았던 수의사 에드워드 시월 씨도 옐버턴에게 호의적으로 진술했다. 청원서와 서약서, 그리고 증언서들은 내무성에 보낼 '탄원서'로 재구성되었다.

2월, 두 가지 사건이 일어났다. 그달 13일에 〈캐녹 애드버타이저〉지는 먼젓번과 똑같은 방식으로 짐승이 훼손된 사건이 일어났다고 보도했다. 2주 뒤, 옐버턴 씨는 내무장관 에이커스 더글러스 씨에게 탄원서를 보냈다. 조지는 잔뜩 희망에 부풀었다. 3월에도 두 가지 사건이 일어났다. 탄원서는 거부당했고, 조지는

6개월의 독방 수감이 끝나면 포틀랜드로 이송될 거라는 소식을 들었다.

그에게는 이송되는 까닭이 설명되지 않았고, 그 역시 묻지 않았다. 그는 그 자체가 무언가를 설명해준다고 생각했다. '이제 남은 형기를 꼬박 채워라.' 그의 일부—결코 큰 부분은 아니었지만—는 항상 이렇게 되기를 예상해왔으므로, 그는 이 소식을 듣고도 달관한 태도를 유지할 수 있었다. 그는 법의 세계가 규율의 세계로 바뀌었을 뿐이며, 두 세계는 그렇게 다르지 않다고 생각했다. 규율은 해석의 자유를 인정하지 않았고, 따라서 감옥은 더 단순한 세계였다. 그러나 항상 법의 바깥에 있었던 사람들과 달리, 그가 이런 변화를 당황스럽게 여길 확률은 적었다.

포틀랜드 감옥은 그에게 좋은 인상을 주지 않았다. 부식된 철로 지은 감방은 개집 같아 보였다. 환기구는 문 아래쪽의 작은 구멍뿐이었다. 죄수들을 위한 종도 없어서 간수와 얘기를 하려면 문 밑에 모자를 놓아야 했다. 점호도 이런 식으로 이루어졌다. "모자 내려!"라는 외침이 들려오면 그때 환기구를 통해 모자를 내려놓아야 했다. 점호는 매일 네 번 있었는데, 모자를 세는 것은 사람을 세는 것보다 덜 정확할 수밖에 없었으므로, 이런 과정은 종종 반복되었다.

그는 새로운 죄수번호를 받았다. D462였다. 문자는 그가 형을 언도받은 해를 의미했다. 이 체계는 1900년부터 시작되었다. A는 1900년을 뜻했다. 조지는 1903년, D의 해에 유죄를 선고받았다. 죄수의 형기가 적힌 배지가 죄수의 재킷과 모자에 달렸다. 이곳에서는 루이스에서보다 이름으로 불리는 경우가 잦았지만, 그래도 배지로 사람을 식별하는 쪽이 편했다. 그래서 조지는 D462-7이었다.

여기서도 조지는 소장과 면담했다. 이번 소장은 점잖은 사람이긴 했지만 루이스의 소장과는 달리 첫 마디부터 조지를 기운 빠지게 했다. "자넨 탈출하려는 시도가 쓸모없다는 걸 알아둬야 하네. 여기 포틀랜드 빌에서 탈출한 자는 아무도 없어. 탈출하려고 해봤자 감형의 기회를 잃고 독방구금의 즐거움을 발견하게 되리라는 걸 알아두게."

"전 탈출할 생각이 전혀 없습니다."

"그런 말은 전에도 들었지." 소장이 말했다. "뭐, 듣고 또 들었던 말이야." 그는 조지의 파일을 내려다보았다. "종교가 영국국교회라고 적혀 있군."

"네, 제 아버지께서—"

"못 바꾸네."

조지는 이 말을 이해하지 못했다. "전 종교를 바꿀 생각이 전혀 없습니다."

"잘됐군. 어차피 못 바꾸니까. 교도소 사제와 어울리려는 생각은 하지 말게. 시간낭비니까. 교도관에게 복종하면서 형기나 채우게."

"늘 그럴 생각이었습니다."

"그렇다면 자네는 다른 자들보다 현명하거나 멍청하거나 둘 중 하나로군." 소장은 이런 수수께끼 같은 말을 남기고 조지에게

나가라고 손짓했다.

그의 감방은 루이스의 감방보다 작고 형편없었다. 군에서 복무했던 교도관이 병영보다는 낫다고 했지만, 그 말이 정말 사실인지, 아니면 어차피 확인할 수 없으니 위로나 받으라는 것인지는 알 수 없었다. 수감 이래 처음으로 그는 지문을 채취당했다. 그는 의사 앞에서 신체검사를 받을 때 두려움을 느꼈다. 포틀랜드로 보내진 죄수들이 곡괭이를 하나씩 들고 채석장으로 가서 바위를 깨야 한다는 건 누구나 알고 있었다. 다리에 족쇄도 채운다는 것이었다. 그러나 불안해할 필요는 없었음이 드러났다. 채석장으로 보내지는 죄수들은 극히 일부였고, 또 초범은 제외였다. 게다가 조지의 시력은 가벼운 일에만 적합하다는 진단도 있었다. 의사는 그가 계단을 오르내리는 것도 위험하다고 판단했다. 따라서 그는 1층 1번 감방에 수감되었다.

그는 자신의 감방에서 일했다. 침대 속을 채울 코이어*와 베개를 채울 털을 뜯었다. 판자에 대고 빗질한 코이어를 실처럼 가늘게 뽑았다. 그래야 푹신한 침대를 만들 수 있다는 거였다. 그 말에 대한 증거는 찾을 수 없었는데, 조지는 다음 과정을 볼 수 없었고, 그의 침대는 섬세하게 취합된 코이어로 만들어지지 않은 게 분명했다.

포틀랜드로 오고 사나흘쯤 지났을 때, 교도소 사제가 그를 찾아왔다. 그들이 문 아래쪽에 환기구가 뚫린 개집이 아니라 그레

---

* coir. 밧줄, 돗자리 등을 만드는 데 쓰이는 코코넛 열매껍질로 만든 섬유.

이트 웨얼리의 제의실에서 만나기라도 한 듯, 그의 태도는 쾌활했다.

"적응중입니까?" 그가 명랑하게 물었다.

"소장님이 탈출할 생각은 꿈도 꾸지 말라고 했죠."

"그렇죠, 그래요. 소장은 누구에게나 그렇게 말하지. 우리끼리 얘기지만 난 가끔 그가 죄수가 탈출할 때를 즐긴다고 생각하죠. 검은 기가 올라가고, 포를 쏘고, 군인들이 막사에서 튀어나오고. 그리고 소장은 항상 게임에서 이기죠. 소장은 이 게임을 좋아합니다. 빌을 탈출할 수 있는 자는 아무도 없으니까. 군인들이 탈주범을 못 잡으면 시민들이 잡죠. 포상금이 5파운드니까요. 그러니까 다들 다른 생각은 꿈도 못 꾸는 거죠. 그다음엔 꼼짝없이 독방 신세에 감형의 기회도 사라져요. 그러니 탈출은 안 하는 편이 낫지."

"그리고 소장님은 종교를 바꿀 수도 없다고 했어요."

"물론 그랬겠죠."

"하지만 소장님은 제가 왜 종교를 바꿀지도 모른다고 생각했을까요?"

"왜냐하면 당신이 초범이니까요. 들고 나는 이야기를 벌써부터 꼬치꼬치 알려고 하지 마세요. 곧 알게 되겠지만, 포틀랜드에는 프로테스탄트와 가톨릭 신자뿐이에요. 비율상 6:1이지. 하지만 유대인은 전혀 없습니다. 당신이 유대인이었다면 파크허스트로 보내졌겠지요."

"네, 전 유대인이 아니에요." 조지가 힘을 주어 말했다.

"그래요, 아니겠지. 하지만 당신이 재범―상비군―이었다면 포틀랜드보다는 파크허스트가 지내기에 만만한 곳이라는 걸 알고 있었을 겁니다. 올해 신실한 영국국교회 신자로 포틀랜드에서 풀려난다면, 다음번에 경찰에 잡힐 때는 유대인인 척하는 게 나을지도 몰라요. 그러면 당신은 파크허스트로 가게 되는 겁니다. 하지만 그들은 형기 중간에 종교를 바꿀 수 없다는 규칙을 만들었죠. 안 그러면 죄수들은 볼일 삼아 여섯 달마다 종교를 바꾸려고 야단법석을 부릴 테니까."

"파크허스트의 랍비는 놀랄 일이 많겠네요."

교도소 사제가 키득거렸다. "죄지은 인생이 한 인간을 유대인으로 만든다니, 놀라운 일이죠."

조지는 유대인들만 파크허스트로 보내지진 않는다는 사실을 알게 되었다. 부상자들과 약간 정신이 나간 자들도 그곳으로 이송되었다. 굳이 종교를 바꾸지 않아도 정신적으로든 신체적으로든 무너지게 되면 포틀랜드에서 파크허스트로 갔다. 파크허스트로 가려고 일부러 곡괭이로 발을 찍거나, 개처럼 짖거나 머리카락을 쥐어뜯으며 우는 등 약간 정신이 나간 척하는 자들이 있다는 얘기가 돌았다. 그러나 그들 대부분은 며칠 동안 빵과 물만 주어지는 독방 신세로 끝났다.

"포틀랜드는 건강에 꽤 좋은 장소예요." 조지는 부모에게 이렇게 썼다. "공기는 무척 신선하고 상쾌합니다. 질병도 많지 않고요." 그는 애버리스트위스에서 보내는 엽서에나 어울릴 내용들을 적었다. 하지만 이는 어느 정도 사실이었고, 그는 부모의 마음을 편하게 해주어야 했다.

그는 곧 형편없는 감방에 적응했고, 포틀랜드가 루이스보다 낫다고 생각하기로 했다. 포틀랜드에서는 불필요한 요식행위가 덜했고, 옥외에서 면도하고 이발하는 바보 같은 규칙도 없었다. 또한 죄수들은 서로 비교적 수월하게 대화할 수 있었다. 음식도 더 나았다. 그는 부모에게 매일 다른 저녁식사가 나오고, 수프도 두 종류라고 쓸 수 있었다. 빵은 통밀이었다. "빵집에서 사는 것보다 나아요." 그는 이렇게 썼다. 검열을 피하거나 교도관의 환심을 사려는 의도는 아니었다. 그저 자신의 의견을 사실대로 밝힌 것뿐이었다. 녹색 채소와 상추도 나왔다. 차는 형편없었지만 코코아는 훌륭했다. 차를 원하지 않는 사람에게는 포리지나 귀리죽이 나왔다. 놀랍게도 많은 사람들이 영양가 있는 음식 대신 차를 선호했다.

그는 부모에게 따뜻한 속옷 여러 벌과 스웨터, 각반과 장갑도 갖고 있다고 알릴 수 있었다. 도서관 사정도 루이스보다 나았고, 대출 규칙도 관대했다. 그는 매주 두 권의 '장서'와 네 권의 교육 관련 서적을 빌릴 수 있었다. 중요한 잡지들은 전부 제본된 형태로 열람할 수 있었지만, 책이든 잡지든 교도관들이 불필요하다고 생각한 항목들은 죄다 삭제되어 있었다. 조지는 최신 영국 예술사에 관한 책을 한 권 빌렸는데, 로렌스 알마 타데마 경의 삽화들이 전부 교도관의 면도날로 깔끔히 오려져 있었다. 도서관에서 빌린 모든 책들 앞장에는 다음과 같은 경고문이 적혀 있었다. "페이지를 접지 말 것." 그 아래는 교도소 농담 하나가 적혀 있었다. "그리고 페이지를 오리지 말 것."

위생은 루이스보다 좋을 것도 나쁠 것도 없었다. 칫솔이 필요하면 개인적이고 변덕스러운 체계에 따라 그래, 혹은 안 돼,라고 대답하는 소장에게 요청해야 했다.

어느 날 아침, 금속광택제가 필요했던 조지는 교도관에게 바스 숫돌을 얻을 수 있겠냐고 물었다.

"바스 숫돌이라니, D-462!" 교도관이 눈을 치켜뜨고 대답했다. "바스 숫돌이라니! 우릴 파산하게 할 셈인가! 다음에는 바스 빵을 달라고 하지그래."

그리고 그걸로 끝이었다.

조지는 매일 코이어와 털을 뽑았다. 대단한 열정은 없었지만 지시대로 운동도 했다. 도서관에서는 허용되는 만큼 책을 빌렸다. 그는 이미 루이스에서 교도소에서 나오는 쇠고기나 양고기를 자르기에는 적당치 않은 양철 나이프와 나무 스푼만으로 음식을 먹는 데 익숙해져 있었다. 그는 더 이상 포크를 사용하던 때를 그리워하지 않았고, 신문도 그립지 않았다. 사실 매일 신문을 못 봐서 오히려 잘됐다고 생각했다. 매일같이 밀려오던 외부세계의 자극이 사라지니 그는 시간의 흐름에 더 수월하게 적응할 수 있었다. 그가 살아오면서 겪었던 사건들은 이제 교도소 벽안에서 일어났다. 어느 날 아침, 수인 C183—강도혐의로 8년형을 언도받은—은 지붕에 올라가서 자신이 신의 아들이라는 걸세상에 공표하려고 했다. 교도소 사제는 사다리를 타고 올라가 신학적인 대화를 시도하려고 했지만, 소장은 이를 파크허스트로 옮겨가려는 또 다른 시도로 간주했다. 결국 그들은 그를 굶기고 독방에 처넣었다. C183은 결국 자신이 목수가 아닌 주정뱅이의 아들임을 시인했다.

조지가 포틀랜드에서 몇 달쯤 지냈을 때 탈출 사건이 벌어졌다. 두 명의 죄수—C202와 B178—가 감방에 쇠지렛대를 숨겼다가 천장을 부수고 밧줄을 타고 마당으로 나가 벽을 기어올랐다. 이후 "모자 내려!"라는 외침이 들려왔을 때, 소요가 일어났다. 모자 두 개가 부족했다. 교도관들은 한 번 더 모자를 셌고, 그 다음에는 죄수들을 셌다. 검은 기가 올라갔고, 포가 발사되었고, 그동안 죄수들은 감방에 갇혀 있었다. 조지는 그들에게 아무 관심도 없었다. 그는 죄수들의 일반적인 흥분을 공유하지도, 결과를 두고 거는 내기에 끼지도 않았다.

두 죄수는 두 시간 일찍 탈출할 수도 있었지만, '상비군'들의 조언에 따라 어둠이 내릴 때까지 기다렸다가 빌을 탈출하기로 결정했다. 그러나 개들이 교도소 안을 뒤지기 시작하자마자 작업장 뒤에 숨어 있던 B178이 지붕에서 뛰어내리다가 발목이 부러진 채로 잡혔다. C202를 찾는 데는 더 오래 걸렸다. 체실 해변의 망루마다 감시병이 섰고, 탈주범이 헤엄칠 경우에 대비해 보트가 준비되었다. 군인들은 웨이머스 로드를 봉쇄했고, 채석장을 비롯해 외진 곳들까지 샅샅이 수색했다. 그러나 C202를 찾아낸 건 군인이나 간수들이 아니었다. 어느 여관 주인이 창고에 들어갔다가 그를 발견했고, 짐마차꾼의 도움으로 그를 붙잡아 밧줄로 묶어 끌고왔다. 여관 주인은 그를 교도소 경관에게 인도하고 포상금에 해당하는 5파운드의 약속어음을 챙길 수 있었다.

죄수들의 웅성거림은 이내 실망으로 잦아들었다. 한동안 감방 수색이 빈번하게 일어났다. 조지가 포틀랜드보다 루이스가 더 낫다고 생각했던 유일한 점이 바로 감방 수색이었다. 게다가 그들에게는 조지를 수색할 이유가 전혀 없었다. 첫 번째 명령은 대개 '단추 풀어'라는 지시였다. 그후 경찰들은 죄수들이 옷 속에 아무것도 숨기지 않았음을 확인하고자 그들을 '문질렀다'. 그들은 죄수의 전신을 조사했고, 주머니를 비롯해 펼쳐진 손수건까지 조사했다. 죄수들이 부끄러움을 느낄 뿐 아니라 교도관들 역시 싫을 거라고 조지는 생각했다. 많은 죄수들의 옷은 작업 탓에 기름얼룩이 묻어 더러웠다. 굉장히 신중하게 수색에 임하는 교도관들도 있었지만, 죄수가 몸에 망치나 끌을 숨기고 있다는 것조차 눈치 채지 못하는 교도관도 있었다.

그리고 '뒤지기'가 있었다. 책들의 표지를 훑고, 침대를 흐트러뜨리고, 조지로서는 생각조차 못한 물건들을 잠재적으로 숨겨둘 만한 곳을 조사하고 나면 감방은 체계적으로 무너뜨린 듯 보였다. 그러나 최악은 단연 '마른 목욕'이었다. 욕탕으로 불려간 죄수는 나무 널 위에 선다. 죄수는 셔츠를 남기고 옷을 전부 벗어야 한다. 교도관들은 옷가지들을 면밀히 점검한다. 그리고 죄수는 다리를 들고, 몸을 구부리고, 입을 벌리고, 혀를 앞으로 빼는 모욕을 감수해야 한다. 마른 목욕은 가끔은 체계적으로, 가끔은 무작위적으로 이루어졌다. 조지는 자신이 다른 죄수들보다 자주 이런 모욕을 당하는 것 같다고 추측했다. 그가 탈출 생각이 없다고 했을 때, 그들은 그의 말을 허세라고 여긴 모양이었다.

그렇게 몇 달이 지났고, 1년이 지났다. 2년째의 날들도 상당히 지났다. 그의 부모는 6개월마다 스태퍼드셔에서 머나먼 이곳까지 찾아왔다. 조지는 감시자의 눈길을 받으며 부모와 한 시간을 보낼 수 있었다. 그들의 방문은 조지에게 고문과도 같았다. 그가 부모를 사랑하지 않아서가 아니라, 그들이 고통에 잠긴 모습을 보고 싶지 않아서였다. 그의 아버지는 나날이 쪼그라드는 듯 보였고, 어머니는 아들이 갇혀 있는 곳을 차마 둘러보지도 못했다. 조지는 부모를 어떻게 대해야 할지 알 수가 없었다. 그가 명랑하게 군다면, 그들은 그가 명랑한 척한다고 생각할 것이다. 그가 우울해한다면 그들은 더욱 우울해질 것이다. 그래서 그는 상냥하면서도 절제된 태도를 지닌 예약담당 사원처럼 중립적인 태도를 고수했다.

조지의 부모는 처음에 모드가 조지를 면회하기에 너무 예민하다고 생각했다. 하지만 1년 후, 어머니를 대신해서 모드가 왔다. 그녀는 많은 말을 하지 않았다. 그러나 그녀를 바라볼 때마다 조지는 스태퍼드 법정에서 기억했던 강렬하고 안정적인 시선과 마주쳤다. 그 눈빛은 마치 그녀의 마음에서 그의 마음으로 어떤 몸짓이나 말의 도움도 없이 힘을 전달하는 것과도 같았다. 나중에 그는 모드를 유약하다고 여겼던 그와 부모의 생각이 잘못된 것이었는지도 모르겠다고 생각했다.

목사는 이를 눈치 채지 못했다. 그는 조지로서는 별 생각도 없던 문제―당국의 태도가 변했다는 등, 불굴의 옐버턴 씨가 조지를 위한 캠페인을 새로 벌이고 있다는 등—를 이야기하느라 정신이 없었다. 벌리스 씨가 〈진실〉 지에 새로운 기사 연재를 기획하고 있었고, 목사 자신은 이 사건에 대한 팸플릿을 제작할 생각이었다. 조지는 긍정적인 반응을 보였지만, 속으로는 아버지의 열정이 바보 같다고 생각했다. 아무리 많은 서명이 모이더라도 결국 사건의 본질은 바뀌지 않을 것이고, 그러니 관료들의 반응 역시 바뀔 이유가 없었다. 그는 법률가로서 이를 훤히 알 수 있었다.

그는 내무성이 전국 각지의 교도소들에서 보내온 청원서들로 몸살을 앓고 있을 거라고 생각했다. 매년 4천 통의 탄원서가 내무성에 도착했다. 죄수의 편을 드는 수천 통의 기타 서류들도. 그러나 내무성은 사건을 다시 판결할 여력이 없었다. 증인들을 면담하고 변호인단의 말을 들을 수도 없었다. 그저 서류를 검토하고 담당자들에게 적절한 조언을 해주는 것뿐이었다. 다시 말해서 사면은 통계적으로 드물다는 의미였다. 부당함을 더 적극적으로 바로잡을 수 있는 항소법원이 존재한다면 얘기는 달라질지도 모른다. 그러나 아직까지도 열심히 기도하고 노력하면 아들의 무죄가 밝혀질 수 있다는 목사의 믿음은 조지에게는 순진하게만 보였다.

인정하려니 슬펐지만, 조지는 아버지의 방문이 도움이 되지 않는다고 생각했다. 면회는 그의 차분하고 질서정연한 삶을 방해했다. 차분함과 질서 없이 그는 남은 형기를 버틸 수 있을 것 같지 않았다. 어떤 죄수들은 석방될 날만을 기다리며 하루하루를 셌다. 하지만 조지는 감방에서의 삶이 현재, 그리고 앞으로도 그가 가질 수 있는 유일한 삶이라고 생각해야만 견딜 수 있었다. 그의 부모는 이러한 생각을 언짢아했고, 아버지는 옐버턴 씨에게 희망찬 신뢰를 걸고 있었다. 모드가 혼자 면회하러 온다면, 불안감과 부끄러움을 안겨주는 부모를 대신해 그에게 힘을 줄 수 있을지도 모른다. 하지만 그는 부모가 이를 절대로 허락하지 않으리란 걸 알고 있었다.

수색과 문지르기, 마른 목욕이 계속되었다. 이제 그는 있는지조차 알지 못했던 많은 역사책을 읽었고, 모든 고전의 저자들과 맞붙었고, 이제는 덜 중요한 저자들의 책들을 읽고 있었다. 그는 〈콘힐 매거진〉과 〈스트랜드〉도 싹 읽어치웠다. 그는 도서관에서 안 읽은 책이 남아나지 않을까봐 걱정하기 시작했다.

어느 날 아침, 교도소 사제의 사무실로 불려간 그는 그곳에서 얼굴과 옆모습 사진을 찍혔다. 턱수염을 기르라는 지시도 받았다. 그는 석 달 안에 다시 사진을 찍게 될 거라는 말을 들었다. 조지는 그 이유를 알 것 같았다. 경찰이 훗날 그를 또 수배할 경우에 대비해 미리 다른 사진들을 찍어두려는 것이었다.

그는 수염을 기르고 싶지 않았다. 그는 기를 수 있는 만큼 길게 콧수염을 길렀지만, 루이스에서 없애버리라는 명령을 받았다. 이제 그는 매일 뺨을 타고 퍼지는 따가움과 껄끄러운 턱이 마음에 들지 않았다. 면도날의 감촉이 그리웠다. 턱수염을 기른 모습은 범죄자처럼 보여서 마음에 들지 않았다. 교도관은 그에게 새로운 곳으로 가게 되었다고 말했다. 그는 계속해서 코이어를 모으고 올리버 골드스미스의 소설을 읽었다. 그의 형기는 4년 남아 있었다.

그리고 갑자기 혼란스러운 일이 벌어졌다. 그는 얼굴과 옆모습 사진을 찍혔고, 그런 후 수염을 깎게 되었다. 이발사는 그가 있는 곳이 스트레인지웨이즈 감옥이 아니라서 운 좋은 줄 알라고 말했다. 그곳에서는 수염을 깎는 데 18펜스라고 했다. 감방으로 돌아간 그는 소지품을 챙겨 이송 준비를 하라는 명령을 받았다. 그들은 그를 역으로 데려갔고, 그는 경찰의 동반하에 기차에 올랐다. 그는 말과 소로 가득한 시골 풍경을 감히 내다보지도 못했다. 풍경이 그를 놀리는 듯 느껴졌다. 그는 평범한 것을 잃어버린 사람이 어떻게 미쳐가는지 이해할 수 있을 것 같았다.

기차가 런던에 도착했을 때, 그는 마차에 태워져 펜턴빌로 갔다. 그곳에서 그는 석방될 준비를 하라는 말을 들었다. 그는 혼자 갇힌 채 하루를 보냈다. 돌이켜보면 감옥에서 보낸 3년을 통틀어 가장 끔찍한 날이었다, 그는 행복해해야 한다는 걸 알고 있었지만, 오히려 체포되었을 때처럼 당혹스러웠다. 수사관 둘이 찾아와 그에게 서류를 건넸다. 그는 런던 경찰국에 보고하라는 명령을 받았다. 거기서 앞으로의 지시를 기다려야 했다.

1906년 10월 19일 아침 10시 30분, 조지 에들지는 마차를 타고 펜턴빌을 떠났다. 그와 마찬가지로 석방된 유대인 한 명과 함께였다. 그는 그가 진짜 유대인인지, 아니면 감옥에서만 유대인인지 묻지 않았다. 동료 승객을 유대인 죄수 구제협회 앞에 내려준 마차는 그를 국교회 자선협회로 데려갔다. 이런 협회에 가입

된 죄수들은 석방에 따른 이중의 보상금을 받을 수 있었다. 조지에게는 2파운드 9펜스 10페니가 주어졌다. 그후 협회 사무원들이 그를 런던 경시청에 데려갔다. 그곳에서 그는 조건부 석방에 대한 설명을 들었다. 그는 앞으로 머물 주소를 적어야 했다. 한 달에 한 번 런던 경시청에 보고해야 했고, 런던을 떠날 계획이 있다면 즉시 알려야 했다.

신문사는 펜턴빌로 사진사를 보내 감옥을 떠나는 조지 에들지의 사진을 찍어오게 했다. 사진사는 실수로 조지보다 한 시간 반 먼저 석방된 죄수를 찍었고, 신문은 다른 사람의 얼굴을 기사에 실었다.

런던 경시청에서 그는 부모를 만났다.

그는 자유였다.

아서

그리고 그는 진을 만난다.

그는 38세 생일을 몇 달 앞두고 있다. 그해 시드니 파젯*은 천을 씌운 안락의자에 앉아 프록코트의 단추를 풀어놓고 회중시곗줄을 늘어뜨린 그의 모습을 화폭에 담는다. 왼손에는 공책이, 오른손에는 은색 샤프펜슬이 들려 있다. 관자놀이 위로 머리숱이 줄어들고 있지만, 대신 풍성한 콧수염이라는 보상이 주어진

---

* Sidney Paget, 빅토리아 시대의 삽화가. 〈스트랜드〉 지에 실린 셜록 홈스 소설의 삽화를 그렸다.

다. 그의 입술 위를 뒤덮은 콧수염은 귓불 쪽으로 뾰족하게 왁스를 발라 다듬어져 있다. 그 덕분에 그에게는 군검찰관 같은 권위적인 분위기가 풍긴다. 초상화 상단 한쪽에 새겨진 사분할 형태의 방패 문장으로 그 권위는 더욱 짙어진다.

아서는 처음으로 여성에 대한 그의 지식이 신사의 것이라기보다 무뢰한의 지식에 가깝다는 걸 인정한다. 초년 시절에는 자신만만하게 여자들을 희롱했다. 나이트가운에 날치를 숨겨놓았던 일도 그랬다. 굳이 비신사적인 눈길로 보지 않더라도 몸무게가 11스톤*에 육박하는 엘모어 웰던도 있었다. 그후 그는 투이를 만났고, 수년 동안 여동생에 가까운 동반자처럼 지냈던 그녀는 갑자기 병든 여동생이 되었다. 그에겐 물론 진짜 여동생들도 있다. 클럽에서 읽은 매춘에 대한 통계도 있다. 가끔 항구를 떠도는 이야기들도 들려오는데, 그가 별로 듣고 싶어하지 않을 때도 있는 이런 이야기에는 대개 레스토랑의 은밀한 밀실이 등장한다. 그는 부인과적 사례들을 여럿 보아왔고, 분만에 참석한 적도 있으며, 포츠머스 선원들과 그리 도덕적이지 않은 사람들 사이에 퍼지는 병에 대해서도 안다. 다양한 성적 행위들이 존재한다는 것도 안다. 과정이나 예비 행위의 즐거움보다는 불운한 결과에 대한 얘기를 더 많이 듣기는 했지만.

그의 어머니는 그가 기꺼이 복종할 준비가 돼 있는 권위를 지닌 유일한 여성이다. 다른 여성들에게 그는 다양한 모습을 보였

---

* 영국에서 쓰인 무게 단위. 1스톤은 약 6.35kg.

다. 그는 큰오빠, 아버지를 대신하는 존재, 지배적인 남편, 처방전을 주는 의사이자 관대한 백지수표를 날리는 산타클로스이기도 했다. 그는 이 사회가 수백 년 동안 지혜를 발전시켜오면서 남성과 여성을 분리하고 차등을 두어온 데 전적으로 만족한다. 그는 여성의 투표권을 단호히 거부한다. 일터에서 집에 돌아온 남자는 난롯가 맞은편에 정치적으로 반대 입장을 지닌 사람이 앉아 있기를 바라지 않는 법이다. 남성은 여성에 대해 모르는 만큼 여성을 더욱 더 이상적인 존재로 여길 수 있다. 그는 그래야 한다고 생각한다.

따라서 진은 그에게 충격적인 존재다. 그가 젊은이처럼 젊은 여성을 흘끔거리지 않은 지는 꽤 오래다. 여성들—젊은 여성들—은 그에게 아직 형태를 갖추지 않은 존재로 여겨진다. 가변적이고 유동적인 그들은 그들과 결혼할 남자의 틀에 맞춰 모양을 갖추게 된다. 여자들은 항상 자신을 숨긴다. 그들은 바라보고 기다린다. 그들은 점잖은 사교생활(여기서 교태라는 자질은 늘 환영받는 법이다) 속에서 마음껏 자신을 전시하고 즐기다가, 그들에게 관심을 가진 사람이 나타나고, 그가 더 큰 관심을 보이고, 그 관심이 더욱 각별해져서 그와 둘이 걷고, 양가가 만나고, 마침내 그가 청혼을 한다. 그러면 간혹, 어쩌면 최후가 될 내숭을 발휘하며 그녀는 남자에게 해야 할 대답을 질질 끈다. 여자들은 이런 식으로 진화해왔고, 사회적 진화에는 생물학적 진화와 마찬가지로 고유한 법칙과 필요가 있다. 따라서 여자들이 그렇게 진화한 데는 다 그럴 만한 이유가 있는 것이다.

런던에 사는 한 스코틀랜드인 유명인사의 집에서 열린 오후 다과회―대개는 피하는 모임이다―에서 진을 소개받은 순간, 그는 대번에 그녀가 매력적인 젊은 여성임을 알아차린다. 매력적인 젊은 여성들은 으레 그에게 또 다른 셜록 홈스 이야기를 쓸 것인지, 홈스가 정말로 라이헨바흐 폭포에서 떨어져 죽었는지, 이 사설탐정이 결혼을 하면 낫지 않을지, 어떻게 그런 인물을 생각하게 되었는지 묻는다. 그러면 그는 외투를 다섯 벌이나 껴입은 사람처럼 피곤함에 지쳐 대답할 테고, 가끔은 억지로 희미한 미소를 지으며 이렇게 말하기도 것이다. "아가씨, 당신이 하신 질문을 들으니 제가 처음부터 홈스를 폭포에 떨어뜨려야겠다는 발상을 왜 하게 되었는지를 돌아보게 됩니다."

그러나 진은 이런 질문을 하지 않는다. 그녀는 그의 이름을 듣고도 놀라지 않고, 자신이 열렬한 독자라고 수줍게 고백하지도 않는다. 대신 그녀는 그에게 북극에 다녀온 난센 박사의 사진전을 본 적이 있냐고 묻는다.

"아직 못 봤습니다. 하지만 난센 박사가 지난 달 앨버트 홀에서 왕세자께 왕립 지리협회 메달을 수여받으며 했던 강연에는 참석했습니다."

"저도요." 그녀가 대답한다. 예상치 못한 답변이다.

그는 그녀에게 난센이 몇 년 전 스키로 노르웨이를 횡단했다는 이야기를 듣고 그 역시 노르웨이 스키를 주문했고, 다보스에서 브랑거 형제와 높은 경사로를 스키를 타고 내려왔고, 토비아스 브랑거가 호텔 숙박계에 그의 직업을 운동선수로 적었다고 이야기한다. 그러고는 그가 가끔 여기에 즐겨 덧붙이는 또 다른 이야기를 시작한다. 산꼭대기에서 스키를 잃어버리는 바람에 맨몸으로 산에서 내려와야 했고, 그러다가 트위드 모직 반바지의 뒤판이 닳아 없어졌다는 이야기를…… 이 이야기는 남에게 들려줄 이야기 중에서 가장 훌륭한 축에 속하는 것으로, 이제 그는 그때 벽에 엉덩이를 붙이고 서서 남은 하루를 보내는 동안 얼마나 행복했는지에 관한 멘트로 이야기를 마무리할 차례다. 그러나 그녀는 돌연 귀담아듣기를 멈춘 듯 보인다. 그는 깜짝 놀라 말을 멈춘다.

"저도 스키 타는 법을 배우고 싶어요." 그녀가 말한다.

역시 예상치 못한 발언이다.

"전 균형감각을 타고났어요. 세 살 때부터 말을 탔죠."

반바지가 닳아 없어진 이야기를 채 끝내지 못한 아서는 당황한다. 이 이야기에는 해리스 트위드의 내구성을 보장하는 재단사의 말투를 흉내 내는 과정까지 포함돼 있었다. 해서 그는 단호하게 여자들―물론 스위스 농사꾼 여자가 아니라 사교계 여성을 가리킨다―이 스키를 배울 수 있을 것 같지 않다고 말한다. 스키를 타는 데 따르는 위험을 고려해도 그렇고, 신체 근력을 봐도 그렇다.

"아, 전 꽤 튼튼해요." 그녀가 대답한다. "그리고 제가 당신보다는 아마 균형감각이 더 좋을 거예요. 키를 생각해보면요. 무게중심이 낮은 편이 더 낫잖아요. 그리고 당신보다는 제가 훨씬 더 가벼울 테니 넘어져도 크게 다치진 않을 거고요."

그녀가 그냥 "가벼울 테니"라고 말했다면 그는 그녀가 건방지다고 생각했을지도 모른다. 하지만 그녀는 "훨씬 더 가벼울 테니"라고 말했고, 그는 웃음을 터뜨리며 언젠가 스키를 타는 법을 가르쳐주겠다고 말한다.

"약속 꼭 지키세요." 그녀가 대답한다.

다음 며칠 동안 그는 그녀와의 만남이 평범치 않았다고 생각한다. 그녀는 그의 작가적 명성을 인정하는 말을 입에 올리려 하지 않았고, 대화의 주제를 정했고, 그의 가장 유명한 이야기를 방해했다. 사람들이 숙녀답지 않다고 말할 법한 포부를 드러냈고, 그의 몸집을 거의 비웃다시피 했다. 한데 그녀는 이 모든 일들을 가벼운 동시에 진지하고 매력적으로 해냈다. 아서는 그녀에게 화를 내지 않은 자신을 기특하게 여긴다. 물론 그녀는 그의 화를 돋울 생각은 아니었겠지만. 몇 년 동안 느끼지 못했던 느낌이 되살아난다. 성공적으로 여성에게 추파를 던진 데 뒤따르는 만족이다. 그리고 그런 후, 그는 그녀를 잊는다.

6주가 지난 어느 오후, 음악회에 간 그는 베토벤의 스코틀랜드 가곡을 부르는 그녀를 보게 된다. 하얀 타이를 맨 작은 체구의 진지한 남자가 그녀의 피아노 반주자다. 그녀의 목소리는 매우 뛰어나지만, 그에 반해 피아니스트는 격식에 절어 있고 허영기가 있다고 그는 생각한다. 아서는 지켜보는 자신을 그녀가 보지 못하도록 뒤로 물러난다. 공연이 끝나고 난 뒤, 그들은 다른 사람들과 동석한 자리에서 마주친다. 그녀는 일종의 예의를 갖추어 행동하고, 이 때문에 그녀가 그를 기억하는지 기억하지 못하는지 판단하기가 어렵다.

그들은 멀어진다. 몇 분 뒤, 한 첼리스트가 멀리서 끔찍한 연주를 시작했을 때 그들은 다시 마주친다. 이번에는 둘만이다. 그녀가 불쑥 말을 꺼낸다. "적어도 아홉 달은 기다려야 하겠죠."

"뭐 말입니까?"

"스키 수업이요. 지금은 눈이 내릴 때가 아니잖아요."

그는 그녀의 말이 그냥 하는 말인지, 아니면 추파를 던지려고 하는 말인지 알 수 없다. 그럼에도 그 말뜻을 알아내야 한다는 건 분명하다.

"하이드 파크에서 탈 계획인가요?" 그가 묻는다. "아니면 세인트 제임스에서? 아니면 햄스테드 히스 언덕에서?"

"아무려면 어때요. 원하시는 장소에서 타죠. 스코틀랜드나 노르웨이, 스위스도 좋고요."

미처 알아차리지도 못한 사이에 그들은 프렌치 윈도와 테라스를 지나, 이제는 눈에 대한 희망을 모조리 거둬간 주범인 밝은 햇살이 내리쬐는 정원에 서 있다. 그는 화창한 날을 이토록 원망해본 적도 없었다.

그는 갈색이 감도는 그녀의 녹색 눈을 내려다본다. "제게 관심이 있으신 건가요, 아가씨?"

그녀는 그의 시선을 피하지 않는다. "전 스키 수업에 대해 말하고 있는데요." 하지만 그것은 그저 말뿐인 대답이다.

"만약 그렇다면 아가씨, 조심하셔야 합니다. 전 당신과 사랑에 빠지지 않을 거니까요."

그는 자기가 무슨 말을 했는지조차 모른다. 그는 절반은 진심이고, 다른 절반은 자신에게 무슨 일이 일어났는지조차 모르고 있다.

"오, 당신은 이미 저와 사랑에 빠졌어요. 저도 그렇고요. 그건 분명해요, 정말로 분명해요."

그리고 말한 그대로다. 더 이상의 말은 필요치 않고, 한동안 아무도 말을 하지 않는다. 이제 그들이 다시 만나야 한다는 게 중요하다. 그렇다면 언제, 어디서. 누군가가 그들을 방해하기 전에 약속을 잡아야 한다. 하지만 그는 한 번도 로타리오*나 유혹자였던 적이 없고, 그가 현재 서 있는 단계를 넘어가기 위해 필요한 말들이 뭔지 알지 못한다. 아니 그보다는 이후의 단계가 있기는 한 것인지조차 알지 못한다. 그에게는 지금 이 순간이 마지막 단계처럼 여겨졌으므로. 늙고 머리가 하얗게 세어 누군가의 햇볕 내리쬐는 정원에서 만났던 어느 날을 회상하며 농담을 던질 수십 년 뒤라면 몰라도, 이래선 안 된다는 생각이 그의 머릿속에 가득 들어찬다. 그는 온갖 난관과 금지와 그들이 다시 만나선 안 될 이유를 생각한다. 그들은 공공장소에서 만날 수 없다. 그녀의 평판과 그의 명성 때문에. 사석에서 만나는 것도 불가능했다. 그녀의 평판…… 그의 인생을 구성하는 모든 요소들 때문에. 마흔 살을 바라보는 안정된 인생을 사는 남자이자 온 세상이 다 아는 유명인사인 그는 그 자리에서 다시 학생처럼 작아지

---

* Lothario, 세르반테스의 『돈키호테』의 등장인물로, 남의 아내를 빼앗아 취해놓고 의처증에 시달린 남자.

고 있다. 셰익스피어의 사랑에 대한 아름다운 표현들을 배웠고, 이제 그것을 바싹 마른 입으로 암송해야 하는데 어떤 표현도 기억나지 않는 듯한 기분이다. 한편으로는 트위드 반바지의 뒤판이 닳아 찢어졌을 때처럼 당장 등을 대고 설 벽을 찾아야 할 것 같기도 하다.

그녀가 질문을 한 것 같지도 않고, 그가 대답을 한 것 같지도 않은데, 약속은 어떻게든 정해진다. 밀회도, 불륜의 시작도 아니다. 그저 한 번 더 서로를 보기로 하는 정도다. 하지만 그는 5일 동안 일을 할 수도, 생각을 할 수도 없다. 2라운드 골프를 하러 나간 어느 날인가는 공을 내려놓고 클럽으로 치기까지의 짧은 순간 그녀의 얼굴이 머릿속에 떠올랐다. 그날 그는 사방으로 아무렇게나 공을 날려대며 야생동물의 생명을 위협할 수밖에 없었다. 공을 이 벙커에서 저 벙커로 날리면서 그는 메나 하우스 호텔에서 골프를 칠 때를 문득 떠올리고, 자신이 영원히 벙커에 빠져버렸다는 생각을 한다. 이제 그는 더 깊은 모래에 빠져 공조차 보이지 않게 된 이 상황이 여전히 사실, 아니 사실 그 이상인지, 아니면 어찌하다보니 영원히 그린을 딛고 서 있게 된 것인지 알 수가 없다.

이건 밀회가 아니다. 그는 길모퉁이에 선 삯마차에서 내리며 생각한다. 이건 밀회가 아니다. 나이와 계급을 가늠할 수 없는 여성이 문을 열어주고 사라지는 순간에도 그는 그렇게 생각한다. 이건 밀회가 아니다. 그와 진은 무늬가 도드라진 새틴 천을 씌운 소파에 둘이서만 앉는다. 이건 밀회가 아니다. 무엇보다도 그 자신이 밀회가 아니라고 하니까.

　그는 그녀의 손을 잡고 그녀를 바라본다. 그녀의 시선은 수줍지도 대담하지도 않다. 솔직하고 꾸준한 시선이다. 그녀는 미소를 보이지 않는다. 그는 누군가가 반드시 말을 꺼내야 한다는 걸 알지만, 늘 친숙하게 여겨온 단어들이 길을 잃은 모양이다. 아무튼 상관없다. 그녀가 살며시 미소를 지으며 이렇게 말하고 있으니까. "눈이 올 때까지 기다릴 수 없었어요."

　"매년 우리가 처음 만난 날이 돌아오면 스노드롭을 선물하겠소."

　"3월 15일이군요." 그녀가 말한다.

　"압니다. 내 마음속에 이미 새겨졌소. 사람들이 가슴을 가르고 심장을 꺼낸다면 거기 새겨진 날짜를 읽을 수 있을 거요."

　다시 침묵이 이어진다. 그는 소파 가장자리에 새처럼 걸터앉아 그녀의 말과 얼굴, 처음 만난 날짜와 스노드롭에 대한 생각에 집중하려고 한다. 하지만 그런 생각들은 그의 전 인생을 통틀어 가장 격렬한 발기의 원인이 되고 만다. 순수한 마음을 지닌 기사처럼 점잖게 부풀어 오른 게 아니라, 쿵쾅거리며 피할 수 없는 존재를 드러내는, 뭔가 요란하고, 정도가 지나치고, 한 번도 입 밖에 낸 적 없으나 그의 머릿속을 가득 메우고 있는 '발기'라는 단어에 제대로 부응하는 그 무엇이다. 그의 머릿속 한구석에서는 헐렁하게 재단된 바지를 입고 있어서 다행이라는 생각뿐이다. 그는 바싹 죄는 느낌을 완화시키려고 약간 움직이다가, 의도와는 달리 그녀에게 몇 인치쯤 가까이 다가간다. 그녀는 천사다, 그는 생각한다. 그녀는 너무나 순수해 보이고, 그녀의 안색은 너무나 희다. 하지만 그의 움직임을 키스하려는 의도로 받아들인 그녀는 그를 전적으로 신뢰한다는 듯 얼굴을 그에게로 들이민다. 신사인 그는 그녀를 무시할 수 없고, 남자인 그는 그녀에게 키스하지 않을 수 없다. 로타리오도 유혹자도 아니지만, 중년의 초입에 접어든 건장하고 영예로운 남자인 그는 어색하게 소파에 기대어, 그의 수염을 향해 다가온 그녀의 입술이 서투르게 수염 아래 그의 입술을 찾을 때, 다른 무엇도 아닌 사랑과 기사도만 생각한다. 그녀의 손을 잡고 있던 그는 마침내 그 순간이 찾아오자 잡은 손을 쥐어짜기 시작한다. 그는 바지 속으로 엄청나게 격렬한 분출이 이루어졌다는 걸 알아차린다. 그는 진 레키양으로서는 오해할 수밖에 없는 신음을 내뱉고, 견갑골에 투창이라도 맞은 사람처럼 갑자기 그녀에게서 몸을 떼어낸다.

아서의 머릿속에 한 이미지, 수십 년 전의 이미지가 떠오른다. 남학생들 사이에 만연한 짐승 같은 짓을 방지한다는 명목으로 밤이 내린 스토니허스트를 조용히 순찰하던 예수회 사제의 이미지다. 그 생각이 도움이 된다. 그에게 지금, 그리고 예견건대 앞으로도 계속 필요한 것은 바로 그 순찰하는 예수회 사제의 존재다. 그 방에서 일어났던 일은 결코 되풀이되어선 안 된다. 의사인 그는 그렇게 약해지는 순간이 있다는 걸 알지만, 잉글랜드 신사인 그는 그 순간이 수치스럽고 치욕적이라고 생각한다. 그는 자신이 누구를 가장 많이 배신했는지 알 수가 없다. 진인지, 투이인지,

아니면 자기 자신인지. 확실한 것은, 정도차는 좀 있어도 그가 셋 모두를 배신했다는 것이다. 그리고 이 일은 다시는 없어야 한다.

그 돌연함 때문에 그는 무릎을 꿇었다. 꿈과 현실의 차이 때문이기도 했다. 기사도 로맨스에서 기사는 불가능한 대상―예를 들어 주군의 아내―을 사랑하고, 그녀의 명예를 위해 용기 있는 행동을 보인다. 그의 용기는 그의 순수와 한 쌍이다. 그러나 진은 불가능한 대상이라고는 할 수 없고, 아서는 한낱 무명용사도, 짝이 없는 기사도 아니다. 그는 의사의 명령에 따라 지난 3년간 스스로에게 엄격한 제약을 가해온, 몸무게가 15스톤―아니, 16스톤이다―에 달하는 건강하고 정력적인 남성이며, 어제 속옷을 적셨다.

하지만 이제 그 딜레마가 명백하고 끔찍한 형태로 온전히 제 모습을 드러냈으니, 아서는 그것에 직면할 수 있다. 한때 질병의 퇴치 가능성을 고심했을 때처럼, 이제 그의 두뇌는 진과의 사랑을 실현할 가능성을 고심하기 시작한다. 그는 문제―문제라기보다는 고문처럼 고통스러운 기쁨!―를 이렇게 정의한다. 그가 진을 사랑하지 않기란 불가능하다. 진이 그를 사랑하지 않기란 불가능하다. 아이들의 어머니이자 그가 여전히 애정과 존중을 바치는 투이와 이혼하기란 불가능하다. 게다가 쓰레기 같은 남자들이나 병자를 버리는 법이다. 하지만 진을 정부로 삼아 그들의 애정을 불륜으로 만들 수도 없다. 셋 다 각자의 명예가 걸린 문제다. 물론 투이는 자신이 이 문제에 끼여 있다는 걸 모르고 있지만. 따라서 필수 조건 하나가 생겨난다. 투이가 알아서는 안 된다.

진과의 다음 만남에서 그는 이를 설명한다. 그래야만 한다. 그는 남자고, 그녀보다 연상이다. 아직 젊은 까닭에 그녀가 성급해질 수도 있지만, 그녀의 평판을 결코 흐려서는 안 된다. 그녀는 처음에 그가 자신을 거절할까봐 불안한 기색을 보인다. 하지만 그가 그들의 관계를 더 명확히 규명하려고 한다는 게 분명해지자, 그녀는 안도하며 그의 말을 거의 듣지도 않는 듯 보인다. 하지만 그들이 얼마나 신중해야 하는지를 그가 재차 강조하자 그녀는 다시 불안해한다.

"그러면 우리가 서로 키스해서는 안 되나요?" 이렇게 묻는 그녀는 행복에 두 눈을 감아버린 나머지 서명한 계약서의 내용을 뒤늦게 부랴부랴 확인하는 사람처럼 보인다.

그녀의 목소리는 그의 마음을 녹이고, 생각을 흐리게 한다. 그들은 계약을 승인하듯 키스한다. 그녀는 모이를 쪼는 새들처럼 눈을 뜨고 쪽쪽 입 맞추기를 좋아한다. 그는 눈을 감은 채 입술을 오래 붙이고 있는 편을 좋아한다. 그는 자신이 다시 누군가와 키스하고 있다는 사실을 믿을 수가 없다. 그는 진과의 키스가 투이와의 키스와 어떻게 다른지에 대해 생각하지 않으려고 애를 쓴다. 잠시 후, 다시 어떤 충동이 일어나고, 그는 황급히 몸을 떼어낸다.

그들은 만날 것이다. 그들은 제한된 기간 동안만 단둘이 있을 것이다. 그들은 키스할 수 있다. 그러나 지나치게 흥분해서는 안 된다. 그들의 상황은 대단히 위험하다. 그러나 그녀는 그의 말을 전부 알아들은 것처럼 보이지 않는다.

"제가 집에서 나올 때가 됐어요." 그녀가 말한다. "다른 여자들이랑 아파트 하나를 나눠 쓰면 돼요. 그러면 당신이 절 찾아와서 편하게 볼 수 있겠죠."

그녀는 투이와는 달라도 너무 다르다. 그녀는 직설적이고, 솔직하고, 도량이 넓다. 물론 그녀는 그들의 사랑 안에서 그와 대등한 존재다. 하지만 그에겐 그들에 대한, 그리고 그녀에 대한 책임감이 있다. 그는 그녀의 솔직함이 불명예로 이어지는 꼴을 두고 볼 수가 없다.

이어지는 몇 주 동안 그는 그녀가 그의 정부가 되길 기대하고 있는지 궁금해하기 시작한다. 그녀의 열렬한 키스, 그가 뒤로 물러설 때 보이는 실망. 그에게 자신의 몸을 밀어붙이는 방식, 가끔 감지할 수 있는, 그녀가 그에게 일어나고 있는 일을 정확히 알고 있다는 느낌. 그러나 그런 식으로 생각해서는 안 된다. 그녀는 그런 유형의 여자가 아니다. 그녀는 거짓으로 얌전 빼지 않으며, 이는 그녀가 그를 전적으로 믿는다는 표식이다. 그가 남자로서 자신의 원칙을 벗어나더라도 여전히 그를 믿어주리라는 표식이다.

그렇다 해서 그들의 관계로 인한 실제적인 어려움이 해결되지는 않는다. 그에겐 그들의 관계를 도덕적으로 승인해줄 사람이 필요하다. 그는 두려움을 안고 세인트팽크러스 역에서 리즈행 기차를 탄다. 엄마는 여전히 그의 최종적 결정권자다. 그의 출판 전 원고를 모두 먼저 읽어보는 그녀는 그의 정서적 인생에서도 동일한 역할을 한다. 엄마만이 그가 처한 상황의 정당성을 보증할 수 있다.

그는 리즈에서 칸포스 행 기차로, 그후 클래펌에서 잉글턴 행 기차로 갈아탄다. 엄마는 당나귀가 끄는 작은 이륜마차를 타고 역에서 그를 기다리고 있다. 그녀는 빨간 외투와 최근 몇 년 동안 즐겨 써온 흰 면직 모자를 쓰고 있다. 이륜마차에 올라 느린 속도로 2마일을 가는 시간은 아서에게 끝나지 않을 듯 여겨진다. 엄마는 '무이'라는 이름을 지닌 별난 성질머리의 조랑말이 증기 기관차 옆을 지나치지 않겠다며 변덕을 부리는 데 아랑곳하지 않는 듯 보인다. 이는 그들이 길에서 공사가 벌어지는 곳을 피해야 하며, 조랑말이 기분 내키는 대로 부주의하게 굴어도 계속 칭찬해줘야 한다는 의미다. 마침내 그들은 메이슨길 코티지에 들어섰다. 아서는 즉시 엄마에게 모든 걸 털어놓는다. 조금이라도 의미가 있는 모든 것을. 하늘이 내려준 그의 고결한 사랑에 대해 그녀가 필요한 충고를 해줄 수 있을 법한 모든 것을. 그의 인생에 일어난 돌연한 경이와 그로 인한 불가능한 상황에 대한 모든 것을. 그의 기분과 그의 양심과 그의 죄책감에 관한 모든 것을. 진의 달콤하고 직설적인 성격과 예리한 지성, 그리고 그녀가 갖춘 덕목에 관한 모든 것을. 전부를. 거의 전부를.

그는 다시 처음으로 되짚어간다. 이야기를 다시 시작한다. 그는 그녀의 인적사항을 자세히 묘사한다. 그는 아마추어 가계학자라면 누구라도 매력을 느낄 만한 그녀의 스코틀랜드 혈통과 조상들을 강조한다. 13세기 말리즈 드 레기Malise de Leggy의 후손인 그녀에게는 로브 로이*의 핏줄도 흐르고 있다. 그녀는 현재 블랙히스에서 부유한 부모와 살고 있다. 차 사업으로 돈을 번 레키 가문은 종교적이고 점잖은 집안이다. 그녀의 나이는 21세다. 드레스덴에서 메조소프라노로 성악을 공부한 그녀의 목소리는 곧 피렌체에서 완벽하게 다듬어질 예정이다. 아직 보지는 못했지만 그녀가 말을 타는 솜씨는 대단하다고 한다. 그녀는 동정심이 많고, 진지하고, 강인한 성격을 갖추고 있다. 그녀의 외모에 대한 묘사에 이르자 아서는 열광적인 어조로 말하기 시작한다. 그녀의 가느다란 체격, 작은 손발, 진한 금발, 갈색이 감도는 녹색 눈, 약간 길고 둥근 얼굴, 섬세하고 고운 안색.

"사진이라도 보는 것 같구나, 아서."

"사진이 있었으면 좋겠어요. 사진을 달라고 해봤지만 못 나온 것밖에 없다더군요. 그녀는 치아가 별로 예쁘지 않다고 생각해서 카메라 앞에서 잘 웃지 못해요. 그녀는 제게 꽤 솔직하게 말해요. 자기 치아가 너무 크다고 생각하죠. 물론 전혀 그렇지 않은데요. 그녀는 정말 천사 같아요."

아들의 말을 듣던 엄마는 인생이 되풀이되고 있다는 묘한 느낌이 든다. 오래전에 그녀는 이 사회가 예의 바르게도 병자로 여겨주었던 남자와 결혼했다. 그는 돈을 요구하는 마부에게 떠밀려 집으로 돌아오거나, 간질에 걸렸다는 명목으로 정신병원에 갇히는 남자였다. 그의 무능력과 부재 덕분에 그녀는 브라이

---

* Rob Roy, 스코틀랜드의 '로빈 후드'로 일컬어지는 무법자이자 의적.

언 월러에게서 위안을 찾게 되었다. 당시 아들은 부루퉁하게 골을 내면서도 감히 그녀를 비난하지 못했고, 다만 침묵으로 그녀의 명예에 대한 의문을 제기할 뿐이었다. 그런데 이제 그녀가 가장 좋아하고 아끼는 아이가 인생의 복잡함이 결혼식 제단에서 끝나지 않는다는 걸—어떤 이들은 이곳이 시작점이라 여길지도 모른다—알게 된 것이다.

엄마는 아서의 말을 듣는다. 엄마는 이해한다. 그리고 용인한다. 아서가 한 일은 정당하고, 명예에도 어긋나지 않는다. 그리고 엄마는 레키 양을 만나보고 싶다.

그들은 만난다. 그리고 엄마는 사우스시에서 투이를 받아들였듯이 진을 받아들인다. 엄마의 생각은 사랑에 푹 빠져버린 아들을 무턱대고 경솔하게 부추기려는 것과는 다르다. 엄마가 보기에 나긋나긋하고 상냥한 투이는 야심은 있지만 아직 뭘 모르는 젊은 의사에게 환자를 제공하게 될 사회에서 필요한 아내상이다. 하지만 이제 아서가 다시 결혼한다면 능력 있고 똑똑하며 가끔 엄마와 닮은 솔직담백한 성격을 내비치는 진 같은 여자가 필요하다. 한편 그녀는 아들이 처음으로 별명을 붙이지 않은 첫 번째 여자친구가 진이라는 점을 내심 주목한다.

촛대처럼 생긴 시끄러운 가워 벨* 전화기가 언더쇼의 홀 테이블에 놓여 있다. 전화번호는 하인드헤드 237번지인데, 아서의 이

---

* Gower-Bell, 알렉산더 그레이엄 벨, 토머스 에디슨, 프레더릭 앨런 가워가 합작하여 만든 통신회사인 에디슨 가워 벨 전화회사. 유럽에도 지부가 있었다.

름과 명성 덕분에 다른 많은 사람들과는 다르게 이웃하는 집들과 전화선을 공유하지 않는다. 하지만 아서는 결코 이 전화기로 진에게 전화하지 않는다. 그는 하인들이 눈에 띄지 않고, 아이들은 학교에 가고, 투이는 방에서 쉬고, 우드는 산책을 나간 언더쇼에서, 조상들의 휘장과 이름이 새겨진 스테인드글라스 아래의 홀에서 계단에 등을 기대고 목소리를 낮추어 전화를 거는 자신의 모습을 상상할 수가 없다. 그건 불륜의 증거가 될 것이다. 그런 자세를 하고 있는 그를 보았다 해서 누구나 그렇게 생각하진 않겠지만, 그에게는 그렇다. 전화는 간통을 범하는 사람들이 선택하는 도구다.

그래서 그는 편지와 쪽지, 전보로 진에게 연락한다. 그는 말들과 선물들로 소통한다. 몇 달이 지나자 진은 자신이 그다지 크지 않은 아파트에 살고 있으며, 믿을 수 있는 친구들과 같이 살긴 하지만 배달 소년이 벨을 누르는 소리가 부끄러워지기 시작했다고 말할 수밖에 없다. 신사들로부터 많은 선물을 받는 여자—아니, 좀 더 낯 뜨겁게 말하자면 한 사람의 특정 신사로부터 많은 선물을 받는 여자—는 정부로 여겨질 수 있다. 혹은 적어도 정부가 될 법한 여자로. 그녀가 이 점을 지적하자 아서는 자기가 바보 같았다며 자책한다.

"게다가," 진이 말한다. "제게는 보험이 필요하지 않아요. 전 당신의 사랑을 믿어요."

그들이 처음 만났던 날이 돌아오자 그는 그녀에게 한 송이의 스노드롭을 건넨다. 그녀는 스노드롭 한 송이가 어떤 보석이나 드레스나 화분이나 비싼 초콜릿보다도, 남자가 여자에게 주는 것들 중 그 무엇보다도 기쁜 선물이라고 말한다. 그녀에게는 필요한 물건들이 많지 않고, 게다가 그런 물건들은 대부분 직접 살 수 있다. 그녀가 선물을 받지 않는다는 사실은 그들의 관계가 이 세상의 다른 뻔한 관계들과는 다르다는 점을 가리킨다.

그러나 반지가 문제다. 조심해야 할 필요는 있지만, 아서는 그녀가 손가락—어느 손가락인지는 중요하지 않다—에 반지를 끼기를 원한다. 그래서 그들이 언제나 서로에게 속해 있다는 걸 은밀히 알릴 수 있도록. 남자는 세 유형의 여자들에게 반지를 준다. 아내, 정부, 약혼녀. 그녀는 이들 중 아무것도 아니다. 그녀는 그런 반지는 끼지 않을 것이다. 그녀는 정부가 되지 않을 것이며, 아서에게는 이미 아내가 있다. 그녀는 약혼녀가 아니고, 될 수도 없다. 그녀가 아서의 약혼녀가 된다는 건 이런 뜻이다. '나는 그의 아내가 죽기만을 기다리고 있다.' 그런 연인들이 있다는 걸 그녀도 알지만, 그들의 관계는 그래선 안 된다. 그들의 사랑은 다르다. 그들에게는 고려할 과거도 미래도 없고, 오직 현재뿐이다. 아서는 그녀가 자기 마음속의 영적인 아내라고 한다. 진은 고개를 끄덕이면서도, 영적인 아내라면 물리적인 반지를 끼지 않을 거라고 말한다.

엄마가 이 문제를 자연스럽게 해결한다. 그녀는 진을 잉글턴으로 초대하면서 아서에게는 다음 날 오라고 말한다. 진이 도착한 날 저녁, 엄마는 갑자기 어떤 생각을 해낸다. 그녀는 왼손 새끼손가락에서 작은 반지를 빼어 진의 같은 손가락에 끼워준다.

한때 엄마의 종조모가 지녔던 연한 색의 사파이어가 박힌 카보 숑 컷 반지다.

진은 반지를 바라보며 손을 이리저리 돌려보다가 바로 반지를 빼낸다. "가족 소유의 보석을 받을 순 없어요."

"종조모께서 이 반지가 내 피부색과 잘 어울린다며 내게 주셨지. 그땐 그랬어. 하지만 이젠 아니야. 이 반지는 아가씨 피부색과 더 잘 어울려요. 그리고 난 아가씨를 내 가족이라고 생각해요. 아가씨를 처음 만난 순간부터 그렇게 생각했어."

진은 엄마를 거부할 수 없다. 엄마를 거부할 수 있는 사람은 많지 않다. 아서가 도착했을 때, 그는 공연히 반지를 못 본 척한다. 결국 누군가가 그 사실을 그에게 콕 짚어 알려준다. 그는 반지가 별로 안 크다는 말로 여자들에게 그를 비웃을 기회를 주면서 자신의 즐거움을 위장한다. 진은 이제 아서의 반지가 아니라 도일 가문의 반지를 끼고 있다. 이 편도 나쁘지 않다. 더 좋을지도 모른다. 그는 요란한 저녁식사 테이블의 식탁보 위에, 극장 의자의 팔걸이 위에, 말고삐 위에 놓인 반지를 그려본다. 그는 반지가 그의 영적인 아내라는 그녀의 존재를 상징한다고 생각한다.

신사에게는 두 가지 선의의 거짓말이 허락된다. 여성을 보호해야 할 때, 그리고 정당한 명분의 싸움을 시작해야 할 때. 아서가 투이에게 하는 선의의 거짓말은 생각보다 훨씬 많다. 처음에 그는 어떻게든 열정적으로 모험을 즐기고, 스포츠와 여행 속에 빠져 며칠을, 몇 주를 분주하게 보내면 투이에게 거짓말을 할 필요가 줄어들 거라고 추정했다. 진은 그의 달력 속 작은 틈 정도의 자리만 차지하게 될 것이다. 그러나 그녀가 그의 마음에서 사라질 수 없듯이, 그의 의식과 양심 속에서도 사라질 수 없다. 그래서 그는 모든 만남, 모든 계획, 모든 쪽지와 편지, 그녀에 대한 모든 생각이 하나 이상의 거짓말로 둘러싸여 있다는 걸 깨닫는다. 그의 거짓말들은 대부분 생략으로 이루어져 있다. 가끔은 당연하게도 정교하게 구성된 거짓말을 할 때도 있다. 어쨌거나 전부 거짓말이라는 사실에는 변함이 없다. 그리고 투이는 전적으로 그를 신뢰한다. 그녀는 받아들인다. 항상. 그의 급작스러운 계획 변경, 충동, 머물겠다든가 떠나겠다는 결정들을. 아서는 그녀가 의심하지 않는다는 걸 알고 있고, 그래서 더욱 신경이 날카로워진다. 그는 간통을 범하는 자들이 어떻게 양심과 공존하며 살아가는지 도저히 알 길이 없다. 필요한 거짓말을 계속해나가려면 원시인 수준의 도덕을 지니고 있어야만 한다.

그러나 실제적인 난관과 윤리적인 궁지, 그리고 성적 절망 너머에는 더 어둡고 직접 대면하기 어려운 무언가가 있다. 아서의 인생에서 결정적인 순간들은 항상 죽음으로 그늘져 있었고, 이번에도 그러하다. 이처럼 갑작스럽고 놀라운 사랑은 투이가 죽어야만 세상에 알려지거나 완성될 수 있다. 그녀가 죽으리라는 것은 그도 알고 진도 안다. 폐결핵은 희생자를 절대 놓치지 않는다. 그러나 악마와 싸우겠다는 아서의 단호함이 폐결핵의 공격을 막아내고 있고, 덕분에 투이의 상태는 안정적이다. 그녀에게는 다보스의 깨끗한 공기가 더는 필요하지 않다. 그녀는 폐결핵 환자 특유의 상냥한 낙관주의로 주어진 것들에 감사하며 하인드헤드에서 편히 살고 있다. 그는 그녀의 죽음을 바랄 수 없는 동시에, 진이 이처럼 결말이 확실치 않은 위치에 계속 머물러 있기를 바랄 수 없다. 그가 어떤 기성 종교를 믿었더라면 분명 신의 손에 모든 것을 맡겼을 테지만, 그는 그럴 수가 없다. 최상의 의료진이 계속 투이를 돌봐야 하고, 식구들 역시 최선을 다해 투이를 지켜야 한다. 따라서 진의 고통은 꽤 오랫동안 지속될지도 모른다. 그가 어떤 행동을 취하거나 투이에게 말을 꺼낸다면, 그는 짐승 같은 자가 된다. 그가 진과 헤어져도, 혹은 그녀를 정부로 삼는다 해도, 그는 짐승 같은 자가 된다. 그러나 아무것도 하지 않는다면, 그는 그저 자신의 위신을 헛되이 유지하고자 하는 수동적이고 위선적인 짐승 같은 자다.

천천히, 그러나 신중하게 그들의 관계가 알려진다. 로티는 진을 소개받는다. 진의 부모는 아서를 소개받는다. 진의 부모는 크리스마스에 그에게 진주와 다이아몬드 핀 장식단추를 선물한다. 진은 투이의 어머니인 호킨스 부인까지 만나고, 호킨스 부인은 그들의 관계를 용인한다. 켄징턴 웨스트에서 아들 오스카 아서와 함께 결혼생활을 하고 있는 코니와 허능도 그들의 관계를 알게 된다. 아서는 모두에게 고통과 불명예로부터 투이를 지켜낼 것이며 무슨 일이 있어도 투이가 모르게 하겠다고 확언한다.

이 고결한 선언 뒤에 일상의 현실들이 이어진다. 가족들의 승낙을 받기는 했지만, 아서와 진은 각각 한 차례씩 의기소침해진다. 진은 가끔 두통을 겪는다. 그들은 서로를 불가능한 상황으로 이끈 데 대해 죄책감을 느낀다. 명예는 선행과 마찬가지로 그 자체가 보상일지도 모르나, 때로는 이것만으로 충분치 않다. 최소한 그것이 불러온 절망은 그 어떤 커다란 행복 못지않게 날카롭다. 아서는 자기 르낭*의 선집을 처방한다. 열심히 책을 읽고 골프와 크리켓을 충분히 즐기는 것으로 안정을 찾을 수 있을 것이다. 신체적으로나 정신적으로나 올바르게.

그러나 이런 수단들이 할 수 있는 건 거기까지다. 크리켓 경기장에서 상대팀 선수를 앞지를 수도 있고, 드라이버로 골프공을 가능한 한 멀리까지 날려버릴 수도 있다. 그러나 자꾸만 돌아오는 생각들, 항상 똑같은 생각과 역겨운 역설을 영원히 먼 곳에 붙잡아둘 수는 없다. 움직이지 못하는 저주를 받은 활동적인 남자. 사랑을 금지당한 연인들. 죽음이 두려우면서도 그것을 손짓하여 부르고 싶다는 부끄러운 바람.

아서의 크리켓 시즌은 지금까지 잘 진행돼왔다. 그는 점수를 올렸고, 아들다운 자랑스러움과 함께 엄마에게 자신의 성공을 알렸다. 엄마는 그 답례로 계속 그에게 자신의 의견을 전달한다. 드레퓌스 사건에 대해, 횡포한 성직자들과 바티칸의 꼰대들에 대해, 음험하기 짝이 없는 〈데일리 메일〉이 프랑스를 보는 혐오스러운 시선에 대해. 어느 날, 아서는 로즈크리켓 경기장에서 매릴러본 크리켓 클럽을 위해 뛴다. 그는 진에게 경기를 보러 오라고 한다. 배트를 휘두르러 나온 그는 그녀가 A구역 어디쯤 앉아

---

* Joseph Ernest Renan, 중동 언어와 문명을 연구한 프랑스 철학자이자 작가.

있는지 안다. 이 시기는 상대팀 선수들이 그를 당해낼 재간이 없던 시절이다. 그의 배트는 무적이고, 그는 거의 힘을 들이지 않고 공을 쳐서 멀리 날려보낸다. 그는 한두 번 공을 관중들 쪽으로 날려보내는데, 그러면서도 공이 그녀 근처로 포탄처럼 떨어지지 않도록 확실히 해둔다. 그는 레이디의 명예를 위해 마상경기장에 나온 기사다. 그는 그녀에게 모자에 달 리본을 달라고 했어야 했는지도 모른다.

이닝 사이에 그는 그녀를 찾는다. 그에게는 칭찬의 말이 필요치 않다. 그는 그녀의 눈 안에 담긴 자랑스러움을 본다. 딱딱한 의자에 오래 앉아 있던 그녀는 조금 걷고 싶어한다. 그들은 스탠드를 뒤로하고 경기장을 한 바퀴 돈다. 무더운 공기 위로 맥주 냄새가 퍼진다. 한가로운 익명의 사람들 사이에서, 그들은 저녁 식사 자리에서 그들을 지켜보는 친절한 눈길을 받을 때보다도 더 둘만 있다는 느낌을 받는다. 그들은 처음 만난 사람들처럼 이야기한다. 아서는 모자에 그녀의 리본을 달고 싶었다고 말한다. 그녀가 살며시 그의 팔짱을 낀다. 그들은 깊은 행복에 잠겨 천천히 거닌다.

"봐요, 저기 윌리와 코니가 있네."

그렇다. 그들도 팔짱을 낀 채 그들에게 다가오고 있다. 그들은 작은 오스카를 유모와 함께 켄징턴에 두고 온 모양이다. 아서는 이제 자신의 배트로 이닝을 마무리 지었던 걸 더욱 자랑스러워한다. 그런데 그는 뭔가 다른 걸 느낀다. 윌리와 코니는 발걸음을 늦추지 않으며, 코니는 다른 쪽을 보기 시작한다. 경기장 뒤에 너무나 흥미로운 것이 있다는 듯이. 윌리는 그들의 존재를 부정하려는 듯 보이지는 않지만, 코니를 동반해 지나가면서 자형에게, 진에게, 그리고 팔짱을 낀 그들에게 눈썹을 추켜올린다.

이닝이 바뀐 후 이어진 아서의 투구는 평소보다 빠르고 거칠다. 그는 위킷*을 한 번밖에 성공시키지 못하는데, 그것도 어쩌다 얻은 점수다. 경기장 안쪽으로 깊숙이 들어가게 된 그는 고개를 돌려 진을 찾지만, 그녀는 자리를 바꾼 것 같다. 윌리와 코니도 보이지 않는다. 그의 경기방식은 평소보다 위킷 키퍼**를 더욱 긴장시키고, 사방에서 그를 막으려는 선수들이 돌진한다.

점차 진이 떠났다는 게 분명해진다. 이제 그는 분노의 절정에 도달한다. 그는 크리켓 경기복 그대로 택시를 타고 곧장 진의 아파트로 가서 그녀를 길로 데리고 나와 팔짱을 끼고 버킹엄 궁전과 웨스트민스터 사원과 국회의사당으로 향하고 싶다. 이렇게 소리치면서. "나는 아서 코난 도일이고 이 여자, 진 레키를 사랑한다는 사실이 자랑스럽다." 그는 이 장면을 머릿속에 그린다. 그러기를 마친 후에는 자신이 미쳐가고 있다고 생각한다.

분노와 광기가 가라앉고, 그에게는 사그라들지 않고 굽힐 수도 없는 화만이 남는다. 그는 샤워하고 옷을 갈아입는 동안 속으로 윌리 허눙을 욕한다. 천식환자에, 근시에, 가끔 스핀 볼러

---

* wicket. 크리켓에서 투수인 볼러가 타자인 배트맨을 아웃시키는 것. 크리켓 경기장 안에 세워둔 작고 긴 철제 구조물을 '위킷'이라 하는데, 볼러가 배트맨을 아웃시키려면 공을 던져 이 위킷을 맞혀야 하고, 배트맨은 이를 막기 위해 공을 쳐내야 한다.
** 위킷 뒤에서 수비하는, 야구의 포수와도 흡사한 포지션.

정도나 맡는 자가 어찌 감히 그에게 눈을 치뜬단 말인가. 그에게. 진에게. 호주 시골 구석에 관한 아무짝에도 쓸모없는 소설이나 쓴 한낱 저널리스트 따위가. 허능은 홈스와 왓슨이라는 아이디어를 훔쳐서—물론 허락을 구하기는 했지만—그들의 설정을 완전히 뒤집어 범죄자 한 쌍으로 바꿔버렸다. 그래도 아서는 뭐라고 한 마디도 하지 않았다. 『래플즈 호의 처신』에 등장한 인물 래플즈를 가져다 소위 '히어로'로 만들도록 내버려두었다.* 심지어 허능이 그 빌어먹을 책을 그에게 헌정하도록 허락하기까지 했다. "A.C.D에게, 아부를 담아 바칩니다."

아서는 그에게 가장 뛰어난 아이디어 이상의 것을 주었다. 바로 그의 아내다. 문자 그대로, 코니와 함께 통로를 걸어 그에게 그녀를 건네주었던 것이다. 게다가 그는 그들이 자리를 잡을 수 있도록 금전적인 도움도 주었다. 그래, 사실 연금을 받은 건 코니였다 치자. 그러나 윌리 허능은 사내자식이 되어서 그런 도움을 받아들이는 건 자신의 명예에 오점을 남기는 일이라는 말도 하지 않았고, 열심히 일해서 젊은 아내를 보살피겠다는 말도 하지 않았다. 오, 그렇지. 한 마디도 하지 않았지. 그러면서도 그는 도덕군자연하며 아서에게 감히 눈을 치뜬 것이다.

아서는 로즈에서 택시를 타고 곧장 켄징턴 웨스트, 피트 스트

---

* 아서 코난 도일이 쓴 『래플즈 호의 처신』은 엄청난 부를 지닌 거부(巨富)가 자신의 정체를 숨기고 사람들을 돕는 자선활동을 하지만, 도움 받은 사람들의 배신에 실망해 죽는다는 내용이다. 아서의 매제인 E. W 허능은 이 캐릭터를 빌려와 주인공 아서 래플즈가 크리켓 선수이자 신사 도둑인 히어로로 활약하는 26편의 단편소설과 1편의 장편소설을 썼고, 이로 인해 인기를 얻었다.

리트 9번지로 향한다. 해로 로드를 지날 때 분노가 가라앉기 시작한다. 전부 자기 잘못이라고, 자기가 먼저 팔짱을 낀 게 잘못이었다고 말하는 진의 목소리가 그의 머릿속에서 들려온다. 그는 그녀가 어떤 말투로 자기 자신을 탓할지, 그리고 얼마나 끔찍한 두통에 시달릴지를 분명히 안다. 그녀의 고통을 줄여줘야 해, 그는 생각한다. 그의 모든 본능과 남자다움은 허능의 집 대문을 부수고 그를 한길로 끌고 나와 크리켓방망이로 머리통을 후려쳐야 한다고 말한다. 하지만 택시가 속력을 늦출 때쯤, 그는 이미 어떻게 행동해야 할지 알고 있다.

맞으러 나온 윌리엄 허능에게 그는 침착하게 말한다. "콘스탄스를 보러 왔네." 허능은 요란하게 부산을 떨거나 자기도 같이 있겠다고 우기지 않을 정도의 지각은 충분히 갖춘 사람이다. 아서는 코니가 앉아 있는 위층으로 올라간다. 그는 솔직한 말들—그가 한 번도 사용한 적 없는—로 그녀에게 설명한다. 전에는 한 번도 한 적 없고 한 번도 할 필요가 없었던 행동에 대해. 투이의 병이 어떤 상황을 초래했는지에 대해. 진에 대한 그의 갑작스럽고도 완전한 사랑에 대해. 플라토닉하게 남을 이 사랑에 대해. 지금까지 오랫동안 비어 있었던 그의 삶에서 거대한 부분이 충족되고 있다는 사실에 대해. 서로를 자주 볼 수 없는 그들이 느끼는 우울과 고통에 대해. 코니는 그들이 경계를 풀고 있던 모습을 보았다. 그래서 그들은 여과 없이 애정을 드러내는 모습을 보일 수밖에 없었던 것이다. 그는 그들의 사랑을 다른 이들 앞에 보여줄 수 없는 것이 무척 고통스러우며, 다른 사람들 앞에서 미소 지으며 웃을 때마다 계산과 이성적인 판단이 필요하다고 설명했다. 그에게 세상 그 자체만큼이나 소중한 가족이 그를 응원하지 않는다면 살아남을 수 없다고 생각한다고도.

로즈 경기장에서 내일 또 경기가 있다. 그는 코니에게 올 수 있겠냐고 묻는다. 아니, 그는 코니에게 와달라고 애원한다. 이번에는 진과 제대로 인사할 수 있을 것이다. 그것만이 유일한 해결책이다. 오늘 일어난 일을 한시라도 빨리 과거지사로 돌려야 한다. 안 그러면 곪아버릴 것이다. 코니는 내일 경기장에 올 것이고, 진과 점심을 먹을 것이고, 그녀를 더 잘 알게 될 것이다. 그렇지 않을까?

코니는 동의한다. 밖에서 기다리던 윌리가 아서에게 말한다. "아서, 전 당신이 어떤 여성과 같이 있든, 아무것도 묻지 않을 준비가 돼 있습니다." 마차에 오른 아서는 뭔가 끔찍한 것을 이제 막 피했다는 기분을 느낀다. 꽤나 지친 상태이고 약간 어지럽다. 그는 가족 전부에게와 마찬가지로 코니에게도 기댈 수 있을 것이다. 그리고 그는 윌리 허능에 대해 했던 생각을 약간 부끄럽게 여긴다. 이 빌어먹을 성질머리는 나아질 기미가 없다. 그의 혈통의 절반이 아일랜드계이기 때문이다. 다른 절반의 혈통, 스코틀랜드 혈통이 그가 성질을 부리지 못하게 막아줄 것이다.

그래, 윌리는 좋은 사내다. 그는 갖가지 질문들로 아서를 괴롭히지 않을 것이다. 명석하고 냉철한 두뇌를 갖춘 윌리는 훌륭한 위킷 키퍼이기도 하다. 뭐, 골프를 싫어하긴 하지. 하지만 그는 아서에게 선입견 치고는 꽤 그럴듯한 이유를 들었다. "앉아 있는 공을 치는 건 스포츠맨이 할 도리가 아니라고 생각합니다." 썩 괜찮은 대답이었다. 육상선수 잘못이라던 대답도 그랬다. 윌리가 자형의 사설탐정에 대해 한 말을 아서는 많이도 퍼뜨리고 다녔다. "그의 지위가 좀 낮을지는 몰라도, 경찰엔 홈스 같은 인물이 없습니다." 경찰에 홈스 같은 인물이 없다니! 아서는 이 말을 되새기며 좌석에 등을 파묻는다.

다음날 아침, 로즈로 떠날 준비를 하던 그에게 한 장의 전보가 도착한다. 콘스탄스 허닝이 오늘 점심약속에 불참할 수밖에 없으므로 용서를 구한다는 내용이다. 치통이 심해서 치과에 가봐야 하기 때문이라고 한다.

그는 진에게 쪽지를 보내 '급한 가족 볼일'—이번엔 완곡한 표현이 아니다—이 있어 로즈에서 볼 수 없겠다고 사과한다. 그러고는 삯마차에 올라 피트 스트리트로 향한다. 그들은 분명 그의 방문을 기다리고 있을 것이다. 그들은 그가 불륜을 저지르며 외교적 침묵을 고수하는 남자가 아니라는 걸 안다. 상대방의 눈을 바라보며 사실을 말하고 결론을 내린다. 이것이 도일의 방식이다. 물론 여자들에게는 다른 규칙이 적용되어도 상관없는데, 사실상 여자들은 자기들만의 규칙들을 발전시켜온 듯 보인다. 하지만 그렇다 해도 급히 치과에 가야 한다는 변명은 말도 안 된다. 변명이 너무나 뻔해서 아서는 분통이 터진다. 아마 코니는 알면서도 아서의 신경을 긁으려고 이런 핑계를 댄 것이리라. 그들에게서 고개를 돌렸던 것처럼. 장하게도 코니는 아서처럼 어물어물 넘길 생각이 없는 듯하다.

그는 성질을 누그러뜨려야 한다는 걸 알고 있다. 무엇보다도 진이 먼저고, 그다음엔 가족 간의 화합이다. 그는 코니가 허능의 마음을 돌렸을지, 아니면 허능이 코니의 마음을 돌렸을지 궁금하다. "전 당신이 어떤 여성과 같이 있든 아무것도 묻지 않을 준비가 돼 있습니다." 애매한 말은 아니었다. 그러나 코니가 그의 상황을 분명히 이해했다는 느낌도 없었다. 그는 즉시 이유를 찾아낸다. 아마 코니는 생각보다 빨리 점잖은 기혼여성이 되었는지도 모른다. 어쩌면 아서가 로티를 가장 아낀다는 사실을 항상 질투해왔는지도 모른다. 그리고 허능은 분명 자형의 명성을 질투하고 있거나 성공을 거둔 『래플즈』가 자기 머릿속에서 나왔다고 생각하는지도 모른다. 그래서 갑자기 반항적으로 자립심을 내보이는 것인지도.

"코니는 위층에서 쉬고 있어요." 허능이 문을 열며 말한다. 차라리 잘됐다. 남자 대 남자. 아서는 이 편을 선호한다.

쬐끄만 줄로만 알았던 윌리 허능은 아서만큼 키가 크다. 자기 집에서 허능의 모습은 아서가 분노 속에 재구성한 모습과는 다르다. 허능은 더 이상 웨스트 노우드의 테니스 코트를 가로질러 달려와 아첨을 늘어놓던, 식탁에서 기지 넘치는 말들로 환심을 사던 작은 윌리가 아니다. 거실에서 그는 아서에게 가죽소파를 권하고, 아서가 앉기를 기다린다. 허능은 앉지 않는다. 그는 말하면서 방 안을 어정거린다. 물론 초조하기 때문일 것이다. 하지만 그는 있지도 않은 배심원단 앞에서 뻐기며 어슬렁거리는 검사 흉내를 내는 듯 보인다.

"아서, 쉽지 않을 것 같아요. 코니가 어제 자형이 하신 말씀을 제게 전했습니다. 우리는 그 문제를 상의했죠."

"그리고 자네가 마음을 바꿨군. 아니면 자네가 코니의 마음을 바꿨거나. 아니면 코니가 자네 마음을 바꿨을 수도 있고. 어제 자네는 내게 어떤 질문도 하지 않겠다고 했네."

"저도 제가 뭐라고 했는지는 압니다. 그리고 문제는 제가 코니의 마음을 바꾼 것도, 코니가 제 마음을 바꾼 것도 아닙니다. 우리는 상의 끝에 의견의 일치를 보았죠."

"그것 참 축하하네."

"아서, 이렇게 말씀드리죠. 어제 우리는 우리가 자형을 어떻게 생각하는지를 말씀드렸습니다. 자형도 코니가 얼마나 자형을 사랑하는지 아시죠. 코니는 항상 그랬어요. 저 역시 자형을 진정으로 존경합니다. 아서 코난 도일이 바로 내 자형이라고 말할 때마다 얼마나 자랑스러운지요. 그래서 어제 우리가 로즈에 갔던 겁니다. 자랑스러운 자형을 보며 응원하려고요."

"그런데 어째서 이제는 그렇게 하지 않기로 한 건가?"

"하지만 오늘 저희는 저희 머리로 생각하고 말하려고 합니다."

"그래서 두 머리가 뭐라고 말하던가?" 아서는 비꼬는 말투로 분노를 억제한다. 이게 그가 할 수 있는 최선이다. 그는 의자에 단단히 자리 잡고 앉아, 댄스스텝이라도 밟듯 그의 눈앞에서 어정거리며 말을 더듬는 월리를 바라본다.

"제가, 그러니까 우리 둘은 눈으로 본 것과 양심이 받아들인 것을 두고 고심했습니다. 당신의 행동은…… 낯부끄럽습니다."

"누가 보기에?"

"당신의 가족과 당신의 아내가 보기에요. 당신의…… 여성…… 친구가 보기에도, 당신 자신에게도 그렇습니다."

"자네는 거기다 매를러본 크리켓 클럽도 포함시킬 생각은 없나? 내 책의 독자들은? 그리고 개머지스 엠포리움*의 직원들은?"

"매형, 매형이 지금 어떤 일을 벌이고 있는지 스스로 모르신다면, 다른 사람들이 알려줘야죠."

"자넨 그 역할을 즐기고 있는 것 같군. 난 매제를 얻었다고 생각했지, 판관을 얻었다고는 생각하지 못했네. 우리 가족한테 그런 사람이 필요한 줄은 몰랐네. 자넨 사제복이라도 걸쳐야겠군."

"당신이 로즈에서 만면에 웃음을 띄우고 아내가 아닌 여자의 팔짱을 끼고 돌아다녔으며, 당신 아내를 위태롭게 하고 있고, 당신의 행동이 당신 가족에게 누를 끼친다는 걸 지적하기 위해 사제복을 입을 피요까지 없을 것 같습니다."

"투이는 언제까지나 고통과 불명예에서 지켜질 것이네. 그게 나의 제일원칙이야. 그렇게 될 걸세."

"우리 말고 당신을 본 사람들이 또 있죠? 그들은 뭐라고 생각할까요?"

"그래서 자네가, 자네와 코니가 생각한 건 뭔가?"

"당신은 너무나 무모했습니다. 당신의 행동은 팔짱을 끼었던

---

* Gamages Emporium, 19세기 말 인기가 높았던 런던의 유명 백화점.

여성의 평판에도 전혀 좋을 것이 없습니다. 당신은 아내와 가족들을 위태롭게 하고 있어요."

"갓 들어온 신출내기 주제에 갑자기 내 가족에 관한 전문가가 되셨군."

"아마 제가 상황을 더 분명히 볼 수 있기 때문이겠죠."

"아마 자네가 덜 충실하기 때문이겠지, 허눙. 이 상황이 어렵지 않다는 건 아니네. 빌어먹을 정도로 어렵지. 부정할 수 없네. 때로는 참을 수도 없지. 난 어제 코니에게 한 말을 반복하지 않겠네. 난 가능한 한 최선을 다하고 있네. 진과 나, 우리 둘 다 말이야. 우리의…… 교제는 어머니에게도, 진의 부모님에게도, 투이의 어머니에게도, 나의 형제자매들에게도 받아들여졌네. 어제까지는. 내가 내 가족 누구에게 충실하지 않았지? 그리고 언제부터 내가 가족들에게 애원해야 했지?"

"당신의 아내가 어제 일에 대해 들었다면요?"

"못 들을 거야. 들을 수 없어."

"아서, 소문은 항상 도는 법입니다. 하녀나 하인들이 항상 수군거린다고요. 익명으로 편지를 보내는 사람들도 있고요. 신문 기사에서 넌지시 암시하는 기자들도 있습니다."

"그러면 난 고소해야겠지. 아니면 그자를 때려눕히던가."

"무모함의 끝을 보이시겠군요. 게다가 익명의 편지를 때려눕힐 순 없지 않겠습니까."

"허눙, 우리는 아무 쓸모도 없는 대화를 하고 있군. 분명 자네는 나보다 뛰어난 유머감각을 갖추고 있어. 만약 내 가족의 가장 자리가 공석으로 남게 된다면, 자네를 적임자로 생각해보겠네."

"감시자를 누가 감시합니까Quis custodiet, 아서? 가장이 잘못하고 있다고 누가 감히 말할 수 있겠습니까?"

"허흠, 마지막으로 이 문제를 단순하게 설명하겠네. 난 명예를 아는 남자일세. 내 이름, 내 가족의 이름은 내게 모든 것을 의미하네. 진 레키는 가장 고결한 영예와 미덕을 지닌 여자야. 우리의 관계는 플라토닉하네. 앞으로도 그럴 것이고. 난 투이의 남편으로 남아 그녀의 명예를 지켜줄 거야. 우리 둘 중 한 사람 위로 관 뚜껑이 덮일 때까지."

아서는 단정적인 발언으로 토론을 끝내는 데 익숙하다. 그는 자신이 그렇게 발언했다고 생각하지만, 허흥은 여전히 크리즈*에 선 타자처럼 논쟁을 질질 끈다.

"전 이렇게 생각합니다." 그가 대답한다. "당신은 관계가 플라토닉한지 그렇지 않은지를 너무 중요하게 생각하고 있다고요. 전그게 대체 무슨 차이가 있는지 모르겠습니다. 차이가 뭡니까?"

아서가 일어선다. "차이가 뭐냐고?" 그가 고함을 지른다. 여동생이 쉬고 있든 말든, 어린 오스카 아서가 낮잠을 자든 말든, 하인이 문틈에 귀를 대고 있든 말든 이제 상관 밖이다. "커다란 차이가 있지! 순수와 죄악의 차이지! 바로 그걸세!"

"전 동의할 수 없습니다, 아서. 당신이 생각하는 것과 세상이 생각하는 것이 있습니다. 당신이 믿는 것, 세상이 믿는 것이 있

---

* 크리켓에서 투수나 타자의 한계선.

죠. 당신이 아는 것, 세상이 아는 것이 있습니다. 명예란 내면의 감정이 얼마나 선한지뿐만 아니라 외부적 행동에 달린 문제이기도 합니다."

"난 자네에게 명예에 관한 강의를 들을 생각이 없네." 아서가 고함친다. "듣지 않을 거야. 안 들을 걸세. 특히 도둑을 영웅으로 묘사한 소설을 쓴 사람한테선 말일세."

그는 걸이에서 모자를 집어 귀까지 푹 눌러쓴다. 자, 이제 됐다. 그는 결론을 내렸다. 이제 됐다. 세상은 같은 편이거나 반대편이다. 적어도 이제 점잔 빼는 판관이 그의 일을 어떻게 대하려하는지는 분명해진 셈이다.

이러한 거부에도 불구하고, 혹은 이러한 거부가 부당하다는 걸 증명하려고, 아서는 매우 조심스럽게 진을 언더쇼의 일상에 끌어들이기 시작한다. 그는 런던에서 레키 가라 알려진 매력적인 사람들과 알게 되었다. 크로버러에 소유지를 갖고 있다나. 아들은 맬컴 레키라는 사람이고, 여동생—이름이 뭐였더라?—이 하나 있다. 그렇게 언더쇼의 방명록에 진의 이름이 등장한다. 그 옆에는 항상 오빠나 부모들 중 한 사람의 이름이 적힌다. 아서의 입에서 "맬컴 레키가 여동생과 차를 타고 온다던데"라는 말이 술술 나오는 건 아니다. 하지만 미치지 않으려면 그는 이렇게 말해야만 한다. 그리고 진이 왔을 때—사람들로 북적이는 점심 파티, 오후의 테니스—, 그는 자기가 자연스럽게 행동하고 있는지를 전적으로 확신할 수가 없다. 그가 투이에게 너무 신경을 썼나? 그녀가 눈치 챘나? 진에게 너무 딱딱하게 굴어 그녀가 상처를 받지는 않았을까? 그러나 그는 이런 고민을 할 필요가 없었다. 투이는 뭔가 이상한 낌새를 눈치 챘다는 기색을 보인 적이 없다. 그리고 진—그녀를 보호하소서—은 편하게 행동했고, 그가 잘못될 일이 전혀 없다는 걸 알려주듯이 예의를 갖추었다. 그녀는 그를 따로 불러내지도, 손에 사랑의 쪽지를 건네지도 않았다. 그녀가 때로 그에게 추파를 던지는 듯한 행동을 보여준 건 사실이다. 하지만 나중에 생각해보면, 그녀는 그들이 그런 척하는 것 이상으로 서로를 잘 알지 못한다는 듯이 일부러 그렇게 행동한 것이다. 한 아내의 남편에게 별 생각이 없다는 걸 보이는 최상의 방법은 아내 앞에서 남편에게 추파를 던지는 것일지도 모른다. 진의 수법이 그런 것이라면, 대단히 영리한 생각이었다.

그리고 일 년에 두 번, 그들은 함께 메이슨길로 떠난다. 다른 기차를 타고 출발해서 도착한 그들은 우연히 만난 주말 여행객들처럼 만난다. 아서는 어머니의 코티지에, 진은 파 뱅크 농장의 데니 부부 집에 머문다. 그들은 토요일에 메이슨길 하우스에서 저녁을 먹는다. 어머니는 지금까지 늘, 그리고 앞으로도 그러하듯이 월러의 테이블을 직접 준비한다.

현재의 상황은 엄마가 처음 여기 왔을 때처럼 간단하지만은 않다. 사실 간단하기만 했던 적은 없지만. 아무튼 월러는 성직자의 딸과 결혼했기 때문이다. 세인트앤드루스에서 온 에이다 앤더슨 양은 손턴 목사관에서 가정교사로 지냈다. 마을을 떠도는 소문에 따르면 그녀는 메이슨길 하우스 주인의 호감을 사려고 안달했다고 한다. 그녀는 그와 결혼하는 데 성공했지만—여기서 소문은 교훈적인 양상을 띄었다—, 그를 바꿀 수는 없었다. 새 남편은 지금까지 살아온 방식을 그녀와의 결혼생활로 대체할 생각이 없었다. 특정한 예를 들어보자. 그는 전과 마찬가지로 엄마를 자주 방문한다. 그는 엄마와 머리를 맞대고 저녁을 먹는다. 그는 자기만 누를 수 있는 특별한 종을 코티지 뒷문에 설치한다. 월러 부부에게는 자식이 없다.

월러 부인은 메이슨길 코티지에 오는 법이 없다. 엄마가 메이슨길 하우스로 저녁을 먹으러 가면 그녀는 모습을 드러내지 않는다. 월러가 원한다면 그녀는 테이블을 차리겠지만, 그녀에게서 한 집의 여주인이라는 권위는 느껴지지 않을 것이다. 월러 부인은 점차 샴 고양이를 돌보고 연병장 혹은 채소밭처럼 엄격하게 구획된 장미정원을 가꾸는 일에 열중한다. 아서와 짧게 만났을 때 그녀는 수줍은 동시에 쌀쌀맞게 굴었다. 그녀의 태도는 그가 에든버러 출신이고 그녀는 세인트앤드루스 출신이니 친해질 일이 없다는 걸 암시하는 듯 보였다.

그렇게 네 사람—월러, 엄마, 아서, 그리고 진—은 저녁 테이블에 둘러앉는다. 음식이 들고나며, 촛불 아래 유리잔들이 빛난다. 책에 관한 이야기가 이어지며, 다들 월러가 여전히 미혼인 것처럼 행동한다. 때로 아서의 눈에 월러의 장화에서 멀찍이 떨어져 벽 근처를 지나는 고양이의 윤곽선이 들어온다. 그늘 속을 우아하게 파고드는 형상은 신중하게 배제된 아내의 존재를 떠올리게 한다. 모든 결혼은 이처럼 빌어먹을 비밀을 갖고 있는 것인가. 솔직하고 단순하게 마음을 털어놓을 길은 없는 것인가.

어쨌든 아서는 오래전에 월러를 받아들였다. 늘 진하고만 시간을 보낼 수는 없었던 그는 월러와 골프를 하면서 만족해야 한다. 메이슨길 하우스의 주인은 작고 학구적인 타입이긴 해도 함께 게임을 즐기기엔 충분하다. 물론 그에게는 거리감각이 없었지만, 공을 희한한 방향으로 날리는 아서보다는 공을 깔끔하게 친다는 사실을 인정해야 한다. 골프가 아니더라도 월러의 숲에서 사냥을 즐길 수도 있다. 자고새, 뇌조, 떼까마귀. 두 사람은 토끼 사냥에도 나선다. 5실링이면 정육점집 아들이 흰담비 세 마리를 가져와서 아침 내내 토끼를 쫓게 한다. 토끼고기 파이를 수북이 만들 수 있게 된 월러는 만족스러워한다.

이처럼 인내의 시간을 보내고 나면 진과 둘이서만 있을 수 있다. 그들은 엄마의 요란스러운 마차를 타고 근처 마을로 드라이브를 나간다. 그들은 노스 잉글턴의 고원지대와 갑작스럽게 깊어지는 계곡을 탐사한다. 다시 돌아가는 길은 결코 쉽지 않을 것이지만(납치와 배신과 관련된 이야기가 늘 이곳을 떠돈다), 아서는 자연스레 가이드를 맡아 즐거운 마음으로 그녀를 인도한다. 그는 진에게 트위스 계곡과 페카 폭포, 도우 협곡과 비즐리 폭포를 보여준다. 그녀는 유트리 협곡 60피트 위에 걸린 다리에서도 전혀 무서워하지 않는다. 그들은 함께 잉글버러를 오르고, 그는 젊고 건강한 여성을 동반한 남성답게 즐거워하지 않을 수 없다. 그는 누구와 누구를 비교하거나 탓하지 않는다. 그저 그들이 끝없이 멈춰서기를 반복하지 않아도 된다는 데 감사한다. 꼭대기에서 그는 고고학자인 양 브리간테스* 성채의 잔해를 가리킨다. 그러고는 지형학자로 변신해 서쪽의 모어컴과 세인트조지 해협, 그리고 맨 섬을 가리킨다. 멀리 서북쪽으로는 레이크 산과 컴브리언 산맥이 희미하게 바라보인다.

여기서도 그들 사이에는 어색한 제약이 따른다. 그들이 집에서 멀리 있을지는 몰라도, 예의를 버릴 수는 없다. 아서는 여기서도 유명인사이고, 엄마에겐 지역사회 내의 위치가 있다. 해서 아서는 가끔 솔직하고 분방한 진에게 주의를 줘야 할 때가 있다. 아서 역시 진에 대한 자신의 헌신을 더 자유롭게 표현할 수 있지만, 응당 연인이 그래야 할 것처럼—갓 태어난 사람처럼—사랑을 표현할 수는 없다.

"정말 예쁜 교회네요, 아서. 세워 보세요. 안에 들어가게."

그는 잠깐 귀머거리처럼 못 들은 척하다가 다소 완고하게 대답한다. "별로 예쁘지 않소. 탑만 진짜야. 나머지는 30년도 안 됐소. 허울만 좋게 복구한 건물이오."

진은 더 이상 관심을 보이지 않는다. 그녀는 무뚝뚝한 아서의 말을 여행 가이드의 판단처럼 받아들인다. 그는 별난 기질의 무이에게 채찍을 휘두르고, 그들은 가던 길을 지나간다. 그 교회가 새신랑 아서가 투이의 손을 팔에 끼고 통로를 걷던 때보다 고작 15년쯤 전에 복구된 교회라는 사실을 말할 순간은 아닌 것 같다. 진이 곁에 있는 지금은.

---

* Brigantes, 옛 켈트 부족.

언더쇼로 돌아가는 길에, 그에겐 죄책감이라는 짐이 얹힌다.

아서의 아버지 노릇이란 아이들에게 어머니의 손에 맡겨두고 가끔 깜짝 선물이나 갑작스러운 계획으로 보상해주는 것이다. 아버지가 된다는 건 그에게 좀 더 책임감이 있는 형 노릇 정도로 보인다. 아이들을 돌본다. 아이들을 부족함 없이 키운다. 그들에게 본보기를 보인다. 그리고 그밖에도, 아이들에게 어른들 역시 아직 아이들이라는 것, 다시 말해 불완전하고 결함 있는 어른들이라는 걸 이해시켜야 한다. 하지만 그는 너그러운 남자이고, 자기가 어렸을 때 실망했던 일들을 아이들도 겪어야 하며, 그래야 아이들이 도덕적으로 성장한다고는 생각하지 않는다. 하인드헤드에는 노우드에서와 마찬가지로 테니스장이 있고, 집 뒤편에는 사격장이 있다. 킹즐리와 메리는 그곳에서 사격을 연습하며 호연지기를 기른다. 그는 정원에 모노레일을 설치했다. 모노레일은 4에이커의 지면을 달리고 급강하하고 위로 올라간다. 자이로스코프와 전기동력으로 움직이는 모노레일은 미래의 운송수단이다. 그의 친구 웰스는 이를 확신하고 있으며, 아서도 동의한다.

그는 록^{Roc} 사의 모터바이크를 산다. 아이들이 이 길들이기 힘든 바이크에 가까이 다가가는 걸 투이는 허락하지 않을 것이다. 그후에는 체인구동의 12마력 울즐리 자동차다. 이 차는 바이크보다는 환영받는 존재이지만, 대문에 정기적으로 흠집을 낸다. 차가 새로 생기자 마차와 말들이 쓸모없어진다. 엄마에게 그 사실을 알리자 그녀는 분노한다. 가문의 문장을 한낱 기계덩어리에 붙이다니. 엄마가 나무란다. 게다가 가끔 고장까지 나서 사람을 고생시키잖니.

킹즐리와 메리는 대부분의 또래 친구들과는 달리 자유를 누린다. 여름이면 그들은 언더쇼 반경 5마일 이내는 어디든지, 집으로 돌아와 밥을 먹고 씻고 옷을 갈아입을 때까지 맨발로 돌아다닐 수 있다. 아이들이 고슴도치를 기르고 싶다고 할 때도 아서는 반대하지 않는다. 일요일이면 그는 신선한 바람을 쐬는 것이 예배에 참석하는 것보다 영혼을 위해 좋다는 이유로 아이들 중 하나를 캐디로 삼아 행클리 골프 코스의 높은 이륜마차에 태운다. 무거운 골프 가방을 끌고 이리저리 돌아다닌 아이에게는 클럽하우스의 버터를 바른 따뜻한 샌드위치라는 보상이 주어진다. 아버지는 아이들이 알아야 할 필요가 있는 것, 혹은 알고 싶지 않은 것이라도 무엇이든 즉각 설명해줄 준비가 돼 있어야 한다. 그리고 설사 아이들 옆에 무릎을 꿇고 있을 때도 높은 권위를 잃지 않고 이를 실행한다. 그는 아이들에게 운동과 말 타기를 시키면서 자급자족을 일깨운다. 킹즐리에게는 역사상 위대한 전투에 관한 책들을 주면서 예상치 못한 전쟁의 위험을 경고한다.

아서는 문제 풀기에 능하다. 하지만 아이들이란 그에게 풀 수 없는 문제다. 아이들의 친구나 급우들은 아무도 개인 모노레일을 갖지 못했다. 그런데도 킹즐리는 거슬릴 정도로 정중하게 은근슬쩍 모노레일이 충분히 빠르지 않고, 객차가 좀 더 커야 한다고 말한다. 게다가 메리는 여자다운 수줍음이라고는 찾아볼 수 없는 모습으로 나무를 기어오른다. 하지만 나쁜 아이들은 아니다. 생각해볼수록 착한 아이들이다. 그러나 아이들이 예의바르고 올바르게 행동할 때도, 아서는 아이들이 언제까지 그렇게 행동할지 예상할 수가 없다. 아이들은 항상 무언가를 기대하는 듯 보이는데, 그게 뭔지 모르겠다. 아서가 보기에 그 답은 아이들도 모를 것 같다. 아이들은 그가 줄 수 없는 무언가를 기대한다.

아서는 속으로 투이가 아이들 앞에서 좀 더 규율을 잡아야 한다고 생각한다. 하지만 투이를 나무랄 순 없다. 부드러운 말투로 넌지시 이를 따름이다. 아이들은 그렇게 그의 변덕스러운 권위주의와 그녀의 상냥한 수용적 태도 사이에서 성장한다. 언더쇼에서 아서는 작업에 몰두하거나 글을 쓰지 않을 때면 골프나 크리켓을 한다. 아니면 우디와 당구나 조용히 한 게임 하기를 바란다. 그는 가족을 안전하고 아늑하게 부족한 것 없이 보살펴왔다. 그 대가로 그는 평화를 바란다.

그러나 그에겐 평화가 찾아오지 않는다. 그의 내면은 여전히 부대낀다. 한동안 진을 볼 수 없을 때면 그는 그녀가 하고 싶어 할 법한 일을 생각하며 그녀를 가까이 느끼고자 한다. 그녀가 말타기를 즐기는 여성인 까닭에 그는 언더쇼의 마구간을 말 여섯 마리를 둘 수 있는 크기로 늘리고 사냥개들을 앞세워 말을 탄다. 그녀가 음악을 하는 여성인 까닭에 그는 밴조를 배우기로 한다. 투이는 평소처럼 너그럽게 이를 반긴다. 아서는 이제 봄바던 튜바와 밴조를 연주할 수 있다. 이 악기들이 전문적으로 교육받은 메조소프라노와 어울린다고 하긴 어렵지만 그와 진은 서로 떨어져 있는 동안 종종 같은 책을 읽는다. 루이스 스티븐슨. 월터 스콧의 시집. 조지 메러디스의 소설. 그들은 서로 같은 페이지, 같은 문장, 같은 구절, 같은 단어, 같은 음절을 읽고 있을지도 모른다고 상상한다.

투이가 선호하는 책은 『그리스도를 본받아』이다. 그녀의 시간은 신앙, 아이들, 조용한 심심풀이로 채워진다. 아서의 죄책감은 그녀를 최대한 배려하고 상냥하게 행동하는 걸로 표출된다. 그녀의 경건한 낙관주의가 말도 안 되는 자기만족을 닮아가고, 그의 내부에 분노가 쌓여갈 때도 그는 자신의 분노를 그녀에게 돌릴 수 없다는 걸 안다. 부끄럽게도 그는 아이들에게, 하인들에게, 캐디들에게, 철도 직원들에게, 멍청한 기자들에게 화풀이를 한다. 그는 언제나 투이에게는 충실한 태도를 보이고, 진에게는 사랑을 베푼다. 하지만 다른 사람들에게 그는 어려운 사람, 격하기 쉬운 사람이 된다. 스테인드글라스에 적힌 '인내를 가지고 승리하라'라는 문구가 꾸짖음처럼 읽힌다. 그는 딱딱한 갑피로 온몸을 에워싼 느낌이다. 그는 검사 같은 눈길로 사람을 집요하게 관찰하는 데 능하다. 그는 자신이 아닌 다른 사람들을 기소자의 시선으로 본다. 이미 자신을 그렇게 바라보는 데 익숙하므로.

그는 자신을 기하학적으로, 삼각형의 중심에 자리한 존재로 생각한다. 삼각형의 세 꼭짓점은 그의 인생에서 중요한 세 명의 여인들을 가리킨다. 세 변은 의무를 상징한다. 그는 당연히 진을 꼭대기에, 투이와 엄마를 아랫변 양 꼭짓점에 놓는다. 하지만 가끔 삼각형이 그를 중심으로 회전하는 듯 보인다. 그러면 그의 머리도 돌기 시작한다.

진은 비난이나 질책이 섞인 말은 한 마디도 하지 않는다. 그에게 그녀는 자신이 그럴 수 없으며, 그러지도 않을 것이고, 다른 사람은 결코 사랑할 수 없고, 사랑하지 않겠다고 말한다. 그러면서 그를 기다리는 건 고난이 아니라 기쁨이며, 그들이 함께하는 시간은 인생에서 가장 중요한 진실이라고 말한다.

"내 사랑," 그가 말한다. "이 세상이 시작된 후로 우리의 사랑 이야기만큼 대단한 것이 있을까?"

진은 차오르는 눈물을 느끼는 동시에, 약간 충격을 받는다. "내 사랑 아서, 이건 운동경기가 아니에요."

그는 이 질책을 받아들인다. "그렇지만 우리처럼 사랑을 시험당하는 연인들이 얼마나 되겠소. 난 우리의 사랑이 특별하다고 생각하오."

"모든 연인들은 자기들의 사랑이 특별하다고 생각하지 않나요?"

"그건 흔한 착각이지. 반면 우리들은—"

"아서!" 진은 사랑을 뽐내서는 안 된다고 생각한다. 사실 그녀는 내심 천박하다고까지 생각한다.

"그렇지만—"그는 굽히지 않는다. "그래도 가끔, 자주는 아니지만, 난 수호령이 우리를 굽어보고 있다는 걸 느끼오."

"저도 그래요." 진이 동의한다.

아서는 수호령이라는 생각이 허황되다거나 구식이라고 생각하지 않는다. 그는 그것이 타당하고 진짜라고 느낀다.

그렇다고는 하지만 그에겐 사랑의 물질적인 증인이 필요하다.

증거가 필요한 것이다. 그는 진이 보낸 연애편지를 엄마에게 보여준다. 엄마의 허락이나 그를 확신시켜줄 말들이 필요해서는 아니다. 다만 서로에 대한 그들의 감정이 여전히 처음처럼 생생하며, 그들의 시도가 헛되지 않다는 걸 다른 누군가가 알아주기를 바랄 뿐이다. 그는 엄마에게 편지를 없애버리라고 말하면서 방법까지 제안한다. 편지를 태워도 되고, 아니면 그가 더 선호하는 방식으로는 잘게 찢어 메이슨길 코티지의 화단에 흩뿌려도 좋다고.

꽃들. 매년 3월 15일마다 진은 어김없이 사랑하는 아서로부터 쪽지와 함께 한 송이의 스노드롭을 받는다. 진에게는 일 년에 한 번, 하얀 꽃 한 송이가, 그리고 아내에게는 일 년 내내 하얀 거짓말들이 주어진다.

그리고 아서의 명성은 자꾸만 높아간다. 그는 사교계 인사이고, 만찬의 단골손님이며, 공인이다. 그는 문학과 의학의 세계를 넘어 온갖 분야의 권위자가 된다. 그는 에든버러 중앙구 의회에 자유통일당원으로 입후보한다. 그가 패배한 까닭은 정치가 진흙탕 싸움이기 때문이다. 그의 의견은 중요하게 취급되고, 그의 지원을 바라 마지않는 사람들이 있다. 그는 유명인사다. 그는 엄마와 영국 독자들의 의지에 마지못해 굴복하면서 더욱 유명해진다. 그는 셜록 홈스를 되살려 거대한 개의 발자국을 쫓게 만든다.

남아프리카 전쟁이 발발하자 아서는 군의관으로 자원입대 한다. 엄마는 아서의 마음을 되돌리기 위해서라면 무슨 말이든 할 기세다. 그녀는 보어인들의 총알이 키가 큰 아서를 정확히 맞출 거라고 생각한다. 게다가 그녀는 이번 전쟁이 다른 무엇도 아닌 금을 두고 싸우는 불명예스러운 일이라고 생각한다. 아서는 거기에 동의하지 않는다. 가는 것이 그의 의무다. 그는 젊은이들—특히 젊은 스포츠맨들—에게 키플링을 제외하고 자신이 가장 강력한 영향력을 발휘할 수 있다고 생각한다. 한편 그는 이 전쟁에 한두 개의 하얀 거짓말만큼의 값어치는 있다고 생각한다. 이 나라가 정의로운 전쟁에 참여하고 있다는 거짓말이다.

그는 틸버리에서 오리엔탈 호에 오른다. 그가 모험을 떠나고 없는 동안 집사 클리브가 언더쇼를 돌보게 될 것이다. 진은 그의 선실을 꽃으로 가득 채웠지만 작별인사를 하러 오지는 않는다. 그녀는 시끌벅적하고 요란스러운 배 위로 얼굴을 들이밀 수 없다. 방문객들에게 배를 떠나라는 신호가 울리자 엄마는 말없이 작별인사를 건넨다.

"진이 왔으면 좋았을 텐데." 그가 커다란 정장을 입은 꼬마처럼 말한다.

"사람들 사이에 있다." 엄마가 대답한다. "어딘가에 숨어 있지. 감정을 다스릴 수 있을지 모르겠다고 하더구나."

이 말을 남기고 엄마는 배를 떠났다. 아서는 무력하게 화를 내며 난간으로 달려간다. 엄마의 흰 모자가 그를 진에게로 데려다줄 듯 보인다. 그러나 건널판자가 치워지고 밧줄이 감긴다. 오리엔탈이 항구를 벗어나고, 경적이 울린다. 눈물을 흘리는 아서에겐 아무도, 아무것도 보이지 않는다. 그는 꽃향기가 물씬 풍기는 선실에 드러눕는다. 삼각형. 세 변으로 이어진 삼각형이 머릿속에서 돌아간다. 꼭대기에 투이가 위치할 때까지. 투이는 그가 해왔던 다른 모든 일들에 대해서와 마찬가지로 그의 이번 모험 역시 너그러이 받아들였다. 투이, 그에게 편지를 써달라고 말한 투이. 하지만 시간이 있을 때만 쓰라고 하면서 요란법석을 떨지 않았던 투이. 소중한 투이.

바다에서 자신이 어째서 군에 자원했는지를 더 잘 이해하게 되자 그의 기분이 천천히 나아진다. 물론 그에게는 본보기를 보일 의무가 있었다. 그러나 이기적인 이유도 있다. 그간 편안히 풍족하게 지냈으니 영혼을 좀 청소할 필요가 있다. 너무 오랫동안 아늑하게 지내온 탓에 박력이 부족해진 것 같고, 위험을 무릅쓸 필요가 있다. 그는 여자들 사이에서 너무 오래 혼란스러운 시기를 보냈고, 이제 남자들의 세계를 갈망한다. 오리엔탈 호가 카보베르데에 석탄을 싣기 위해 정박하자, 미들섹스 기마부대는 가장 먼저 찾아낸 고른 땅에서 크리켓 시합을 벌인다. 전신기사들의 상대 팀을 응원하면서 아서는 즐거운 마음으로 경기를 지켜본다. 즐거움을 위한 규칙과 일을 위한 규칙이 존재한다. 규칙들, 주어지는 명령들, 따라야 하는 명령들, 그리고 분명한 목적. 그에게는 이런 것들이 필요하다.

블룸폰테인의 병원 텐트는 크리켓 경기장 위에 설치된다. 주요 병동은 가건물에 지나지 않는다. 그는 많은 죽음을 목격한다. 보어인의 총알보다 장티푸스에 걸려 죽는 사람들이 더 많다. 그는 부대를 따라 닷새 동안 베트 강 건너 프레토리아가 있는 북쪽을 다녀온다. 돌아오는 길에 브랜드퍼트 남쪽에서 비루먹은 짐승을 탄 바수톨란드인 한 사람이 그의 무리를 멈춰 세운다. 2시간 거리의 언덕에 부상당한 잉글랜드인 병사가 누워 있다고 한다. 그들은 2실링 동전을 주고 그를 가이드로 삼는다. 그들은 오랫동안 옥수수밭을 지난 뒤 초원을 통과한다. 부상당한 잉글랜드인은 죽은 호주인이었다는 사실이 밝혀진다. 작고 근육질인 그의 얼굴은 노랗고 창백하다. 410번. 뉴사우스웨일스 기마보병 연대. 이제 그의 말은 사라지고 없다. 총도 마찬가지다. 복부에 부상을 입은 그는 출혈과다로 사망했다. 그의 옆에는 회중시계가 놓여 있는데, 그는 분 단위로 흩어져가는 자신의 생명을 지켜보고 있었던 게 틀림없다. 시곗바늘은 새벽 1시에 멎어 있다. 그 옆에 선 빈 물병 위에 붉은색 상아 체스말이 균형을 잡고 서 있다. 나머지 말들—죽은 군인이 취미생활을 위해 가지고 다녔다기보다는 보어인의 농가에서 훔쳐낸 듯 보이는—은 그의 배낭에 들어 있다. 그들은 그의 소지품을 챙긴다. 탄띠, 철필, 비단 손수건, 접는 칼, 워터베리 시계, 끝이 너덜너덜한 지갑 속의 2파운드 6실링 6펜스. 축 늘어진 시체가 아서의 말에 실리고, 가장 가까운 전신소까지 가는 2마일 동안 파리 떼가 시체에 달려든다. 그들은 전신소에서 뉴사우스웨일스 기마보병대원 410번을 넘겨 장례절차를 치르게 한다.

아서는 남아프리카에서 수많은 죽음들을 목격했지만, 이 죽음은 항상 기억에 남을 것 같다. 그는 위대한 대의 때문에 열린 하늘 아래에서 충성스러운 병사로 죽은 것이다. 아서는 이보다 더 나은 죽음을 상상할 수가 없다.

아서가 귀환하자 그의 애국적인 참전은 사회적으로 가장 높은 계층들의 지지를 이끌어낸다. 여왕이 죽고 새 왕이 즉위식을 치르기 전인 지금은 최고지도자 부재기간이다. 그는 미래의 에드워드 7세의 저녁 만찬에 초대되어 왕의 옆자리에 앉는다. 대관식 서훈자 명단에 코난 도일 박사도 들어 있다. 그가 받아들이기만 한다면 기사작위가 주어지리라는 사실은 분명하다.

하지만 아서는 신경도 쓰지 않는다. 그런 작위는 작은 동네 시장이나 다는 배지일 뿐이다. 거물들은 그런 싸구려 장신구 따위는 받지 않는다. 로즈*나 키플링, 체임벌린**이 그런 걸 승낙한다고 생각해보라. 자신이 그들과 동등하다고 생각해서가 아니다. 하지만 어째서 그의 기준이 그들보다 낮아야 하는가. 기사는 앨프리드 오스틴, 홀 케인***같은 사람들이나 움켜쥐려고 하는 것이다. 그들이 그런 기회를 잡을 수 있을 정도로 운이 좋을지는 모르겠지만.

엄마는 믿을 수 없다는 듯 화를 낸다. 이게 아니라면 뭘 위해서 그랬단 말이냐? 그녀는 아이였던 그에게 에든버러의 주방에

---

* Cecil John Rhodes, 빅토리아 시대 영국의 유명 사업가이자 남아프리카의 정치가. 옥스퍼드 대학에서 영연방, 미국, 독일의 장학생에게 주는 로즈 장학금을 설립하기도 했다.
** Neville Chamberlain, 영국 수상을 역임한 정치가.
*** 빅토리아 시대와 에드워드 시대의 시인과 소설가. 오스틴은 계관시인이었고, 홀 케인은 단테 게이브리얼 로제티의 비서였다.

서 도화지 방패에 문장을 그리게 했다. 그는 플랜태저넷 가문까지 이어지는 선조들을 차례로 공부했다. 그의 마차에는 가문의 문장이 새겨져 있고, 복도의 스테인드글라스는 선조들로 채워져 있다. 그는 소년시절부터 기사도 규율을 익혔고 이를 실천해왔다. 그는 몸속에서 끓어오르는 핏줄—퍼시와 팩, 도일과 코난의 핏줄—때문에 남아프리카까지 갔다. 이처럼 그의 전 인생이 완성을 목전에 두고 있는데도 왕국의 기사 작위를 감히 거부하려 한단 말인가.

엄마의 편지가 폭격기처럼 쏟아진다. 아서는 엄마가 제시하는 모든 이유에 반대 이유를 든다. 그는 이 문제를 더 이상 입에 올리지 말자고 한다. 편지가 오지 않는다. 그는 마페킹* 사람들처럼 안도한다. 그런데 갑자기 엄마가 언더쇼에 나타난다. 집안 사람들 모두 작고 흰 모자를 쓴 여장부인 그녀가 왜 왔는지 안다. 엄마는 목소리를 높이지 않고도 가장 권위적일 수 있는 사람이다.

엄마는 그를 기다리게 한다. 그녀는 그를 부르거나 산책을 제안하지 않는다. 그의 서재 문을 두드리지도 않는다. 그녀는 그를 이틀간 내버려둔다. 그래야 그의 신경을 자극한다는 걸 그녀는 안다. 그리고 돌아가는 날 아침, 그녀는 부끄럽게도 우스터셔의 폴리 가문을 빼먹었던 복도 스테인드글라스 사이로 쏟아지는 햇빛을 받으며 서서 그에게 질문을 던진다.

"기사 작위를 거절하는 것이 전하에 대한 모욕이라는 생각은

---

* Mafeking, 2차 보어전쟁 때 일어난 포위사건으로 유명한 남아프리카 북부의 도시.

안 해봤니?"

"말씀드렸잖아요. 전 받을 수 없어요. 원칙의 문제라고요."

"그럴까." 그녀는 그가 살아온 세월과 명예를 일순 벗겨버리는 듯한 잿빛 눈으로 그를 올려다본다. "전하를 모욕하면서까지 네 원칙을 내세우려 하다니, 그건 말도 안 된다."

그래서 일주일 내내 이어진 대관식의 종소리가 울리는 동안, 아서는 버킹엄 궁전의 벨벳 띠로 둘러진 공간으로 인도된다. 의식이 끝나고 그는 올리버 로지 교수—이제는 올리버 로지 경—옆에 앉는다. 그들은 전자기 방사선에 대해, 아니면 상대운동에 대해, 에테르에 대해 말할 수도 있고, 혹은 새로운 군주에 대한 존경을 함께 표출할 수도 있다. 하지만 새로 임명된 두 에드워드 기사는 텔레파시와 염력, 그리고 영매의 신뢰 가능성에 대해 얘기한다. 올리버 경은 물리적인 것physical과 심령적인 것psychical이라는 단어가 서로 유사하게 생긴 만큼, 실제로도 가까운 사이일 거라고 확신한다. 실제로 물리협회 의장직에서 갓 물러난 그는 이제 심령협회 의장을 맡게 되었다.

그들은 파이퍼 부인이 나은지, 에우사피아 팔라디노가 나은지, 플로렌스 쿡이 그저 솜씨 좋은 사기꾼에 지나지는 않는지를 두고 토론을 벌인다. 로지는 케임브리지에서 열린 강령회에 참석했을 때, 팔라디노가 엄격한 제약이 걸린 19번의 강령회를 통해 자신의 진가를 증명했다고 말한다. 그는 그녀가 만들어낸 심령체를 목격했고, 허공에 뜬 기타가 저절로 소리를 내는 장면도 보았다. 또 노란 수선화가 가득 꽂힌 단지가 테이블에서 방 한쪽

끝까지 날아가더니 어떤 뚜렷한 수단 없이 참석자의 코 밑을 차례대로 한 바퀴 돌았다고도 했다.

"올리버 경, 제가 악마의 변호인을 맡아, 그 마법사들이 그저 성공했던 경우를 되풀이할 뿐이며, 어쩌면 그렇게 함으로써 성공하는지도 모른다고 말씀드린다면, 당신은 뭐라고 말씀하시겠습니까?"

"실은 팔라디노가 어떤 경우에는 속임수에 의지하는 게 사실일지도 모른다는 말씀을 드리고 싶습니다. 예를 들어, 참석자들의 기대가 대단히 높은 경우, 영혼이 선뜻 도움을 주지 않을 때도 있으니까요. 그런 유혹에 빠지는 건 흔한 일이지요. 하지만 그게 영매의 몸에 깃드는 영혼이 진짜가 아니라거나, 사실이 아니라는 의미는 아닙니다." 그는 말을 멈춘다. "냉소적인 사람들이 뭐라고 하는지 아십니까, 도일? 그들은 제가 원형질 연구에서 심령체 연구로 넘어갔다고 말합니다. 그러면 전 이렇게 대답하죠. 옛날 원형질을 전혀 믿지 않았던 사람들을 기억해보시라고."

아서는 킬킬거린다. "그러면 경께서 현재 어디쯤 계신지 여쭤도 될까요?"

"제가 어디쯤 있냐고요? 전 거의 20년 동안 연구하고 실험해왔지요. 아직 할 일이 많아요. 하지만 전 지금까지의 발견에 근거하여 육체가 물리적으로 소멸해도 정신은 생존하는 게 가능하고, 사실 그게 더 말이 된다고 결론을 내리고 싶습니다."

"그 말씀을 들으니 확신이 서는군요."

"우리는 곧 증명하게 될 겁니다." 로지는 공모를 꾸미듯 눈을 빛내며 말을 잇는다. "그리고 피할 수 없는 죽음에서 탈출할 수 있는 사람은 셜록 홈스만이 아닙니다."

아서는 정중하게 미소를 보인다. 그의 탐정은 성 베드로의 문턱까지도 그를 따라붙어 괴롭히려 하고 있다. 혹은 이제 그 실체가 모습을 드러내려 하는 새로운 왕국에 들어서면, 그에 필적하는 다른 무언가가 나타날지도 모르겠다.

아서의 인생에서 빈둥거리는 시간은 많지 않다. 그는 여름날 오후, 머리에 모자를 덮고 야외용 의자에 앉아 루핀 꽃 위로 윙윙거리며 날아다니는 벌 소리에 귀를 기울이는 유형의 사내가 아니다. 그는 투이처럼 가망 없는 환자를 성공적으로 소생시켰다. 그가 움직이지 않는 걸 싫어하는 이유는 도덕적인 문제 때문이라기보다는(그가 보기에 악마의 손길은 나태한 사람이든, 바쁜 사람이든 개의치 않고 작용한다) 기질적인 것 때문이다. 그의 인생은 정신적으로도, 신체적으로도 대단히 활발하다. 그는 그 사이를 빠르게 오가며 가정적인 일상과 사회적인 일상을 해결한다. 잠을 잘 때도 그는 잠시 쉰다기보다는 그것이 인생의 과제인 양 잠을 잔다.

그래서 그에겐 과부하가 걸렸을 때의 해결 수단이 많지 않다. 그는 이탈리아 호숫가에서 2주쯤 게으르게 보내거나 화단이나 가꾸면서 휴식을 취할 수가 없는 사람이다. 대신 그는 우울과 무기력에 빠져든다. 투이와 진에게 자신의 상태를 숨길 방법을 찾으면서. 그는 오직 엄마와 이러한 감정을 공유한다.

그가 자기 문제를 상의하러 찾아오겠다고 했을 때, 엄마는 그가 진과의 약속을 잡으려고 한다기보다는 평소보다 더 힘든 일이 있어서 그런 게 아닐까 의심한다. 아서는 세인트팽크러스에서 리즈 행 10시 40분 기차를 탄다. 식당칸에서 그는 아버지에 대한 생각에 잠긴다. 이제 그는 자신의 미숙한 판단이 얼마나 가혹했는지 깨닫는다. 아마 이제는 나이를 먹고 명성을 얻은 그는 타인을 좀 더 수월하게 용서할 수 있게 된 듯하다. 혹은 아서 자신도 신경쇠약 직전이거나, 인간이란 보통 언제나 신경쇠약 직전의 상태이게 마련인 듯 보여서, 완전히 무너지지 않는 건 운이 좋아서, 혹은 핏줄에 어떤 기질이 흘러야만 가능하다는 생각이 들 때가 있는지도 모른다. 어쩌면 그에게는 어머니의 피가 흐르지 않는지도 모른다. 그는 어쩌면, 아니 이미, 찰스 도일의 길을 가고 있는지도 모른다. 아서는 어머니가 찰스 도일이 죽기 전이든 죽고 나서든 한 번도 남편을 비난한 적이 없다는 걸 이제야 처음으로 깨닫는다. 어떻게 보면, 엄마는 그럴 필요가 없었는지도 모른다. 하지만 그렇다 해도, 그녀는 항상 생각하는 대로 말하는 기질임에도 불구하고, 수많은 부끄러움과 고통을 안겨준 남자를 나쁘게 말한 적이 단 한 번도 없다.

그가 잉글턴에 도착했을 때는 여전히 밝다. 이른 저녁, 그들은 브라이언 윌러의 숲을 지나 야생 조랑말 몇 마리가 흩어져 있는 황무지로 나아간다. 트위드를 입은 크고 건장한 아들은 붉은 코트를 입고 말쑥한 흰 모자를 쓴 꼿꼿한 어머니에게 말들을 쏟아낸다. 때로 엄마는 난롯불을 피울 때 쓸 나뭇가지들을 그러모은

다. 그는 마치 그가 쓸 만한 땔감을 사줄 형편이 못 된다는 듯한 엄마의 이런 습관이 거슬린다.

"엄마도 아시겠지만," 그가 말한다. "이 길을 따라가면 잉글버러가 나와요. 잉글버러를 지나면 모어컴이 나오고요. 그리고 늘 같은 방향으로 흘러가서 우리가 그 흐름을 따라갈 수 있는 강이 있죠."

엄마는 아서가 따분하게 지리학 강의를 하는 이유를 모른다. 아서는 평소에 이런 식으로 말하지 않는다.

"그리고 황량한 산악지대에서 길을 잃으면 우리는 컴퍼스와 지도를 사용할 수 있어요. 쉽게 구할 수 있는 물건들이죠. 밤에는 별을 따라갈 수도 있고요."

"네 말이 맞다, 아서."

"아뇨, 시시한 말들이에요. 굳이 할 필요도 없는."

"그러면 네가 하고 싶은 말을 해보렴."

"엄마가 절 키워주셨죠." 그가 대답한다. "저보다 엄마에게 더 헌신적인 아들은 없을 거예요. 자화자찬이 아니에요. 그냥 사실을 말하는 거죠. 엄마는 절 낳아주셨고, 제게 자아에 대한 감각을 일깨워주셨고, 자신감과 도덕적인 사고능력을 주셨어요. 그러니 엄마에게 더 헌신적일 수 있는 아들은 없는 거죠.

전 여자 형제들에게 둘러싸여 자랐어요. 아넷, 불쌍한 아넷. 신이여, 그애를 돌보소서. 그리고 로티, 코니, 이다, 도도가 있죠. 전 그애들을 모두 다른 방식으로 사랑해요. 그애들을 속속들이 알고 있죠. 젊었을 때 전 여자들을 모르지 않았어요. 다른 많은 남자들처럼 타락했던 건 아니었지만, 그렇다고 샌님도 아니었죠.

그런데…… 그런데 전 여자들이, 그러니까 다른 여자들이 머나먼 땅처럼 느껴져요. 차라리 아프리카의 초원 같은 먼 땅에 있을 때는 내가 어디 있는지 늘 잘 알았어요. 아마 제 말씀이 이해가 안 가실 거예요."

그는 말을 멈춘다. 그에게는 대답이 필요하다. "우리는 그렇게 멀리 있지 않단다, 아서. 우리는 네가 잠시 탐험하기를 미뤄둔 이웃 나라와 비슷해. 그리고 네가 이 땅을 탐험하기 시작하면, 넌 그곳이 많은 진보를 이룩한 곳인지, 아니면 원시적인 곳인지 짐작하기가 어려울 거다. 그래, 난 남자들이 어떻게 생각하는지 안다. 뭐, 둘 다일 수도 있고, 둘 다 아닐 수도 있겠지. 네가 하고 싶은 말을 털어놓으렴."

"진이 너무나 의기소침해하고 있어요. 이런 말로는 부족할지도 몰라요. 두통이 있으니까 몸이 안 좋다는 게 아니라, 도덕적인 절망에 가까운 거죠. 그녀는 뭔가 끔찍한 잘못을 저지른 사람처럼 말하고 행동해요. 그런 순간처럼 그녀를 사랑한 적도 없어요." 그는 요크셔의 공기를 한껏 들이마시려 하지만, 크게 한숨을 내쉬는 것처럼 보일 뿐이다. "그러고 나면 전 우울의 나락에 빠져드는데, 그저 저 자신을 혐오하고 경멸하는 것 외엔 할 수 있는 일이 없어요."

"그런 순간에도 그녀는 분명 널 무척 사랑하고 있어."

"전 그녀에게 이런 말을 하지 않아요. 어쩌면 그녀도 알지 모르죠. 이건 제 방식이 아니에요."

"물론 그렇겠지."

"가끔 이러다 미쳐버릴 것 같다는 생각이 들어요." 그는 기상 예보를 전하는 사람처럼 침착하지만 퉁명스럽게 말한다. 몇 발 걷고 난 뒤, 그녀는 그의 팔을 찾아 팔짱을 낀다. 그녀가 이렇게 평소와는 다른 행동을 하자 그는 놀란다.

"아니면 그냥 미치는 게 아니라 뇌졸중으로 죽을 거예요. 화물 선 보일러처럼 펑 터져서 몽땅 물 밑으로 가라앉아버리는 거죠."

엄마는 대답하지 않는다. 그가 말도 안 되는 비유를 하고 있다 고 지적하거나, 가슴에 통증이 있으면 의사를 찾아가보라고 말 할 필요도 없다.

"그럴 때면 전 모든 걸 의심해요. 제가 투이를 사랑하기는 했 었는지도 의심하죠. 아이들을 사랑하는지, 제게 문학적인 능력 이 있는지도 의심하고요. 진이 절 사랑하는지도 의심하죠."

이 말에는 답변할 필요가 있다. "네가 그녀를 사랑한다는 건 의심하지 않니?"

"그런 의심은 절대로 하지 않아요. 절대로. 그게 더 최악이에 요. 그녀에 대한 사랑을 의심할 수만 있다면, 모든 것들을 의심하 면서 조용히 고통의 나락으로 빠져들 수 있겠죠. 아뇨, 그 사실은 늘 굳건히 존재하면서 절 괴물 같은 힘으로 붙들고 있어요."

"진은 분명 널 사랑하고 있다, 아서. 난 그렇다고 확신한다. 난 그녀를 알아. 그리고 그녀가 네게 보낸 편지도 읽었다."

"그녀가 그럴 거라고 생각해요. 그럴 거라고 믿어요. 그런데 그렇다는 걸 어떻게 알 수 있을까요? 이런 기분이 엄습할 때마다 그 질문이 저를 갈기갈기 찢었어요. 그럴 거라고 생각하고, 믿지만, 대체 어떻게 그걸 알 수가 있을지. 내가 그걸 증명할 수만 있다면, 우리 둘 중 하나가 그럴 수만 있다면 얼마나 좋겠어요."

그들은 문 앞에서 걸음을 멈추고 잔디로 덮인 언덕과 메이슨 길의 굴뚝들을 내려다본다.

"하지만 그녀가 널 사랑한다는 걸 스스로 확신하듯이, 너도 그녀를 사랑한다는 걸 확신하고 있지 않니?"

"그렇죠. 하지만 그건 일방적이고, 아는 것도 아니고, 증명도 되지 못해요."

"여자들은 간혹 전부터 내려온 방식으로 사랑을 증명하기도 한단다."

아서는 어머니에게 시선을 던진다. 하지만 그녀는 단호하게 앞만 바라볼 뿐이다. 그의 눈에는 모자의 곡선과 그녀의 옆모습만 담긴다.

"하지만 그것도 증거는 아니에요. 증명하기 위해 절망적으로 몸을 던지는 것뿐이죠. 제가 진을 정부로 삼는다고 해도 그건 우리가 서로를 사랑한다는 증거는 아니에요."

"그 말은 맞다."

"반대로 우리가 사랑을 약화시키면서 증명할 수 있을지도 모르죠. 때로 명예와 불명예는 제가 생각했던 것보다 너무나 가까이 있는 것 같으니까요."

"난 네게 명예가 쉬운 길이라고 가르친 적 없다. 만약 그렇다면 거기에 무슨 가치가 있겠니. 그리고 증거를 찾기란 불가능할지도 몰라. 우리가 할 수 있는 최상의 길은 그저 생각하고 믿는 것뿐일지도 모른다. 우리는 나중에야 진실을 알게 되겠지."

"증거는 대개 행위에 달려 있어요. 우리가 처한 상황에서 특이하고 지긋지긋한 점은, 우리의 증거가 행위하지 않는 데 달려 있다는 거예요. 우리의 사랑은 이 세계와는 따로 떨어져 있고, 알려지지도 않았어요. 이 세상이 볼 수도, 감지할 수도 없는 사랑이죠. 하지만 제게는, 우리에게는 너무나 뚜렷하게 잘 보여요. 진공 속에서는 존재할 수 없을지도 모르지만, 공기가 다른 곳에서는 존재할 수 있는 사랑이죠. 공기가 가볍든, 무겁든, 어딘지는 모르겠지만. 그리고 우리의 사랑은 시간을 벗어나 있어요. 처음부터 그랬어요. 우린 그걸 즉각 알아차렸죠. 그랬기 때문에 우리는 이처럼 드문 사랑을 하게 됐죠, 우리를, 또는 저를 완벽하게 지탱해주는."

"그런데?"

"그런데 말이죠, 전 감히 이런 생각을 입 밖으로 내지 못해요. 제가 바닥을 쳤을 때 이런 생각이 찾아와요. 전 궁금해요…… 우리의 사랑이 제 생각과는 달리 시간을 초월해서 존재하는 게 아니라면? 내가 믿었던 모든 것들이 틀렸다면? 우리의 사랑이 특별하지 않다면? 아니, 적어도 알려지지 않았기 때문에 특별한 것이라면? 그리고…… 완성될 수 없기 때문에 특별한 것이라면? 그리고 만약, 만약 투이가 죽으면, 그래서 저와 진이 자유로워지면, 그래서 우리의 사랑이 마침내 알려지고 결실을 맺는다면, 그래서 이 세상에 드러날 수 있다면, 그리고 저도 모르는 사이 시간이 우리의 사랑을 위협해왔고, 바닥부터 흔들어왔다는 걸 알게 된다면요? 그때서야 제가, 우리가, 서로를 생각만큼 사랑하지 않았다는 걸 알게 된다면 어떻게 될까요?"

현명하게도, 엄마는 대답하지 않는다.

아서는 엄마에게 모든 것들을, 그의 깊숙한 곳에 자리한 두려움과 크나큰 희열, 그리고 물질세계의 기쁨과 걱정들을 남김없이 털어놓는다. 그러나 그는 심령술에 깊은 관심이 있다거나 심령술에 빠졌다는 말을 할 수는 없다. 에든버러에서는 가톨릭을 믿었던 어머니는 몇 번 교회를 들락거리다가 영국국교회로 개종했다. 그녀의 세 아이들—아서를 포함해서 이다, 도도까지—은 세인트 오스월드 교회에서 결혼했다. 엄마는 심령술의 세계에 본능적으로 반대하며, 그것은 그녀에게는 허튼소리이자 미신에 불과하다. 그녀는 사회가 사람들에게 진실을 뚜렷이 제시할 때만 사람들이 인생에 대한 어떤 이해에 도달하게 된다고 믿는다. 나아가 그녀는 종교적인 진실이 가톨릭이든 영국국교회든 기성 종교에 의해 표출되어야 한다고 믿는다. 그리고 그는 가족도 고려해야 한다. 아서는 왕국의 기사가 되었고, 왕과 식사를 함께했다. 그는 공인이다. 그녀는 아서가 키플링에 이어 두 번째로 영국의 건강하고 전도유망한 젊은이들에게 큰 영향을 미치는 사람이라며 스스로 자랑스러워한 적이 있지 않느냐고 말한다. 그런 그가 강령회 따위에 나가면 어떻게 되겠는가. 그건 귀족이 될 기회를 완전히 날려버리는 짓이나 다름없다.

그가 버킹엄 궁에서 올리버 로지 경과 나누었던 대화를 엄마에게 들려주어도 소용없는 일이다. 물론 엄마는 버킹엄 대학의 총장으로 선출된 로지가 전적으로 뛰어난 두뇌의 소유자이며 과학적으로 명성이 높은 인물이라는 걸 인정한다. 그러나 그 외에는 인정할 수 없다. 엄마는 아들이 심령술에 빠져드는 걸 강건하게 거부한다.

기이할 정도로 침착하고 고요하게 지내는 투이를 흐트러뜨릴까봐 이 문제를 그녀에게도 털어놓을 수가 없다. 그가 알기로 그녀는 단순하고 쉬운 믿음의 소유자다. 그녀는 죽어서 천국에 갈 거라고 믿는다. 천국이 정확히 어떤 곳인지는 묘사할 수 없고, 따라서 천국은 그녀가 상상할 수 없는 곳으로 남아 있긴 하지만. 마침내 아서가, 그리고 차례대로 아이들이 천국의 그녀와 합류하게 되면 그들은 사우스시의 좀 더 높은 차원쯤 되는 곳에서 지내게 되리라고 믿는다. 아서는 투이의 이런 생각을 방해해서는 안 된다고 여긴다.

옷깃 단추에서부터 문장부호 하나에 이르기까지 모든 걸 공유하고 싶은 진에게도 말할 수 없다는 것 역시 괴롭기는 매한가지다. 그가 심령세계와 관련된 무엇이든 말하려고 할 때마다 진은 미심쩍어하거나 두려워한다. 게다가 심령술을 꺼려하는 그녀의 모습은 그가 알던 사랑스러운 그 모습과는 다르게 보인다.

언젠가 그는 의식적으로 열정을 억누르며 조심스럽게 강령회의 경험을 말하려고 한 적이 있다. 그 순간 그는 그가 가장 사랑스럽게 여기는 얼굴에서 날카로운 불신의 표정을 단박에 알아차린다.

"뭐지, 내 사랑?"

"하지만 아서," 그녀가 말한다. "그들은 낮은 사람들이에요."

"누가?"

"그 사람들이요. 장터 좌판에 앉아 카드와 찻잎으로 운명을 점치는 집시 여자들이나 다를 바가 없어요. 그들은 그냥…… 낮아요."

그는 특히 그가 사랑하는 사람이 이런 우월의식을 지녔다는 걸 받아들일 수가 없다. 그는 언제나 국가의 위대한 영적 동료가 되어준 게 바로 이런 훌륭한 하층계급 사람들이라고 말하고 싶다. 그들이 부당하게 멸시당한 대부분의 청교도들과 다를 바가 없다고. 갈릴리 호 근처에는 우리의 구주 예수 그리스도조차 천하다고 여긴 사람들이 너무나 많다고. 대부분의 영매들과 마찬가지로 사도들은 거의 교육을 받지 못했다고. 물론 이중 그 어느 것도 실제로 입 밖에 내진 못한다. 그는 갑자기 짜증이 난 자신을 부끄러워하며 화제를 돌린다.

그래서 그는 이 철통 같은 삼각형 밖으로 나가야 한다. 그는 로티에게 접근하지 않는다. 그는 로티의 사랑을 잃을 위험을 감수하고 싶지 않다. 게다가 그녀는 투이를 간호하고 있다. 대신 그는 코니에게 간다. 코니, 언젠가 머리칼을 군함의 밧줄처럼 등 뒤로 늘어뜨리고 유럽 대륙을 횡단하며 남자들의 마음을 무너뜨렸던 코니. 켄징턴에서 어머니라는 역할에 푹 빠진 코니. 로즈에서의 그날 감히 오빠에게 맞섰던 코니. 그는 코니가 허눙의 마음을 바꾼 것인지, 아니면 허눙이 코니의 마음을 바꾼 건지의 답은 결코 알아낼 수 없었다. 아무려나 그는 그로 인해 그녀를 존중하게 되었다.

그는 허눙이 집을 비운 어느 날 오후 그녀를 찾아간다. 그녀는 위층의 작은 응접실에서 차를 대접한다. 전에 그녀가 오빠에게 진에 대한 이야기를 들었던 장소. 어린 줄로만 알았던 여동생이 이제 삼십대를 벗어나 사십대에 가까워지고 있다고 생각하니 이상한 기분이다. 하지만 그녀의 나이는 그녀에게 어울린다. 그녀는 전처럼 점잔 빼지 않는다. 건강하고, 호탕하고, 유머감각이 넘친다. 노르웨이에 있을 때 그녀를 브륀힐데라 불러도 되겠다고 했던 제롬의 말은 틀리지 않았다. 그녀는 세월이 흐르는 동안 마치 병약한 허눙과 균형을 맞추려고 더욱 건강해진 듯 보인다.

"코니," 그는 부드럽게 말을 꺼낸다. "우리가 죽으면 어떻게 될지 생각해본 적 있니?"

그녀는 그에게 날카로운 시선을 던진다. 투이의 상태가 나빠졌나? 엄마가 어디 안 좋아지시기라도 한 걸까?

"그냥 물어보는 거야." 그녀의 놀란 표정을 감지한 그가 말한다.

"아니." 그녀가 대답한다. "별로 안 해봤어. 난 내가 아니라 다른 사람들의 죽음이 염려돼. 물론 옛날에는 죽으면 어떻게 될지 생각해봤지. 하지만 오빠도 엄마가 되면 생각이 달라질 거야. 난 교회의 가르침을 믿어. 오빠와 엄마가 떠난 가톨릭교회의 가르침을. 난 다른 건 생각할 시간이 없어."

"넌 죽음이 두렵니?"

코니는 이 질문을 두고 생각에 잠긴다. 그녀는 윌리의 죽음—그녀는 윌리와 결혼할 때 그의 천식이 심각하다는 것, 따라서 그를 세심하게 돌봐주어야 한다는 것을 알고 있었다—이 두렵지만, 그녀가 두려워하는 것은 그의 부재, 즉 그녀의 동반자를 상실하는 것이다. "죽음이 좋지는 않겠지." 그녀가 대답한다. "하지만 난 때가 되면 다리를 건널 거야. 그런데 대체 무슨 얘기를 하려고 그래?"

아서는 짧게 고개를 흔든다. "그래서 네 입장은 그냥 기다리면 알게 된다는 걸로 요약할 수 있는 거니?"

"그렇다고 생각해. 왜?"

"영원에 대한 우리 코니의 태도는 너무나 잉글랜드적이구나."

"정말 이상한 생각이네."

미소를 짓고 있는 코니는 더 이상 아서와 거리를 두려는 것처럼 보이지는 않는다. 하지만 아서는 여전히 어떻게 말을 꺼내야 할지 모른다.

"스토니허스트에 다닐 때 파트리지라는 친구가 있었어. 나보다 몇 살 어렸지. 그는 뛰어난 크리켓 포수이기도 했어. 그는 신학적인 논쟁에 날 끌어들여 놀리기를 좋아했지. 그는 가장 비논리적인 교리들을 예로 들며 나보고 그걸 정당화해보라고 했어."

"그는 무신론자였어?"

"전혀. 내가 만났던 사람들 가운데 가장 신실한 가톨릭 신자였어. 하지만 그는 교회에 반하는 논쟁들을 통해 내게 교회의 진실을 확신시키려고 했지. 잘못된 전략이었다는 것이 후에 드러났지만."

"파트리지가 어떤 사람이 되었는지 궁금하네."

아서는 미소를 짓는다. "어떤 사람이 됐냐면, 〈펀치〉지의 만화가가 되었지."

그는 말을 멈춘다. 아니다. 그래서는 안 된다. 곧장 말을 꺼내는 것이 그의 방식이다.

"많은 사람들—대부분의 사람들—은 죽음을 두려워해, 코니. 그들은 그런 면에서 너와는 달라. 하지만 그들은 잉글랜드적인 태도를 지닌 너 같은 사람들을 좋아하지. 기다리면 알게 된다, 때가 되면 다리를 건널 것이다. 하지만 이런 말들이 어떻게 두려움을 없앨 수 있지? 어떻게 이런 불확실한 말들로 공포를 멎게 할 수 있지? 삶이 끝나면 어떻게 되는지 알지도 못하는데 인생의 목표를 어떻게 알 수 있다는 거지? 끝이 어찌 될지도 모르는데 어떻게 시작한다는 감각을 가질 수 있지?"

코니는 아서가 무슨 말을 하는지 알 수가 없다. 그녀는 키가 크고 너그럽고 활기 넘치는 오빠를 좋아한다. 그녀는 그를 스코틀랜드인다운 합리적인 기질과 갑작스러운 열의의 합체로 본다.

"말했다시피 난 교회의 가르침을 믿어." 그녀가 대답한다. "내게 다른 대안은 없어. 무신론은 물론이고 공허하고 절망적인 말들 따위는 믿지 않아. 사회주의는 말할 것도 없고."

"심령술에 대해서는 어떻게 생각하니?"

그녀는 아서가 몇 년 동안이나 심령술을 두고 고심해왔다는 것을 알고 있다. 그의 등 뒤에서 그런 말들이 넌지시 전해졌던 것이다.

"난 믿지 않는 것 같아, 아서."

"왜?" 그는 코니까지 속물로 판명되기를 바라지 않는다.

"그건 사기술인 것 같아."

"네가 옳아." 그녀에게는 놀랍게도 그는 이렇게 대답한다. "대부분이 그래. 진실한 예언자는 항상 거짓된 자들에 비해 수적으로 열세지. 예수 그리스도가 그랬던 것처럼 말이야. 사기꾼이나 속임수는 너무나 많아. 실제로 범죄를 일삼는 자들도 있지. 그들은 물을 흐리는 위험한 자들이야. 이렇게 말해서 미안하지만 그들 중에는 여자들도 있어."

"나도 그렇게 생각했어."

"하지만 심령술은 지금까지 제대로 설명된 적이 없어. 난 가끔 이 세계가 심령술을 경험했지만 글을 쓸 수 없는 사람, 그리고 글을 쓸 수 있지만 심령술을 경험하지 못한 사람으로 양분되어 있다고 생각해."

코니는 아서의 말에 담긴 논리적인 귀결이 마음에 들지 않는다. 오빠는 차가 식게 내버려두고 있다.

"하지만 난 '대부분'이라고 했어, 코니. '대부분'은 정말 사기술이야. 금광에 간다고 금으로 가득한 동굴을 보는 건 아니잖니. 금광은 대부분 바위에 박힌 기초금속들로 이루어져 있어. 거기서 금을 찾아내는 거지."

"난 비유를 믿지 않아, 오빠."

"나도 그래. 나도 그렇다고. 그래서 내가 믿음을 불신하는 거야. 믿음은 무엇보다도 가장 거대한 비유이니까. 내게 더 이상 믿음이란 없어. 난 찬란하게 빛나는 지식만을 다룰 거야."

이 말에 코니는 모르겠다는 표정을 짓는다.

"심령연구의 목적은," 그가 설명한다. "사기와 기만을 제거하고 폭로하는 거야. 과학적으로 증명될 수 있는 것만 남기려는 거지. 불가능한 것들을 제거하고 나면, 남아 있는 것들은, 아무리 그럴듯하게 보이지 않더라도 사실일 수밖에 없어. 심령술이란 네게 어둠 속에서 도약하라고 시키거나 아직 오지도 않은 다리를 건너라는 게 아니야."

"그럼 견신론 같은 거야?" 코니는 이제 지식의 한계에 거의 도달해 있다.

"견신론 같은 건 아니지. 견신론 또한 결국 하나의 믿음에 지나지 않아. 말했다시피 내게 더 이상 믿음이란 없어."

"그럼 천국이나 지옥은?"

"엄마가 우리한테 한 말 기억하지? '맨몸에는 플란넬 속옷을 입어. 그리고 영원한 형벌 같은 건 믿지 마.'"

"그러면 다들 천국에 가는 거야? 범죄자나 뭐 그런 사람들도? 그럼 대체―"

아서가 그녀의 말을 자른다. 그는 톨리를 두고 논쟁하던 때로 돌아간 듯한 기분을 느낀다. "우리가 다리를 건넌다고 해서 우리의 영혼이 필연적으로 평화로워지는 건 아니야."

"그럼 신이나 예수는? 오빠는 신이나 예수도 믿지 않는 거야?"

"아니. 하지만 수백 년 동안 영적으로나 지성적으로나 망가져온 교회가 주장해온 신이나 예수를 믿는 건 아니야. 또한 교회는 신도들에게 이성적인 사고능력을 유예하기를 요구해왔지."

코니는 이제 길을 잃은 기분이고, 오빠의 말에 감정이 상해야 하는지 아닌지도 알 수가 없다. "그래서 오빠는 대체 어떤 예수를 믿는 건데?"

"네가 기존 교회의 뜻에 따라 바뀌고 잘못 해석되었던 내용을 무시하고, 실제로 성경에 어떤 말이 적혀 있는지 본다면, 예수가 고도로 훈련된 심령술사, 혹은 영매였다는 사실을 분명하게 알 수 있을 거야. 예수의 제자들은, 특히 베드로, 야고보, 요한은 영적 능력 때문에 선택된 게 분명해. 성경에서 말하는 '기적'이란 단순히, 아니, 단순히가 아니라 전적으로 예수의 심령능력을 보여주는 거야."

"나사로를 일어나게 한 것 말이야? 5천 명을 먹이고?"

"사람의 몸을 투시할 수 있다고 말하는 의학적 영매들이 있어. 시간과 공간을 넘어 물건을 보낼 수 있다고 말하는 강령술사들도 있고. 그리고 성령강림절에는 신의 사자가 내려와 그들의 혀를 빌려 말씀을 전했다고 하지. 이게 강령술이 아니고 뭐겠어? 내가 읽어본 것들 가운데 가장 정확한 강령회 묘사야!"

"그래서 오빠는 초기 기독교도가 된 거야?"

"잔다르크는 말할 것도 없지. 그녀는 분명 위대한 영매였어."

"잔다르크도?"

그는 이제 코니가 자기를 놀리고 있는 건 아닐까 생각한다. 코니답다. 그러자 그는 설명하기가 더 쉬워진다. 더 어려워지는 게 아니라.

"이렇게 생각해봐, 코니. 100명의 영매들이 있는데 그 중 99명이 사기꾼이라고. 이 말은 즉 한 명은 진짜라는 거 아냐? 그리고 진짜가 한 사람 있다면, 그리고 영매를 통한 심령현상이 진짜라면, 우리는 이 문제를 증명할 수 있어. 한 번만 증명하면 돼. 한 번의 증명으로 나머지 전부를 증명할 수 있어."

"뭘 증명해?" 코니는 갑작스럽게 튀어나온 '우리'라는 표현에 놀란 기색이다.

"죽음 이후에도 영혼은 살아남는다는 것. 한 번만 증명하면 우린 전 인류를 위해 그걸 증명한 거나 마찬가지야. 20년 전 멜버른에서 있었던 일을 얘기해줄게. 당시 사건은 정확히 기록되었어. 어린 두 형제가 보트를 타고 바다로 나갔어. 숙련된 키잡이도 함께 타고 있었지. 배를 타기에 좋은 날씨였지만 유감스럽게도 그들은 뭍으로 돌아오지 못했어. 심령주의자였던 아버지는 이틀이 지나도 아무런 소식이 없자 잘 알려진 감응자, 즉 영매를 불러 그들의 흔적을 좇게 했어. 형제의 소지품 몇 개를 받은 영매는 '사이코메트리'를 사용해서 그들의 자취를 더듬을 수 있었지. 마침내 영매는 형제가 탄 보트가 엄청난 어려움을 겪었고, 혼란이 상황을 지배했다는 것을 밝혀냈어. 그래서 그들은 돌아올 수 없었던 거야.

네 표정을 보니 무슨 생각인지 알겠다, 코니. 네가 무슨 말을 할지 알겠어. 그런 걸 알아내는 데 심령술사가 필요하지는 않다는 거지. 하지만 기다려봐. 이틀 뒤에 같은 영매가 강령회를 열었어. 그런데 아버지로부터 심령술에 대한 지식을 배웠던 두 형제가 강령회에 나타난 거야. 그들은 배를 타지 말라고 했던 어머니에게 사과했어. 그리고 배가 전복되어 익사할 때의 상황에 대해서도 설명했어. 그들은 이제 자기들이 아버지의 가르침이 약속했던 밝고 행복한 곳에서 살고 있다고 말했어. 그들은 함께 숨진 키잡이까지도 불러내서 가라앉던 당시에 대해 몇 마디를 하게 했지.

접신이 끝나갈 때쯤, 형제들 중 누군가가 다른 형제의 팔이 바다생물에 뜯겼던 이야기를 말했어. 영매는 그게 상어였냐고 물었지. 소년은 상어는 상어이지만, 본 적 없는 상어였다고 말했지. 이 모든 이야기들이 글로 기록되고 신문에 실리기까지 했어. 이어지는 이야기가 있어. 몇 주 뒤, 심해에 사는 커다란 희귀종 상어가 30마일 떨어진 곳에서 잡혔던 거야. 그 상어를 잡은 어부에게도 낯선 종이었고, 멜버른 앞바다에서는 드문 종이었어. 그런데 그 안에는 인간의 팔뼈가 들어 있었어. 게다가 소년의 것이 분명한 소지품들과 시계, 동전 몇 닢도." 그는 말을 멈춘다. "자, 코니. 이제 네 생각은 어때?"

코니는 한동안 생각에 잠긴다. 그녀는 오빠가 문제 해결에 대한 열정과 종교를 혼동하고 있다고 생각한다. 그에게는 해결해야 할 문제―죽음―이 있다. 그리고 그는 타고난 기질대로 이를 해결할 방법을 찾는다. 또한 그녀는 심령술에 대한 아서의 열정이, 대체 어떤 식인지는 모르지만 기사도와 로맨스에 대한 애정, 그리고 황금기에 대한 믿음과 연결돼 있다고 생각한다. 하지만 그녀는 그보다 좀 더 축소된 근거에 기반해 반대의견을 내놓는다.

"내 생각은 이래, 사랑하는 오빠. 그건 훌륭한 이야기야. 우리가 다 알다시피 오빠는 훌륭한 이야기꾼이고. 하지만 20년 전에 난 멜버른에 없었어. 오빠도 마찬가지고."

아서는 자기 생각이 거절당했다는 사실은 신경 쓰지 않는다. "코니, 넌 뛰어난 이성주의자야. 그건 바로 심령주의자가 되는 첫 단계지."

"오빠가 날 개종시킬 것 같진 않네." 코니에겐 아서가 지금까지 요나와 고래 이야기—멜버른의 희생자들은 요나보다 운이 좋지는 않았다—를 개역한 이야기를 들려준 듯 여겨진다. 이런 이야기를 근거로 하여 믿음을 쌓아올린다는 것은, 요나의 이야기를 처음 들은 사람들이 그랬듯이 신념에 입각한 행위이기는 할 것이다. 적어도 성경은 그것을 비유를 통해 제시하고 있지만. 비유를 싫어한다는 아서는 하나의 우화를 보고 그것을 아예 말 그대로 받아들이기로 한 모양이다. 밀과 가라지 이야기가 한낱 원예학적 충고에 지나지 않는다는 듯이.

"코니, 만약 네가 아는 누군가가, 사랑하는 누군가가 죽는다고 생각해봐. 그 사람이 죽어서 너랑 만났는데, 그가 너만 아는 걸 얘기한다고 생각해봐. 한낱 속임수로는 알 수 없는 내밀한 이야기를 네게 해준다고 생각해보라고."

"아서, 그건 때가 되면 넘게 될 또 다른 다리라고 봐."

"코니, 너무나 잉글랜드적인 코니. 기다리면 알게 된다, 기다리면 어떻게 될지를 알게 된다는 말은 나한테는 충분하지 않아. 내가 믿는 건 행동뿐이야."

"오빠는 항상 그랬잖아."

"사람들은 우릴 비웃겠지. 싸울 이유는 충분하지만, 정정당당한 승부는 아닐 거야. 넌 네 오빠가 조롱당하는 걸 보게 될 거다. 하지만 이것만은 기억해. 증거 하나면 전부를 증명할 수 있어. 모든 합리적인 의심들을 제거하는 증거 말이야. 모든 과학적 논쟁을 넘어서는 증거 말이지. 그걸 생각해보렴, 코니."

"오빠, 차가 너무 식었어."

그렇게 시간이 흘러간다. 투이가 아프고 10년, 진을 만나고 6년이 지난다. 투이가 아프고 11년, 진을 만나고 7년이 지난다. 투이가 아프고 12년, 진을 만나고 8년이 지난다. 투이는 여전히 명랑하고, 병들어 고통스러워하지도 않는다. 그는 그녀가 자신을 둘러싼 상냥한 음모에 여전히 무지하다고 확신한다. 진은 그녀의 아파트에서 성악을 연습하고, 사냥개들을 끌고 말을 타고, 보호자를 대동해서 언더쇼에 나타나고, 보호자 없이 메이슨길에 나타난다. 그녀는 자신이 이미 충분히 많은 것, 마음이 욕망하는 모든 것들을 가졌다는 생각을 바꾸지 않는다. 그렇게 그녀는 가임기를 일 년씩, 일 년씩 떠나보낸다. 엄마는 여전히 그의 버팀목이자 지원자, 조력자로 남아 있다. 아무것도 바뀌지 않는다. 어쩌면 아무것도 바뀌지 않을지도 모른다. 그의 심장이 억제를 견디다 못해 터져버리기 전까지는. 출구는 없다. 바로 이 점이 그가 처한 끔찍한 상황이다. 아니면 출구는 있을지언정, 그 모든 출구에는 고통이라고 적혀 있을지도 모른다. 〈래스커스 체스 매거진〉에서 그는 추크츠방Zugzwang이라는 단어를 접한다. 이미 위험할 대로 위험한 상황을 더 악화시키지 않고서는 어떤 방향으로도, 어떤 칸으로도 말을 움직일 수 없다는 뜻이다. 아서의 인생이 처한 상황이 이러하다.

그러나 다른 사람들이 바라보는 아서 경의 인생은 위풍당당하다. 왕국의 기사, 왕의 친구, 제국의 챔피언, 서리의 부주지사. 공인인 그에게는 온갖 요청들이 끝없이 쏟아진다. 어느 해인가 그는 앨버트 홀에서 샌도 씨의 주관하에 열리는 '강한 남성 선발대회'의 심사위원이 돼달라는 요청을 받는다. 조각가 로스 씨와 그가 심사위원을 맡고, 샌도 씨는 심판으로 나선다. 80명의 출전자들이 10명씩 조를 이루어 근육을 과시한다. 남성미를 자랑하던 80명의 출전자들은 점차 24명, 12명, 6명으로 줄어들고, 마침내 결승에는 세 사람만이 남는다. 남아 있는 세 명 모두 훌륭하지만, 한 사람은 약간 키가 작고, 또 한 사람은 약간 어색한 태도를 보인다. 그래서 그들은 랭커셔에서 온 머리Murray라는 남자에게 값비싼 금 상패와 함께 우승을 안겨준다. 심사위원과 선택받은 몇 사람들에게는 늦은 저녁식사와 샴페인이라는 부상이 주어진다. 한밤의 거리로 나온 아서 경은 상패를 단단한 팔에 편안히 끼고 앞서 걷는 사람이 머리임을 알아차린다. 아서 경은 그를 쫓아가 다시 한 번 축하의 말을 전하며 그가 그저 순박한 시골 사내일 뿐임을 알게 된다. 아서 경은 머리에게 오늘 밤 어디서 머물 예정이냐고 묻는다. 머리는 블랙번으로 돌아갈 기차표를 살 돈 말고는 한 푼도 없다고, 아침에 떠나는 기차를 탈 때까지 텅 빈 거리를 돌아다닐 예정이라고 대답한다. 해서 아서는 그를 몰리 호텔로 데려가 직원에게 그를 챙겨달라고 부탁한다. 다음날 아침, 그는 침대 앞에서 찬사를 보내는 하녀와 웨이터들에게 둘러싸여 좌중을 사로잡는 이야기를 들려주고 있는 머리를 발견한다. 그의 상패가 베개 옆에서 빛나고 있다. 보기에 흐뭇한 광경이지만, 아서 경의 머릿속에 길이 남을 모습은 이 모습이 아니라, 밤길을 홀로 앞서 걸어가는 남자의 그것이다. 훌륭한 상을 받고 팔 아래 금 상패까지 끼고 있지만, 주머니에는 돈 한 푼 없이 동이 틀 때까지 홀로 가스등을 밝힌 거리를 걷기로 마음먹은 남자의 모습.

그리고 거기엔 또한 코난 도일의 인생이 있다. 그의 인생 역시 겉으로 보기에 훌륭하다는 점은 마찬가지다. 작가들이라면 겪게 마련인 슬럼프에 하루이틀 이상 빠져 있기에는 그는 직업정신이 너무나 투철하고 너무나 정력적이다. 그는 이야기를 발견하고, 연구하고, 계획을 세우고, 그런 다음 써내려간다. 그는 작가가 지녀야 할 책임감에 대해 분명한 입장을 갖추고 있다. 첫째, 지적일 것. 둘째, 재미있을 것. 셋째, 영리할 것. 그는 자신이 어떤 능력을 갖추고 있는지를 잘 알고, 결국에는 독자가 왕이라는 사실도 잘 안다. 그래서 일본식 레슬링의 비술을 전수받은 셜록 홈스가 가파른 암벽을 기어올라 라이헨바흐 폭포를 탈출해 되살아날 수 있었던 것이다. 미국인들이 5천 달러를 제안하면서 새로운 단편소설 대여섯 편을 써달라고 한다면(그러면서 미국에서만 출판하게 해달라고 요구한다면) 코난 도일 박사는 두 손을 들며 항복하고 가까운 시일 내에 그의 사설탐정이라는 족쇄에 또다시 묶일지도 모른다. 게다가 셜록 홈스는 또 다른 보상을 가져왔다. 에든버러 대학이 그를 문학부 명예박사로 임명한 것이다. 그는 키플링처럼 위대한 사람은 아닐지 몰라도 그가 태어난 고향에서 대학 예복을 입고 느긋하게 행진까지 한다. 그는 인정하지 않을 수 없는데, 이편이 서리 부주지사의 고색창연한 예복보다는 훨씬 편하다.

그리고 그의 네 번째 인생이 있다. 아서의 인생도, 아서 경의 인생도, 코난 도일 박사의 인생도 아닌 네 번째 인생이다. 이 인생에서는 그의 이름도, 부유함도, 사회적 위치도, 사람들에게 보이는 모습도, 그의 겉껍데기도 중요하지 않다. 이 인생은 바로 영적 인생이다. 자신이 무언가 다른 것을 위해 태어났다는 느낌이 해마다 커져간다. 쉽지는 않다. 결코 쉽지는 않을 것이다. 기성 종교들 중 하나에 뛰어드는 일과는 전혀 다르다. 이는 새롭고, 위험하고, 무엇보다도 중요하다. 누군가가 힌두교도가 되기를 원한다면, 사회는 혼란스러워하기보다는 그를 별난 사람 정도로 여길 것이다. 그러나 심령술의 세계에 발을 들일 준비가 된 사람은 조롱과 대중들을 현혹하는 얄팍한 언론의 술수를 견뎌야 한다. 하지만 크룩스와 마이어스, 로지, 그리고 앨프리드 러셀 윌러스가 한자리에 나란히 함께 선다면 냉소주의자들과 삼류작가들, 냉담자들은 어떤 표정을 지을까?

과학이 길을 이끌고 있으며, 늘 그래왔듯 조롱하는 자들을 물리칠 것이다. 전파가 발견되기 전에 누가 전파를 믿을 수 있었겠는가? 엑스레이를 믿을 수 있었던 사람은? 비교적 최근에야 발견된 아르곤과 헬륨, 네온과 제논을 믿을 수 있었던 사람은 누구였는가? 보이지 않는 것과 뚜렷하지 않은 것, 실체의 표면 바로 아래 놓인 것, 사물의 외피 바로 아래 놓인 것들이 점차 가시화되고 뚜렷해져간다. 이 세계, 그리고 이 세계에서 살아가는 눈을 반만 뜬 사람들은 결국 이런 것들을 보는 법을 배우게 될 것이다.

크룩스를 보자. 크룩스는 뭐라고 말하는가? "믿을 수 없지만 사실이다." 그는 물리학과 화학에서의 엄정함으로 어디서나 인정받는 사람이다. 그는 탈륨을 발견했고, 희박기체와 희토류원소 산화물의 성질을 오랫동안 연구해왔다. 속박된 영혼과 아둔한 정신으로는 닿을 수 없는 새로운 영역을, 역시나 희박한 이 세계에 공표하기에 크룩스보다 뛰어난 사람은 누구이겠는가. 믿을 수 없으나 사실인 이 영역을.

그리고 투이가 세상을 떠난다. 아프기 시작하고 13년, 진을 만나고 9년이 지났을 때다. 1906년 봄, 그녀는 가벼운 섬망증에 빠져들기 시작한다. 즉시 더글러스 파월 박사를 부른다. 안색은 더 창백해졌고 머리숱은 눈에 띄게 줄었지만, 그는 여전히 가장 점잖은 방식으로 죽음을 전달한다. 이번에는 유예기간이 없을 것이다. 아서는 오랫동안 예견되어온 죽음을 손수 준비해야 한다. 밤샘 간호가 시작된다. 덜컹거리는 소리를 내던 언더쇼의 모노레일은 조용하고, 사격장은 닫힌다. 테니스 그물망도 걷힌다. 투이는 별다른 고통을 느끼지 않는다. 그녀는 차분한 마음 상태를 유지한다. 그녀의 방 안에 놓여 있던 봄꽃들이 초여름 꽃들로 바뀐다. 점차 그녀는 긴 섬망에 빠져든다. 결절이 그녀의 머릿속까지 침투했다. 그녀의 얼굴과 몸 왼쪽이 부분적으로 마비된다. 『그리스도를 본받아』가 펼쳐지지 않은 채로 곁에 놓여 있다. 아서는 꾸준히 곁을 지킨다.

마침내 그녀가 그를 알아본다. 그녀가 말한다. "신의 가호가 있기를." 그리고 다음과 같은 말을 덧붙인다. "고마워요, 여보." 그가 그녀를 침대에서 일으키자 그녀는 이렇게 중얼거린다. "바라던 바였어요." 6월이 가고 7월이 오자 그녀가 죽어가고 있다는 사실이 분명해진다. 그날도 아서는 그녀의 곁에 머문다. 메리와 킹슬리는 어머니의 마비된 얼굴을 어떻게 바라봐야 할지 몰라 어색해하며 두려운 눈으로 그녀를 지켜본다. 침묵 속에서 그들은 기다린다. 새벽 3시, 투이는 아서의 품에서 죽는다. 그녀는 49세, 아서는 47세다. 그녀가 죽고 난 뒤에도 그는 그녀의 방을 떠나지 않는다. 그녀의 몸 곁에 선 그는 최선을 다했다고 생각한다. 그는 침대에 누워 있는 육신이 투이가 남기고 간 전부가 아니라는 걸 안다. 이 희고 창백한 무엇은 이제 그녀가 방금 떠나간 것에 지나지 않는다.

그리고 이어지는 며칠 동안 아서는 상을 당한 유족으로서 위치가 현격히 격상됨을 느끼는 한편, 그가 수행해야 할 의무에 대한 책임을 느낀다. 투이는 그레이쇼트의 대리석 십자가 아래 레이디 도일이라는 이름으로 묻힌다. 사회 각계각층에서 위로의 말들이 쏟아진다. 왕에서부터 하녀에 이르기까지, 동료 작가들에서부터 먼 지방의 독자들에 이르기까지, 런던의 사교클럽에서 대영제국의 식민지에 이르기까지. 아서는 처음에 감동과 명예를 느꼈지만, 이런 말들이 끝없이 이어지자 점차 불편해한다. 그가 대체 무엇을 했기에 의심의 대상이 되기는커녕 진지한 위로의 말들을 받을 자격을 지니게 되었을까.

그에게 전달되는 진실한 위로의 표현들은 그를 위선자로 느끼게 한다. 투이는 한 남자가 얻을 수 있는 가장 상냥한 동반자였다. 그는 클래런스 산책로에서 그녀에게 전쟁의 전리품들을 보여주던 날을 기억한다. 군수품 창고에서 건빵을 베어물던 그녀가 보인다. 메리를 임신해 배가 잔뜩 부푼 그녀와 주방 테이블을 따라 왈츠를 춘다. 그녀를 꽁꽁 언 빈으로 황급히 데려간다. 다보스에서 그녀에게 담요를 덮어준다. 피라미드에서 가장 가까운 모래언덕을 향해 골프공을 날리기 전에 이집트 호텔 베란다에 누워 있는 그녀에게 손을 흔든다. 그는 그녀의 미소와 그녀의 선량한 마음을 기억한다. 그러나 그는 가슴에 손을 얹고 그녀를 사랑한다고 맹세할 수 있었던 때는 이미 오래전임을 기억한다. 진을 만났기 때문은 아니다. 그전부터였다. 그녀를 사랑하지 않은 것 치고는, 한 남자가 할 수 있는 최선을 다해 그녀를 사랑해온 셈이다.

그는 다음 며칠, 혹은 몇 주를 아이들과 함께 보내야만 한다는 걸 알고 있다. 애도하는 부모란 그런 법이니까. 킹즐리는 열세 살, 메리는 열일곱 살이다. 아이들의 나이에 그는 새삼 놀란다. 진을 만난 날, 그의 심장이 되살아났던 날, 그리고 또 한편으로는 끝없는 가사상태에 빠져들기 시작했던 날이다. 그 이후로 그의 시간의 일부는 정지했다. 그는 아이들이 곧 어른이 된다는 사실을 받아들여야 한다.

그가 받아들이지 않더라도 메리가 곧 알려주게 될 것이다. 장례식을 마치고 며칠이 지난 오후, 메리는 찻잔을 사이에 두고 그에게 말한다. 놀랄 정도로 다 자란 목소리다. "아버지, 어머니는 돌아가시기 전에 아버지가 재혼하실지도 모른다고 말씀하셨어요."

케이크를 먹던 아서는 거의 질식할 뻔한다. 얼굴이 붉어지고 가슴이 두근거린다. 그가 반쯤 예상했던 공격이 시작된 것인지도 모른다. "정말로 어머니가 그렇게 말씀하셨니?" 투이는 그에게 그런 말을 한 적이 한 번도 없었다.

"네. 아니요. 정확히 그렇게 말씀하시진 않았어요. 뭐라고 하셨냐면……" 그러나 메리는 말을 멈춘다. 그사이 아버지의 머릿속에서는 불협화음이 울려퍼지고 뱃속이 요동친다. "어머니가 뭐라고 하셨냐면, 아버지가 재혼하시더라도 제가 충격을 받으면 안 된다고 하셨어요. 그게 어머니가 아버지에게 바라는 거라고 하셨어요."

아서는 이 말을 어떻게 받아들여야 할지 알 수 없다. 이 말은 덧일까, 아닐까. 투이는 전부 알고 있었던 것일까? 그리고 딸에게 털어놓았던 것일까? 그냥 한 말일까, 아니면 특정한 사실을 염두에 두고 한 말일까? 지난 9년 동안을 빌어먹을 불확실성 속에서 살아온 그는 더 이상 견딜 수 없다고 생각한다.

"그리고 어머니가⋯⋯." 아서는 마치 장난치듯 말하려고 하지만, 이런 말투가 적당하지 않다는 걸 깨닫는다. 하지만 이런 때 적당한 말투가 어디 있겠나. "어머니가 특정 후보자를 마음에 두고 계셨니?"

"아버지!" 메리는 아버지의 말투뿐 아니라 그 생각 자체에도 충격을 받은 게 분명하다.

그들은 안전한 화제로 넘어간다. 하지만 이어지는 며칠 동안 아서는 메리와의 대화를 떠올린다. 투이의 무덤에 꽃을 가져갈 때. 그녀의 빈 방에 산란한 마음으로 서 있을 때. 책상 앞에 앉기를 피할 때. 그리고 끊임없이 날아오는 진실한 위안의 편지들을 마주할 수가 없을 때. 그는 9년 동안 투이에게 진의 존재를 숨기기를 바랐다. 그는 투이가 단 한순간이라도 불행하지 않기를 바랐다. 그러나 이러한 두 가지 욕망은 양립 불가능하고, 과거에도 늘 그랬을 것이다. 그는 여자들이 그의 전문분야가 아니라는 걸 즉각 인정한다. 여자는 누군가가 자신과 사랑에 빠지는 순간을 알까? 그는 그렇다고 생각하고, 그렇다고 믿고, 그렇다고 안다. 그가 진을 사랑한다는 걸 스스로 깨닫기도 전에 진이 먼저 알아차렸으니까. 햇살이 환한 정원에서. 그렇다면 여자는 누군가가 자신을 더 이상 사랑하지 않는다는 것도 알까? 여자는 상대방이

다른 누군가와 사랑에 빠졌다는 것도 알까? 9년 동안 그는 투이를 지키려고 주변의 모든 사람들을 동원해 정교한 플롯을 꾸몄다. 하지만 그건 아마도 결국 그와 진을 지키기 위한 계책이었는지도 모른다. 투이는 그의 사기행각을 꿰뚫어보았을지도 모른다. 어쩌면 전부 알고 있었을지도 모른다. 메리는 투이가 아서의 재혼에 대해 남긴 말의 무게를 완전히 헤아리지 못하지만, 아서는 분명히 알 수 있다. 투이는 아마 처음부터 다 알고 있었을 것이다. 그러면서 침대에 누워 진실을 가공하는 아서의 모습을 바라보았을 테고, 그를 이해했을 테고, 그녀의 남편이 이야기하는 모든 작고 사소한 거짓말들에 미소를 지었을 테고, 계단 옆에서 간통자들의 도구인 전화기를 붙들고 서 있는 아서의 모습을 상상했을 것이다. 그녀는 항의를 할 수도 없다고 생각했는지도 모른다. 그녀는 더 이상 완전한 의미에서의 아내가 아니었으니까. 이제 그의 의혹은 더욱 짙어진다. 만약, 만약 그녀가 처음부터 진이 중요한 존재라는 걸 알아차렸다면? 그리고 계속해서 의심했다면? 그녀가 언더쇼에 나타난 진을 아서의 정부라고 생각하며 맞아들였다면?

강력하고 집요한 아서의 정신은 이 문제에 더욱 깊이 파고든다. 메리와의 대화는 생각보다 큰 파문을 남긴다. 이제야 그는 투이의 죽음이 그의 기만을 끝내지 않으리라는 걸 깨닫는다. 9년이라는 긴 시간 동안 진을 사랑해왔다는 사실이 메리에게 알려져서는 절대로 안 된다. 킹즐리에게도. 소년들은 어머니에 대한 아버지의 배신을 소녀들보다 더 크게 받아들이는 법이니까.

그는 해야 할 말을 연습하며 적당한 순간을 찾아 목을 가다듬고 말을 꺼내는 순간을 상상한다. 하지만 그는 자신이 하게 될 말을 스스로도 거의 신뢰하지 못하는 듯 보인다.

"얘야, 메리. 네 어머니가 돌아가시기 전에 했던 말이 무슨 뜻인지 아니? 내가 재혼할지도 모른다고 했던 것 말이다. 자, 이제 네게 알려주어야겠구나. 나도 놀랐지만, 네 어머니의 말이 옳았단다."

과연 그는 이렇게 말할 수 있을까? 할 수 있다면 언제? 올해가 가기 전에? 아니다, 물론 올해는 아니다. 그러면 내년에? 내후년에? 상처하여 애도하는 남자는 언제 다시 사랑할 수 있는가? 그는 사회가 이 문제를 어떻게 생각할지는 알고 있다. 그러나 아이들은, 특히 그의 아이들은 어떻게 생각할 것인가?

그리고 그는 메리의 질문을 예상한다. 그분이 누구죠, 아버지? 아, 레키 양이군요. 전 아주 어렸을 때 그분을 만났죠? 그다음부터는 쭉 그분을 봐왔고요. 언젠가부터 그분은 언더쇼에 나타나기 시작했죠. 전 항상 지금쯤이면 그분도 결혼하시지 않았을까 생각했어요. 그분이 여전히 독신이라니 아버지는 운도 좋네요. 그분은 지금 몇 살이죠? 서른한 살? 그런데 아직도 노처녀 신세라고요, 아버지? 아무도 그분을 데려가지 않았다니 놀랍네요. 아버지는 언제 그분을 사랑한다는 걸 아셨어요?

메리는 더 이상 어린애가 아니다. 그녀는 아버지가 거짓말을 해주길 기대하지 않을지도 모르지만, 그의 이야기에서 조금이라도 일치하지 않는 부분은 대번에 감지해낼 것이다. 그런데 그가 실수한다면? 아서는 여기서는 반쪽짜리 진실을 이야기하고, 저기서는 거짓말을 늘어놓으며 인생의 정서적인 순간들—결혼을 포함하여—을 조작하는 거짓말쟁이들을 경멸한다. 아서는 항상 아이들에게 진실만을 말하는 것의 중요함을 반복해서 말해왔다. 그런데 이제 그는 완벽한 위선자를 연기해야 한다. 그는 웃어야 하고, 수줍게 기쁨을 드러내고, 자기도 놀랐다는 듯이 행동하고, 어떻게 진 레키를 만나게 되었는지에 대한 가짜 로맨스를 지어내야 하고, 바로 자신의 아이들에게 이런 거짓말들을 늘어놓아야 한다. 일생 동안. 그리고 그는 다른 사람들에게도 자기 편이 되어 똑같은 거짓말을 해달라고 부탁해야 한다.

진은 어땠던가. 당연하게도 그녀는 장례식에 참석하지 않았다. 그녀는 위안의 편지를 보냈다. 그리고 1주일 뒤, 맬컴이 그녀를 차에 태워 크로버러에서 찾아왔다. 편안한 만남은 아니었다. 그들이 도착했을 때, 아서는 그녀의 오빠가 보는 앞에서 그녀를 끌어안을 수도, 그녀의 손에 키스할 수 없다는 걸 거의 본능적으로 깨달았다. 그건 잘못된 행동이었다. 경박하다고 할 만했다. 그러자 결코 물러나지 않는 어색함이 자리 잡았다. 그녀는 예상대로 나무랄 데 없이 처신했다. 그러나 그는 어찌할 바를 몰랐다. 눈치 빠른 맬컴이 정원을 둘러본다며 자리에서 일어섰을 때, 아서는 무기력하게도 보호자를 찾는 사람처럼 주변을 두리번거렸다. 하지만 누구를 찾는 것일까. 투이가 뒤에서 찻잔이라도 들고 나타나기를 기다리는 것일까. 무슨 말을 해야 좋을지 몰랐던 그는 애도를 서투른 가림막으로 사용했다. 진의 얼굴을 보고 있는

데도 기쁜 마음이 들지 않아서였다. 정원을 본다는 핑계로 자리를 비웠던 맬컴이 돌아오자 반갑기까지 했다. 그들이 떠나자 아서는 비참한 기분을 느꼈다.

오랫동안 그를 가두었던 삼각형—불안한 동시에 안전했던—이 깨어진 지금, 새로운 기하학이 그를 두렵게 한다. 애도가 가시자 무기력이 그를 휘어잡는다. 그는 언더쇼 주변을 배회하지만, 이곳은 마치 오래전에 어느 낯선 사람이 세운 집처럼 보인다. 마구간에 가도 말에 안장을 얹을 기분은 들지 않는다. 그는 매일 투이의 무덤을 찾아가고, 지친 상태로 돌아온다. 그는 사실이 뭐든 간에 항상 그를 사랑했으며, 이제는 그를 용서하노라고 말하며 자신을 위무하는 투이를 상상한다. 그는 서재에 앉아 오랫동안 담배를 피우며 성공적인 작가이자 운동선수로서 획득한 반짝이는 전리품들을 바라본다. 그의 전리품들은 투이의 죽음이라는 사실 앞에서 무의미한 싸구려 장식품에 지나지 않는다.

그는 서신을 작성하는 일을 우드에게 일임한다. 그의 비서는 고용주의 서명과 필체, 표현방식을 복제하는 법을 오랫동안 익혀왔다. 고용주의 의견까지도. 그러니 비서를 잠시 아서 코난 도일 경이 되게 해주자. 그 이름의 주인은 더 이상 자신이고자 하는 욕구가 없다. 우드는 열린 마음으로 자신이 바라는 바에 따라 답장을 하거나 무시할 것이다.

그는 기력이 없다. 그는 적게 먹는다. 특정 시간에 배가 고파진다는 사실이 외설적으로 느껴진다. 그는 눕는다. 잠들 수가 없

다. 그에게 별다른 증상은 없다. 다만 너무나 약해져 있을 뿐이
다. 그는 남아프리카 시절 이후로 그의 곁을 지켜온 오래된 친구
이자 의학적 조언자인 찰스 깁스와 상담한다. 깁스는 그에게 그
의 상태는 전부인 동시에 아무것도 아니라고 말한다. 다시 말해,
신경을 너무 써서 그런 것이다.

그러나 신경을 좀 많이 써서 그런 것이라고 보기에 상태는 더
심각해진다. 그의 장기가 기력을 잃은 모양이다. 깁스는 그렇게
진단하지만, 그렇다고 그가 해줄 수 있는 건 별로 없다. 블룸폰
테인이나 초원지대 어딘가에서 그의 몸에 들어온 어떤 미생물
이 그대로 남아 있다가, 그가 가장 약해졌을 때 활동을 시작한
것인지도 모른다. 깁스는 그에게 수면제를 처방한다. 하지만 환
자의 몸속에 퍼지고 있는 죄책감이라는 미생물은 어찌할 도리
가 없다.

그는 투이가 오랫동안 앓고 있는 사이, 그 역시 그 시간 동안
그녀의 죽음에 대비할 수 있을 거라고 생각해왔다. 그는 항상 애
도와 죄책감이, 만약 투이가 죽고 그런 감정을 느낀다면, 좀 더
분명하고 명확하고 유한한 감정일 것이라고 생각했다. 하지만
애도와 죄책감은 날씨에 따라 정체를 알 수 없는 이름 모를 바람
에 날려 끝없이 새로운 형태로 모양을 바꾸는 구름처럼 보인다.

그는 반드시 이겨내야 한다는 걸 알고 있다. 하지만 그럴 수
없을 것 같다는 느낌이 든다. 이겨낸다는 건 결국 또 다른 거짓
말을 해야 한다는 것이다. 먼저 그가 오랫동안 애정으로 맺어진
투이와의 결혼생활에 헌신했다는 오래된 거짓말을 영구히 역사

적으로 남겨야 한다. 그후에는 진이 상처하여 애도하는 그의 마음에 예기치 못한 위안을 가져다주었다는 새로운 거짓말을 들이밀어야 한다. 이처럼 또 거짓말을 해야 한다는 생각에 그는 역겨움을 느낀다. 그가 겪고 있는 무기력함은 적어도 거짓은 아니다. 그는 완전히 지쳐 속이 뒤집힌 상태로 이 방에서 저 방으로 떠돌아다니지만, 적어도 누군가를 오도하고 있지는 않다. 하지만 사실은 그렇지 않다. 누구라도 그의 상태를 애도 때문에 그렇게 되었다고 여길 것이다.

그는 위선자다. 그는 사기꾼이다. 어떤 면에서 그는 항상 자신을 사기꾼으로 생각해왔으며 유명해질수록 더욱 그랬다. 그가 당대의 인물로 찬사를 받고 뛰어난 활동가로 받아들여지더라도, 그의 마음은 전혀 그렇게 느끼지 못한다. 이 시대의 어떤 도덕군자라도 진을 정부로 삼기에 망설이지 않았을 것이다. 오늘날의 남자들은 그러하며, 그가 관찰해온 바에 의하면 최상류층에 속하는 남자들조차도 그렇다. 하지만 그의 도덕적 이상은 그가 14세기에 속하기를 바란다. 그러면 그의 영적인 이상은? 코니는 그를 초기 기독교도라고 정의했다. 그는 자신이 미래에 속하기를 바란다. 21세기, 어쩌면 22세기에. 이는 잠들어 있는 인류가 속히 깨어나 눈을 사용하는 법을 배우는 데 달린 문제다.

그리고 이미 끝없이 곤두박질치는 그의 생각은 더욱 흔들린다. 9년 동안 불가능한 것을 갈구해온, 혹은 갈구한다는 걸 인정하지 않으려고 노력해온 지금, 그는 자유다. 내일 아침이라도 그는 당장 진과 결혼할 수 있다. 동네에서 마주치는 도덕주의자들의 눈총만 견디면 된다. 하지만 불가능한 것을 갈구하는 것은 욕망을 신성하게 만들었다. 이제 불가능한 것이 가능해진 지금, 그의 욕망은 예전과 같은가? 그는 이에 대답할 수조차 없다. 너무 오랫동안 혹사당한 심장의 근육들이 이제는 축 늘어진 고무줄처럼 변해버린 듯하다.

그는 언젠가 항구를 떠도는 이야기를 들었다. 결혼한 남자가 오랫동안 정부를 두고 있었다는 이야기였다. 사회적으로 훌륭한 위치에 있던 여성은 그와 결혼하게 되리라는 걸 확신했다. 그와의 결혼은 약속돼 있었다. 마침내 아내가 죽었고, 상처한 남자는 몇 주가 지나기 전에 예상대로 재혼했다. 하지만 상대는 그의 정부가 아니라 장례식이 끝나고 며칠 지나기도 전에 만난 낮은 계급의 젊은 여성이었다. 당시 아서는 그를 이중으로 몹쓸 놈이라고 생각했다. 그는 그의 아내에게도, 정부에게도 몹쓸 자식이었다.

그러나 이제 그는 그런 일이 얼마나 쉽게 일어나는지 깨닫는다. 투이가 죽고 만신창이가 된 그는 거의 바깥출입을 하지 않았으며, 그가 겨우 얼굴만 내민 자리에서 소개받은 사람들은 희미한 인상으로만 남았다. 그럼에도 불구하고, 게다가 그가 여성이라는 존재를 잘 모른다는 점을 고려하더라도, 그곳에서 만난 여자들은 분명 그에게 추파를 던졌다. 이렇게까지 말하는 건 천박하고 부당할지도 모른다. 하지만 확실히 여자들은 그를 다르게 보고 있었다. 유명 작가이자 왕국의 기사이자 이제 홀아비가 된 그를. 그는 축 늘어진 고무줄이 얼마나 쉽게 끊기는지, 어린 소녀의 청순함이나 요부의 유혹적인 미소가 은밀하고 길었던 관계에서 휘둘리지 않았던 남자의 마음을 얼마나 대번에 사로잡는지 알게 되었다.

그는 이중으로 몹쓸 자식이었던 남자를 이해할 수 있다. 아니, 이해하는 것 이상이다. 그는 어떤 이점까지도 파악한다. 한눈에 반한 사랑에 굴복해버린다면, 적어도 거짓말은 하지 않아도 된다. 긴 시간 동안 은밀하게 만나온 연인을 공개할 일 없이 새로 만난 동반자를 소개하면 그만이다. 남은 평생 동안 아이들에게 거짓말하지 않아도 되는 것이다. 새로운 아내에게도 마찬가지다. 그렇다, 이렇게 말하면 그만이다. 그녀가 나를 사로잡았다고, 그녀는 전처를 대신할 수도, 대체할 수도 없겠지만, 나의 마음에 약간의 활기를 불어넣어주고 위로가 되어준다고. 그는 바로 용서받을 수 없을지도 모르지만, 적어도 상황은 단순해질 것이다.

그는 다시 진을 만난다. 한 번은 동반자가 곁에 있었고, 한 번은 둘이서만이다. 두 번 다 그들 사이에 어색함이 끼어든다. 그는 심장이 다시 한 번 뛰기를 기다린다. 아니다, 그는 심장에게 다시 뛰기를 명령한다. 그리고 심장은 그의 명령을 거부한다. 그는 자신의 생각들을 강제하고 압박해서 가야 할 곳으로 보내는 데 익숙하다. 그런데 부드러운 감정들에는 이것이 통하지 않는다는 사실이 그에겐 충격이다. 진은 여전히 사랑스러워 보이지만, 그녀의 사랑스러움은 그에게서 정상적인 반응을 이끌어내지 않는다. 놀랍게도 그의 심장이 부분적으로 불능에 빠져버린 모양이다.

과거의 아서는 신체적으로 과도한 운동을 통해 고통스러운 생각들을 제거했다. 하지만 그는 이제 말을 타거나 권투를 하거나 크리켓을 하거나 테니스나 골프를 할 욕구가 생기지 않는다. 지금 당장 눈 덮인 알프스 계곡으로 그를 옮겨놓으면 얼음 같은 바람이 그의 영혼에 들어찬 유해한 공기를 날려 보낼지도 모른다. 하지만 그건 불가능하다. 한때 다보스로 노르웨이 스키를 가져가서 브랑거 형제와 함께 퓌어카 패스를 횡단한 운동선수였던 사람은 이제 산 저편으로 멀리 사라져 시야에서 벗어나버린 듯하다.

　한참 후, 그의 마음이 추락을 멈추고 정신과 신체의 과열이 식은 뒤에, 그는 머리를 비우고 단순한 생각을 할 수 있는 영역을 확보하려고 애쓴다. 한 남자가 자신이 바라는 바가 무엇인지 알 수 없다면, 그는 마땅히 행해야 할 바를 찾아야 한다. 욕망이 복잡해졌다면, 의무를 굳게 붙들면 된다. 그는 투이를 이렇게 대했고, 이제 진을 그렇게 대할 차례다. 그는 9년 동안 그녀를 절망적으로, 그러나 희망적으로 사랑해왔다. 그런 감정은 쉽게 사라질 수 없을 것이다. 그래서 그는 감정이 돌아오기를 기다린다. 그때까지 그는 거대한 그림펜 마이어*, 녹색 거품이 끓어오르는 구덩이와 수렁으로 가득한 늪지가 사람을 끌어당겨 영원히 삼켜버리는 그곳과 협상해야 한다. 나아갈 길을 모색하기 위해 지금까지 그가 배운 모든 것을 총동원해야 한다. 마이어에는 단단한 지

---

* Grimpen Mire, 『바스커빌의 개』에 등장하는 허구의 황야.

면으로 이끄는 숨겨진 표지판—갈대 줄기나 교묘하게 심긴 막대기들—이 없다. 남자가 도덕적으로 실패할 때도 마찬가지다. 길은 명예가 가리키는 쪽으로 나 있다. 지난 세월 동안 명예는 그에게 어떻게 행동해야 할지 가르쳤다. 이제는 그가 어디로 향해야 할지를 말해줄 차례다. 명예는 그와 투이를 연결시켰던 것처럼, 그와 진을 한데 묶었다. 그는 지금 자신이 진정으로 다시 행복해질 수 있을지 알지 못한다. 하지만 그는 명예 없이 결코 행복할 수 없다는 건 알고 있다.

아이들은 학교에 가 있다. 집 안은 고요하다. 바람이 나뭇잎을 떨군다. 11월을 지나 12월이 다가오고 있다. 안정을 되찾을 거라던 사람들의 말처럼, 그는 다소 안정된 기분을 느낀다. 어느 날 아침, 그는 우드의 사무실에서 그에게 온 편지들을 본다. 그는 평균적으로 하루에 60여 통의 편지를 받는다. 지난 몇 달 동안 우드는 편지의 분류체계를 고안해냈다. 즉시 처리할 수 있는 편지들은 우드가 답장을 작성한다. 아서의 의견이나 결정이 필요한 편지들은 커다란 나무 접시에 놓아둔다. 그 주말에 그의 고용주가 어떤 지시를 내릴 기분이나 상태가 아니라면 우드는 가능한 한 빨리 그 편지들을 직접 처리한다.

오늘은 접시에 작은 소포 하나가 놓여 있다. 그는 건성으로 내용물을 꺼낸다. 〈엄파이어〉라는 신문에서 오려낸 기사들이 들어 있는 파일에 편지 하나가 꽂혀 있다. 〈엄파이어〉라는 신문은 들어본 적도 없다. 크리켓 전문 신문일지도 모르지. 아니야, 분홍색 종이를 보니 스캔들 전문일 수도 있겠군. 그는 편지의 서명인을 흘긋 바라본다. 그에게는 아무런 의미도 없는 이름 하나가 눈에 들어온다. 조지 에들지라는 이름이.

• 2권으로 이어집니다.

옮긴이 **한유주**

홍익대 독문과를 졸업하고, 서울대 미학과 대학원을 수료했다. 2003년 단편소설 「달로」로 『문학과사회』 신인문학상을 수상하며 등단했다. 2009년 단편소설 「막」으로 한국일보문학상을 수상했다. 소설집 『달로』 『얼음의 책』 『나의 왼손은 왕, 오른손은 왕의 필경사』 등이 있고, 『작가가 작가에게』 『교도소 도서관』 『눈 여행자』 『고양이 테이블』 『지속의 순간들』 『그러나 아름다운』 등을 우리 말로 옮겼다.

용감한 친구들 1

초판 1쇄 인쇄 2015년 4월 8일
초판 1쇄 발행 2015년 4월 15일

지은이 줄리언 반스
옮긴이 한유주
펴낸이 김선식

경영총괄 김은영
마케팅총괄 최창규
책임편집 김현정 **디자인** 문성미 **책임마케터** 이상혁
콘텐츠개발2팀장 김현정 **콘텐츠개발2팀** 백상웅, 문성미, 이은
마케팅본부 이주화, 이상혁, 최혜령, 박현미, 반여진, 이소연
경영관리팀 송현주, 권송이, 윤이경, 임해랑
외부스태프 교정·교열 박여영

펴낸곳 다산북스 **출판등록** 2005년 12월 23일 제313-2005-00277호
주소 경기도 파주시 회동길 37-14 3, 4층
전화 02-702-1724(기획편집) 02-6217-1726(마케팅) 02-704-1724(경영관리)
팩스 02-703-2219 **이메일** dasanbooks@dasanbooks.com
홈페이지 www.dasanbooks.com **블로그** blog.naver.com/dasan_books
종이 한솔피엔에스 **출력·인쇄** (주)현문 **제본** 신안제책

ISBN 979-11-306-0505-0 (04840)
(세트) 979-11-306-0504-3

다산북스(DASANBOOKS)는 독자 여러분의 책에 관한 아이디어와 원고 투고를 기쁜 마음으로 기다리고 있습니다.
책 출간을 원하는 아이디어가 있으신 분은 이메일 dasanbooks@dasanbooks.com 또는 다산북스 홈페이지 '투고원고'란으로 간단한 개요와 취지, 연락처 등을 보내주세요. 머뭇거리지 말고 문을 두드리세요.